El asesino de la montaña

Anders de la Motte

El asesino de la montaña
Unidad de casos perdidos, 1

Traducción de Pontus Sánchez

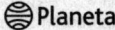 Planeta

La lectura abre horizontes, iguala oportunidades y construye una sociedad mejor.
La propiedad intelectual es clave en la creación de contenidos culturales porque
sostiene el ecosistema de quienes escriben y de nuestras librerías.
Al comprar este libro estarás contribuyendo a mantener dicho ecosistema vivo y
en crecimiento.
En **Grupo Planeta** agradecemos que nos ayudes a apoyar así la autonomía creativa
de autoras y autores para que puedan seguir desempeñando su labor.
Dirígete a CEDRO (Centro Español de Derechos Reprográficos) si necesitas fotocopiar,
escanear, distribuir o poner a disposición algún fragmento de esta obra (www.cedro.org;
91 702 19 70 / 93 272 04 45).
Queda expresamente prohibida la utilización o reproducción de este libro o de
cualquiera de sus partes con el propósito de entrenar o alimentar sistemas o tecnologías
de inteligencia artificial.

Título original: *Bortbytaren*

© Anders de la Motte, 2022
    Edición publicada de acuerdo con Salomonsson Agency
© por la traducción, Pontus Sánchez, 2024
© Editorial Planeta, S. A., 2024
    Avda. Diagonal, 662, 664, 08034 Barcelona (España)
    www.planetadelibros.com

Adaptación de la cubierta: Booket / Área Editorial Grupo Planeta
Fotografía de la cubierta: © Magdalena Russocka / Trevillion Images
Primera edición en Colección Booket: febrero de 2026

Depósito legal: B. 279-2026
ISBN: 978-84-08-31554-4
Impreso en España

Biografía

Anders de la Motte (Suecia, 1971) trabajó varios años como policía antes de convertirse en responsable de seguridad de la empresa tecnológica Dell, puesto al que finalmente renunció para dedicarse plenamente a la escritura. Su debut en la narrativa, *Game* (2010), le valió el premio a Mejor Primera Novela de la Academia Sueca de Escritores de Novela Negra. Es uno de los autores de mayor éxito comercial, con más de 3.000.000 de ejemplares vendidos en todo el mundo. La serie protagonizada por Leonore Asker y su Unidad de Casos Perdidos, que se inicia en *El asesino de la montaña* y continúa en *El hombre de cristal*, ha sido un fenómeno editorial y se publica con gran éxito en más de veinte países. Además, ha quedado finalista del premio a Mejor Novela Negra por la Academia Sueca, del Glasskniven noruego y del Storytel Award, votado por los lectores escandinavos. El tercer caso de Leo Asker se publicará próximamente en Editorial Planeta.

EL REY DE LA MONTAÑA

Una tarde de primavera, cuando tenía ocho años, se fue corriendo.

En un momento dado estaba jugando con unos niños mayores en el bosque, y de golpe desapareció.

Todo el vecindario lo estuvo buscando desesperadamente bajo la lluvia y en el frío de la noche. Gritaban su nombre una y otra vez, con voces cada vez más afónicas cuyo eco resonaba entre las copas de los abetos. Pero era como si se lo hubiera tragado la tierra.

Y poco después del amanecer, cuando la esperanza ya estaba a punto de apagarse, lo encontraron metido en la grieta de una roca, empapado y ardiendo de fiebre.

No lloró ni se rio al verse salvado, sino que se limitó a mirar fijamente al vacío. No sabía explicar qué le había ocurrido; ni siquiera reconocía a sus propios padres.

Al menos eso fue lo que le dijeron luego, cuando le contaron cómo había ido todo.

Pero él no recuerda nada del suceso, más allá de la forma en que se recuerdan los cuentos viejos; una historia que le han explicado tantas veces que casi se ha vuelto real.

Pero solo casi.

En cambio, los días después del suceso sí que los recuerda con mucha más claridad.

Sábanas ásperas de hospital, personas vestidas de blanco con sonrisas de compasión y voces susurrantes. El intenso dolor de cabeza y los sueños febriles que lo hacían despertarse bañado en sudor y con el corazón a galope. Sueños de lugares oscuros y húmedos en las profundidades de la montaña; de portones de hierro, cadenas, pánico aterrador y dolor ardiente. La meningitis tardó varias semanas en remitir, hasta que por fin le dieron el alta y pudo regresar a casa.

Se sentía como un desconocido. Su madre tuvo que ayudarlo a encontrar su cuarto. Él le preguntó por lo menos cien veces si de verdad vivía allí.

No fue hasta mucho más tarde que comprendió cómo encajaba todo. La razón por la que no lograba recordar nada de su infancia antes de aquella noche. Por qué su cabeza estaba repleta de pensamientos retorcidos y necesidades oscuras.

Era un niño reemplazado.

Un niño que había ocupado el lugar del niño que se había ido corriendo.

Una criatura nacida del dolor y de los sueños febriles. Un niño que por fuera parecía una persona, pero que, en realidad, era un monstruo.

Así es como empieza su historia.

Viernes

SMILLA

—¡Es allí!

Él se adelanta corriendo entre la maleza y a Smilla le cuesta seguirle el paso. Llevan caminando por lo menos un kilómetro desde la pista forestal donde han aparcado el coche. La vegetación que los rodea consiste en un bosque azul de lúgubres coníferas, entrecortado por un sotobosque de tonalidades doradas propias del mes de octubre. Por aquí y por allá hay grandes zarzamoras con tallos de color granate cuyas espinas se enganchan en la ropa y arañan la piel.

—¡Espera! —grita ella.

La inclinación del suelo y el manto de hojas hacen que el terreno sea traicionero. Ella resbala, cae de rodillas. Se le clava la correa en la nuca. La cámara réflex pesa, pero es la que saca las mejores fotos cuando hay poca luz.

Se pone de nuevo en pie. Se sacude unas hojas mojadas de las rodillas. Él ya ha desaparecido entre la maleza.

¿Qué habrá visto?

—¡MM! —grita ella.

Él quiere que lo llame así, a pesar de tener un nombre de lo más bonito. Malik Mansur. Igual de tierno que sus ojos.

Oficialmente ya no es su novio. Llevan desde principios

13

de verano dándose un tiempo, aunque ninguno de los dos parece tenerlo en cuenta. Ambos obvian el hecho de que ella no tardará mucho en marcharse de nuevo a París.

En aquel momento, cuando ella decidió cortar, él se enfadó, le entraron celos, le mandaba mensajes con saña. Pero ahora todo vuelve a ser como siempre. O casi como siempre.

MM ha madurado en estos cuatro meses, se ha vuelto más varonil, más interesante.

Incluso un poco peligroso.

El sexo también es mejor. Mucho mejor.

¿Habrá conocido a otra mientras ella estaba fuera?

Le ha parecido ver pequeños indicios, pero Smilla ha preferido no preguntar nada.

Así es todo más sencillo.

—¡Smilla! —oye gritar a MM detrás de la maraña de zarzas.

Ella sigue subiendo. Pone más ojo en dónde pisa.

En la cima de la colina el terreno se vuelve llano. Deben de tener por lo menos cincuenta metros verticales de montaña bajo sus pies. Puede que más.

—¡Smilla!

MM se le aparece justo delante con ese rostro iluminado que a ella tanto le gusta.

—¡Está allí! —El edificio que le señala con el dedo es tan bajito y está tan recubierto de vegetación que apenas se ve.

Parece un lúgubre quiosco de cemento, pero con rejas de hierro donde debería haber ventanas. Las rejas están rellenas de piedra compacta. Le recuerda al muro del jardín de su casa de verano en Falsterbo. Smilla saca la cámara y toma un par de fotos.

14

—Filtro de piedras —dice MM, y toca una de las rejas—. Este búnker es la entrada de aire superior de la instalación, tal como él me explicó.

Su voz suena tensa y entusiasmada al mismo tiempo. Tira de Smilla y se la lleva tras la vuelta de la esquina del edificio.

Durante el tiempo que han estado separados, él se ha visto aún más absorbido por su interés por el *urbex*, la exploración urbana. Probablemente tiene que ver con lo que está estudiando en la universidad. La arquitectura decadente. MM no puede dejar de hablar del curso en cuestión ni de Martin Hill, su fantástico profesor.

A lo mejor MM ha conocido a su nueva amiga en ese curso, pero parece que no tiene ninguna intención de hablar del tema.

En la parte de atrás del edificio de hormigón la montaña se abre paso por el suelo, formando grandes bloques de roca prehistórica que presentan la cara superior cubierta de musgo. A través de la cámara casi parecen cobrar vida, agazapados, esperando.

Ella siente un escalofrío, le pasa por la cabeza lo lejos que están del coche. Lo difícil que le resultaría encontrar el camino de vuelta si pasara algo.

Se palpa el bolsillo de la chaqueta. Su móvil sigue ahí, tal como debe ser. Pero no está encendido.

MM ha insistido en que ambos apagaran los teléfonos mientras ponían gasolina, muy lejos de allí. Se lo había prometido a su amigo.

«Porque toda esta expedición es supersecreta —había dicho MM—. Es única.»

—¡Aquí, mira! —MM señala la cara trasera del búnker.

15

Parte de la pared está hundida y se puede atisbar una estría de oscuridad en la abertura—. La puerta está abierta, como me prometió.

Smilla intenta compartir su emoción.

De todas formas, no logra deshacerse de la sensación desagradable que tiene dentro.

—¿Cómo has dicho que se llamaba tu amigo? —le pregunta.

—¿Quién, Berg?

—¿Berg? ¿De verdad se llama así?

Él se encoge de hombros.

—Y solo os conocéis desde hace unos meses —continúa ella—. Aun así, ¿te ha chivado lo de este maravilloso túnel? ¿Lo de la lluvia en la cueva?

MM no oye la pregunta, o bien la ignora. Está demasiado ocupado en explorar el portón; es de hormigón, y tiene un grosor de por lo menos medio metro.

La abertura es estrecha, y por un momento ella tiene la esperanza de que no puedan colarse por ella.

Pero MM no se deja frenar, como de costumbre. Se quita la mochila y se escurre dentro por la fuerza.

—¡Vamos, tú también cabes!

Ella titubea unos segundos.

El ordenador de casa está lleno de fotos de otras expediciones. Fábricas cerradas, casas abandonadas, lugares olvidados igual que este.

Pero nada de lluvia en una cueva. Eso solo se da en un puñado de lugares subterráneos donde las condiciones son tan especiales que la humedad del ambiente crea gotas visibles en el aire. Se muere de ganas de fotografiar una lluvia subterránea, él lo sabe. Sin embargo, Smilla sigue vacilando.

No son unos novatos, llevan móviles, linternas y pilas de recambio. En cualquier caso, hay algo en este sitio (el bosque, la altura, los trozos de roca agazapados y el pesado portón de hormigón) que la incomoda.

Y luego está el amigo ese. Berg.

Un apellido sueco de lo más normal.

Aun así, el término no deja de resultarle peculiar.

Berg. Montaña.

Vuelve a echar un vistazo a los bloques de piedra. Le recuerdan a unos trols de algún viejo libro de cuentos. Seres prehistóricos de la montaña. Malvados.

—¡Venga, vamos!

MM saca una mano por la abertura. Su voz se ha vuelto impaciente. La cara que asoma en la penumbra está tensa.

Ella sigue titubeando. Lo único que quiere es dar media vuelta y regresar al coche. Encender el teléfono y llamar a alguien: a su madre, a su padre, a su hermana, a quien sea, solo para oír la voz de otra persona. Decirle dónde se encuentra. Que quiere irse a casa, ahora mismo.

Pero entonces la cara de MM se transforma. Se ilumina con esa sonrisa suya que ella ha echado tanto de menos y que siempre la hace derretirse.

—Vamos, Smilla —la insta con ternura.

Ella titubea otra vez.

Luego le coge la mano y permite que él tire de ella por la abertura.

La estancia del otro lado es pequeña. Paredes, suelo, techo; todo es de hormigón gris.

En la cara interior del portón por el que se acaban de colar hay una gran rueda de metal oxidado que gobierna el mecanismo de la cerradura. Hay algo en la rueda y la cerradura que le molesta, que alimenta su malestar.

MM no parece darse cuenta de nada.

—¿Ves? —dice él emocionado, y barre las paredes con el foco de la linterna—. Ni una pintada. Eso significa que nadie ha estado aquí. El portón de abajo del todo está sellado, esta es la única entrada que hay.

Smilla asiente tensa con la cabeza.

Por un agujero en el suelo asoman los asideros de una escalera vertical.

Ella ilumina el hueco con el haz de luz.

Una corriente de aire húmedo la golpea. Arrastra consigo un olor a agua, piedra, metal. El aliento de la montaña. Había visto esta expresión en algún foro de exploración urbana y en aquel momento le pareció bonita. Como si la montaña fuera un ser vivo. Pero ahora mismo, cuando el olor la golpea desde las profundidades, la idea se le antoja mucho menos sugerente. Unos metros más abajo su linterna ilumina una estancia parecida, con otro agujero en el suelo por donde la escalera vertical sigue descendiendo en la oscuridad.

—Vamos.

MM se cuelga la linterna al cuello, se agarra a los asideros de la escalera y empieza a bajar.

Ella vuelve a titubear. Echa un vistazo a la puerta. Hay algo en esa gran rueda, pero no consigue identificar el qué. Algo que refuerza su inquietud.

Sin embargo, MM no tarda en llegar abajo, a la siguiente estancia, y Smilla no puede dejar que continúe bajando solo.

Se aferra a la escalera y lo sigue.

Las barandillas están frías y ásperas. El metal se ve marrón en los puntos donde el óxido ha corroído la superficie galvanizada.

El corazón le late cada vez más fuerte.

MM hace un alto para inspeccionar la salita a la que llegan. Pasa el foco de luz por su alrededor antes de continuar. Ahora las paredes están hechas de la propia montaña en lugar de hormigón. Es unos metros cuadrados más amplia que el búnker, pero completamente vacía. MM ya ha seguido bajando por la escalera, ha atravesado el siguiente agujero y ha continuado adentrándose en la oscuridad.

La montaña está en silencio, solo se los oye a ellos dos, el sonido de sus movimientos y los jadeos.

Una tercera estancia, algo más grande. Ahí tampoco hay nada que haga detenerse a MM. El aliento de la montaña es cada vez más intenso. La cámara choca con la escalera y Smilla se ve obligada a pasársela a la espalda.

—MM, ¡no vayas tan rápido!

Él se detiene, tan solo un par de metros por debajo de ella.

—¿Qué pasa?

—Nada, ¿no podemos ir con más calma? ¡Vas muy deprisa! Apenas me da tiempo a echar un vistazo por donde pasamos.

—Pero si ya casi hemos llegado al túnel. Puedo ver el fondo.

Sin esperar a obtener una respuesta, continúa bajando por la escalera.

Smilla no tiene más opción que seguirlo.

La escalera vertical se acaba a medio camino entre el

techo y el suelo de la cuarta sala, lo que los obliga a descolgarse con cuidado en el último metro.

—Han cortado la escalera —dice MM mientras le echa una mano—. Seguro que es para que la gente no pueda bajar hasta el túnel.

Smilla suspira. De allí no pueden pasar, lo cual es un alivio y una decepción al mismo tiempo. Mira a su alrededor. La cuarta sala es quizá tres veces del tamaño del búnker de arriba del todo; las paredes angulosas de la montaña rezuman agua de tanta humedad.

—Mira.

MM alumbra el agujero del suelo por donde debería haber continuado la escalera.

Dos barras brillantes, que ella al principio ha pasado por alto, asoman medio palmo. Smilla tarda unos segundos en entender lo que son. Otra escalera, considerablemente más nueva, de aluminio.

El sentimiento desagradable vuelve.

—¡Espera! —dice otra vez, pero MM ya ha empezado a bajar. Desaparece de su campo de visión antes de que ella siquiera llegue a la escalera—. ¡MM, espera!

Pero él no le hace caso.

Ahora el aliento de la montaña es tan fuerte y húmedo que Smilla tiene que enjugárselo con el dorso de la mano.

—¡Guau! —grita él—. Date prisa, tienes que ver esto.

La escalera de aluminio debe de medir unos cinco metros de largo. Termina en un charco de agua sobre un suelo de grava afilada.

Esta sala es más grande que las anteriores. Por aquí y por allá, en el suelo, hay piedras y fragmentos de metal oxidado y deformado. Una de las paredes cortas de la sala está abierta; conduce a un pasadizo por el cual el aliento de la montaña se desliza hasta Smilla y busca salir por el agujero del techo.

MM ya ha cruzado el pasillo. Puede verse el foco de su linterna moviéndose al otro lado. La voz resuena con entusiasmo:

—Ven, Smilla, date prisa.

El pasadizo baja en una cuesta empinada. La grava y la inclinación hacen que casi caiga de bruces en la estancia en la que él se encuentra.

Smilla se queda sin aliento. De repente todas las dudas y la preocupación se esfuman.

—¿Y bien? —dice él con una de esas sonrisas que a ella tanto le gustan.

—Es fantástico —jadea.

La estancia que creían que era un túnel de trenes es, en realidad, una enorme cueva alargada. Debe de medir unos cien metros de largo y termina en un portón de piedra gigantesco que se yergue justo al final del haz de luz de las linternas.

Debe de haber por lo menos diez metros hasta el techo. Las paredes son una mezcla de hormigón y roca cruda por la que resbalan chorros de agua, y el suelo, una laguna poco honda. En el lado donde ellos dos se encuentran sobresalen unos raíles un palmo por encima del agua y desaparecen delante del portón de piedra, donde hay más profundidad.

El agua está salpicada de piedras —probablemente desprendidas del techo y de las paredes— que asoman la cara en el agua negra. En el lado derecho de la cueva hay un muelle de carga con dos puertas de acero oxidado de color

21

marrón. Pero no son ni las puertas, ni la vía férrea ni el portón lo que la fascinan, sino el aire.

La succión del pasadizo que acaban de atravesar es tan intensa que el aire frío y húmedo se arremolina dentro de la cueva, y genera gotas de agua pequeñas pero visibles bajo el haz de luz.

—Lluvia subterránea —dice Smilla con voz solemne.

—Ya te lo he dicho —afirma MM con una sonrisita—. Berg cumple con lo prometido.

Smilla deja la linterna en un saliente y empieza a sacar fotos con la cámara réflex.

—Ilumina ahí —le pide a MM—. Súbete al muelle de carga.

Ella toma fotos y le va dando órdenes a él para ubicar las linternas.

Al cabo de un rato MM se cansa de hacer de ayudante de fotógrafa y empieza a inspeccionar las puertas de metal del muelle de carga.

Smilla continúa haciendo fotos. La luz es débil y tiene que ir desplazando la linterna y ajustar la configuración de la cámara hasta conseguir que las fotos queden como ella quiere.

Piensa ampliarlas, quizá colgar alguna en su dormitorio en París.

Un ruido ahogado la interrumpe.

Suena como un grito.

Mira a su alrededor en busca de MM, pero no lo ve.

Hasta ahora no se da cuenta de que la puerta izquierda del muelle de carga está abierta.

—¿MM? —El eco de su voz resuena por la cueva—. ¿Malik?

Sin respuesta. Su cuerpo se estremece, no solo de frío.

El malestar de antes vuelve, aunque esta vez es el doble de intenso.

Se queda mirando fijamente la puerta abierta, la oscuridad que acecha justo al otro lado del umbral.

Y de pronto entiende qué es eso que la ha estado carcomiendo desde su primer acceso al búnker de arriba.

La puerta de hormigón que estaba entornada tenía una gran rueda de apertura en la cara interior.

Pero por fuera era completamente lisa.

Eso significa que quien sea que la ha entreabierto, ha tenido que hacerlo desde dentro. Ha abierto una hendidura justo lo bastante ancha para que una persona pueda entrar por ella. Como un cebo.

Y luego el nombre.

Berg, «montaña».

El impulso de huida brota de la nada, como un escalofrío gélido que se propaga por el cuerpo. Se ve reforzado por la densa oscuridad que hay al otro lado de la puerta de acero y hace que su corazón se desboque.

Debería salir de allí ahora mismo.

Volver corriendo a la escalera y subir hasta la luz lo más rápido posible.

Una parte de ella no quiere otra cosa.

Pero otra, una parte más racional, le dice que MM podría haberse hecho daño. Que a lo mejor yace al otro lado de la puerta y necesita que ella lo ayude. Que cada segundo que se demora podría ser decisivo.

—¡MM! —vuelve a gritar.

El eco se queda unos segundos colgando en la cueva sin obtener respuesta.

Saca el móvil y lo enciende, lo cual es una estupidez, sin duda. Un reflejo que le cuesta segundos y que lo único que le dice es que allí, en el interior de la montaña, no hay cobertura.

Guarda el teléfono y trata de tranquilizarse.

Después se acerca, despacio, a la boca negra de la puerta.

Un leve olor escapa por ella. Un olor a cerrado que hasta ahora no había percibido. Como si el aliento de la montaña hubiese cambiado de apariencia volviéndose más denso, más crudo.

El olor la asusta. La convence aún más.

Este sitio es un sitio aterrador.

Un sitio maligno.

Pero no tiene más opción que continuar.

Adentrarse en la oscuridad.

Lunes

ASKER

Leonore Asker se despierta con una sensación de hormigueo en el cuerpo. Una especie de aviso, una intuición de que algo le va a pasar.

Algo grave para lo que no ha tenido tiempo de prepararse.

Podría estar relacionado con el caso nuevo.

Una pareja de jóvenes que llevan desaparecidos desde el viernes, sin dejar el más mínimo rastro.

Pero ella ya se ha ocupado en otras ocasiones de asuntos parecidos, sin tener estos sentimientos de fatalidad.

A pesar de las cien flexiones y otros tantos abdominales en el suelo de su dormitorio, la sensación no remite. Más bien se ve reforzada por el día gris y la penumbra de fuera.

Aún es octubre, los árboles del parque siguen pintados de otoño.

Normalmente es una época del año que le gusta.

Aire limpio, gansos volando en formación por el cielo de nubes altas.

Pero el frío y la niebla húmeda que ofrece la mañana son, igual que la sensación en su estómago, un presagio de lo que se avecina.

El invierno en la sureña provincia de Skåne es una mezcla de viento y lluvia helada que parece que te atraviese el alma de cuajo. Ella odia el invierno, odia tener frío.

Ya ha pasado suficiente frío para una vida entera.

«Porque es importante curtirse —como suele decir Per el Paranoias—. Porque la incomodidad y el dolor no son más que la pereza abandonando el cuerpo.»

Que Per el Paranoias aparezca en su pensamiento no es de extrañar. Los sentimientos de fracaso siempre han ido muy con él. Son su oxígeno.

La gran casa en la que vive no es suya, solo se la vigila a una familia que está en el extranjero. Se hospeda en el cuarto de invitados. En uno de ellos.

La casa es antigua y pomposa, ha costado una fortuna reformarla; tejado de cobre, balcones, parqué en espiga y estucados. Ventanas panorámicas con vistas al agua.

Asker no pasa demasiado tiempo allí. Llega tarde a casa y se marcha temprano. Lo prefiere así.

Se da una ducha de agua ardiendo en la ducha de vapor, se pone unos vaqueros, una camisa y una americana. Luego se toma un café expreso de pie junto a la encimera de mármol, en la enorme cocina, mientras abre el Instagram de Smilla Holst.

Sigue sin haber ninguna actualización ni en su cuenta ni en la de su novio. Solo el *selfie* que colgó el viernes, que es la última señal de vida que dieron.

Fue la familia de Smilla quien dio la alarma el sábado por la noche, puesto que llevaba más de veinticuatro horas sin responder al teléfono. La investigación policial se abrió casi al instante, lo cual no es habitual cuando se trata de personas desaparecidas.

Pero toda la ciudad de Malmö sabe quién es la familia Holst. La clase de riqueza que representan. El poder.

A pesar del café, la sensación de mal augurio persiste y muta en forma de dolor de cabeza cada vez más fuerte. Asker se traga un par de aspirinas antes de cerrar la casa y conectar la alarma. Se pone los cascos, se sube la capucha de la chaqueta y deja que la música se lleve la vocecilla de Per el Paranoias junto con todo lo demás.

—Hola, Leo —la saluda el señor del perro cuando ella pasa en dirección a la estación de tren—. ¡Otra vez lunes! ¡Nueva semana, nuevas oportunidades!

Asker no oye lo que dice, le lee los labios. Una de las muchas habilidades extrañas que debe agradecerle al Paranoias. Aunque en este caso la lectura de labios no es un gran desafío; el hombre solo tiene cuatro frases de saludo, y esta es la número tres.

Asker exprime una sonrisa de cortesía y le devuelve el saludo con la mano. No se detiene aunque él lo haga, se limita a señalarse la muñeca como para indicar que tiene prisa. El viejo es viudo, vive en lo que en su día fue la caseta del guardia al final de la avenida, lo cual lo convierte en su vecino más próximo.

Es una de esas personas que no saben apreciar la soledad, sino que luchan contra ella a base de charlar de cualquier cosa con desconocidos.

Son las siete, el sol aún tardará un rato en salir y el andén está medio vacío. La niebla amortigua el chirrido de los frenos del tren.

En cuanto sube al vagón y se baja la capucha, nota el olor a cigarro.

La fuente: un hombre de pelo largo con chupa de cuero

y vaqueros agujereados. Sin afeitar, aros en las orejas, correas de cuero en las muñecas y un tatuaje que le sube por el cuello. Está sentado con las piernas tan separadas que parece que esté cultivando cactus entre los huevos.

Aparte de que el hombre está fumándose un cigarro sin ningún tipo de pudor, salta a la vista que va borracho. O bien ha empezado pronto, o bien —lo más probable— está volviendo a casa después de sus aventuras nocturnas en alguna de las paradas más lejanas de la línea.

Delante del hombre hay una revisora de tren de unos veinte años a quien el tipo le está dejando bien claro y en voz muy alta que él se fuma su puto cigarro donde le da la gana.

El resto de los pasajeros mira por la ventana o a las pantallas de sus móviles; hacen como que no se enteran de lo que está pasando; es evidente que no quieren verse involucrados. Deporte nacional en Suecia.

Asker apaga la música, ladea la cabeza y escanea al hombre de arriba abajo. Cincuenta años, metro ochenta, noventa kilos de los cuales le sobran diez. Seguro de sí mismo, acostumbrado a conseguir lo que quiera con solo alzar la voz. Se cree un luchador, pero desde luego no se mueve como tal.

—¡No podemos continuar el trayecto hasta que lo apague! —La revisora intenta que no se le quiebre la voz. El hombre percibe su miedo, disfruta con ello.

—Vete a cagar —dice con una sonrisa burlona, y le echa una bocanada de humo en la cara.

Asker suspira. Se pasa el cable de los cascos por encima de la nuca y se acerca.

—¡Apaga eso! —Le muestra su carné de policía.

Los ojos del hombre se entornan. Ella puede ver los engranajes dando vueltas en su cabeza y leer las conclusiones que asoman en su mirada mientras hace una lectura de lo que tiene delante.

Policía, poco más de treinta años, rubia, pelo corto, inusualmente alta y ancha de espaldas para ser mujer. Un ojo de cada color: uno azul y otro verde. Se llama heterocromía, pero eso el hombre que tiene enfrente no lo sabe. Además, está demasiado ocupado contemplando su cuerpo. Asker puede ver que va haciendo un resumen de sus observaciones externas, las contrasta con su propia arrogancia combinada con la borrachera y acaba soltando la réplica que cabía esperar.

—¡Hola, guapa! —dice con una sonrisita de color amarillo nicotina—. Ojalá todas las polis estuvieran tan buenas como tú. —El hombre se da una palmadita en el muslo como invitándola—. Pero ¿sabes qué, bonita? Resulta que no es la primera vez para el viejo Jocke, así que si quieres que apague el cigarro tendrás que pedir refuerzos. Si no, solo tienes que esperar tranquilamente hasta que acabe de fumar. —Levanta el cigarro para darle otra calada. De paso, aprovecha para guiñarle un ojo.

No es el menosprecio lo que más le irrita, ni la percepción podrida que Jocke tiene de las mujeres, sino el hecho de que hable de sí mismo en tercera persona.

Además, le duele la cabeza, lo cual reduce aún más su umbral de tolerancia, ya de por sí bajo.

Sin darle al tipo la más mínima advertencia, hace desaparecer el cigarro de un manotazo. Lo agarra por la oreja en la que tiene más aros y se la retuerce con fuerza.

El cuerpo de él reacciona al dolor mucho antes que su

31

cerebro, y hace instintivamente todo lo que puede para mitigarlo. Antes de que don Tercera Persona del Singular tenga tiempo siquiera de pensar, ya ha levantado el culo del asiento, trastabilla por el vagón medio agachado y, además, camina con una muñeca bloqueada a su espalda.

—Qué cojo... —es lo único que le da tiempo a decir antes de que le barran las piernas de una patada y caiga de bruces en el andén mojado por la lluvia con un planchazo humillante.

Algunos de los pasajeros adormecidos trastean con las cámaras de sus móviles, pero es demasiado tarde.

En el andén, Jocke se incorpora con dificultad. La cara se le ha puesto de un rojo azulado y aprieta los puños. Asker sigue en la puerta, observándolo.

Él tiene dos opciones: recurrir a la violencia en un intento de reparar su orgullo herido o tragarse la humillación y hacer como si este molesto incidente no hubiese ocurrido nunca.

Ella enarca una ceja como diciendo «¿qué va a ser?», con afán de acelerar la decisión.

Jocke sigue titubeando. Abre y cierra los puños, hace lo mismo con la boca. Intenta fulminarla con la mirada como para terminar de decidirse, pero ahora que su autoestima se tambalea, la mirada bicolor de Asker lo llena de inseguridad. Puede ver en su rostro cada una de las preguntas que lo atormentan.

¿Qué es esa mujer?, ¿quién es?, ¿cómo debería lidiar con ella?

Antes de que a Jocke le haya dado tiempo a decidirse, las puertas se cierran y el tren arranca con suavidad. Él se arma de valor, se acerca corriendo y golpea repetidas veces la ventana del vagón. Grita alguna estupidez como para salvar una mínima parte de su ego herido, hasta que él y todo el andén desaparecen en la niebla gris.

Asker se acomoda en un asiento y vuelve a ponerse los auriculares.

Los móviles a su alrededor bajan decepcionados.

—Gracias —murmura la revisora, y obtiene un asentimiento de cabeza por respuesta.

La joven parece querer decir algo más.

Pero la música ya suena en los oídos de Asker y está mirando para otro lado.

ASKER

La ciudad de Malmö fue erigida sobre un banco de arena encajado entre ciénagas y el mar. Su ubicación era más práctica que estratégica, promovida por la pesca de arenque y el comercio que llevaba consigo.

En el siglo XVII, después de que la provincia de Skåne cambiara de manos, Malmö se convirtió en una ciudad fronteriza. Se separó de los humedales de su alrededor con bastiones y un largo foso que desembocaba en el mar y convertía la ciudad en una isla fortificada, prácticamente imposible de tomar.

Doscientos años más tarde la ciudad comenzó a crecer. Las defensas se derribaron, el foso se reconvirtió en un canal.

Los pequeños lagos y humedales que un día habían rodeado la ciudad se drenaron para levantar nuevos barrios. El de Rörsjöstaden, donde se ubica la comisaría, es uno de ellos.

El edificio está situado en el cruce de las calles Exercisgatan y Drottninggatan, con vistas al punto en el que el canal dobla hacia el nordeste y busca su camino hasta el mar.

En los últimos años esa manzana se ha ampliado con

un centro de detención, un tribunal de primera instancia, la Fiscalía y la Unidad de Delitos Ambientales, creando así un enorme complejo judicial. Quizá sea porque antaño el terreno fue ciénaga y fondo marino que el frío y la humedad a veces se cuelan por los portales y las puertas giratorias. Sobre todo en días como hoy, en que el viento sopla de mar.

El Departamento de Delitos Violentos está en la séptima y última planta, con vistas al agua por encima de las techumbres. Paredes de cristal, grandes pantallas, iluminación tenue. La moqueta absorbe los sonidos de las melodías de los teléfonos, que vibran en el aire. No se ha escatimado en ningún detalle, incluso la máquina de café del espacioso *office* es de gama alta.

Asker lleva trabajando en Delitos Violentos desde hace casi cuatro años, menos tiempo que la mayoría, pero el suficiente para convertirse en jefa de equipo. En cuestión de un año o dos cuenta con estar dirigiendo todo el departamento, algo que no es del agrado de toda la plantilla.

Está encabezando la moderna sala de reuniones. A diferencia del resto de la oficina, esta no tiene ninguna ventana al mundo exterior, pero sí una pared de cristal que da a un patio interior que cae por las entrañas del edificio hasta la planta baja.

En las sillas que tiene enfrente hay quince compañeros y compañeras de la policía. Ve varias caras nuevas, prestadas por otros departamentos, lo cual le sorprende un poco.

A las nueve menos un minuto entra también la jefa de su departamento y se sienta en la última fila. Vesna Rodic tiene entre cuarenta y cincuenta años, es una mujer entrada en carnes y Asker le saca una cabeza. Normalmente Rodic no es una jefa que se entrometa en casos como este; uno de los rasgos que Asker aprecia de ella.

Pone en marcha la presentación, endereza la espalda y se aclara la garganta.

—¡Buenos días! Para los que sois nuevos, soy la inspectora Asker y soy jefa de equipo aquí, en Delitos Violentos. El caso que hoy nos ocupa es la desaparición de dos individuos. La tipificación jurídica del delito es sospecha de secuestro.

Pulsa un botón del mando, tras lo cual el *selfie* de los dos jóvenes desaparecidos aparece en la enorme pantalla que tiene detrás.

—Las personas a las que buscamos se llaman Smilla Holst y Malik Mansur. La familia de Smilla denunció su desaparición el sábado por la tarde. La última señal de vida que dieron es una publicación en redes sociales del viernes por la mañana, lo cual significa que ahora mismo llevan desaparecidos setenta y dos horas.

Suelta una retahíla de datos conocidos, más que nada pensando en el personal recién llegado.

—Los móviles de ambos están apagados desde el viernes, pero les tenemos un ojo puesto por si se encendieran. Hemos pedido todo el movimiento de datos registrados a las operadoras, pero, como la mayoría ya sabéis, suele ser un proceso... —Breve pausa—. Desafiante —añade con una sonrisa cínica—. Basándome en experiencias previas, no creo que obtengamos una respuesta hasta finales de semana.

Pausa para un suspiro colectivo.

Nueva imagen, esta vez solo de Smilla. Es guapa: tez blanca, pelo rizado rubio, ojos azules. En la nariz, unas pocas pecas rezagadas que terminarán por desaparecer en los próximos años. Tiene esa belleza incorrupta que solo existe entre los diecisiete y los veinte años.

—Smilla Holst, diecinueve años —continúa Asker—. Terminó el bachillerato en primavera y estudia en París. Ahora ha regresado para pasar las vacaciones de otoño. Smilla está empadronada en la casa de sus padres, en Limhamn. Aplicada, ambiciosa, buenas notas. Sus padres aseguran que tienen mucho contacto y que no hay ningún motivo por el que Smilla fuera a aislarse así de forma voluntaria.

—Lo cual es justo lo que todo el mundo dice, puesto que no quieren reconocer que son malos padres y no tienen ningún control sobre sus críos.

El hombre que ha interrumpido a Asker se llama Johan Eskilsson. Extrañamente, lo llaman Eskil y no Johan.

Solo tiene un año o dos más que Asker, y es algunos centímetros más bajo, lo cual le irrita, pues es del tipo de hombres al que ese tipo de cosas le molestan.

Eskil va afeitado y lleva el pelo bien recortado, como siempre, huele a una loción de afeitado y una crema corporal que se ha comprado porque su *influencer* favorito los recomienda. El mismo tipo que le ha aconsejado el corte de pelo, la camisa, el nudo de la corbata, el anillo en el pulgar, el reloj y quizá incluso el deportivo de *renting* que Eskil conduce entre su casa y las sesiones de pilates.

«Eskil *the detective*», como se hace llamar en Tinder, es un policía muy bueno, al menos según su propio criterio.

También levanta otras opiniones. Una de ellas es que en realidad el jefe de equipo debería ser él y no ella.

Asker hace caso omiso al comentario de Eskil y cambia de imagen.

En pantalla sale un hombre joven con pelo rizado y castaño, rasgos marcados y ojos oscuros. También él tiene una belleza que parece casi irreal.

—Malik Mansur, apodado MM, veintiún años. Vive en un estudio en Värnhem, va a segundo de Arquitectura en la Universidad de Lund. Sus padres lo describen como un estudiante aplicado...

—Bueno... —dice Eskil, otra vez con una sonrisita.

Recibe el apoyo de los compañeros que tiene a su alrededor. Hoy está que se sale. Se ha sentado en primera fila y se ha rodeado de sus tropas de apoyo habituales; algunos de los compañeros más viriles, que preferirían tener un líder con huevos. En sentido literal, no metafórico.

—Lo que Eskil es tan amable de insinuar es que Mansur tiene un par de resultados en el registro —explica Asker—: una condena por delito menor de drogas de hace unos cuantos años y un apunte de este verano de los de inteligencia sobre que había viajado en un coche que suele usar un criminal reincidente de Malmö.

—Exacto —corrobora Eskil asintiendo satisfecho con la cabeza—. Y en mi opinión esa es la pista en la que deberíamos centrarnos.

Asker se cansa.

—Pero no te la he pedido, Eskil —dice—. Y mientras no lo haga, te agradecería que nos ahorraras tus invaluables puntos de vista.

Clava en él su mirada bicolor. Los ojos de Eskil miran a un lado y al otro en busca de refuerzos, pero tanto sus tropas de apoyo como el resto de la sala lo evitan. Todos saben tan bien como Asker que los huevos de Eskil son más físicos que metafóricos.

—Vale, vale, disculpa —murmura.

Asker vuelve a cambiar la imagen. La misma con la que ha empezado.

—Como decía, este *selfie* en la cuenta de Instagram de Smilla del viernes por la mañana es nuestra última pista y, además, nos ofrece las señas personales más actuales con las que contamos.

Los dos jóvenes tienen las mejillas pegadas y miran felices al objetivo de la cámara. La ropa que se atisba parece informal. Cuellos altos y chaquetas de montaña ajustadas: la de él, negra; la de ella, turquesa. Alrededor del cuello de Smilla cuelga una cámara, y por detrás asoma el capó del coche negro de Malik.

«De nuevas aventuras», dice el pie de foto, seguido de *#newadventures* y *#love*.

—Smilla y Malik llevan juntos un par de años —continúa Asker—. Se conocieron en una fiesta en casa de un amigo en común. Según la hermana de ella, cortaron en verano, poco antes de que Smilla se mudara a París para estudiar, pero mantuvieron el contacto. A juzgar por la foto, podrían haber retomado la relación.

Vuelve a cambiar de imagen. En ella salen dos hombres con semblante grave que parecen ser padre e hijo.

—El padre de Smilla, Tomas Holst, a la izquierda, es director general de la inmobiliaria Arkadia. Arkadia fue fundada por el abuelo de Smilla, Eric Holst, a la derecha, quien sigue siendo el socio principal y presidente del consejo de administración. La razón por la que menciono esto... —le lanza una mirada lúgubre a Eskil para que no intente interrumpirla con otra obviedad, pero él parece haber aprendido la lección— es que el clan Holst es una de las familias más acaudaladas y conocidas en Malmö. Son grandes patrocinadores de prácticamente todos los clubes deportivos. De ahí que no podamos descartar que el móvil de la desaparición sea algún tipo de extorsión, aunque cabe señalar que por el momento no hay noticia de ninguna petición de dinero. Así que debemos ser cautelosos a la hora de cerrarnos a cualquier teoría.

Eskil le susurra algo a la mujer que tiene al lado y ambos esbozan una sonrisa simultánea, pero sea lo que sea lo que le ha dicho, prefiere no compartirlo en voz alta.

—Para terminar, hemos enviado las señas personales a todos los coches patrulla de la zona y, además, hemos puesto en búsqueda el coche de Malik Mansur, que también aparece en la foto. Un Golf GTI negro, matrícula personalizada con las letras MM.

Asker termina la reunión repartiendo tareas: hacer interrogatorios más detallados con los miembros de las respectivas familias, exigir datos bancarios, tratar de encontrar a amigos y compañeros de clase.

Cuando termina, mira a Vesna Rodic para ver si su jefa tiene algo que añadir, pero esta se limita a negar brevemente con la cabeza.

—Pues ya está, vamos a ello. ¡Llamadme en cuanto tengáis algo de lo que informar!

Da las gracias por la atención recibida y se dirige a su despacho. Eskil y sus tropas de apoyo se quedan sentados, hablan alborotados entre susurros alrededor de la pantalla de móvil del cabecilla. Hay algo en su lenguaje corporal y sus sonrisas que la inquietan, refuerzan su sensación de alerta, que aún no la ha abandonado. Como si hubiese algo en marcha, algo de lo que ella aún no es consciente.

Asker va a buscar una taza de café, se sienta a su escritorio y abre el Instagram de Smilla en la pantalla de su ordenador. Malik también tiene una cuenta, pero lleva mucho tiempo sin ninguna actualización, igual que el resto de sus redes sociales.

Smilla, en cambio, está claramente activa.

El último medio año está repleto de fotos de París: atracciones turísticas, aulas de universidad, algún bar de copas. Smilla aparece siempre rodeada de gente, y los comentarios rebosan de emojis y alegría de vivir. Hasta la foto del viernes por la mañana.

Desde entonces están desaparecidos. Dos *millennials* de buena familia que se han criado con el móvil en la mano. No augura nada bueno.

Asker se frota las sienes. El dolor de cabeza y la sensación de apocalipsis siguen sin ceder.

Su móvil vibra una vez.

¿Podrías pasar a verme,
si eres tan amable?

Abre el primer cajón del escritorio, donde guarda los analgésicos. Se toma dos con un trago de café y luego se levanta y sale de su despacho.

El despacho de Vesna Rodic es el doble de grande y está ubicado en una esquina. Las paredes están repletas de diplomas, banderines y fotografías de equipo. Si empiezas por una punta y vas recorriendo la pared hasta la otra, puedes hacer un seguimiento de toda su carrera policial y cada uno de los peldaños que ha subido hasta la fecha.

Rodic lleva cinco años dirigiendo Delitos Violentos, es ambiciosa, apreciada y competente. El último mes ha comenzado a correr el rumor de que muy pronto la ascenderán a un puesto nuevo.

—Hola, Leo —saluda en su tono de voz bajo habitual—. Cierra la puerta y siéntate.

—¿Es por lo de Eskil? —pregunta Asker mientras toma asiento—. Ya sabes cómo es, hay que atarlo corto, a él y a su pequeña pandilla. Eskil es un seguidor, no un líder. El problema es que él no lo entiende.

Rodic niega con la cabeza con resignación.

—Ya sabes lo que te tengo dicho de llamarle la atención a la gente en público. No es la manera de hacerse respetar.

—Ah, ¿no? —Asker enarca una ceja—. En esta casa debe de haber por lo menos cincuenta jefes varones que demuestran lo contrario. «Líderes claros que actúan con mano de hierro.»

La última frase la marca con unas irónicas comillas en el aire, cosa que Per el Paranoias habría odiado, sin duda alguna.

Su jefa suelta un suspiro.

—Hemos hablado de esto mil veces, Leo. Eres una buena poli. Una muy buena poli. Pero si quieres seguir adelante en tu carrera, si quieres sentarte en esta silla, por ejemplo... —Hace una pausa, le lanza una mirada a Asker cargada de significado—. Tendrás que hacerlo mejor a la hora de manejar a las personas que no tienen la misma capacidad que tú, lo cual abarca, a grandes rasgos, a todo el resto de los mortales. —Rodic se inclina sobre la mesa—.

Y a veces incluso hay que aprender a saber cuándo es hora de que te guste la situación, lo cual me lleva al motivo real de esta conversación: el caso Smilla-Holst.

—¿Sí?

—¿En qué punto nos encontramos? ¿Qué sabemos?

Asker se encoge de hombros.

—Tú misma estabas en la reunión. Es muy pronto, aún hay muchas cosas que no están claras. El tráfico telefónico nos habría ayudado mucho, sin duda, pero va lento, para variar. Mientras tanto seguiremos trabajando. Intentaremos montar el rompecabezas.

—¿Tú crees que se trata de un secuestro?

—¿Me preguntas por lo que me dice la intuición?

—Sí.

Asker hace una pausa como para poner orden en su cabeza, cosa que, en realidad, no le hace falta.

—Los secuestradores suelen querer dinero lo antes posible —dice—. Cuanto más alargan la situación, más riesgo corren de ser descubiertos. O de venirse abajo o de empezar a sentir lástima por la víctima. Ya han pasado tres días sin que nadie haya exigido nada. Así que lo dudo.

—Vale, y si no es un secuestro, ¿qué ha ocurrido?

—Aún no lo sé. Pero creo que es importante no cerrar ninguna puerta.

—¿Los padres qué dicen?

—Solo hemos hablado por teléfono. Tengo una reunión con los de Smilla dentro de una hora.

—¿Qué impresión te han dado?

Asker hace una pequeña mueca.

—El padre es serio y objetivo. Quiere datos, respuestas, resultados; a ser posible todo, y ya.

—¿Y la madre?

—Más cautelosa y emocional. Acostumbrada a mantenerse en un segundo plano.

Rodic se retuerce incómoda.

Asker aguarda. Hay más, lo sabe. Algo importante, algo que, por el momento, esta conversación ha estado esquivando.

—Me ha llamado el director general de la Policía —dice Rodic.

—¿Ah, sí? —Asker cambia de postura.

—Por lo visto, la abogada de la familia Holst se ha puesto en contacto con él. Ha tirado de algunos hilos.

Hay algo en la combinación de la palabra *abogada* y el lenguaje corporal de Rodic que hace que Asker lo entienda al instante.

—Lissander & Partners —confirma Rodic—. La empresa de tus padres.

—De mi madre y mi padrastro —la corrige Asker.

—Ya, sí. En cualquier caso, tu madre ha contactado con el director general de la Policía. Por lo visto son viejos amigos. Ella quería asegurarse de que estamos destinando todos los recursos disponibles.

—De ahí los compañeros nuevos en la reunión informativa —constata Asker—. Isabel suele conseguir lo que quiere.

—Sí... —Rodic vuelve a retorcerse en la silla—. Además, Isabel estará presente en la reunión de hoy con la familia, así que es mejor que me encargue yo.

—¿Por qué? —A Asker le encanta esa pregunta. Puede repetirla todas las veces que haga falta.

—Para evitar un conflicto de intereses innecesario.

44

—¿Me apartas de mi propio caso?

—Oficialmente este es mi caso, ya lo sabes —dice Rodic con sequedad—. Yo soy quien está al mando hasta que entre en escena la Fiscalía. Y mi valoración es que a partir de este momento seré yo quien se encargue del contacto con la familia.

El instinto de Asker es seguir cuestionándola, puesto que así es como ella funciona, pero se detiene. El lenguaje corporal de Rodic revela que hay algo más que quiere decirle.

—Y otra cosa. —Respira hondo—. El director general ha decidido pedirle ayuda al NOA, el Departamento Operativo Nacional. Mañana mandarán a un chico de Estocolmo. De hecho, es un viejo conocido.

De nuevo una pausa. Incómoda, tensa.

Demasiado tensa.

De pronto Asker lo entiende. El mal augurio que la ha estado rondando: el cuchicheo después de la reunión, el dolor de cabeza, la conversación de hace un momento acerca de apreciar la situación; todo encaja de golpe y porrazo, y el peligro que ha estado presintiendo se vuelve visible. Una amenaza brillante y cegadora que se precipita a toda velocidad contra ella, en mitad del túnel. Un tren al día del Juicio Final para el que ni siquiera el Paranoias ha podido prepararla.

—Jonas Hellman —confirma Asker. Lee la respuesta en el rostro de su jefa mucho antes de que salga por su boca.

«¡Maldita sea!»

EL REY DE LA MONTAÑA

Poco después de salir del hospital recibió un regalo inesperado.

Su padrastro era un hombre gruñón y, en general, ambos se evitaban en la medida de lo posible. Pero justo esa tarde de principios de verano el padrastro fue a su encuentro en el jardín que había detrás de la lúgubre casa.

—Toma —dijo mostrándole un tarro de cristal.

Dentro había una mariposa aleteando.

Las alas eran de color cobrizo y tenían puntitos azules junto al borde inferior, de color blanco.

—Una antíope —continuó el padrastro—. Cuando era pequeño solía cazar mariposas —añadió con una voz que sonaba casi tierna.

Por su parte, él esbozó una sonrisa, o eso cree. Había algo en toda aquella situación, no solo por la hermosa mariposa detrás del cristal sino también por la inesperada intimidad de un hombre que siempre se mostraba huraño, que lo animó.

—Ven, que te enseñaré cómo hay que cuidarlas.

Para su gran alegría, el padrastro lo llevó al sótano, donde tenía su taller. Un lugar que por lo general era territorio prohibido.

De las paredes colgaban herramientas en hileras rectas. En el aire flotaba un olor a pintura, cola y aguarrás. Pero subyacente a esa mezcolanza había también algo más. Un matiz denso y húmedo que le resultó singularmente familiar. Sótano, piedra, espacio subterráneo.

En el centro de la sala había una mesa de trabajo con una maqueta de un paisaje. Casitas y figuritas de plástico, algunas de ellas ya terminadas de pintar; otras, a medio proceso. Un mundo en miniatura que poco a poco iba cobrando vida y que atrapó su mirada. Fascinado, extendió una mano para tocarlo. Experimentarlo con los dedos, no solo con los ojos.

—¡Eso no es ningún juguete! —lo reprendió su padrastro, lo cual le hizo retirar la mano asustado—. ¡Mira esto! —El padrastro descolgó un martillo y un punzón afilado de la pared de herramientas y luego hizo seis orificios en la tapa del tarro—. Ya está, ahora la mariposa tiene aire.

Luego le explicó que tenía que dejar caer gotas de almíbar por los agujeritos.

—Puedes tenerla durante una semana —dijo—. Luego tienes que abrir la tapa. Si lo privas de la esperanza, a la larga nada puede sobrevivir.

Hizo lo que su padrastro le había dicho. Al menos al principio.

Conservó el tarro con la mariposa en su cuarto, la fue alimentando. Podía pasarse horas sentado solo observándola. Disfrutando de los colores, los detalles, los movimientos.

El sonido de las alas finas como el papel repicando contra el cristal.

Pero también disfrutaba del poder.

El dominio sobre un ser vivo y hermoso que luchaba desesperadamente por salir. Quería ver más, acercarse aún más. Sentir lo que sentía la mariposa.

Al cabo de una semana debería haber abierto la tapa y haberla liberado. Pero no fue capaz de hacerlo.

Ahora la mariposa era suya. Su propiedad, a la que jamás renunciaría.

A los doce días la antíope yacía en el fondo del tarro.

Las alas brillaban por efecto del almíbar, que había dejado de tomar, puesto que había perdido la esperanza.

Incluso en la muerte, la mariposa era tremendamente hermosa.

Y seguía siendo suya.

SMILLA

Se despierta en mitad de una inhalación.

Tiene un fuerte dolor de cabeza, nota un sabor metálico en la boca, las náuseas le queman la garganta. La vejiga llena le tensa el abdomen.

Smilla abre los ojos para orientarse. A los pocos segundos se percata de que ya los tenía abiertos.

Aun así, está todo oscuro. Tan oscuro que ni siquiera puede verse las manos, por mucho que se las acerque a la cara.

—¿Hola? —consigue decir, pero es apenas un susurro—. ¿Hola? —vuelve a probar, un poco más fuerte. Sin respuesta. Solo la negritud del silencio.

El corazón se le acelera, retumba contra sus tímpanos, le impide pensar.

O coger aire.

Es como si su tórax se encogiera con cada respiración. Como si la asfixiara desde dentro de sí misma.

Smilla traga saliva y aprieta los párpados. Empieza una cuenta atrás lentamente desde diez, tal y como le han enseñado. Al mismo tiempo hace inhalaciones largas y profundas, de una en una, para que el cerebro reciba la mezcla correcta de oxígeno y dióxido de carbono.

«Tres...»

«Dos.»

«Uno.»

El truco funciona. El pulso se le ralentiza un poco, el pánico remite lo suficiente para que su mente se despeje.

¿Dónde está? ¿Cómo ha acabado allí?

Hace un momento ella y MM estaban en una cueva. Luego...

Luego ¿qué?

Recuerda un grito, un umbral oscuro, un olor desagradable.

Miedo.

Después de eso, solo imágenes borrosas.

Y oscuridad.

Siente tirantez en un brazo, sus dedos palpan una tirita justo en el pliegue del codo.

¿La han drogado? Y en tal caso, ¿cuánto tiempo ha pasado?

¿Y dónde se encuentra?

Su pulso se vuelve a acelerar.

Repite la cuenta atrás.

«Tres...»

«Dos.»

«Uno.»

Tiene que intentar centrarse.

La primavera pasada ella y su hermana mayor fueron a un curso de secuestros. Así es como lo llamaban ellas en tono jocoso. Era un regalo de Navidad de su abuelo Eric. Tanto a Smilla como a Helena les había parecido ridículo. Exagerado, de alguna manera.

Pero como nadie contradice al abuelo, pasaron tres

días en un centro perdido en mitad de la nada. A sus novios les dijeron que se iban a un balneario todo el fin de semana y convirtieron el curso en una broma interna secreta con la que luego se habían echado unas buenas risas.

Ahora Smilla hace todo lo que puede para recordar lo que le habían enseñado.

En primer lugar, tiene que averiguar dónde se encuentra.

Sus manos palpan el entorno con cuidado. Está tumbada en una cama, tiene debajo un colchón blando y una almohada, y una manta áspera sobre las piernas. En el cabezal de la cama y en el lateral derecho, pared lisa de hormigón. Alrededor, vacío y oscuridad. Baja las piernas por el borde de la cama y se incorpora.

El aire es fresco, pero no frío. Huele como en las estaciones más profundas del metro.

Además, hay otra cosa que reconoce. La manera en que sus gritos han desaparecido hace un momento, la forma en que han sido absorbidos por un tono de fondo apagado que casi puede oírse si aguzas bien el oído. Y la oscuridad, la oscuridad compacta que solo existe en algunos lugares especiales.

Su corazón vuelve a acelerarse.

Se encuentra bajo tierra.

En lo más hondo de una montaña.

Prisionera.

El grito que ha estado tratando de contener desde que ha recuperado la conciencia termina por salir. Se queda flotando unos breves y cortantes segundos hasta que es engullido por la negrura.

Martes

ASKER

Solo son las cinco de la mañana, pero Asker ya está completamente despierta y vestida. Pocas veces duerme más de cuatro o cinco horas, menos aún cuando tiene la cabeza llena de cosas.

El parque que pertenece a su edificio está a oscuras, solo se ven unos pocos puntos de luz en el campo de golf del otro lado del lago. La niebla de ayer se ha desvanecido y la ha sustituido una llovizna de otoño.

Ha distribuido el contenido de su mochila gris encima de la cama.

Todos los objetos están agrupados en el orden correcto: la linterna, la cuerda fina de nailon, la pata de cabra y la herramienta multiusos para abrir puertas.

El pasaporte, la tarjeta de crédito, el fajo de billetes y la tarjeta SIM de prepago para largarse. Barritas de proteínas, ropa interior y calcetines, así como un neceser para permanecer en movimiento sin la necesidad de volver a casa. Puede imaginarse al Paranoias acariciando los objetos con delicadeza.

«Todo lo necesario para una fuga, Leo. Lo he calculado todo al milímetro. Dos minutos, no hace falta más que eso para desaparecer.»

En realidad ella no tiene claro por qué ha continuado con esta pantomima. Por qué ha seguido guardando la mochila gris en el armario, por qué ha ido cambiando de forma regular las cosas que tenían fecha de caducidad.

Per el Paranoias lleva mucho tiempo fuera de su vida, pero la mochila sigue ahí. Un recordatorio constante de lo que hubo una vez. Y del que ella, incluso después de todos estos años, sigue sin poder deshacerse.

La tela gruesa tiene manchas y está llena de parches. Las puntadas de los pedazos de tela más viejos están torcidas y parecen infantiles. Con el tiempo, los arreglos se han vuelto más rectos, más duraderos, más efectivos.

El último lo recuerda muy bien.

Tenía dieciséis años, faltaba poco para empezar el bachillerato.

Su último verano con Per, y el que estuvo a punto de ser el último de su vida.

Se rasca el antebrazo izquierdo sin darse cuenta antes de volver a meter las cosas en la mochila, sin prisa. Las introduce siguiendo el orden que él le enseñó. Podría hacerlo con los ojos vendados.

Cuando termina, vuelve a guardar la mochila al fondo del armario y va a la cocina. Pulsa el botón para hacerse un expreso con la moderna cafetera.

Dos minutos. Luego podría desaparecer para siempre.

Una idea atractiva, teniendo en cuenta lo que está por llegar.

Debería haberlo entendido en el mismo momento en que Hellman fue trasladado a Estocolmo.

Pero se sintió tan aliviada de haberse librado de él que se conformó con esa solución. Había llegado a creer que se lo había quitado de encima de por vida. Que él se interesaría por otras cosas, que nunca más volvería a poner un pie en la provincia de Skåne.

«La suposición es la madre de todas las cagadas», como habría dicho Per.

Luego la habría obligado a hacer flexiones, limpiar váteres, darse un baño en el hielo o alguna otra cosa desagradable para expiar el error.

Porque eso es exactamente lo que fue Jonas Hellman: un error.

Hellman fue quien en su día la reclutó para Delitos Violentos. El que le enseñó gran parte de lo que sabe en la actualidad.

Jonas Hellman le gusta a todo el mundo.

Empezó a flirtear con ella antes de que consiguiera el puesto. Leo reconoce que fue emocionante.

Aún más cuando él se convirtió en su jefe de equipo.

Hellman contaba con todo un séquito que lo admiraba y obedecía cualquier gesto que hiciera. Unas pocas personas elegidas, especiales. Y Asker era una de ellas.

La más especial.

Hubo una época en la que habría hecho casi cualquier cosa por él. Durante seis meses estuvieron completamente fusionados. Asker todavía piensa en ello, de vez en cuando. Sobre todo en el sexo.

Salvaje, desbocado, embriagador.

Luego, por pura casualidad, se topó con él en el centro, con esposa e hijos.

Leo ya sabía de su existencia, sin duda, pero hasta ese momento de alguna manera había logrado eludirlos. Fingir que no eran problema suyo.

Se los veía felices. Una familia feliz que ella estaba ayudando a romper.

«*Autodisciplina* significa no elegir nunca el camino fácil.»

Otra de las perlas de sabiduría que a Per le encantaba soltar.

Aunque en este caso tenía razón.

Así que Asker decidió cortar. De cuajo, de un día para otro.

Se arrancó la tirita, se tragó el malestar y el dolor tal como había aprendido a hacer. Tonta de ella, pensó que sería suficiente. Pero lo que ocurre con las personas como Jonas Hellman —personas con talento que están acostumbradas al éxito: a ser admiradas y adoradas— es que no suelen llevar bien lo de ser rechazadas.

Nada bien.

Ella lo sabía mucho antes de que Jonas Hellman apareciera en su vida.

Es una verdad que ha aprendido de la manera más dura.

Vuelve a pensar en la mochila.

En Per el Paranoias.

Per Asker.

Su padre.

El tatuaje lo tiene en la cara interior del antebrazo. Se prolonga desde el pliegue del codo hasta la muñeca. Fue a hacérselo el mismo día que cumplía dieciocho años, a pesar de las intensas protestas de su madre.

Pero ella necesitaba hacérselo. Debía recordarse a sí misma todo por lo que había pasado. Lo que se necesitaba para sobrevivir. Una palabra, cuatro sílabas, once letras negras encapsuladas para siempre en su piel.

Suficientes para casi ocultar la cicatriz pálida y enmarañada de debajo.

Desliza el dedo índice por las letras. Lee la palabra en voz alta.

—Resiliencia.

Jonas Hellman irá a por ella, no le cabe la menor duda. Y tiene que estar preparada.

ASKER

Sobre las siete de la mañana la lluvia ha amainado. En los carriles de incorporación el tráfico rueda, perezoso. El tren está cargado de gente sumida por completo en las pantallas de sus móviles y es imposible encontrar un asiento libre. El olor a perfume y loción de afeitado se mezcla con el de los cafés para llevar y algún aliento a ajo. Hace que el aire del otoño resulte aún más fresco cuando las puertas se abren, al fin, en la parada en la que a ella le toca bajarse.

El piso de Malik Mansur queda a un paseo rápido de distancia desde la comisaría.

Su madre la está esperando fuera.

Los agentes de la científica ya han estado allí: han tomado fotos, buscado manchas de sangre y otras pistas. Pero Asker quiere hacerse una idea en persona.

Hana, la madre de Malik, ronda los cincuenta años de edad. Viste un traje y va muy maquillada para disimular las bolsas que tiene bajo los ojos. Su sueco es bueno, pero habla con un acento marcado.

—Malik está muy enamorado de Smilla —dice Hana sin que Asker se lo haya preguntado—. Ha nacido y se ha criado aquí —añade, como si eso pudiera ser importante por alguna razón—. Un buen chico. Amable, buenas notas. Va a ser arquitecto.

Asker sabe que la madre es dentista y que el padre está prejubilado por larga enfermedad, ambos originarios de Irak. Malik es el único hijo que tienen.

—Muy enamorado de Smilla —repite la madre.

El piso tiene vistas al cementerio de Sankt Pauli. Un conserje rastrilla sus caminos con ayuda de un pequeño tractor. No parece que tenga ninguna prisa. Detrás del tractor los pajaritos van dando brincos, picotean semillas que el rastrillo ha dejado al descubierto.

Asker pasea la mirada por el salón. Muebles de Ikea; más o menos, todo lo limpio y ordenado que cabe esperar de un chico de veinte años. En una de las paredes hay colgada una foto de un local industrial abandonado. Hormigón, escaleras oxidadas, paredes llenas de grafitis. Pese al declive, hay algo hermoso en la foto.

—Fue Smilla quien la tomó —dice Hana—. Se le da bien la fotografía. Le regaló la foto a Malik por su cumpleaños. Es la fábrica de cal de Limhamn. Creo que estuvieron allí juntos. Aunque a lo mejor es algo que no debería decir...

Se lleva una mano a la barbilla.

—¿Por qué no?

—Porque no se permite entrar allí. ¿Cómo se dice en sueco? ¿Admisión prohibida?

—Acceso prohibido.

—Eso.

La madre parece corregir su vocabulario interno.

—¿Suele Malik visitar lugares clausurados? —pregunta Asker.

61

Un titubeo. Después, un asentimiento con la cabeza.

—¿Por qué?

—Quiere ser arquitecto. Está estudiando en Lund.

—Sí, lo ha dicho. ¿Los estudios tienen algo que ver con ese interés suyo?

—No lo sé. —La madre se encoge de hombros, alicaída, luego se le ilumina el rostro como si hubiese reparado en algo importante—. Hay otra foto en el dormitorio.

La mujer se adelanta, le muestra con frenesí una imagen a Asker que cuelga por encima de la cama deshecha. En ella aparecen Smilla y Malik juntos.

Él lleva traje; ella, vestido.

—Es del baile graduación de Smilla —dice Hana orgullosa—. Estaban tan guapos...

Solloza, y por un momento Asker teme que vaya a romper a llorar. Pero la madre se recompone y endereza la espalda.

—No lo entendemos —añade—. No entendemos nada de todo esto.

—Smilla rompió con Malik antes de irse a París, ¿verdad? —dice Asker.

Hana asiente con la cabeza.

—Se puso muy triste.

—¿Se enfadó?

—Los chicos no les cuentan esas cosas a sus madres —responde Hana esquiva—. Pero... sí, estaba disgustado. Sé que le escribió algunas estupideces a Smilla. Aunque se arrepintió y le pidió disculpas. Y cuando ella volvió a casa ya estaba todo bien otra vez. Ya lo ve usted misma, ¡Smilla vivía aquí!

La madre señala una maleta de cabina abierta junto a

una de las paredes del dormitorio. El nombre de Smilla en una etiqueta de envío atada al asa.

Los compañeros de la científica ya la han inspeccionado, pero Asker lo hace de todos modos.

Bragas, camisetas, algunos tops y un par de vaqueros.

En uno de los bolsillos laterales, un joyero con un collar.

—Un regalo de Malik —dice la madre—. Se lo compró justo antes de que Smilla volviera a casa. El dinero no le llegaba, tuve que dejarle prestado.

Asker alza el collar. Un corazón de oro con las iniciales M y S. Le saca una foto con la cámara del móvil.

—Hemos hablado varias veces con los padres de Smilla durante el fin de semana —explica Hana—. Están igual de preocupados que nosotros, pero desde ayer han dejado de cogernos el teléfono. ¿Sabe por qué?

Asker evita la pregunta o, mejor dicho, la respuesta. Probablemente la abogada de la familia Holst les haya recomendado que no tengan más contacto con ellos, puesto que se sospecha que Malik pueda estar implicado en la desaparición. Además, la abogada es la madre de Asker. Pero no puede contar nada de todo eso.

La madre empieza a hacer la cama. Obviamente, no tiene por qué hacerla, pero es difícil resistirse al instinto de intentar poner algún tipo de orden en toda esa situación inexplicable. Ella lo sabe por experiencia propia.

—Malik jamás le haría daño a Smilla —murmura Hana mientras estira las sábanas—. ¡Nunca lo haría, nunca! Antes, moriría.

Asker no sabe si la mujer está hablando sola o con ella.

Sin embargo, a juzgar por el comentario, parece intuir por dónde sopla el viento.

—Trabajamos sin cerrarnos a nada —dice Asker, más que nada porque se siente obligada a hacerlo.

Hana mira para otro lado, se concentra en hacer la cama.

Asker continúa echando un vistazo por la habitación. En la mesilla de noche hay un libro muy ojeado.

Lugares olvidados y sus historias.

El libro contiene imágenes más o menos como las de las paredes, seguidas de un par de páginas de texto. En algunas Malik ha doblado la esquina o ha hecho breves anotaciones, como si dicha página le pareciera de especial interés.

En la guarda delantera hay una dedicatoria escrita a mano.

«A mi estudiante estrella MM, muchos recuerdos de parte de Martin Hill.»

El nombre hace dar un respingo a Asker.

Busca a toda prisa la foto del autor en la solapa interior. El corazón se le ha acelerado un poco. Tiene dieciséis años más y se le ve considerablemente más sano de lo que ella recordaba. Pero no le cabe ninguna duda. Es su Martin Hill.

Qué curiosa casualidad.

EL REY DE LA MONTAÑA

El verano de cuando tenía trece años una familia entró a vivir en la casa del pie de la colina. Una pareja joven y su crío pequeño.

Él solía cortarles el césped. A veces lo invitaban a entrar para comer o tomar algo.

El matrimonio parecía feliz. Su casa era luminosa y bonita, llena de risas y música, sobre todo si la comparaba con la casa grande y lúgubre en la que vivía él.

Una vez los vio bailar juntos. La ventana estaba entreabierta, la fina cortina de dentro ondeaba suavemente con la brisa.

El padre llevaba vaqueros y camiseta, la madre un vestido de algodón que tenía un estampado azul celeste.

Sus cuerpos, pegados. La piel, perlada de sudor. Las manos del hombre sobre la espalda de la mujer, en sus caderas. Luego, por debajo del vestido. Ella se rio, la primera vez se las apartó. La segunda ya no.

Por su parte, él se quedó allí parado, incapaz de moverse.

El corazón le latía con fuerza en el pecho, como el aleteo de una mariposa en un tarro de cristal, mientras los observaba por la ventana.

Se quedó allí fuera durante varios minutos, hasta que al

final logró romper el hechizo y regresó trastabillando por la parcela de césped hasta meterse en el abrigo del bosque. Su cuerpo latía de excitación, de una necesidad que no era capaz de explicar. Una necesidad que lo atormentaba. Que le despertaba fantasías.

Igual que le había pasado con la mariposa, quería ver más.

Acercarse. Sentir lo que ellos sentían.

Una semana más tarde volvió. En pleno día, cuando sabía que no habría nadie en casa. La llave de repuesto estaba colgada detrás de una viga en el trastero.

Una vez dentro de la casa, con el corazón al galope, buscó el sitio del salón donde los había visto bailar.

Se imaginó que él era el padre, movió las manos en el aire de la misma manera que le había visto hacer. Pero la emoción remitió enseguida.

Después subió a hurtadillas por la escalera y se metió en el dormitorio.

Abrió con cuidado los cajones y los armarios. Tocó los objetos y las prendas más íntimas.

En la mesilla de noche de ella encontró un paquete de condones.

Debajo, ropa interior tan pequeña y transparente que tardó un buen rato en comprender que era de una mujer adulta.

El corazón le latía cada vez más fuerte, tenía la boca seca como el papel de lija.

En la mesilla de noche del padre encontró algo aún más inesperado.

Una pistola.

Con el mero olor a lubricante de armas ya supo al instante que era una pistola de verdad. Además, estaba cargada. ¿Por qué alguien guardaba una pistola cargada junto a la cama?

Sus pensamientos se vieron interrumpidos por el sonido de un coche que entraba por el acceso a la casa. La escalera daba a la puerta principal. No le daría tiempo. Pero un vistazo rápido por la ventana lo tranquilizó.

El coche de fuera no era el de la pareja, sino una *pick-up* desconocida.

El conductor, un hombre de unos treinta años con gafas de sol, se acercó a la puerta de la casa con paso firme.

Él se escondió detrás de la cortina y contuvo el aliento.

El hombre de las gafas de sol llamó impaciente al timbre. Una vez, dos veces.

Luego se puso a aporrear la puerta, a gritar el nombre de ella.

—¡Sal para que pueda hablar contigo!

La puerta de abajo estaba cerrada por dentro, lo cual era un alivio.

El hombre gritó el nombre otra vez, luego dio una vuelta alrededor de la casa.

Con cuidado, él lo siguió con la mirada, lo espiaba desde detrás de las cortinas del primer piso mientras el hombre intentaba ver algo por las ventanas.

Al cabo de un rato, el tipo volvía a estar en la parte delantera. Dio un paso al lado, se bajó la bragueta y se puso a mear sobre las hermosas rosas que crecían junto a la barandilla de la escalera del porche. Cuando hubo terminado, se abrochó los pantalones, escupió al suelo y se marchó.

Él apenas se atrevió a respirar de nuevo hasta que la *pick-up* hubo desaparecido.

Pensó en la pistola. Algo le dijo que tenía que ver con el hombre que acababa de irse. Que había tropezado con un secreto. Que las personas felices también tenían cosas que ocultar. La idea le hizo marearse de la emoción.

Le hizo querer llevarse algo.

Un recuerdo. Su propio secreto.

Por un breve instante sopesó robar la pistola, pero comprendió que sería una mala idea. Si se llevaba algo grande e importante, se darían cuenta de que alguien había entrado en la casa. Esconderían mejor la llave de repuesto, quizá incluso cambiarían la cerradura, y entonces no podría volver jamás. Y él quería volver.

Se quedó cautivado con unos pendientes sencillos que había al lado del tocador de ella. Si solo se llevaba uno, la mujer creería que lo había perdido. Que se le había caído al suelo y lo habían aspirado, o que se le había caído por el desagüe. Lo buscaría un rato y luego tiraría la toalla, puesto que el pendiente era algo insignificante.

Lo alzó para mirarlo bajo la luz, luego se lo llevó a la nariz. Le pareció percibir el aroma de ella. Un recuerdo perfecto.

Al mismo tiempo que volvía a recolocar todo lo que había tocado, pensó en el hombre de la *pick-up*. La forma en que había marcado su presencia, igual que hacían los perros. Un mensaje que dejaba claro que había estado allí. Que había conquistado aquel sitio.

Él debería hacer lo mismo. Dejar algo a cambio por el pendiente. Hurgó en los bolsillos traseros del pantalón sin encontrar nada útil.

Sin embargo, en uno de los laterales, sus dedos rozaron un objeto pequeño y duro.

Una figurita de plástico de la maqueta de su padrastro que había encontrado el otro día en el suelo.

La figura medía unos dos centímetros de alto, estaba sin pintar y no tenía facciones en la cara.

Invisible, anodino; recordaba a una persona, pero sin serlo.

Justo como él.

Metió la figurita en el fondo del cajón de la ropa interior, donde nadie la descubriría. Y si alguien lo hacía, tampoco entenderían el significado que tenía. Que era una prueba de su conquista.

ASKER

Asker está sentada en su despacho con la puerta cerrada.

La sensación de mal augurio del día de ayer ha vuelto, ahora con una fuerza casi abrumadora, lo cual tampoco es de extrañar. El habitual zumbido de fondo que siempre se cuela por la puerta de cristal se ha intensificado, se ha acelerado. De vez en cuando se ve interrumpido por risas fuertes. Los sonidos del regreso triunfal de Jonas Hellman.

Ella ha estado temiendo este momento. Lo ha proyectado cientos de veces en su cabeza para encontrar una salida poco dolorosa. Pero no es posible. No hay nada en esta situación que resulte indoloro.

Será mejor arrancarse la tirita.

Hellman está en el *office*. En la mano tiene una taza de café con las siglas del Departamento Operativo Nacional: NOA. Asker está completamente segura de que nunca ha visto esa taza en el armarito, lo cual significa que se la ha llevado él mismo. Para dejarles claro que juega en otra liga.

Hellman ya está rodeado de un séquito de admiradores.

Los años en Estocolmo no lo han cambiado demasiado; un matiz cano propio de los cuarenta en la barbita que solo lo hace aún más guapo.

Por lo demás, sigue como siempre. Americana, vaque-

70

ros, camisa hecha a medida. Rubio, en buena forma, seguro de sí mismo, rozando la arrogancia.

El centro evidente de la sala.

Eskil está pegado al codo de Hellman, con la cara llena de adoración canina. Una pequeña copia zalamera que se ríe demasiado alto con las bromas del maestro y que ya se ha olvidado de sus propias ambiciones de liderazgo.

Asker respira hondo y le tiende la mano a Hellman.

—¡Hola, Jonas! Me alegro de verte.

El parloteo de la estancia cesa de golpe, todas las miradas se vuelven hacia ella.

Hellman la deja con la mano en el aire justo el rato necesario para que la situación se vuelva incómoda. Luego esboza una amplia sonrisa.

—¡Asker, hola! —Le estrecha la mano—. Me han dicho que llevas el caso Holst. Qué ganas tengo de que trabajemos juntos.

Sonrisas de alivio, miradas llenas de significado. Él se refiere a ella por el apellido, como para marcar que solo es una más entre la multitud. Un espectáculo bien planificado.

Ya va siendo hora de ponerle freno. Y ella sabe perfectamente cómo. La palabra que más lo irrita.

—¿Por qué? —le pregunta, y ladea la cabeza.

—¿Eh? —La sonrisa tan segura de sí misma se tambalea.

—¿Por qué tienes ganas de que trabajemos juntos?

Hellman se la queda mirando fijamente. El séquito se retuerce incómodo. La temperatura ambiente cae en picado hasta el punto de congelación.

Al cabo de unos segundos Hellman consigue soltar una risita forzada, como si todo fuera una simple broma. Sus fans le siguen el rollo.

—Lo dicho, siempre es divertido vernos de nuevo, Asker.

Sigue estrechándole la mano y sigue sonriendo, al menos con la boca.

Pero sus ojos azul claro se han vuelto gélidos.

Media hora más tarde está todo el personal congregado en la sala de reuniones. El lugar está lleno de policías. Rodic y Hellman al frente de todo; Asker en primera fila, entre el público. Se respira un ambiente tenso, expectante.

Justo un minuto antes de que empiecen ocurre algo inesperado. La puerta de la sala se abre poco a poco, casi distante, y, por alguna razón, todos los presentes vuelven la cabeza hacia allí. Asker también. Como ocurre siempre que su madre entra en un sitio, todo parece detenerse.

Isabel Lissander va vestida de manera impecable, como de costumbre, con marcas tan caras que no necesitan mostrarse mediante logos ni estampados. Su maquillaje es discreto, el peinado es perfecto y el tinte de pelo está hecho con tanto esmero que cualquiera pensaría que ese rubio centeno es suyo, aunque ya se acerca a los sesenta. En el rostro, esa expresión de abogada que lleva puliendo cuarenta años. Monarca británica con notas de tiburón blanco.

Barre la sala con la mirada, se sienta en la última fila y luego asiente levemente con la cabeza, lo cual hace que el tiempo vuelva a moverse.

Rodic se aclara la garganta.

—Bueno, bienvenido todo el mundo —dice—. Me parece que aquí el comisario Jonas Hellman no precisa de presentación alguna.

Rodic señala a Hellman, quien estira la espalda satisfecho.

—Los que no hayáis trabajado antes con Jonas, seguro que lo conoceréis igualmente —continúa—. Sus resultados tanto en este departamento como en el de Homicidios hablan por sí solos y, por supuesto, nos alegramos mucho de tenerlo aquí.

Asker guarda silencio. Le sorprende que Rodic sea capaz de soltar ese tipo de chorradas. Sabe muy bien qué clase de persona es Hellman, y aun así está ahí de pie cantándole alabanzas.

—¡Hola a todos! —dice Hellman—. Estoy muy contento de haber vuelto, aunque sobra decir que las circunstancias podrían haber sido mejores. He tenido tiempo de ponerme al día y, en mi opinión, hay algunos hilos claros de los que tirar.

Hace un gesto y alguien pone en marcha el proyector. Su lenguaje corporal es relajado y al mismo tiempo tan seguro de sí mismo que es imposible no prestarle atención.

—He hablado con la familia Holst y, según ellos, Malik Mansur se volvió agresivo después de que Smilla cortara con él en verano. Aseguran que ella le cogió miedo.

Por un breve instante la mirada de Hellman se posa en la última fila y, aunque Asker esté de espaldas a ella, entiende que es a su madre a quien está mirando. Por lo visto, ya han tenido contacto, lo cual le hace hervir la sangre.

Una imagen aparece en la pantalla.

—Los datos se ven reforzados por estos mensajes que Mansur le envió a Smilla entre agosto y septiembre.

Asker se muerde el labio. Hellman ya ha conseguido obtener el tráfico telefónico que su equipo sigue esperando. Pero no lo ha compartido con ella. Además, ha tenido tiempo de hablar con la familia Holst, seguramente durante la reunión que Rodic insistió en llevar sin presencia de Asker el día de ayer.

—Como podéis ver, el tono en muchos de los mensajes es amenazante —prosigue Hellman—. «Te vas a arrepentir. A mí nadie me hace esto. El karma se encargará de joderte.»

Hellman mira a Asker, quien observa una tirantez irritante en una de sus comisuras.

Ya entiende por qué. Las frases podrían ir perfectamente dirigidas a ella.

—Además, hemos podido confirmar la conexión entre Mansur e Ibbe Farakhad, que es un conocido criminal de Malmö que cuenta con un considerable currículum de violencia. Entre otros, Farakhad ha sido condenado con anterioridad por secuestro. Había, como estoy seguro de que recordaréis, una nota de inteligencia de que Mansur había sido visto en un coche que Farakhad utiliza a veces. Al menos en dos ocasiones Mansur ha llamado a un número que también sabemos que usa Farakhad. Pero no hemos encontrado ningún SMS entre ellos dos, lo cual significa que son lo bastante listos para usar algún tipo de servicio de mensajería de código encriptado al que no tenemos acceso.

Asker ya no puede seguir callada.

—O bien nunca han tenido ningún contacto —dice—. Los delincuentes se intercambian los móviles y los coches constantemente. Mansur podría haber estado en contacto con cualquier otro miembro del grupo.

Hellman fuerza una de sus sonrisas más encantadoras, como si no tuviera nada en contra de que lo interrumpan.

—Por supuesto, no nos cerramos a ninguna hipótesis. Pero como se aprecia en la siguiente imagen, hay más indicios. —Saca un láser y apunta con él al lienzo—. Los teléfonos tanto de Smilla como de Mansur se apagaron el viernes a las 11:03 horas. En aquel momento se encontraban en las proximidades de la gasolinera Shell de Gårdstånga, al norte de Lund. La gasolinera es un punto de encuentro habitual y cuenta con un aparcamiento apartado. La ruta E22 pasa justo por ahí, igual que un puñado de carreteras secundarias en casi todas las direcciones. Que ambos móviles se apagaran al mismo tiempo significa que no pudo haber sido por falta de batería, problemas de funcionamiento ni nada similar. Los teléfonos fueron apagados adrede, y una de las conclusiones razonables es que se apagaron porque alguien quería asegurarse de que no pudieran ser rastreados.

Nueva imagen. Logos de Visa y Mastercard. Gastos y pagos. Aún más información que Hellman parece haber conseguido con un apretón de manos y que ha decidido guardarse para él.

—Los extractos de la tarjeta de crédito de Mansur muestran que tiene deudas crecientes y que, por norma general, solo paga las cuotas mínimas —continúa—. Sus deudas ascienden a casi cien mil coronas y, además, se había retrasado en los pagos de los recibos domésticos normales, lo cual ha implicado varios avisos por parte de los cobradores. —Baja el puntero láser—. En resumen, tenemos a una chica desaparecida que es hija de una de las familias más acaudaladas de Malmö, así como a un exnovio despechado, amenazante y celoso, con una mala situación económica y contacto con criminales conocidos. Todo señala a un secuestro, con extorsión como móvil. De cuatro años a cadena perpetua en la escala de sentencias posibles.

—Pero Smilla y Mansur volvían a estar juntos —replica Asker—. Smilla estaba viviendo en su casa. Él incluso le había pedido dinero prestado a su madre para comprarle un collar de oro. —Hace una breve pausa, pero lo suficientemente larga para darse cuenta de que Hellman no sabía lo del collar. Punto para ella—. Además, no ha llegado ninguna petición de dinero pese a haber pasado veinticuatro horas —continúa lo más serena que puede—. ¿No es demasiado pronto para cerrarnos a una hipótesis tan limitada como que Mansur ha secuestrado a su propia novia? Por ejemplo, ¿cómo había pensado salirse con la suya una vez que hubiese cobrado el dinero?

Se hace el silencio en la sala durante unos segundos. Nadie asiente con la cabeza en señal de apoyo a Asker, nadie osa encontrarse con su mirada. Ni siquiera su jefa.

Todo el mundo tiene los ojos clavados en Jonas Hellman. Este, a su vez, descansa la mirada en la última fila durante un buen rato, hasta que mira a Asker.

—Gracias por tu aporte, Asker —dice con una fría sonrisa—. Los cuestionamientos y las aproximaciones alternativas siempre son bienvenidos. —Vuelve a mirar para otro lado—. Obviamente, no nos cerramos a ninguna hipótesis —continúa—. Cualquier otra cosa sería mala praxis.

SMILLA

Smilla ya casi ha superado el estado de shock, el periodo en que el corazón y el cuerpo activan todas sus funciones de crisis.

Ha pasado por todas las fases.

Ha llorado, ha hiperventilado, ha llamado a gritos a MM, a su madre, a su padre.

Ha dejado salir la peor parte hasta aligerar la presión en el pecho.

Las lágrimas le escuecen en los labios y se las enjuga con la lengua. Se frota los ojos con el dorso de las manos.

Dentro de poco, muy poco, su cerebro estará despejado, se lo enseñaron en el curso. Pasará a la fase de supervivencia, comenzará a investigar más sobre el sitio en el que se encuentra y sobre la persona o las personas que la han llevado hasta allí.

El recuerdo de cómo ha llegado se ha vuelto un poco más nítido. Le vienen a la mente un pasillo, hileras de puertas. Una lámpara de luz roja, solitaria.

Un ojo malévolo en la oscuridad que la ha atraído.

También guarda recuerdos más confusos de tarros de cristal, mariposas muertas y figuritas de plástico. Del aliento de la montaña cada vez más fétido.

Quizá esa parte en concreto sea más bien un sueño.

Pero el último recuerdo de todos es muy nítido: la gélida clarividencia de que no está sola en la oscuridad.

Sigue sin poder desprenderse de esa sensación.

De que hay alguien ahí fuera. Alguien que la mira, que la vigila.

Que se le acerca a hurtadillas los ratos que se queda dormida. Que se sienta en el borde de la cama, que la toca. Smilla no sabe de dónde le sale esta última idea, pero provoca que el pánico vuelva a oprimirle el pecho.

Nuevas lágrimas en los rabillos de los ojos, pero pestañea y se las quita.

Aprieta los labios y se traga el llanto, pedazo a pedazo.

En breve habrá superado la fase de shock, y no piensa volver a ella.

ASKER

Después de la reunión, pasa una hora entera antes de que Asker sea llamada al despacho de su jefa. Le da tiempo de analizar todo el posible plan de ataque de Hellman: está apuntando claramente a hacerse con el timón del caso y, al mismo tiempo, condenarla al ostracismo.

La información telefónica y bancaria que ha obtenido gracias a sus propios contactos y que no ha compartido de antemano con ella son las dos referencias, cuando menos, ambiguas que ha elegido pensando especialmente en ella; el guiño de que no quería caer en mala praxis, puesto que fue una de las cosas por las que ella lo denunció. Hellman ha actuado de forma muy rápida, ha tenido tiempo de ganarse la confianza tanto de Rodic como de la familia Holst y de Isabel.

Pero con las prisas también ha cometido un error. Se ha obcecado demasiado pronto con la posibilidad de que Malik sea el autor de los hechos y ha obviado datos que señalan en la dirección contraria. Como el collar del que no tenía noticias.

Y Asker aún guarda un pequeño comodín que Hellman ha pasado por alto: el libro firmado de Martin Hill, en el que se refiere a Malik como su estudiante estrella. Podría merecer la pena investigarlo. Un estudiante destacado choca de pleno con la imagen de macarra que Hellman ha esbozado con tanta ligereza.

Pero, antes, otra conversación obligada con la dire. «Es importante colaborar, apreciar la situación, lo mejor para el caso. Bla, bla, bla...»

Sin embargo, Rodic la sorprende. En lugar de complicarse con una prolija advertencia, su jefa va directa al grano.

—Me ha llamado el director general de la Policía. Después de mirárselo bien, ha concluido que existe un lamentable conflicto de intereses en el caso.

—¿Ah, sí?

—Sí, puesto que la familia está representada por un familiar tuyo.

—Te refieres a mi madre.

—Mmm, sí. Sea como sea, el director general no quiere que haya circunstancias que puedan robarle atención al trabajo.

Asker se ríe.

—¿Acaso le da miedo que vaya a filtrar datos de la investigación? Si Isabel acaba de estar presente en la reunión.

Rodic permanece seria.

—Nadie te acusa de nada, Leo. Pero al director general de la Policía la situación le parece una lamentable coincidencia. Por eso ha decidido asignarte otras tareas por el momento.

La sonrisa de Asker se apaga de golpe. El giro es tan sorprendentemente absurdo que, por una vez en la vida, no tiene tiempo de cuestionarlo.

—¿Te acuerdas de Bengt Sandgren? —continúa Rodic sin darle tiempo a reaccionar—. Fue profesor en la Escuela

Superior de Policía durante un tiempo. Hace un puñado de años escribió la primera versión de la Biblia del asesinato. Bengt es jefe del Departamento de Recursos.

Asker conoce a Sandgren, pero nunca ha oído hablar de ningún Departamento de Recursos. Además, su cerebro está demasiado ocupado tratando de asimilar lo que está pasando.

—Da igual. Hace unos días Bengt tuvo un infarto, con la mala suerte de que sufrió una aparatosa caída y ha sido necesario ingresarlo en el hospital. No está claro hacia dónde se inclinará la balanza. Una pena... —Rodic inspira entre los dientes antes de continuar—. El departamento de Sandgren está sin jefe, y el director general quiere que tomes el timón inmediatamente allí abajo, hasta que la situación de Sandgren esté más clara. Es una buena oportunidad para hacer currículum con un poco de experiencia de jefa a nivel departamental.

El cerebro de Asker ha conseguido recomponerse, las piezas del puzle han caído en sus respectivos sitios y el desconcierto se ha tornado rabia.

—Y esta «oportunidad»... —marca la última palabra con comillas en el aire, aunque ya de por sí la pronuncie como destilando ácido— no tiene nada que ver con el hecho de que en su día yo denunciara a Jonas Hellman y que esté cuestionando sus conclusiones tan seguras y precipitadas en el caso Holst, ¿no?

—¡En absoluto! —Rodic alza ambas manos en un gesto de disuasión, lo cual es una mano de más, sin duda—. Se trata de algo temporal, el director general ha querido dejarlo claro. Eres una de nuestras inspectoras de mayor confianza, y lo cierto es que el cambio supone un ascenso. Serás jefa de departamento.

Asker respira hondo. Intenta ganar algo de tiempo para poner orden en su cabeza.

—¿A qué tipo de tareas se dedican en el Departamento de Recursos? —pregunta lo más serena que puede.

Rodic se retuerce en la silla.

—No estoy muy al día de cuáles son sus funciones —responde esquiva—. Pero, lo dicho, el director general de la Policía ha dejado muy claro que se trata de un ascenso.

Asker permanece callada unos segundos. Ahora lo ve todo claro como el agua.

—Solo para evitar malentendidos... —No podría disimular el cinismo en su voz ni aunque lo intentara—. Todo esto tiene que ver exclusivamente con el desarrollo de mi carrera laboral. Una oportunidad fantástica para mí de mandar sobre un departamento del que nadie ha oído hablar y cuyas tareas asignadas no quedan claras.

Rodic deja caer las manos en su regazo. Por un breve instante parece cansada.

—Acepta la propuesta y punto, Leo —dice en voz baja—. Aprecia la situación y deja de hacer preguntas. Por una puta vez en la vida.

EL REY DE LA MONTAÑA

La visita en casa de la joven pareja le dio el impulso que necesitaba. Aquel verano buscó más césped que cortar, enseguida aprendió dónde guardaba la gente sus llaves de repuesto; eso en los casos en que siquiera se molestaban en cerrar la casa con llave.

No tardó en contar con varias casas que aprovechaba para explorar cuando los dueños no estaban.

Descubría sus secretos, se metía en sus estancias más privadas.

Invisible.

De cada sitio robaba algún pequeño objeto y lo sustituía con una figurita de plástico blanca y sin rasgos faciales.

Reunió una colección de artefactos que escondía debajo de un tablón del suelo en su habitación. Por la noche los sacaba, cuando todo el mundo se había ido a dormir en la casa grande, y revivía las sensaciones del momento en que los había sustraído.

Excitación. Emoción. Poder.

Pero luego llegó el otoño. Dejó de cortar el césped y la gente se encerró en sus casas, dejándolo fuera.

Se consolaba con su pequeña colección, pero al poco tiempo ya no fue suficiente. Quería más. Necesitaba más.

A medida que los días se iban haciendo cada vez más cortos y la oscuridad se iba expandiendo, una nueva idea comenzó a forjarse.

Meterse en una casa mientras los dueños aún estaban dentro.

La primera vez que lo hizo fue en casa de un familiar. Una de sus hermanastras mayores, que vivía en una cabaña no muy lejos de su casa.

La eligió a ella por diversos motivos: en parte, porque conocía muy bien la cabaña y sabía que la hermanastra iba a estar sola; en parte, porque siempre le había parecido guapa. Ella apenas le hacía caso, lo trataba como a cualquier otro niño de los que iban y venían por la gran casa y de los que apenas merecía la pena aprenderse el nombre.

Quizá fue esa arrogancia lo que terminó de decidirlo.

Entró por la puerta de la cocina. A pesar de haber visitado la cabaña a escondidas en otras ocasiones, esta vez se le antojó diferente. Como si la mera presencia de su dueña cambiara la energía. Como si cargara las habitaciones de emoción.

Se concentró en caminar despacio, en no cometer el más mínimo error en su frenesí por llegar al dormitorio. La puerta estaba entreabierta, y por encima de los latidos de su propio corazón podía oír las respiraciones de ella allí dentro.

La encontró tumbada en mitad de la cama; se había quitado el edredón de una patada. El camisón se le había subido hasta dejar al descubierto una pierna y un glúteo. No llevaba bragas.

La imagen le hizo ver pequeños destellos. Se quedó de pie en el umbral de la puerta, con el miembro palpitando mientras la observaba. El pecho de ella meciéndose, el aire que salía lentamente por su boca entreabierta.

Ella no tenía ni la menor idea de que él estaba allí. De que la estaba observando en su momento más vulnerable.

El poder que tenía sobre ella era absoluto, igual que con la mariposa en el tarro de cristal.

Ella era suya.

Él era su dueño.

De regreso en su despacho, Asker se queda sentada en silencio con los ojos cerrados. Respira despacio para aplacar el exceso de rabia. Según su reloj de pulsera, tarda cinco minutos y catorce segundos en aclararse un poco la mente.

Sin duda, todo esto es obra de Hellman.

Pero aún le falta reputación como para hablar directamente con el director general de la Policía y pedirle que la quite de en medio, sobre todo con la historia de fondo que tienen. Por tanto, tiene que haber sido otra persona la que ha tirado de los hilos. Alguien con suficiente poder, contactos y autoridad. Una mezcla de monarca británica y tiburón blanco.

Asker se estira para coger el móvil. Su madre responde al segundo tono.

—Isabel Lissander.

Se presenta con nombre y apellido, pese a saber que es su hija quien llama. Su tono de voz es frío, profesional.

Asker decide saltarse las frases de cortesía.

—Has hecho que me aparten del caso Holst.

Una constatación, no una pregunta.

Breve silencio.

—¿Apartarte? Por lo que tengo entendido, te han ascendido a jefa de departamento; ¿acaso no es un paso hacia arriba?

—Gilipolleces. Me han apartado del caso porque me enfrenté a Jonas Hellman. ¿Sabías que lo denuncié?

De nuevo, silencio. Su madre ha pulido las pausas hasta convertirlas en todo un arte. Ha aprendido a limarlas hasta transformarlas en dagas afiladas.

—Claro, estoy al corriente de vuestro conflicto personal —dice con exagerada lentitud.

—¿Conflicto? Me estuvo acosando después de haber cortado con él.

Silencio otra vez. Asker intenta tragarse la rabia.

—La versión que me presentaron a mí es que hace varios años mantuvisteis una breve relación, a pesar de que Jonas Hellman estuviera casado... —Una cuarta pausa cortante que acierta en el punto débil de la armadura de Asker—. Hellman asegura que cuando, motivado por los remordimientos, puso punto final a vuestro pequeño *affaire*, tú lo denunciaste a Recursos Humanos —prosigue su madre—. He podido ver el informe. Según este, Hellman se había comportado de forma inadecuada, en efecto, pero sin cometer ningún fallo oficial. Los pocos testigos que quisieron hablar apoyaron su versión más que la tuya. Aun así, Hellman fue trasladado al Departamento Operativo Nacional en Estocolmo. A petición suya, porque quería alejar a su familia de ti.

A Asker está a punto de estallarle la cabeza. Respira hondo en un intento de tranquilizarse.

—No fue así, para nada —replica controlándose—. Hellman me acosó tanto en el trabajo como en casa. Él y su pandilla hicieron todo lo que pudieron para marginarme y sacarme de la unidad...

—Razón de más para que no trabajéis en el mismo caso —la interrumpe su madre—. Sin ir más lejos, pensando en el bien de Smilla Holst. Al fin y al cabo, su bienestar es la mayor prioridad, ¿no te parece? Y Jonas Hellman es un policía muy diestro y muy reconocido...

Una nueva pausa, directa a la yugular.

Asker quiere replicar que en realidad son dos las personas desaparecidas. Que Hellman ya se ha cerrado a una teoría no confirmada y que con ello está poniendo en riesgo la vida de los dos sujetos desaparecidos. Pero la rabia le hace la zancadilla a su lengua.

—Has conseguido un trabajo nuevo —resume su madre distante—. Un puesto de jefa, lejos de tu supuesto verdugo. La verdad es que no entiendo de qué te quejas.

—¿Me vas a decir que no es tu manera rebuscada de castigarme? —Asker no debería abrir esa puerta, pero se ve superada por la rabia.

La voz de Isabel se vuelve fría como el hielo, lo cual es señal de que Asker ha dado en el blanco.

—No sé de qué estás hablando.

—¿Ah, no? Entonces ¿ahora te parece bien que no quiera ser abogada ni trabajar en tu empresa? Esto es nuevo...

Es su turno de hacer una pausa de ataque. No le sale igual de bien que a su madre, pero sí lo suficiente para que sirva de puñalada.

—Lo siento, pero tengo que dejarte —dice brevemente su madre—. Cuídate, Leonore.

No está claro cuál de las dos es la primera en colgar.

Asker tenía la esperanza de poder salir a hurtadillas, ha

esperado hasta que el pasillo estuviese vacío. Pero, obviamente, la han estado acechando. En cuanto pone un pie fuera del despacho, el pasillo se llena de gente, con Eskil y sus compinches a la cabeza.

Su maestro ha vuelto del exilio y están de un humor radiante.

Se apoyan en las paredes y los marcos de las puertas. Se ríen y charlan en voz alta, hacen como si ella no estuviera allí al mismo tiempo que siguen su calvario con el rabillo del ojo, llenos de regocijo.

Asker no dice nada, se limita a mantener la cabeza erguida y la vista al frente.

Luego se queda de pie con sus miradas quemándole en la nuca mientras el ascensor se demora demasiado.

—Quien juega con el karma... —espeta Eskil justo antes de que las puertas del ascensor se cierren detrás de ella.

ASKER

Asker no necesita mirarse en el espejo del ascensor para constatar que tiene pinta de que acaben de echarla del curro. Todo, desde la caja de cartón que lleva bajo el brazo hasta la humillación que le arde en la cara, da fe de ello. Además, la cámara de seguridad que la observa desde el techo no pierde detalle. Por acto reflejo, Asker se vuelve para darle la espalda.

Ha tenido tiempo de sopesar si entrar en batalla o no; acudir a Recursos Humanos, al sindicato o bien presentar su renuncia de inmediato. Pero no piensa tomar ninguna decisión en caliente. Primero quiere tener los datos sobre la mesa; una oportunidad de valorar con exactitud lo mala que es su situación.

El viaje de descenso va rápido. Apenas treinta segundos, antes de que el ascensor emita un tintineo.

«Planta menos uno», dice la voz pregrabada, casi como si dudara; como si se preguntara si de verdad es aquí adonde Asker se dirige, o si solo ha pulsado un botón equivocado por descuido.

Hasta ahora Asker había dado por hecho que las plantas subterráneas de la comisaría solo albergaban el aparcamiento, el campo de tiro y archivos oscuros y silenciosos.

Pero, por lo visto, el Departamento de Recursos también se aloja allí abajo, en el subsuelo. Y eso es, a grandes rasgos, toda la información que la intranet ha podido ofrecerle sobre su nuevo destino. Nada acerca de las tareas del departamento ni de quiénes trabajan allí, más allá de Bengt Sandgren.

La puerta del ascensor se desliza poco a poco hasta abrirse del todo.

Asker se queda allí de pie un segundo, tratando de posponer al máximo lo inevitable. El ojo mudo de la cámara de seguridad sigue mirándola fijamente.

Menos uno.

No suena nada prometedor.

El pasillo de acceso parece sacado de la década de los años setenta.

Veinte metros de alfombra de plástico gris, con puertas de despacho cerradas a lo largo de todo un lateral. En la pared opuesta, algunos cuadros, todos ellos un poco torcidos.

Reproducciones pálidas y de color sepia de ilustraciones de John Bauer de trols, hadas y otras alimañas.

Además, falta uno de los cuadros; solo se ve el agujero de la alcayata y un halo rectangular que ha dejado sobre el empapelado de burbujas. Huele a café rancio y a sótano. En el techo, uno de los fluorescentes parpadea arrítmicamente.

Asker coge aire poco a poco. La diferencia entre este sitio y la planta que acaba de dejar atrás no podría ser mayor.

—Tú debes de ser Leo Asker —dice una voz afable a su espalda.

El hombre, que ha surgido de la nada, tiene cincuenta o

sesenta años. Pertenece a ese colectivo de gente cuya edad resulta en extremo difícil de acertar.

—Virgilsson —se presenta.

Sin nombre de pila ni cargo.

Es bajito y rechoncho, lleva camisa blanca y chaleco de lana de color azul marino. Tiene la cabeza apoyada casi directamente sobre los hombros y, junto con la raya a un lado y la boca ancha, recuerda un poco a un sapo.

—El guardián del departamento, podría decirse —continúa—. O Cicerón. Este es mi pequeño cuartucho.

Señala la puerta del despacho que queda más cerca de los ascensores y que ahora está un poco entornada, dejando escapar un hilo de música clásica.

—El despacho de Bengt Sandgren queda al fondo, doy por hecho que quieres sentarte allí. Una historia trágica, por cierto. Bengt era un buen jefe. —Hace una pequeña mueca de tristeza.

Por fin Asker consigue abrir la boca.

—¿De qué clase de tareas se encarga este departamento?

El hombre esboza una sonrisa críptica.

—Ah, pues podría decirse que un poco de todo... —Hace caso omiso de la cara de perplejidad que pone Asker—. Ya hablaremos de eso más adelante, primero pensaba presentarte a la plantilla.

Llama a la segunda puerta, la abre sin esperar a obtener una respuesta. La mujer sentada al escritorio pega un respingo, asustada, como si la hubiesen pillado haciendo algo prohibido. A su espalda se ve una ventana sucia y estriada que da a un oscuro patio interior.

—Gunilla, esta es nuestra nueva jefa, la inspectora Asker —dice Virgilsson.

—Jefa temporal —lo corrige ella.

—Va-vale. —La mujer se levanta, se pone bien las gafas y se seca la mano en la blusa llena de motas.

—Gunilla Rosén. Pero todo el mundo me llama Rosita.

Tiene el pelo cano, no parece encajar con su edad real. Su mirada flaquea, se mueve nerviosa, como un pájaro herido. Tiene la mano caliente y sudorosa.

—¿Y cuáles son tus tareas, Gunilla? —pregunta Asker.

—Eh..., bueno... Me encargo de la parte administrativa. Las consultas, el archivo y también registro y distribuyo tareas entrantes.

—¿Qué es lo que más entra?

—Mmm, es difícil de decir. —Rosita se toquetea la manga de la blusa y, al mismo tiempo, mira de reojo a Virgilsson.

—Ya volveremos a ello —dice el hombrecillo para cambiar de tema—. ¿Seguimos?

Invita a Asker de vuelta al pasillo.

—Rosita es la roca del departamento —susurra—. Pero hay que vigilar un poco lo que le cuentas. Es un poco...

Chasquea los dedos índice y anular contra el pulgar un par de veces.

—¿Qué quieres decir?

En lugar de responder, Virgilsson llama a la siguiente puerta.

O más bien, la aporrea.

—Zafer es un poco duro de oído —argumenta después del segundo intento.

La puerta se abre de golpe y aparece un hombre con gafas grandes. Lleva camisa de manga corta con un estuche de bolígrafos en el bolsillo del pecho. Más abajo, unos

vaqueros sujetos tanto por un cinturón como por unos tirantes.

—Te presento a la inspectora Asker —dice Virgilsson
alto y claro.

El hombre se la queda mirando fijamente y luego la saluda con la cabeza, sin tenderle la mano. Es calvo hasta la
coronilla, que está rodeada por un semicírculo de pelo gris
alocado que le abraza la nuca y las sienes. Sobre las patillas
de las gafas, por encima de las orejas, lleva dos audífonos.

—Enok Zafer —se presenta, con un volumen de voz un
poco demasiado alto.

—Enok se ocupa de las cuestiones técnicas —explica
Virgilsson.

—Evalúo los recursos técnicos —lo corrige Zafer irritado—. Estoy con un informe que debo presentar el viernes.

Asker echa un vistazo al interior del despacho lúgubre
que se abre detrás de Zafer. Es el doble de grande que el de
Rosita; en realidad, son dos despachos unidos y en los que
hay tantas estanterías que apenas pueden verse las ventanas. A su vez, las estanterías están sobrecargadas de cachivaches electrónicos. Hay diodos titilando por todas partes.

—Aquí Asker viene a reemplazar a Bengt Sandgren
—le aclara Virgilsson—. Temporalmente... —añade antes
de que a ella le dé tiempo de decir nada.

—Ah, ya, bueno —responde Zafer, otra vez demasiado
alto—. Eso no es que me afecte mucho, en realidad yo no
reporto a Sandgren, sino directamente al director técnico.
—Mira por encima del hombro—. Tengo que volver a lo
mío. El informe para el lunes.

—Viernes —dice Asker.

—¿Qué? —Zafer se agarra una oreja.

—Has dicho que el informe era para el viernes.

—Ah. —Se da la vuelta y murmura algo en una lengua que Asker no tiene tiempo de identificar antes de que se cierre la puerta.

—Lo de a quién le toca presentar los informes lo puedes coger con pinzas —dice Virgilsson—. Es algo que Zafer se ha sacado de la manga, y Bengt no se molestó en corregirlo. Por pura simpatía, creo yo.

Luego la guía de nuevo por el pasillo, lo cual le proporciona a ella unos segundos para reflexionar sobre la situación.

Por el momento el supuesto ascenso le ha otorgado un equipo compuesto por un pequeño sapo, una mujer neurasténica con traje de vieja y un técnico medio sordo que sufre alucinaciones.

No tiene grandes expectativas para lo que queda por conocer.

Se detienen frente a una tercera puerta. En la pared de fuera hay una lucecita roja encendida, acompañada del texto NO MOLESTAR.

—Ya volveremos luego. —Virgilsson hace un gesto de disculpa—. En cualquier caso, aquí se sienta Kent Atterbom, apodado Atila. Seguro que has oído su nombre. Y también un montón de rumores, quizá.

Por supuesto que Asker ha oído hablar de Atila, igual que todos los agentes de Malmö.

Pensaba que lo habían echado hace tiempo; sin duda, es lo que deberían haber hecho, pero, por lo visto, ha conseguido aferrarse allí, al inframundo.

—Me juego algo a que has oído que era instructor de

95

defensa personal para el grupo de operaciones especiales y que solía estrangular a los policías más chulos hasta dejarlos inconscientes, ¿puede ser? —pregunta Virgilsson—. O que una vez estuvo a punto de cargarse a un boxeador de peso pesado que iba colocado en una pelea de borrachos.

—Algo por el estilo. —Asker se muerde el labio.

Así que el cuarto miembro de su equipo es un viejales peligroso. Hellman y su pandilla deben de estar meándose de risa con todo esto.

Virgilsson hace una mueca sonriente.

—Lo cierto es que casi todo no son más que rumores. Pero Atila va un poco a su bola. Él y Bengt Sandgren no se entendían. Una vieja historia, no me sé todos los detalles, pero... —El hombrecillo calla de golpe, como si hubiese oído un ruido dentro del despacho cerrado—. Sigamos —se apresura a decir.

Pasan por delante de algunas puertas cerradas.

—Bajas de larga duración —constata Virgilsson con un pequeño movimiento con la mano—. Nada de lo que tengas que preocuparte, Recursos Humanos se encarga de todo. Lo más probable es que no volvamos a verlos nunca más.

Pasan por delante de un despacho con casillero, fotocopiadora e impresora, así como una estación de carga con dos aparatos de radiocomunicación policial. Por encima de estos, un armarito de llaves hecho de chapa.

—Lamentablemente, por el momento solo disponemos de un coche —señala Virgilsson—. Un fiel veterano en las últimas. Bengt estaba intentando arreglar el asunto, pero desconozco en qué punto se quedó. En cualquier caso, la llave está ahí colgada. Lo reservas apuntándote en la lista que hay detrás de la puerta. Le pediré a Rosita que te asigne un hueco en el casillero.

El hombrecillo sigue guiándola, pasan por el *office* y alguna puerta más hasta que se detiene frente al despacho que queda al fondo del pasillo, justo antes del almacén.

—¡Última parada! —exclama con una sonrisa seca. Al mismo tiempo, estira un gran llavero que lleva colgando de una anilla extensible gastada y abre la cerradura.

COMISARIO BENGT SANDGREN, JEFE DE DEPARTAMENTO, pone en una plaquita anticuada de metal amarillo. No cabe duda de que es un resquicio de otros tiempos, y mejores.

—Antes preguntabas de qué asuntos nos ocupamos aquí —dice Virgilsson al mismo tiempo que abre la puerta—. La respuesta es: de todo lo que nadie más quiere hacer.

Asker coge aire. El despacho de Sandgren está repleto de carpetas y papeles que cubren casi todas las superficies existentes, así como un viejo y ajado sofá de cuero en el que alguien parece haber dormido recientemente. El aire está cargado, huele mucho a polvo y papel, mezclado con un leve olor a sudor, alcohol y resignación.

Virgilsson sonríe.

—¡Bienvenida a la Unidad de Casos Perdidos y Almas Errantes!

EL REY DE LA MONTAÑA

El otoño que cumplía quince años fue revolucionario en muchos sentidos.

A esas alturas contaba con una veintena de casas a las que visitaba, la mayoría de ellas de noche, y su colección de recuerdos había crecido considerablemente.

Cuidaba bien de dicha colección, apreciaba hasta el último de los pequeños objetos, disfrutaba de las emociones que le generaban.

Pero últimamente había empezado a sospechar que alguien entraba a husmear en su cuarto. Pequeños indicios, señales que cualquier otro adolescente habría pasado por alto y no habría descubierto jamás. Cajones que no se habían cerrado hasta el fondo, montones de ropa que se habían desplazado unos centímetros porque alguien los había tocado.

Su padrastro no solía alejarse del sótano, donde se entretenía con sus maquetas de trenes y paisajes sin preocuparse ni de él ni de ninguno de los demás críos. Sus hermanastros pequeños eran curiosos, desde luego, pero también les daba miedo subir la escalera empinada y oscura que llevaba a la buhardilla, puesto que él les había metido en la cabeza que allí arriba había fantasmas.

Solo quedaba su madre. De un tiempo a esa parte había empezado a interesarse cada vez más por las cosas que él hacía. Le había formulado preguntas sobre la escuela, sus amistades, las chicas, lo que hacía en su tiempo libre.

Además, de vez en cuando él había oído fragmentos de conversaciones entre ella y el padrastro. Había entendido que su paso de niño a adulto joven era algo que a ella le preocupaba.

Si su madre había dado el paso de empezar a fisgonear en su cuarto, solo era cuestión de tiempo que encontrara la colección. Al mismo tiempo, él no podía separarse de sus tesoros. Necesitaba saber que la colección estaba a salvo, que se encontraba en un lugar seguro al que solo él tenía acceso. Donde nunca tendría que alejarse de ella.

Pero ninguno de los escondites que se le ocurrían terminaba de servir del todo.

Al final fue el tío Johan quien lo salvó.

Johan era uno de los muchos parientes y conocidos singulares de su padrastro. Llevaba bigote y siempre olía a una mezcla de aceite y tabaco.

Pero también tenía otro olor, uno que nadie parecía percibir. Olía a enfermo.

A muerte.

Fue idea de su madre, la de que pasara las vacaciones de noviembre con el tío Johan. Seguramente quería asegurarse de que él saliese de casa. Quizá incluso de que tuviera un nuevo referente masculino o nuevos intereses. En todo caso, el lugar que había elegido no funcionó en absoluto.

Johan nunca resollaba más de cinco palabras seguidas. Fumaba en cadena y tosía sin parar, y ponía la música tan alta en el coche que habría sido imposible mantener una conversación ni aunque lo hubiesen querido.

Fueron de aquí para allá inspeccionando edificios militares esparcidos por la región. Barracones, almacenes de armas, antenas de radar.

Johan observaba si las vallas estaban enteras, si los carteles de aviso estaban colocados donde tocaba o si había caído algún árbol en el área. Era todo tan aburrido como sonaba.

Pero entonces, al cuarto día, siguieron una pista rural de tala que atravesaba el bosque de abetos de detrás de su propia casa. Aparcaron justo al pie de la larga cadena montañosa que él solía ver desde la ventana de su buhardilla.

—Casi nunca vengo aquí —dijo Johan mientras cogía una señora linterna del maletero y se encendía un cigarrillo—. Hace unos años, alguien borró este sitio de los archivos por equivocación. Está prácticamente olvidado. Pero he pensado que a lo mejor te gustaría.

A lo lejos se oía el siseo que emitía el paso de los trenes de alta velocidad por las vías de Södra Stambanan. Lo había oído mil veces antes, pero justo ese día, en aquel lugar, le sonó diferente. Le despertó una extraña expectación.

Johan lo guio por entre dos paredes de roca escarpadas y cubiertas de grandes redes de camuflaje. Y de pronto, casi sin previo aviso, estaban delante de una abertura en la montaña, bloqueada por una verja de hierro con una cadena oxidada. Unos metros por detrás de esta asomaba un enorme portón de piedra.

Johan se detuvo, se apoyó con las manos en las rodillas y se puso a toser con virulencia. Terminó el ataque escupiendo un denso gargajo entre los helechos y prendiéndole fuego a un nuevo cigarrillo antes de empezar a lidiar con la cadena y el candado.

Mientras tanto, él se había quedado petrificado, sin poder respirar ni moverse. Reconocía aquel lugar. La verja, la cadena, el portón de piedra.

El olor a ruinas, humedad, decadencia. Era como si alguien le hubiera abierto la cabeza y se hubiese metido directamente en sus sueños febriles más profundos.

—Este sitio da un poco de canguelo —resolló Johan—. No te dará miedo la oscuridad, ¿no?

Fue incapaz de responder. El corazón le latía con fuerza, tenía la boca seca como el papel de lija y, en algún lugar, le parecía oír un ruido.

Un sonido grave y vibrante que lo atraía.

Que lo llamaba.

—Este es nuestro pequeño secreto. —Johan se rio entre dientes mientras se adentraban en la oscuridad.

En sus sueños.

Aquello era abrumador, no había otra forma de describirlo.

Ni siquiera ahora, que ya hace tiempo que se convirtió en un adulto. Como si aún le faltaran las palabras.

Al día siguiente, tan pronto como llegó la noche, se coló en casa de Johan y le robó las llaves.

Había encontrado un escondite para su colección.

Para sí mismo.

ASKER

Una de las cosas que Asker ha tenido tiempo de descubrir durante su primera hora en el departamento es que el patio interior del otro lado de las ventanas de la oficina es el más lúgubre. Incluso más que el despacho sobrecargado de Sandgren.

El patio consiste en cincuenta metros cuadrados de suelo de baldosas de cemento al que no se puede acceder porque no hay puerta.

El grumoso resplandor que se cuela por las claraboyas de varias plantas más arriba ha tenido tiempo de debilitarse tanto, antes de llegar allí abajo, que apenas da luz. Y las lámparas encendidas de las oficinas de más arriba refuerzan aún más las sombras de abajo.

Si Asker se pega a la ventana sucia y gris y mira hacia arriba en línea recta, puede ver las ventanas iluminadas de la sala de reuniones de Delitos Violentos. Incluso puede vislumbrar a personas moviéndose dentro. Discutiendo un caso que en realidad es suyo.

Su caso.

Se aparta de la ventana y se sienta en la silla ajada de la oficina de Sandgren. El ordenador es viejo y zumba durante varios minutos hasta encontrar su perfil y darle acceso.

El teclado está tan desgastado que algunas letras han desaparecido por completo.

El trabajo ahí abajo es una misión de humillación, una manera tan cruel y tan estudiada de castigarla que casi resulta impresionante.

Hellman ha obtenido su venganza y, pese a haber visto llegar la amenaza, Asker estaba totalmente indefensa. Él había vuelto las armas de ella en su contra, incluso a su propia familia.

¿Qué alternativas le quedan?

Ir a llorarle al director general de la Policía queda descartado. Él ya le ha explicado a través de Rodic que esta misión es, en realidad, un ascenso. Por ese mismo motivo, Asker tampoco puede contar con la ayuda del sindicato. Además, a este último nunca le interesan los conflictos que se basan en compañeros de trabajo que denuncian a otros por mala conducta.

Podría solicitar otro puesto en la casa, pero eso lleva tiempo, y algo le dice que cualquier solicitud le será denegada.

La única salida viable es presentar su renuncia. Buscarse otro trabajo y morder la manzana envenenada; empezar a trabajar para Lissander & Partners. Al fin y al cabo, cuenta con una licenciatura en Derecho que está desperdiciando, algo que su madre nunca se olvida de señalar. Pero, aunque lo haga, tiene que comerse los tres meses de preaviso antes de materializar la renuncia. Tres meses en este sitio, y luego el resultado no dejaría de ser que Hellman ha conseguido justo lo que quería y ha logrado echarla del cuerpo de policía. Eso es algo que Asker no puede permitir, simple y llanamente.

Levanta algunas de las carpetas polvorientas del escritorio de Sandberg. Conforman una mezcla variopinta de antiguas denuncias, notas de recordatorio y documentos oficiales, combinados con lo que debían de ser sus intereses privados. Facturas, recibos, un catálogo de complementos para maquetas de tren.

Entre las montañas de papeles descubre un libro con un título que le resulta familiar. *Lugares olvidados y sus historias.*

El mismo libro que había encontrado en la mesilla de noche de Malik Mansur.

Este no tiene ninguna dedicatoria, pero en la portada hay una nota adhesiva con algo escrito. La letra, que supone es de Sandgren, es descuidada.

«Martin Hill», ha escrito.

Luego, un número de teléfono móvil.

Asker lleva años sin pensar en Martin Hill. Pero en dos días de pronto se ha topado dos veces con su libro, su firma y ahora su número de teléfono.

Una persona más supersticiosa habría dicho que aquello era una señal. Que el destino estaba intentando decirle algo. Menos mal que ella no cree en ese tipo de sandeces.

Además, su primera afirmación no es cierta. Sí que ha pensado en Martin. Bastante.

Se ha preguntado dónde se habría metido, si alguna vez descubrió lo que le pasó a Asker en su última noche en La Granja. Y, en tal caso, por qué no la había llamado. Aun así, Asker ha resistido la tentación de buscarlo en Google. Se ha convencido de que forma parte del pasado.

Una puerta que debe seguir cerrada.

Vuelve a abrir la foto del autor en la solapa. Lee que

104

Martin, además de ser un escritor bestseller, es profesor en la facultad de Arquitectura de Lund. Lo mismo que estaba estudiando Malik Mansur. Eso explicaría por qué ha descrito a Malik como su estudiante estrella.

Pero Sandgren ya estaba en el hospital antes de que Malik y Smilla desaparecieran. Así que su interés por Martin no puede guardar relación con el secuestro.

Asker coge el teléfono y busca a Martin Hill en Google. Logra encontrar una grabación de una conferencia en la universidad de apenas un mes antes.

El Martin adulto se mueve con suavidad y seguridad por el escenario. Tiene al público en la palma de la mano desde el primer momento. Habla de su libro, menciona algunos lugares olvidados y narra las historias que esconden, al mismo tiempo que va enseñando imágenes. Una historia trata de un millonario excéntrico que ha construido su imperio empresarial basándose en información que dice haber recibido de extraterrestres y a quienes se lo ha agradecido erigiendo un monumento de un ovni en su honor.

Martin es divertido y sabe entretener, tal y como ella lo recuerda. Solo que ahora es mayor y más guapo. Asker no es la única que lo piensa. De vez en cuando, la cámara se pasea por el público. La mayoría son mujeres de veinte años para arriba, muchas de ellas con expresión de asombro en el rostro y ojos titilantes.

Pero otra de las caras le resulta familiar. Pausa el vídeo, rebobina y amplía la imagen. Malik Mansur está sentado en primera fila, con una amplia sonrisa en los labios. Parece devorar cada palabra que dice Martin.

¿Es la misma persona que, al mismo tiempo, planea secuestrar a su exnovia?

Asker retira la nota del libro y la pasea pensativa entre los dedos. Después de un rato dándole vueltas en la cabeza, vuelve a pegarla en el libro. El caso ya no es suyo, por lo que tampoco tiene motivo alguno para ponerse en contacto con Martin y preguntarle por Malik Mansur.

Llaman a la puerta.

Virgilsson asoma la cabeza.

—Estoy a punto de salir para ir a hablar con una de nuestras parroquianas. He pensado que a lo mejor querrías venir. Para hacerte una idea de lo que hacemos.

—¿Parroquiana? —pregunta ella.

—Te lo explico de camino —dice él con una nueva sonrisita enigmática.

Asker se levanta y coge la chaqueta. Se detiene en la puerta, vuelve al escritorio y se mete el libro con la nota en el bolsillo.

«Martin Hill», vuelve a pensar.

Un fantasma del pasado.

DIECISIETE AÑOS ANTES

Tiene catorce años y va a séptimo curso. Está de pie delante de su taquilla, en el largo pasillo del colegio.

La puerta metálica está abollada, más de lo normal, y por mucho que gire y retuerza la llave, no se deja abrir.

Suelta un suspiro, mira la hora. La clase de mates empieza dentro de seis minutos, ir corriendo hasta la conserjería lleva cuatro.

Súmale el tiempo que necesita para explicarle al conserje que tiene que volver a prestarle un destornillador, y luego el tiempo que tarda en volver corriendo y forzar la puerta de la taquilla. Llegará por lo menos cinco minutos tarde. Aún más si el conserje resulta no estar allí.

Detesta llegar tarde.

—¿No puedes abrir la puerta?

Es el chico nuevo quien se lo pregunta. Tiene la taquilla de al lado, y hasta ahora solo se han saludado con la cabeza.

Es un palmo más bajo que ella, tiene la tez morena y el pelo negro y encrespado. Su cuerpo es flaco, la ropa parece irle una talla grande. La piel alrededor de sus ojos es grisácea, los labios tienen un matiz un poco demasiado claro, como si no estuviera del todo sano.

Los malotes de noveno lo llaman Martin el Negro, y él

finge que el apodo no le duele. Se ríe con ellos, con la esperanza de que lo dejen en paz. A veces le sirve. Pero no siempre.

—*La puerta de la taquilla —repite señalando el metal abollado—. ¿Qué ha pasado?*

—*Los imbéciles de noveno suelen darle puñetazos cuando pasan por delante.*

—*¿Por qué?*

Ella se encoge de hombros. No tiene ánimos de explicarle que es igual de alta y casi tan fuerte como la mayoría de ellos, y que pelear se le da bastante mejor. No le apetece contarle que la semana pasada le dio un cabezazo a uno durante el recreo porque había hecho un comentario cruel sobre sus ojos bicolor, y que aporrearle la puerta de la taquilla es, por lo visto, su penosa manera de vengarse.

—*Tengo un destornillador, si quieres.*

Sin esperar respuesta, empieza a hurgar en su mochila, un saco grande de nailon que parece haber sido recosido en varios sitios y que le recuerda a la mochila que ella misma guarda bajo su cama. Dentro puede ver una linterna y algunas manillas de puerta sueltas.

—*¡Toma! —Le ofrece un gran destornillador.*

Leo apenas tarda un par de segundos en forzar la chapa de la taquilla y aplanarla un poco. Luego prueba un par de veces con la llave para asegurarse de que todo funciona como corresponde.

—*Gracias —dice ella, y le devuelve el destornillador.*

—*¡No hay de qué!*

Leo se ve superada por la curiosidad.

—*¿Por qué tienes...? —Señala la mochila.*

Él baja rápidamente la solapa de cierre.

—Es un secreto —contesta sonriendo—. Al menos hasta que nos conozcamos mejor. —El chico le tiende la mano—. Me llamo Martin Hill.

—Leo —murmura ella mientras se dan un apretón—. Leo Asker.

—Encantado de conocerte, Leo Asker —dice con una sonrisa que, en realidad, no es tan irritante como ella se había esperado.

ASKER

El único vehículo de servicio del departamento es, tal y como lo había descrito Virgilsson tan diplomáticamente, un fiel veterano. O, para ser más honestos, una auténtica cafetera.

El coche es un Volvo oscuro que debe de tener por lo menos diez años a la espalda y al que, a juzgar por la amortiguación esponjosa y la tapicería hundida de los asientos, se le ha dado un uso intenso. El olor del habitáculo es una mezcla rancia de efluvios corporales varios y olor a comida. El volante está gastado, falta uno de los botones de la radio y la guantera tiende a abrirse de forma espontánea en plena marcha.

Virgilsson conduce. Es dicharachero. Le gusta hacer preguntas.

—Así que vienes de Delitos Violentos. ¿Estabas trabajando en el secuestro de Holst?

Asker sopesa la opción de decirle que no, pero ¿qué más da?

—Sí, llevaba el caso —reconoce.

—Vaya, o sea que en un instante has pasado de estar en el centro del meollo a estar aquí sentada. —Esboza una sonrisita, no necesariamente de simpatía.

—¿Adónde vamos? —pregunta ella para cambiar de tema.

—A Skurup —responde él—. Para ver a Madame Rind. Como te he dicho antes, es una de nuestras parroquianas. Nuestro contacto directo con el mundo de los espíritus.

—¿Qué?

Virgilsson sonríe de oreja a oreja.

—Madame Rind solía llamar varias veces a la semana. Nos bombardeaba con pistas sobre todos los casos que aparecían en la prensa. La casa sopesó la posibilidad de solicitar una orden de alejamiento, pero Sandgren propuso que, en lugar de eso, fuéramos a visitarla una vez a la semana; pensó que sería lo más fácil para todo el mundo. Y estoy de acuerdo.

Asker apenas puede creerse lo que oye.

—¿Estamos yendo a ver a una adivina?

—Ella prefiere que se la llame médium —dice Virgilsson riendo entre dientes—. Nos turnamos para ir a visitarla. Allí al lado hay un buen restaurante para almorzar. En verano ofrecen bufé libre de parrilla.

Asker niega desesperada con la cabeza.

—¿Esto es una tarea típica del departamento? —pregunta.

—A ver —dice Virgilsson—. Nuestras tareas suelen ser de todo menos típicas.

—¿A qué te refieres con eso?

Virgilsson hace una breve pausa antes de responder.

—En pocas palabras, nuestro departamento se ocupa de todos los asuntos que no pueden zanjarse sin más, pero que al mismo tiempo tampoco tienen cabida en otro sitio. Casos perdidos, como yo suelo llamarlos.

Asker enarca las cejas.

—¿Tienes más ejemplos?

—Desde luego. Hay un caso en marcha de un granjero en Billesholm que después de cada solsticio de verano encuentra patrones extraños en alguno de sus campos de cultivo. Otro es de una señora en Flyinge que asegura que alguien secuestra a sus gatos y los suelta a treinta kilómetros de allí, en Vollsjö.

—¿Y la policía destina tiempo a eso? —pregunta Asker.

—Sí, porque, al fin y al cabo, en ambos casos estamos hablando de delitos reiterados. —Virgilsson calla un momento mientras maniobra para rebasar un coche parado—. Y tampoco es que a las almas errantes vayan a confiarnos tareas más importantes —añade con una sonrisa torcida.

Asker se ha quedado sin palabras. Nunca antes se había planteado adónde iban a parar ese tipo de casos en la jerarquía policial.

Ahora ya lo sabe.

Abajo del todo, en la planta menos uno.

En la Unidad de Casos Perdidos y Almas Errantes.

Cuya jefa ahora es ella.

Cuando llegan a Skurup se ha levantado viento y unas nubes oscuras han comenzado a agolparse en el cielo.

Madame Rind vive en un *skånelänga*, una típica vivienda de campo del sur del país. El edificio, de una sola planta, está un poco torcido y el tejado de junco se ha combado. De la barba oscurecida del voladizo cuelga un carillón de viento que tintinea en el aire como un mal augurio. El sonido de las puertas del coche al cerrarse provoca que una bandada de grajos levante el vuelo entre graznidos en los chopos que hay detrás de la casa.

En el patio son recibidos por un carlino envejecido con ojos de color lechoso que les olisquea las piernas.

—Ese es Garm. Por lo visto, puede ver el mundo de los espíritus —dice Virgilsson, con fingida gravedad—. Pero en nuestra simple realidad, el perro está ciego, así que ve con cuidado de no pisarlo.

Para sorpresa de Asker, Madame Rind resulta ser una mujer guapa de algo menos de cuarenta años, de pelo negro y liso, tez blanca como el alabastro y muy maquillada. Lleva puesta una camisa negra, vaqueros negros y botas, y alrededor del cuello le cuelgan varias joyas que parecen hechas a mano.

Rind estrecha la mano de Asker y se la queda mirando fijamente demasiado rato. El apretón es firme y áspero. Un tatuaje asoma por debajo de los puños de la camisa y se prolonga por el dorso de su mano. Lleva los dedos repletos de anillos.

—Inspectora Asker —dice ella, casi como si saboreara el nombre y el cargo—. Sea bienvenida. Garm y yo la estábamos esperando.

Asker intercambia una mirada fugaz con Virgilsson mientras Madame Rind los invita a entrar en su casa. El techo es bajo, las paredes están pintadas de colores apagados. Hay grandes cuadros al óleo con motivos de mitología nórdica, así como cornamentas de corzo y ciervo. Las estancias huelen a incienso y a pieles viejas de animales.

Se sientan en un pequeño conjunto de sofás de cuero donde ya hay preparada una bandeja con té.

—¿Y bien, Madame Rind? ¿Qué puede contarnos hoy? —dice Virgilsson guiñándole un ojo.

—Primero, un poco de té —les ordena la mujer.

Virgilsson obedece, sonríe un poco para sí, como si le gustara que le dieran órdenes.

El carlino se ha subido al regazo de su ama. Mira fijamente a Asker con sus ojos ciegos y lechosos y con la larga lengua colgando de una comisura.

—¡Le cae bien! —dice Rind—. Puede sentir su energía.

Asker suspira en silencio. Si aquel chucho de verdad pudiera sentir su energía, lo más probable es que se hubiera escondido debajo del sofá.

—Qué lástima lo de Bengt —dice Rind—. A los espíritus les molestó que él no entendiera sus advertencias.

—¿Advertencias? —pregunta Asker, más que nada por decir algo.

—Los espíritus nunca se equivocan —sentencia Rind con una seriedad sepulcral—. Pero a veces sus advertencias son difíciles de interpretar. Hay que ser audaz. Yo solo soy un recipiente, un medio para sus mensajes.

Asker abre la boca, pero la cierra enseguida.

Toda esta situación es tan absurda que, por una vez en la vida, no tiene muy claro qué decir. Tanto la singular mujer como el perro ciego siguen sin quitarle los ojos de encima, sin pestañear.

—De acuerdo, Madame Rind, ¿empezamos? —interrumpe Virgilsson.

Deja la taza de té en la mesita de centro con un golpe. Hasta ahora Asker no se había dado cuenta de que la hoja de la mesa está llena de letras, como un tablero de güija.

—¡Empezamos!

Rind saca un bloc de notas y hace un repaso rápido de un montón de asuntos diferentes de los que se ha escrito en la prensa, mientras va contando lo que los espíritus le han dicho al respecto de cada uno: el color del jersey que llevaba el culpable, por qué tuvo lugar cierto delito, dónde hay que buscar para obtener pruebas. A pesar de que su relato está formado en su mayor parte por frases sueltas, Virgilsson parece escuchar con interés, e incluso toma algunos apuntes. De hecho, parece un poco colgado de Madame Rind.

Por su parte, Asker ya se ha retirado mentalmente de allí. Lo único que puede oír es el porrazo de su carrera policial al tocar fondo.

Mira por la ventana. Los grajos han vuelto a sus miradores en los chopos. Justo por debajo de las oscuras nubes se ve un avión de camino al aeropuerto de Skurup. La sensación de querer huir es abrumadora.

Piensa en la mochila de debajo de su cama. Dos minutos, es todo lo que se necesita.

—Y... por último, la chica desaparecida y su novio —dice Madame Rind; Asker sale de su ensimismamiento—. A los espíritus les preocupa mucho ese caso.

Asker mira de reojo a Virgilsson. El caso Holst aún no ha salido en los medios de comunicación, así que ¿cómo puede esta mujer estar al corriente?

Pero el misterio resulta tener una explicación perfectamente natural.

—La mujer de la limpieza de los padres vino ayer a hacer una consulta —dice Rind—. La familia está desgarrada. Por lo visto, se sospecha del novio.

—¿Y qué dicen los espíritus al respecto? —pregunta Asker mordaz.

Madame Rind le lanza una larga mirada.

—Están preocupados —responde con seriedad—. Muy preocupados. Garm también, no ha podido dormir. Eso solo ocurre cuando sucede algo grave. Cuando hay un gran mal en movimiento.

Acaricia al carlino en la nuca. El perro sigue con la mirada fija en Asker. Se hace un silencio absoluto, lo único que se oye es el tictac del reloj de pared en un rincón.

—Bueno, nos toca seguir con lo nuestro —dice Virgilsson exageradamente enérgico—. Gracias por el té, Madame Rind. Vamos hablando.

Salen del patio y ponen rumbo a la civilización.

—¿Y bien? ¿Qué te ha parecido?

—Me ha parecido un auténtico derroche de tiempo. Está claro que la gente tiene derecho a creer en lo que le dé la gana, pero no corresponde a la policía reforzar las supersticiones de la gente.

—A lo mejor no —dice Virgilsson con una sonrisita—. Pero reconoce que el té estaba rico. Y Rind es una mujer elegante, tiene algo especial... —Hace una pausa y esboza su sonrisa habitual, difícil de interpretar—. Además, tengo un pequeño asunto entre manos —prosigue—. Un amigo mío regenta un ahumadero a cinco minutos de aquí. Pensaba pasar a recoger un cargamento de anguila ahumada para unos compañeros de comisaría. Obviamente, hay para ti también, si quieres.

Asker le lanza una mirada gélida.

Ha tardado unas horas, pero ahora ya sabe muy bien en qué consiste su ascenso.

Balas perdidas, gente chiflada, investigaciones sin sentido y recados privados en horas de servicio.

Compañeros que se quedan a dormir en el trabajo y que tienen el libro de Martin Hill como lectura de noche. *Lugares olvidados y sus historias.*

Definitivamente, el Departamento de Recursos encaja muy bien con esa descripción.

Un lugar olvidado lleno de casos perdidos y almas errantes. Asker se pregunta qué habría dicho Martin al respecto.

Por unos segundos se plantea si debería llamarlo, a pesar de todo, pero enseguida se lo quita de la cabeza.

Seguro que, a diferencia de ella, Martin Hill estará ocupado con cosas más importantes.

HILL

Una de las muchas cosas que Martin Hill ha aprendido en lo referido a forzar vallas es siempre evitar treparlas.

De pequeño no tenía mucha elección.

En aquella época era demasiado enfermizo y débil para siquiera atreverse a intentarlo; en casi todas las cuestas tenía que bajarse de la bici para no quedarse sin aliento, puesto que a su corazón estropeado le costaba el tema de la oxigenación.

Aun así, el esfuerzo merecía la pena. Nunca se cansaba de buscar edificios que nadie había visitado en muchos años. Lugares abandonados en los que la naturaleza poco a poco iba recuperando lo que el ser humano había creído suyo por siempre jamás.

Ahora, de adulto, está sano, es atlético y ágil. De todas formas, basta con una simple punta de un alambre oxidado para que la aventura se vuelva cuestión de vida o muerte.

Las hemorragias, por pequeñas que sean, son un riesgo que no puede permitirse, citando a su cardiólogo.

Pero ya de niño comprendió que a menudo era más fácil seguir una valla en lugar de treparla. Buscar un agujero o una zanja abierta por un animal salvaje que, según su experiencia, suele aparecer más o menos cada quinientos metros; menos, si el edificio al otro lado de la valla lleva mucho tiempo abandonado.

La paciencia es una cualidad importante en la exploración urbana. Mantener la calma, no precipitarse ni tomar decisiones estúpidas.

Sofie, que va unos pasos por delante entre la maleza, lo sabe muy bien. Es una exploradora urbana casi igual de experimentada que él. Pero hoy está impaciente.

En realidad él ya ha dejado de hacer este tipo de excursiones ilegales.

Ya no es un veinteañero con sed de aventuras, sino un conocido profesor de universidad de más de treinta años y escritor de éxito. Ni a su jefe ni a su editor les gustaría que lo detuvieran por allanamiento de morada.

Pero de vez en cuando hace una excepción, por Sofie. Al menos eso es lo que se dice a sí mismo, aunque en realidad también es por él mismo por quien hace esas excepciones.

Fue el propio Hill quien la llevó a interesarse en su momento por explorar edificios y lugares abandonados. Ver la belleza en lo decadente y desierto.

En la reconquista de la naturaleza.

Ahora ella vive en La Haya, con marido e hijos, pero trabaja en Malmö una semana cada dos meses. Cada vez que va allí pasan un par de noches juntos, y cada vez él la acompaña a un sitio abandonado nuevo.

Un lugar del que ella espera obtener respuestas.

Y cada vez acaba de la misma manera.

Sofie coge el vuelo de regreso a su familia, a su vida normal.

Vuelve cargando decepción y alivio a partes iguales por lo que no han encontrado.

Tal y como Hill esperaba, a los trescientos metros aparece un agujero en la valla. Él y Sofie se ayudan mutuamente a atravesarlo.

La superficie de asfalto del otro lado está comenzando a perderle el pulso a la naturaleza. El frío de los inviernos la ha agrietado y llenado de abolladuras, asoman matas de hierba por todas partes y en varios sitios han logrado abrirse paso los brotes de abedul, que ya empiezan a tener troncos de verdad. Las hojas brillan doradas, se aferran a las ramas a la espera de la primera tormenta del otoño.

—¿Ves? —Sofie señala el edificio de la fábrica, delante del cual hay cuatro grandes contenedores—. La semana que viene empiezan a demolerlo, así que esta es nuestra última oportunidad.

Hill ya ha estado antes allí, fue hace siete u ocho años, cuando la fábrica desmantelada estaba más o menos abierta. Pero desde que el ayuntamiento compró el terreno, el edificio ha estado cerrado a cal y canto. Han obstruido todos los portones con grandes bloques de hormigón y han tapiado las ventanas con enormes planchas de acero.

Hasta ahora la naturaleza ha tenido libertad total, pero está a punto de empezar una nueva ronda en el tira y afloja. La ciudad sigue extendiéndose, y los antiguos y desolados polígonos industriales como este van a convertirse en zonas residenciales. El ser humano retomará la iniciativa y, en cuestión de quince días, el edificio abandonado habrá desaparecido y cualquier rastro de las personas que alguna vez estuvieron allí dentro quedará completamente borrado, lo cual es la razón por la que ellos dos están hoy ahí.

Martin Hill se detiene un momento para disfrutar de la belleza, como acostumbra a hacer. El contraste entre los elementos que han trabajado duro para romper el edificio, el hormigón desmoronado y el metal oxidado, que ha continuado oponiendo contumaz resistencia.

Sofie ya está delante de la puerta abollada del ascensor. Investiga si puede moverla, al mismo tiempo que intenta iluminar el interior a través de los ventanucos sucios con la linterna.

—Veo grafitis —dice—. En la pared del fondo. Se parecen a los de Tor. —Le da una patada a la puerta—. ¡Mierda!

El ruido resuena en el interior de la nave vacía. Vuelve como un tono de bajo grave y de mal augurio.

Junto al portón hay una puerta de personal hecha de acero que, hasta hace poco, también estaba bloqueada.

La puerta es lisa salvo por dos agujeros donde antes habían estado la cerradura y la manilla.

Quitar la cerradura es la forma más barata y sencilla de bloquear una puerta. Además, resulta bastante efectiva. El resbalón oblicuo está salido, y sin una manilla y un cuadradillo del tamaño adecuado no se puede volver a retirar.

Pero Hill se ha topado con este problema muchas otras veces.

Hurga en su mochila de herramientas. Saca una manilla y un espray multiusos. Después, una cajetilla con unas cuantas piezas de transición que coloca sobre el cuadradillo hasta que este encaja en el orificio que ha dejado el original.

Baja la manilla. El resbalón se retrae, la puerta chirría

pero aún se resiste a abrirse. Unas cuantas pulverizaciones de espray multiusos a lo largo del canto de la puerta le hacen cambiar de parecer.

—¡Eres un genio! —susurra Sofie mientras entran.

Al otro lado de la puerta, un almacén grande y desierto. El aire es crudo y húmedo, huele a asfalto, polvo y lubricante derramado. Pequeños haces de luz se cuelan por aquí y por allá, y el viento hace crujir el viejo tejado de chapa.

En la otra punta de la nave hay una escalera de metal que sube a un entresuelo.

Sofie ya se está encaminando hacia una gran pared de hormigón repleta de grafitis de colores, y Hill le sigue los pasos. Pese a llevar puestas unas botas robustas, esquiva con cuidado los trozos de cristal y los tablones con clavos oxidados.

Al pie de la pared hay montones de porquería: latas de cerveza, envoltorios de comida rápida, palés apilados a modo de asiento e incluso restos de una hoguera improvisada.

—¡Aquí ha habido gente! —dice Sofie.

—Al menos hace algunos años —afirma Hill.

Sofie barre la pared de grafitis con la linterna, la investiga con detenimiento en busca de figuras o símbolos conocidos.

Al cabo de unos minutos suelta un jadeo de resignación.

—¿Nada? —pregunta Hill.

Sofie responde que no con la cabeza.

—Tor podría haber estado aquí, pero los grafitis superiores no son suyos.

Tor es su hermano pequeño. Un buen chico, pero inquieto. Broncas con los padres, la escuela, drogas y delitos menores. Durante un tiempo Sofie incluso le hizo de tutora. Consiguió meterlo en la escuela de arte, la cual abandonó al cabo de unos meses, evidentemente. Volvió a fumar y a pintar vagones de tren y paredes públicas.

Ahora lleva desaparecido desde hace algo menos de un año, sin haber dado ninguna señal de vida.

La policía no hace gran cosa. Las personas adultas tienen derecho a aislarse, y los colgados que dan problemas no suelen tener una vida larga y feliz.

Pero Sofie sigue buscando. Investiga nuevos locales abandonados, como este, donde Tor podría haber estado. Donde podría haber dejado alguna señal de vida, un rastro, una pista. Cualquier cosa puede darle esperanzas, o por lo menos respuestas.

Continúan hasta el entresuelo. La escalera está cortada a unos cuatro metros de altura. La parte inferior está tirada en el suelo, pero pesa demasiado para moverla y no hay ninguna forma de llegar arriba.

Otro truco para impedir el acceso.

A Hill no le apetece escalar.

—De todos modos, las oficinas eran bastante chungas, tal y como yo las recuerdo —dice antes de que a Sofie le dé tiempo de pensar en subir—. Poco más que mierda de paloma, moho y papeles viejos. Pero hay un sótano.

Señala una puerta de acero, también cerrada y sin manilla.

Hill consigue abrirla en tan solo un par de minutos.

La escalera de hormigón está desmenuzada, el óxido ha

hecho que el mallazo asome en, por lo menos, la mitad de los peldaños. Los obliga a apuntar hacia abajo con los frontales y a vigilar mucho dónde apoyan los pies.

El techo del sótano es bajo y se sostiene sobre varias columnas; la oscuridad es compacta. El olor ahí abajo es una mezcla de aceite y descomposición.

El suelo está parcialmente cubierto de trastos. Tablones de madera, piezas de maquinaria, palés de carga con sacos de yute vacíos. En un trípode, en el extremo de la sala, hay una gran cisterna oxidada para gasóleo. Al lado se ven más pintadas que el óxido ha ido carcomiendo.

Se detienen delante de la cisterna y alumbran el rincón del sótano con los frontales. Reina un silencio sepulcral, lo único que se oye es el sonido de sus respiraciones.

Y algo más. Un débil chasquido metálico que solo puede percibirse si te quedas quieto y aguzas mucho el oído.

—Eh, hombre de hojalata, se te oye el corazón —susurra Sofie.

—Estate contenta —le espeta Hill—. Así por lo menos sabes que sigo vivo.

Ella se ríe un poco pese al ambiente serio, cosa que alegra a Hill. Además, su marcapasos no es de metal, sino de fibra de carbono.

Se lo instalaron aún de adolescente, en cuanto el personal médico consideró que su cuerpo había terminado de crecer. Esa es la razón por la que le toca tomar medicamentos anticoagulantes el resto de su vida y evitar a cualquier precio cortarse o sufrir una hemorragia interna.

Hace mucho tiempo que Hill se acostumbró al leve chasquido que se oye en su pecho, que se genera cuando el marcapasos se abre y se cierra. Su cerebro ha aprendido a filtrar el sonido como un ruido de fondo.

Pero a veces, en locales realmente silenciosos como ese, donde la acústica es favorable, incluso otras personas pueden llegar a oírlo.

—Explícame otra vez qué es lo que quería el poli ese —dice Sofie mientras dan una vuelta con tiento por el sótano.

—¿Bengt Sandgren? —responde Hill—. En realidad, poca cosa. Se había leído mi libro y me hizo algunas preguntas sobre exploración urbana en general. Yo le expliqué que en realidad no es tan ajeno como suena. Que, a grandes rasgos, el *urbex* se reduce a ese afán de exploración que casi todo el mundo tiene de crío, pero que algunas personas prolongan hasta la edad adulta.

—¿Algo más?

—Estuvimos hablando un rato, más que nada de algunas localizaciones que menciono en mi libro. Me preguntó qué otros lugares suelen ir a ver los exploradores urbanos. Le dije algunos y le di algunas páginas web. Pero también le advertí de que la mayoría de los exploradores urbanos hablan más bien poco de los sitios que visitan, y que a menudo hay paraderos que prefieren mantener en secreto absoluto. Sandgren me dio las gracias por la ayuda y, justo antes de colgar, me preguntó si conocía a Tor.

—¿Y tú qué le dijiste?

Por lo general, a Hill no le gusta que lo interroguen sobre cosas que ya ha explicado. Suele alegar que no es uno de los acusados de Sofie. Pero en este caso la deja hacer.

—Que tú y yo llevábamos un tiempo saliendo y que los

tres habíamos hecho algunas aventuras de exploración urbana —responde—. Pero que fue hace mucho tiempo. Sandgren cortó la llamada antes de que me diera tiempo de hacerle ninguna pregunta.

—¿Crees que estaba investigando el caso de Tor?

—No lo sé. Lo único que logré sacar en claro es que Sandgren estaba trabajando en un caso relacionado con la exploración urbana, pero era evidente que ni quería ni podía contarme demasiado al respecto.

—¿Y eso fue hace una semana?

—Exacto. Como ya te dije, al cabo de unos días intenté llamarlo para ver si conseguía más información. Pero Sandgren tenía el teléfono apagado y no me ha devuelto la llamada.

Sofie hace un alto. Se queda pensando. El interrogatorio parece haber terminado, lo cual es un alivio.

—Vale —dice—. Dentro de dos días tengo una reunión con algunos antiguos compañeros de Fiscalía. Preguntaré un poco por este tal Bengt Sandgren y en qué está trabajando.

Siguen avanzando y rodean la cisterna de gasóleo. En la parte de atrás, en el espacio entre la cisterna y la pared, hay un viejo colchón manchado, varias latas vacías y algunas mantas y prendas de ropa variopintas.

En la pared de encima hay otro grafiti. Una cara de mujer trazada de una sola línea y con un ojo rojo. Debajo, una firma que ambos reconocen.

—Tor —jadea Sofie—. ¡Ha estado aquí!

Hill da un paso atrás, se apoya en la cisterna e ilumina la pared con el frontal.

No es la primera vez que encuentran uno de los grafitis

126

de Tor en un edificio abandonado. Teniendo en cuenta que este sitio ha estado completamente cerrado desde el año pasado, no se trata de una pista fresca.

Sofie también se percata de ello, y al cabo de un rato sus movimientos pasan del frenesí a la resignación. No hay más pistas, nada que pueda explicar dónde se ha metido su hermano ni qué le ha ocurrido.

Hill pasea la mirada, el haz de luz ilumina un objeto a cosa de un metro de distancia. Curioso, se acerca.

En el lateral de la cisterna Tor ha pintado otro de sus grafitis característicos. Encima de este, haciendo equilibrios en un tubo saliente, hay una figurita de plástico blanco, de apenas unos centímetros de altura.

Hill la coge. La figura carece de rasgos faciales, pero aun así está claro que representa a un hombre. Este está de pie con las piernas un tanto separadas y las manos medio estiradas hacia delante.

Pese a su ínfimo tamaño, hay algo espeluznante en la miniatura.

A lo largo de los años, Hill se ha topado con cosas bastante más peculiares en el interior de edificios abandonados y siempre ha resistido la tentación de llevarse algo. Se ha ceñido estrictamente al código de la exploración urbana de solo dejar huellas y no tomar nada más que fotos.

Pero hoy hace una excepción y, sin decirle nada a Sofie, se guarda la figurita en el bolsillo.

En ese momento no tiene muy claro por qué.

Tampoco lo tendrá más tarde, cuando saque la figurita y la coloque en el pie de la lámpara de mesa de su despacho.

Lo que más se acerca a una explicación es el presentimiento de que la figurita sin rostro es más importante de lo que parece.

Que su presencia en el sótano significa algo.

Algo que él no termina de entender.

Algo que le preocupa.

Miércoles

ASKER

Asker empieza su jornada laboral en el Departamento de Recursos a las siete de la mañana. Para entonces ya le ha dado tiempo de hacer una dura sesión de entrenamiento en el gimnasio de la comisaría. Se ha imaginado que el saco de boxeo era un rato Jonas Hellman, otro rato su madre. Los ha reventado a golpes a ambos hasta que el ácido láctico ya no le ha dejado levantar ni los brazos ni las piernas. Eso le sirve de ayuda, al menos de forma momentánea.

Al salir del vestuario se cruza con un hombre mayor con el pelo cano y cortado al raso. Asker ya lo ha visto alguna vez antes, pero no sabe cómo se llama ni en qué departamento trabaja.

El hombre la saluda escuetamente con la cabeza. Mantiene el contacto visual unos segundos de más.

—¿Querías algo? —pregunta ella, quizá porque aún está de mal humor.

El hombre la observa en silencio unos instantes.

—Eres Asker, ¿verdad? —dice luego.

—Sí, ¿por...?

—Te he visto con el saco. Impresionante.

—Gracias —responde ella.

131

Intenta sacar en claro de qué va realmente aquella conversación, pero antes de que le dé tiempo de hacerlo, el hombre se despide, ahora también con la cabeza.

—Que tengas un buen día, Asker.

El tétrico pasillo de la planta menos uno está a oscuras y en silencio, lo cual no le sorprende. No es que la Unidad de Casos Perdidos y Almas Errantes esté poblada de abejas trabajadoras de lo más diligentes, eso le quedó más claro que el agua con la visita guiada de ayer. Una mujer asustadiza y nerviosa, y quizá chismosa, un técnico sordo con aires de grandeza y, luego, un hombre sapo peculiar y enigmático con un pasado incierto: ese es su equipo de trabajo por el momento, y Asker no espera ningún cambio dramático de mejora en lo referido al personal. Por otro lado, nadie parece exigirles nada ni al departamento ni a ella.

Su primera tarea, intentar encontrar una taza de café de la que se pueda beber, también resulta ser más difícil de lo que creía. En el *office* solo hay un bote de café soluble que debe de ser de cuando mataron a Olof Palme. A su lado hay una cafetera americana digna, pero el armarito de encima, donde deberían estar el café de verdad y los filtros, está cerrado con llave.

Desanimada, se sirve una taza de café instantáneo. Espera hasta que la antiquísima máquina logra escupir un chorro de agua marrón y luego se va al despacho de Bengt Sandgren.

El desorden de allí dentro es igual de deprimente que ayer.

Asker ha intentado diseñar una estrategia: un plan de

cara al futuro, una meta que alcanzar. Por desgracia, aún no lo ha conseguido. Necesita más información de hasta dónde llega realmente la conspiración de Hellman y su madre contra ella. Es decir, no le queda otra que armarse de paciencia, por poco que le guste.

Así que decide concentrarse en objetivos a corto plazo. Pase lo que pase de aquí en adelante, está obligada a permanecer varias semanas ahí abajo, por lo que despejar el caótico despacho de Sandgren es un proyecto sensato y factible que, cuando menos, le brindará una mínima sensación de satisfacción.

Asker toma un trago de café, que sabe tan repugnante como se esperaba, y luego se pone en marcha.

Empieza vaciando un par de baldas de la estantería y coloca allí todas las pilas de hojas sueltas y carpetas de casos que hay en la mesa, el alféizar y, en general, todas las superficies planas. Luego quita la almohada y la manta del sofá y lleva todas las viejas tazas de café y demás vajilla olvidada hasta el lavavajillas del *office*. Termina tirando a la basura las dos plantas fosilizadas que habían quedado escondidas detrás de las montañas de documentos en el alféizar.

Se detiene en la puerta y contempla su obra.

Quizá no esté bien del todo, pero ha mejorado visiblemente.

Coge la caja de cartón con sus propias cosas, ordenadas con eficiencia, que estaba esperando en un rincón y la pone sobre el escritorio. Luego se sienta en la silla chirriante de Sandgren y abre los cajones.

En el primero hay pequeños separadores con la clásica mezcla de monedas, llaves dispares, clips, gomas de pollo y bolígrafos desechados que con el tiempo acaban apareciendo en todos los escritorios. El siguiente cajón contiene aún más carpetas de casos mezcladas, lo cual la sorprende igual de poco que las botellas de alcohol medio vacías que se encuentra en el tercer y último cajón.

Un carraspeo le hace levantar la cabeza.

Virgilsson está en el umbral. Asker no ha oído abrirse las puertas del ascensor, lo cual sugiere que él ha llegado antes que ella. O bien hay una manera de acceder al departamento que aún desconoce.

—Buenos días —la saluda—. ¿Has visto el titular de *Sydsvenskan*?

Le deja delante un ejemplar del periódico.

«Posible secuestro de la hija de un multimillonario.»

Asker ojea rápidamente las ideas principales del texto.

«La hija de un conocido empresario de Malmö lleva desaparecida desde el viernes.»

«La policía se muestra reticente, una fuente afirma que han solicitado ayuda al NOA de Estocolmo.»

—Parece que alguien de la casa ha filtrado el caso a la prensa. Los de Delitos Violentos estarán contentos.

Virgilsson esboza una sonrisa de regocijo y Asker entiende lo que insinúa. Ha sacado la misma conclusión que sacará todo el mundo en Delitos Violentos. Que el artículo es la manera rebuscada que tiene de vengarse de que la hayan apartado del caso.

Virgilsson se queda en la entrada, como si estuviera esperando a que ella diga algo, a que confiese o lo niegue, pero sobra decir que Asker no hace ni lo uno ni lo otro.

Después de un momento de silencio, Virgilsson se encoge de hombros.

134

—Sea como sea, Hellman ha convocado una rueda de prensa con motivo del artículo. ¿A las nueve y media en la sala de prensa? —Virgilsson enarca las cejas.

Asker niega con la cabeza.

—Como ya sabes, me han asignado tareas completamente distintas. El caso Holst es problema de Hellman. Y además... —Golpetea el diario con los nudillos—. Después de esto no puedo presentarme en la rueda de prensa. Todo el mundo parte de la base de que yo soy la que lo ha filtrado. Cosa que no he hecho —añade, sin ninguna necesidad—. Filtrar un posible secuestro a la prensa es exponer a la víctima al peligro. Lo mismo con convocar una rueda de prensa. ¡Menuda estupidez!

Asker cierra la boca. Virgilsson y ella no se conocen. El hombrecillo sapo es muy difícil de leer, incluso roza lo espeluznante, y Asker no tiene ningún motivo para justificarse ante él.

—Bueno —dice él con una media sonrisa—. Seguro que hay más gente en la casa que no forma parte del club de fans de Jonas Hellman. Corre el rumor de que va en busca del puesto de Vesna Rodic al frente de Delitos Violentos.

Asker intenta no reaccionar ante la noticia, pero le resulta imposible.

Virgilsson se da cuenta.

—Sí, por lo visto, él y su mujer están buscando casa en Näset —agrega satisfecho.

Asker recupera el control y aparta la mirada con fingido desinterés.

Virgilsson se queda en el umbral de la puerta. O bien no entiende la señal, o bien la ningunea por completo.

—Veo que has limpiado —dice—. Bengt era un poco...
—Suspira—. Desorganizado, se podría decir.

—¿Sabes cómo se encuentra?

Ella no lo pregunta solo por cortesía. Ha estado pensando en la nota adhesiva con el número de teléfono y siente curiosidad por saber por qué Sandgren estaba interesado en Martin Hill.

—Sigue inconsciente, según el hospital. Pero me llamarán en cuanto se despierte, si es que se despierta.

—¿A ti? —Asker arquea las cejas—. ¿Sandgren no tiene familia?

Virgilsson se encoge de hombros.

—Nadie con quien mantuviera el contacto, por lo menos. Bengt tenía sus debilidades, como quizá ya hayas notado. —Señala con la barbilla en dirección a los cajones del escritorio, y de nuevo parece esperar una reacción por parte de Asker.

Ella no hace ni una mueca. El eventual alcoholismo de Sandgren no es cosa suya; ni siquiera lo conoce. Lo que está claro es que no es el único borracho en la casa, pero a Asker no le apetece para nada chismorrear. Su silencio genera una nueva sonrisa críptica en Virgilsson.

—Al margen de sus carencias, Bengt fue un buen poli, en su época —añade—. Leal, fiable, implicado. Últimamente yo tenía la sensación de que había decidido espabilar. El infarto ha sido muy inoportuno...

—¿Acaso un infarto puede ser oportuno?

Igual que tras su encuentro con el hombre del gimnasio hace un rato, Asker está convencida de que esta charla tiene algún propósito oculto. Que la singular figura que está plantada en su puerta la está poniendo a prueba, buscando debilidades, cosa a la que ella ni quiere ni le apetece dedicarle tiempo.

—Tengo algunas cosas que hacer, así que, si me disculpas... —dice.

—Por supuesto. Me voy a preparar café. Avisa si necesitas ayuda con algo.

Virgilsson da media vuelta y desaparece por el pasillo, pero a los dos segundos vuelve a asomar por la puerta.

—Por cierto —dice, de nuevo con una sonrisa enigmática—. Si, a pesar de todo, quieres echarle un ojo a la rueda de prensa con cierta discreción, conozco una manera. Solo tienes que decirlo. Por si el caso te preocupa tanto como parece preocuparles a los espíritus.

Se retira.

Asker se levanta y quita la tapa de la caja que llevó consigo de Delitos Violentos. O sea que sacarla de allí no era solo mera cuestión de venganza. Hellman también quiere el puesto de Rodic y quiere resolver el caso Holst por su cuenta. Hacer contactos poderosos entre la élite de Malmö.

Un buen plan, al menos si le sale bien.

Su copia del informe del caso está arriba del todo de la caja.

En lugar de cogerlo, Asker se queda de pie frunciendo el ceño.

Uno de los ejercicios preferidos de Per el Paranoias desde que ella era pequeña era cambiar de lugar, esconder o intercambiar cosas en su cuarto sin previo aviso. Después la interrogaba acerca de qué era lo que había cambiado, qué podía implicar y, obviamente, aplicaba los ejercicios de castigo correspondientes en caso de que fallara.

Cierra los ojos. Rebobina en su cerebro hasta el instante de ayer al mediodía en que recogió sus cosas. La caja de cartón estaba encima de su escritorio en su antiguo despacho. La tapa estaba al lado. Su taza de café, la carpeta del caso Holst y algunas otras cosas menores, justo al lado.

Asker mueve las manos en el aire como si reviviera cómo metió los objetos en la casa. Luego abre los ojos y mira de nuevo el interior de la caja.

Está todo ahí. Todo parece en orden.

Y aun así, está segura.

Alguien ha estado hurgando entre sus cosas.

ASKER

Ha dedicado dos horas a intentar poner orden en las tareas de Bengt Sandgren, pero después de haber revisado todos los documentos, lo único que puede hacer es constatar que es una labor imposible. Es todo un caos sin ninguna lógica ni claridad acerca de en qué había estado trabajando Sandgren. Si es que había estado trabajando siquiera.

A medida que iba pasando el tiempo, ha empezado a sospechar que en la Unidad de Casos Perdidos no hay nadie que trabaje, al menos no en ninguna labor policial. Que los casos perdidos que acaban llegando allí siguen errantes, puesto que nadie en la casa pregunta luego por ellos ni se molesta en saber cómo han ido.

Además, también está convencida de que alguno o varios de sus nuevos compañeros de trabajo la espían. La puerta de su despacho estaba cerrada con llave esta mañana, así que sea quien sea quien ha estado hurgando entre sus papeles debe de tener una copia de la llave. ¿Puede ser la misma persona que ha filtrado información sobre el caso Holst a la prensa?

Es imposible saberlo, pero lo que tiene claro es que a partir de hoy piensa llevarse todo el material de trabajo a casa.

139

Intenta acceder al perfil de Sandgren en el ordenador para leer su correo y otros documentos, pero no está autorizada, así que llama a un chico del Departamento de Informática, quien la exhorta a abrir una incidencia. Casi se le escapa la risa cuando ella le pregunta cuánto tiempo tardarán en arreglarlo. En Delitos Violentos nunca había tenido que pelearse con cosas así.

Cuelga el teléfono irritada, se levanta de la silla y se acerca a la ventana gris y sucia. Se pega tanto al cristal que puede ver las lámparas en la sala de reuniones de su antiguo puesto de trabajo.

No tiene que preocuparse por que la vean. Allí arriba nadie mira nunca hacia abajo, lo sabe por experiencia propia.

Hay actividad en la sala. De vez en cuando pasa gente por delante de la ventana, y de pronto Asker ve a Jonas Hellman. Sostiene unos papeles en la mano, está de cara a la audiencia y, a juzgar por su lenguaje corporal, parece que habla de algo importante.

Asker da un paso atrás. Antes le ha parecido ver unos viejos prismáticos en una de las baldas sobrecargadas. Cuando da con ellos, regresa a la ventana y enfoca a Hellman.

Aún lo ve de lado.

Asker ajusta la nitidez un poco más, intenta fijarse en la cara y la boca de Hellman.

«Los colegas del novio», le lee en los labios, seguido de «sacarlos con humo». Después, un sintagma largo que podría ser «rueda de prensa», hasta que desaparece de su campo visual.

Asker espera un momento con los prismáticos pegados

a la ventana, pero Hellman no vuelve a aparecer. Mira la hora. La rueda de prensa empieza dentro de quince minutos.

Deja los prismáticos sobre una montaña de papeles. Sopesa volver a llamar al informático y amenazarlo con darle una paliza si no le echa una mano. Pero al final sale al pasillo.

Virgilsson tiene la puerta entreabierta. Está sentado delante del ordenador con las gafas de leer haciendo equilibrios en la punta de la nariz. Ella no puede ver la pantalla, pero a juzgar por los movimientos del ratón apostaría algo a que está jugando al solitario.

Llama a la puerta y entra sin esperar una respuesta.

El despacho está limpio y ordenado, con una decoración impropia del despacho de un policía. En el suelo hay una alfombra persa, y en la radio que hay en el alféizar suena música clásica a volumen bajo. De la pared de detrás de Virgilsson cuelga una pintura al óleo con barcos de vela que está, cuando menos, fuera de lugar.

El hombrecillo alza la vista y se quita lentamente las gafas de leer.

—Inspectora Asker —dice sonriendo—. ¿En qué puedo ayudarte?

—Has dicho algo de la rueda de prensa. Que podías ayudarme a asistir...

—De manera discreta —añade él—. Sí, eso es. —Mira la hora—. Aún estamos a tiempo.

—Bien, muchas gracias.

Asker está a punto de dar media vuelta.

—Por cierto, antes de que nos vayamos —señala Virgilsson—. La baja inesperada de Bengt ha implicado que me haya visto obligado a trabajar muchas horas extras la semana pasada. Deben ser avaladas por el superior más inmediato.

Le acerca una tabla sujetapapeles con una hoja de horarios y un bolígrafo.

Aparentemente Virgilsson ha previsto la petición de Asker y se ha preparado de antemano. Y no solo eso: quiere que ella lo sepa.

Favores y devolución de favores.

Desde luego, ella podría decir que no. Podría seguir la rueda de prensa por teléfono mediante alguna web de noticias. Pero no sería lo mismo. Quiere ver a Hellman de verdad. Sentir lo que él siente, buscar debilidades en su arrogante fachada.

Coge el bolígrafo y firma sin mediar palabra.

—Gracias —dice Virgilsson con otra sonrisita.

—¿Nos vamos?

En lugar de doblar a la izquierda, en dirección a los ascensores, Virgilsson la guía pasillo abajo, pasando por delante del *office*. Se detiene frente una puerta metálica en la que pone CENTRALITA ELÉCTRICA. ¡PELIGRO! ACCESO RESTRINGIDO.

El aviso no parece importunar a Virgilsson. Estira el manojo de llaves de su llavero extensible y encuentra la que busca a la primera.

Al otro lado hay un cuarto lleno de armarios eléctricos que emiten un leve zumbido; en la pared del fondo, otra puerta, que conduce a un estrecho conducto subterráneo con suelo de hormigón y bandejas portacables a lo largo de una de las paredes. A pesar de la tenue iluminación, Virgilsson camina a paso ligero.

Más o menos a la mitad del conducto aparece una puerta metálica que Virgilsson abre con otra llave. Al otro lado hay un pozo con una escalera de caracol galvanizada que lleva tanto hacia arriba como hacia abajo. Probablemente, algún tipo de salida de emergencia.

Virgilsson se mueve con una agilidad sorprendente, sube los peldaños de dos en dos hasta que están dos plantas más arriba.

—Date prisa —le susurra a Asker, y le aguanta otra puerta—. Enseguida empiezan.

Se adentran en un cuarto de ventilación oscuro lleno de aparatos que emiten un zumbido. En lugar de continuar hasta la salida, claramente señalizada, Virgilsson la lleva hasta otra puerta metálica.

Un nuevo conducto de mantenimiento, esta vez para tubos de ventilación. El techo es tan bajo que tienen que moverse agazapados.

—¡Ya estamos! —dice Virgilsson en voz baja mientras entreabre lo que parece una trampilla de chapa en una de las paredes—. Vacío —constata tras echar un vistazo—. ¡Perfecto!

Se mete dentro y se hace a un lado para dejar pasar a Asker.

Ella entra y endereza la espalda. La estancia en la que se han metido no tiene más de cinco o seis metros cuadrados y está casi a oscuras.

Junto a una de las paredes, debajo de una ventana con cristal tintado, hay una mesa de mezclas. Junto a la otra, un estante con un equipo de sonido lleno de leds parpadeantes. Enfrente de la mesa de mezclas hay una puerta de madera, que es la entrada real de la habitación.

Virgilsson se asegura de que la puerta esté cerrada con llave antes de señalar la ventana, que da a una gran sala en la que hay una decena de hileras de sillas delante de un podio y una mesa larga repleta de micrófonos. En las primeras filas se ven las espaldas del público, delante del cual hay un par de técnicos de televisión ataviados con sus equipos.

Asker cae en la cuenta de que están en la cabina del técnico de sonido, al fondo de la sala de prensa.

—Ahora el técnico de sonido siempre se sienta ahí fuera —susurra Virgilsson antes de que a ella le dé tiempo a preguntarle nada—. Lo dirige todo de forma remota con la ayuda de un iPad. Ya casi nunca pone un pie aquí dentro. Un sitio perfecto para ver sin ser visto, ¿no te parece?

Asker no puede evitar sentirse impresionada. Ha trabajado bastantes años en la Ciudad de la Justicia, pero no conocía ninguna de las salas por las que acaban de pasar.

¿Cómo puede Virgilsson conocérselo tanto, y de dónde ha sacado todas las llaves?

Como de costumbre, el hombrecillo no le brinda más respuesta que una de sus sonrisas misteriosas.

—Ya empieza.

Señala hacia la sala de prensa, donde Hellman se ha sentado a la mesa. A su derecha toma asiento Eskil; a su izquierda, Vesna Rodic.

Saltan unos cuantos flashes de las cámaras, los equipos de televisión parecen ponerse en marcha. Virgilsson gira un botón de la mesa de mezclas y los altavoces de la salita se activan.

—Os damos la bienvenida a esta breve rueda de prensa —dice Hellman con autoridad—. Soy el comisario Jonas

144

Hellman, del NOA, el Departamento Operativo Nacional de la policía. A mi lado tengo a la jefa superior de policía Vesna Rodic, al mando del Departamento de Delitos Violentos aquí, en Malmö. El motivo por el que os hemos pedido que vengáis hoy es para tratar algunos de los datos no confirmados que recientemente han comenzado a circular por la prensa. —Pulsa un botón, y en el gran lienzo de proyección que tiene detrás aparece una imagen de Smilla—. Podemos confirmar que la policía de Malmö, junto con el NOA, está llevando a cabo una investigación considerable relacionada con un secuestro. La víctima que veis en la imagen es Smilla Holst, de diecinueve años, que lleva desaparecida desde el viernes.

Mientras Hellman continúa hablando, Asker mira fijamente la foto que tiene detrás. Es la foto de la graduación de Smilla, una imagen que, sin duda, ha sido elegida a conciencia. Además, por el momento ni una palabra sobre Malik.

—La última posición conocida de Smilla es en Gård-stånga, el viernes a media mañana, mientras viajaba en el siguiente vehículo.

Con un breve gesto de la cabeza, Hellman le cede la palabra a Eskil, quien empieza a soltar datos sobre el Golf negro de Malik con voz nasal.

Su americana parece nueva. Además, se ha bronceado desde la última vez que Asker lo vio, quizá hasta se haya blanqueado los dientes. Como si hubiese previsto que iba a salir en los medios de comunicación.

Eskil repite los datos para alargar sus segundos de fama.

—En el momento de su desaparición, Smilla y su acompañante llevaban la indumentaria que puede verse en la fotografía —continúa.

El post de Instagram del viernes aparece en pantalla. Smilla y Malik en chaquetas de montaña y jerséis, apoyados en el coche de él. Para sorpresa de Asker, Malik tiene la cara difuminada. Es evidente que no se le considera una víctima, sino otra cosa.

—Rogamos que cualquier persona que haya podido verla llame para informarnos cuanto antes —termina Eskil antes de devolverle la palabra a Hellman.

Este se inclina hacia delante.

—Para terminar, me gustaría dirigirme directamente al individuo o los individuos responsables de la desaparición de Smilla —dice con gravedad al mismo tiempo que clava la mirada en la cámara de televisión que tiene más cerca—. Todos los recursos del aparato judicial están movilizados y solo es cuestión de tiempo antes de que os encontremos. Lo mejor que podéis hacer ahora mismo es devolver de inmediato a Smilla a su familia.

Sostiene la mirada a la cámara algunos segundos, luego se reclina en la silla y le hace un gesto a Vesna Rodic con la cabeza. Parece que le esté dando la orden de continuar, como si en realidad fuera él quien manda.

—Abrimos ronda de preguntas —dice Rodic en un micrófono ruidoso—. Pero, por consideración al secreto de investigación, seremos muy restrictivos con la... —El micrófono vuelve a crepitar y luego se silencia del todo.

Virgilsson le toca el brazo a Asker.

—El técnico de sonido se ha levantado. Seguro que viene hacia aquí para coger un micro nuevo. Si quieres asegurarte de que no te ven... —Señala la trampilla de la pared, por donde han entrado.

Asker aparta la mirada del podio a regañadientes. Los tres policías en la mesa, la imagen de Smilla, la cara borrada de Malik en la pared que tienen detrás.

—Imbéciles —murmura mientras vuelve a salir al pasillo de servicio y Virgilsson cierra la trampilla.

HILL

Martin Hill vive en un piso en el centro de Lund. Desde la ventana de su dormitorio ve la imponente torre de cobre de la catedral asomando por encima de los tejados.

Su puesto de trabajo está a una distancia que se puede recorrer a pie, pero él prefiere coger la bici. Toma un desvío para poder acelerar la marcha, se abre la chaqueta y se suelta un poco la corbata para que el aire lo refresque antes de llegar.

Su padre le habría echado una buena bronca si lo hubiese visto. Le habría explicado que puede coger una pulmonía y todo tipo de enfermedades que, según él, están relacionadas con el frío.

Su padre, John, detesta tener frío; lo achaca a sus genes caribeños, y lleva calzoncillos largos desde septiembre hasta mayo. Cada año intenta convencer a Ingrid, su madre, para que se muden a latitudes más calurosas.

A Hill, en cambio, le encanta el frío. Le encanta sentir su mordisco en la piel, el corazón bombeando un flujo caliente y uniforme por todo su cuerpo.

Le recuerda que no siempre ha sido así.

Una vez fue un chaval débil y anémico al que siempre elegían el último en las clases de educación física y que se veía obligado a exprimir hasta la última gota de sus habilidades sociales para no sufrir acoso escolar.

Ahora, de adulto, todo es distinto. Está en buena forma, su piel es de un tono moreno pálido y tiene los ojos castaños. Es muy consciente de que la popularidad de sus clases no se debe solo a que es un buen profesor ni a que son de una asignatura interesante.

Algunos compañeros mayores refunfuñan a su espalda. Lo llaman *pretty-boy*, famosete y cosas peores.

Pero a Hill no le importa demasiado lo que piensen los demás. La época en la que le daban miedo los abusones ha quedado muy atrás.

Le encanta su trabajo. Le encanta dar clase.

Le pone el candado a la bici en el aparcamiento, usa su pase de acceso en la entrada de personal y se obliga a subir la escalera poco a poco para darle tiempo a su pulso a estabilizarse.

En su despacho se quita la chaqueta y se echa la cartera al hombro antes de dirigirse al aula. Para variar, se olvida de abrocharse bien la camisa y de ajustarse la corbata.

Las filas de asientos en pendiente están llenas y, como de costumbre, Hill se olvida de pasar lista hasta que alguien se lo recuerda.

Va marcando rápidamente los nombres hasta la letra M.

—MM, ¿presente?

Hill otea la primera fila y se espera un «por supuesto» y una amplia sonrisa.

Hasta la fecha, Malik Mansur nunca se ha saltado una clase. Siempre suele quedarse un rato para charlar. Acostumbra a darle la murga a Hill, medio en broma, de que pronto tiene que sacar otro libro, darle pistas y enseñarle fotos de lugares abandonados. O le deja caer que sabe de unos sitios muy especiales que casi nadie conoce.

Fue en una de estas ocasiones que el chico le presentó a My, una mujer joven y taciturna con mirada tímida, pero al mismo tiempo firme, que había acudido para recoger a Malik.

MM y My parecen ser buenos amigos. Se miran como lo hacen las personas que comparten un secreto.

Seguramente esa es la razón por la que MM es alguien especial para Martin Hill.

Se reconoce a sí mismo en él. Y reconoce a otra persona en ella.

Alguien cuya amistad significó mucho para Hill en su momento.

—¿Malik Mansur? —vuelve a probar.

Y ahora se percata de que el ambiente en el aula ha cambiado.

Pasea la mirada, pero entre las filas de asientos solo se encuentra con un denso silencio y una incipiente sensación de que hay algo que se le escapa.

Al terminar la clase, para a un par de estudiantes que se están yendo.

—¿Qué le pasa a MM?

Los estudiantes intercambian una mirada.

—Está desaparecido, o...

—¿Desaparecido? —pregunta Hill.

—O algo así. Está todo en internet. Busca por Smilla Holst. Tenemos que irnos o llegaremos tarde.

Hill les deja marchar. Saca el móvil del bolsillo de su

americana, busca el nombre que le han dado y enseguida llega a una página de noticias.

«La policía exhorta a los secuestradores a entregar inmediatamente a la hija del multimillonario.»

Ojea el texto. Ve la foto que, a pesar de estar difuminada, seguro que es de su estudiante estrella.

—Joder —murmura entre dientes.

ASKER

A Asker y a Virgilsson les lleva apenas diez minutos deshacer el sinuoso camino por el que han llegado. Ella trata de orientarse, calcular la extensión de la red de pasillos de servicio, conductos subterráneos y escaleras de incendios, pero es imposible. ¿Podrían abarcar el subsuelo de toda la manzana?

Le gustaría preguntarlo, pero Virgilsson camina unos metros por delante de ella, igual que en el camino de ida. Tiene el manojo de llaves preparado para cada puerta y le mete un poco de prisa. De hecho, le recuerda bastante al conejo estresado de *Alicia en el país de las maravillas*, aunque con chaleco de lana y llavero extensible en lugar de chaleco de vestir y reloj de bolsillo.

De vuelta abajo, en el lúgubre pasillo del Departamento de Recursos, Virgilsson cierra la puerta de la centralita eléctrica con llave. Sus hombros caen un poco y todo su cuerpo parece relajarse.

—¿Qué me dices de una taza de café? —propone.

Cuando entran en el *office*, ya hay alguien allí.

Un hombre de pelo cano y corto con un peinado que refuerza el carácter fibroso de su cuerpo y rostro. Asker lo reconoce de inmediato. Es el hombre del gimnasio.

—Anda, si tenemos a Atila aquí —dice Virgilsson un poco demasiado entusiasmado.

El hombre no responde, solo se limita a echar café en una taza, sin prisa.

—Esta es nuestra nueva jefa de departamento, Leo Asker —continúa Virgilsson en el mismo tono subido de revoluciones—. Por el momento, claro; está cubriendo el puesto de Bengt.

—Sí, Asker y yo ya nos conocemos de antes. —Atila deja la jarra de café y se vuelve despacio.

Los repasa a ambos con la mirada de arriba abajo.

—Parece que habéis dado un pequeño paseo. —Hace un gesto con la taza para señalar los pantalones de Asker.

Esta mira hacia abajo y se da cuenta de que tiene las rodillas llenas de polvo. Virgilsson también.

Atila da un trago lento de café. Lleva una camisa de franela remangada y pantalones negros con bolsillos laterales, con los bajos metidos por dentro de unas botas bien lustradas. Tiene las cejas pobladas, y junto con la nariz puntiaguda le dan un aire aguileño. A pesar de su edad, y a pesar de no ser demasiado grande comparado con otros agentes, hay algo amenazante en su presencia.

—¿Cuáles son, exactamente, tus tareas aquí en el departamento? —pregunta Asker. Virgilsson da un respingo asustado, como si ella acabara de hacer algo inaudito.

Atila baja la taza de café y se queda mirando fijamente a la inspectora. Desplaza los hombros hacia delante y baja la mandíbula de manera efectiva un par de centímetros.

Ha hecho este mismo gesto muchas veces antes: la mirada, los movimientos de cabeza y hombros, la manera en que echa los codos hacia fuera de forma casi imperceptible. Todo con la intención de conseguir que la persona con la que está hablando se cague de miedo.

Por lo general seguro que le funciona a la perfección.

Pero Asker ha jugado a aguantar la mirada desde que iba a preescolar. Lo único que tiene que hacer es devolverla de manera fulminante y dejar que sus ojos de dos colores hagan el resto. Infundir la sensación de inseguridad que lo inusual y diferente casi siempre genera en las personas que están acostumbradas a todo lo contrario.

Puede ver el efecto asomando poco a poco en el pétreo rostro de Atila.

Primero, la sorpresa; el hombre se da cuenta de que la expresión de los ojos de Asker es fluida, imposible de retener. Luego, la incredulidad; siente que su propia mirada de acero vacila. Y, por último, el instante en que toma conciencia de lo impensable; está a punto de perder en una de las disciplinas que mejor se le dan.

Atila se zambulle en su taza de café emitiendo algo que recuerda a un rugido.

Cuando emerge, da un par de pasos firmes en dirección a la puerta, lo cual hace que Virgilsson brinque espantado.

Atila se detiene en el umbral y se queda allí unos segundos antes de volverse lentamente.

—Quieres saber a qué me dedico. —Vuelve a repasar a Asker con la mirada. Luego asiente poco a poco con la cabeza, como si hubiese tomado algún tipo de decisión—. Me ocupo del apoyo informático del departamento —dice en un tono que no es ni simpático ni antipático, y luego sale al pasillo.

Virgilsson se queda mirando a Asker, parece que no tiene muy claro qué pensar.

—¿Quieres café? —Asker enarca una ceja y sostiene la jarra en el aire.

Virgilsson asiente enmudecido.

SMILLA

Smilla ya ha deducido cómo funciona todo. Ha estudiado cada una de las señales.

El ruido de la trampilla en la parte inferior de la puerta, la lamparita roja que se enciende para decir que la comida está lista. El número de pasos que hay que dar para llegar hasta ella.

Lo mismo con el cubo de letrina en un rincón. Incluso se ha acostumbrado al nauseabundo olor químico de cuando levantas la tapa.

Pero ha aprendido aún más cosas.

Que la comida y la bebida que le dan probablemente contenga drogas que la hacen dormir durante largos periodos. Le hacen tener sueños terribles en los que aparecen figuras que se mueven en la oscuridad. Que se sientan en el borde de su cama y le acarician el pelo. Que le susurran cosas al oído.

«Ahora eres mía, solo mía.»

Ahora sabe todo eso, y una parte de su ser sigue paralizada por el pánico, pero otra continúa acumulando información.

Porque la información es poder.

Y el poder, esperanza.

ASKER

Asker dedica la mañana a familiarizarse aún más con su nuevo puesto de trabajo. No deja de suponerle cierto desafío. Virgilsson ha salido por un asunto laboral, la puerta de Atila está cerrada, con el cartelito luminoso de OCUPADO reluciendo rabioso. Pero encuentra a Zafer y a Rosita en el despacho de esta última, sumidos en una conversación agitada.

—¡Lo necesito para el viernes! —oye Asker decir a Zafer justo cuando entra por la puerta.

—¿De qué se trata? —pregunta.

Rosita da un respingo, asustada, igual que hizo la primera vez que se vieron.

—Na-nada. Enok solo me estaba preguntando por unos papeles.

—¡Una estadística importante! —añade Zafer, varios decibelios por encima de lo necesario.

—¿Se trata de tu informe?

Zafer junta los labios y mira con suspicacia a su alrededor.

—No sé si podemos hablar de eso con la puerta abierta —sisea por una comisura de la boca, al mismo tiempo que le hace unos gestos exagerados con la cabeza a Rosita—. Información confidencial, etcétera, etcétera.

157

Rosita pone los ojos en blanco.

—Te daré tu estadística, Enok. Solo necesito diez minutos.

El técnico calvo la fulmina con la mirada. Balbucea algo, da media vuelta y sale del despacho.

—¿Siempre es así? —pregunta Asker.

Rosita suspira rendida.

—Tiene días buenos y días malos —dice—. La línea que separa la genialidad de la locura es muy fina, pero por lo general Enok siempre consigue ponerse en el lado equivocado.

Asker asiente lentamente con la cabeza. Conoce a más de uno que encaja con esa descripción.

Al mismo tiempo, nota que Rosita la observa. La expresión asustada perdura en la mujer, desde luego, pero por debajo vislumbra algo más. Algo que es fácil pasar por alto. Inteligencia, curiosidad. Quizá incluso cálculo.

Asker regresa al despacho deprimente de Sandgren. Desliza un dedo por las noticias en la pantalla de su móvil y trata de convencerse de que está trabajando. Pero, aparte de escuchar a escondidas la rueda de prensa y de un par de conversaciones peculiares con sus extraños compañeros de trabajo, lo único que ha hecho durante la jornada laboral de hoy ha sido mover papeles de un sitio a otro, literalmente. Sigue sin tener ni la más remota idea de en qué estaba trabajando Bengt Sandgren, ni qué se espera de ella allí abajo. Si es que se espera algo más que mantenerse alejada de Jonas Hellman.

Tampoco sabe quién ha estado hurgando entre sus cosas. Supone que es Virgilsson, pero esa sospecha se basa en el hecho de que parece tener llaves para todas las puertas del edificio. Enok Zafer difícilmente puede ser sospechoso, está demasiado ocupado con sus propios papeles como para husmear entre los de ella.

Rosita, en cambio, parece mucho más alerta de lo que le dio la impresión en un primer momento. Además, Virgilsson insinuó que era chismosa.

Y, por último, el enigmático Atila. Había algo en la manera en que la ha mirado, tanto esta mañana en el gimnasio como luego, en el *office*.

Por no hablar de la frase a la que Asker no para de darle vueltas y que la inquieta aún más cada vez que reproduce la conversación en su cabeza.

«Asker y yo ya nos conocemos de antes.»

No «ya nos hemos conocido», ni «nos hemos conocido hace un rato».

Sino «de antes». Como si hubiese pasado mucho tiempo desde su primer encuentro.

El tono del teléfono de sobremesa suena tan antiguo que le hace dar un brinco.

—¿Sí? —responde ella, sin dar nombre ni título, puesto que no es ni su extensión ni su despacho.

—Sí, hola... —El hombre del otro lado también suena dubitativo—. Estoy buscando a Bengt Sandgren.

—Está de baja, lamentablemente. ¿Con quién hablo?

—Ah... —El hombre se aclara la garganta—. Mi nombre es Kjell Lilja y soy el presidente del club de modelismo ferroviario, aquí en Hässleholm.

—Vale.

—O sea, Sandgren y yo hemos hablado algunas veces. Me pidió que lo llamara...

Asker suelta un suspiro. Ha visto un catálogo de maquetas de trenes entre el desorden del despacho; parece ser que el motivo de la llamada es una afición suya.

—Lo dicho, Bengt Sandgren está de baja.

—¿Sabe cuándo volverá?

—Lo siento, no.

—¿Y no le ha dicho nada? Sobre el asunto.

—¿Qué asunto?

—Que hay alguien que deja figuritas en nuestra maqueta de tren.

—¿Figuritas?

—Sí, figuritas de plástico como las que se usan para decorar ambientes y distintos escenarios. Hay alguien que pone figuritas en nuestra maqueta.

Asker trata de recordar si alguna vez ha visto una maqueta de trenes en la tele.

—¿Acaso no es esa la idea de las maquetas de tren, que haya figuras?

—Sí, claro —responde Lilja—. Tenemos miles. Nuestra maqueta es enorme, llevamos más de cuarenta años trabajando en ella. —La voz se le hincha de orgullo—. Seguimos un programa muy meticuloso sobre qué escenarios hay que construir y qué figuras y objetos incluyen. Los cambios que se hacen son con cuentagotas, y para hacer uno todos los socios tienen que estar de acuerdo. —Su voz se vuelve más seria—. Pero hay alguien que nos está haciendo la puñeta, pone figuras que no están incluidas en los planes. Probablemente sea un antiguo socio quien lo está haciendo.

—Y Bengt Sandgren les ha ayudado a investigar el asunto.

160

—¡Sí, exacto!

El dolor de cabeza de ayer vuelve a hacer acto de presencia. Asker se pellizca el entrecejo.

—Hemos descubierto dos más hace apenas una hora —dice Lilja nervioso—. Sandgren me pidió que lo llamara tan pronto volviera a ocurrir. Dijo que era muy importante.

—Ya. —Asker se frota una sien, espera que su tono de voz transmita también su nivel de interés.

—Puedo mandarle un par de fotos por correo —continúa Lilja—. Si no le da tiempo de venir a buscar las figuras esta tarde, quiero decir. Así puede actualizar el asunto desde ahora mismo.

Asker está a punto de pedirle que no se moleste, explicarle que no hay ningún «asunto», que Bengt Sandgren solo fingía estar ocupado con un caso, porque probablemente —no, con total seguridad— no sea ningún delito poner figuritas de plástico en la maqueta de tren de un tercero. Pero se muerde la lengua y le da su dirección de correo electrónico, en un gesto de pura cortesía. Aun así, Lilja parece haber notado su falta de interés.

—¿Mirará las fotos ya mismo? —le pregunta intranquilo—. Según Sandgren, se ve que había prisa.

—Claro —dice ella para terminar—. Gracias por la llamada.

Cuelga el teléfono. Se pone la chaqueta y hurga en los bolsillos en busca de una aspirina. Guarda un blíster de analgésicos para el dolor de cabeza en todas y cada una de sus chaquetas, así como una navaja multiusos y un kit de primeros auxilios del ejército; viejas costumbres de las que no se puede desprender.

Se traga la pastilla sin agua.

Justo cuando apaga la lámpara oye el tono de aviso de correo entrante.

Obviamente, no debería hacerle ningún caso, sino que debería irse a casa, salir a correr y tratar de despejar la cabeza. Pero el día de hoy ya se ha ido al traste, así que por qué no acabarlo con estilo. Con el primero de sus casos perdidos.

Se sienta al escritorio y accede al ordenador.

El correo de Lilja contiene dos fotos.

Abre la primera. Representa una maqueta de tren gigantesca que parece extenderse a lo largo de varias habitaciones grandes. Estaciones, pueblos, granjas, incluso montañas y bosques. Asker nunca ha visto nada parecido, y lo cierto es que en parte no puede evitar fascinarse. Debe de llevar miles de horas construir algo así, exigirá muchísima paciencia y sentido del detalle.

La otra foto está tomada desde mucho más cerca de la maqueta y hace que Asker se quede de piedra. En la imagen aparecen dos figuras, un hombre y una mujer, colocadas delante de un coche. Están muy juntas, el hombre tiene un brazo estirado y parece que esté sosteniendo un teléfono móvil.

Las figuras y el coche que tienen detrás están meticulosamente pintados hasta el último detalle. Color de pelo, rasgos faciales, el color de las chaquetas de montaña y los jerséis que asoman por debajo. Incluso las dos letras en la matrícula del coche.

Por una vez en la vida, el corazón de Asker va más deprisa que su cerebro. Da varios latidos dobles antes de que ella comprenda dónde ha visto el motivo de la imagen.

Lo que realmente representan las dos figuritas de la maqueta.

O mejor dicho: a quiénes representan.

Las figuras son una copia prácticamente exacta del último post de Instagram de Smilla Holst.

EL REY DE LA MONTAÑA

Cuando aquel mismo invierno el cáncer acabó con la vida del tío Johan, él fingió estar triste. Se acercó al ataúd con la cabeza gacha, rodeado de parientes y amigos que lloraban la pérdida.

En el fondo, tenía serias dificultades para no sonreír.

Johan era el único que sabía de la existencia de la montaña.

Así que ahora sus secretos estaban perfectamente a salvo.

En lo más hondo de la eterna oscuridad.

¿Podría ser esa la razón por la que se volvió tan temerario?

¿El motivo por el que comenzó a correr riesgos innecesarios que lo llevaron por caminos aún más peligrosos?

Todo empezó cuando su padrastro lo pilló in fraganti, apenas unos días después del funeral. Había pensado que la casa estaba vacía y había bajado a hurtadillas para rellenar su despensa de figuritas de plástico.

Pero en lugar de echarle la bronca por el allanamiento, el padrastro interpretó su presencia allí como una señal de interés, y le enseñó con orgullo su pequeño taller de maquetas. Le explicó cómo se construían las casas y los escenarios, y cómo se pintaban y colocaban las figuritas de plástico para hacerlas parecer lo más vivas posible.

A la semana siguiente pudo acompañarlo a ver la enorme maqueta ferroviaria que él y sus amigos estaban construyendo.

—Más de quinientos metros cuadrados —le había explicado su padrastro—. Y será aún más grande. No paramos de ampliarla.

Después el padrastro le había enseñado los controles y mecanismos con los que se manejaba toda la parte técnica. Se había enfrascado en una discusión sobre reductores de velocidad con dos de sus amigos.

Él se había quedado completamente embelesado con tales escenarios. Los pueblos, las calles, los campos y los bosques. Encontró varias de las casas que había visitado en secreto, representadas hasta el último detalle. Incluso aparecía su montaña secreta, metida entre las colinas cubiertas de árboles en el centro de la maqueta.

Pero lo que más lo cautivó fueron los miles de figuritas pintadas. Dos que se decían adiós en el andén, trabajadores cargando un tren de mercancías, una familia que celebraba un cumpleaños en un jardín de manzanos, críos jugando en un parque infantil, los bomberos saliendo a cubrir un servicio o gente de vacaciones junto a un lago con agua de verdad.

La maqueta era un escenario enorme como sacado de un cuento, con instantes congelados, expectantes; escenas en miniatura que cobraban vida tan solo el breve instante en que un tren pasaba por allí. En esos momentos casi se podían oír los sonidos, la música, las voces. Un mundo perfecto y sin errores.

Se quedó de pie como presa de un hechizo. Desplazaba la mirada a una nueva escena en la maqueta, esperaba al siguiente tren. Lo hizo una y otra vez, hasta que su padrastro le dijo que era hora de volver a casa.

Fue entonces cuando la vio, justo al salir por la puerta.

A Marie.

Su padre era jefe del regimiento y vivían en una casa grande en el centro. A todos los chicos de la escuela les gustaba Marie, no solo porque acabara de mudarse y fuera guapa. También tenía algo más, algo atractivo. Algo que se vio elevado a la enésima potencia durante el breve encuentro que tuvieron junto a la maqueta de tren.

Marie y su padre llegaban, él y su padrastro se iban.

Los dos hombres se detuvieron e intercambiaron unas palabras; mientras tanto, él se quedó de pie delante de ella.

—¡Hola! —dijo Marie, y por mucho que él lo intentara, lo único que logró salir de su boca fue un murmullo. No podía dejar de mirarla. Su pelo rubio, la tez lisa, la ropa bonita: todo igual de perfecto que las pequeñas figuritas de la maqueta.

En el coche, a la vuelta, decidió que necesitaba visitar la casa de Marie. Hacérsela suya.

Tan pronto como fuera posible.

¿Y si se hubiese abstenido? ¿Y si hubiese resistido la tentación?

Lo diferente que podría haber sido entonces su relato.

ASKER

Asker está sentada a la mesa con la lámpara de trabajo encendida. Ha abierto el material del caso Holst sobre el escritorio de Sandgren.

Kjell Lilja le ha dicho que han descubierto las figuras en la maqueta de tren apenas una hora antes de llamarla, lo cual no ha sido mucho después de que los portales de noticias comenzaran a publicar la información y las fotos de la rueda de prensa.

Un tiempo muy escaso para poder dar con unas figuritas que encajaran, pintar todos los detalles y esperar a que la pintura se secara. Además, había que encontrar tiempo para colocarlas en la maqueta. Por tanto, el autor de las figuritas no ha podido ver la foto en ninguno de los portales de noticias, sino que debía de conocer la cuenta de Instagram de Smilla. Asker la abre. Smilla tiene unos quinientos seguidores, pero tiene la cuenta pública, lo cual implica que cualquier persona puede verla.

El *selfie* de ella y Malik es del viernes por la mañana. Tiempo de sobra, vaya, para preparar las figuras y colocarlas.

Pero ¿por qué? ¿Con qué finalidad?

Además, hay otras cosas que la carcomen.

Lilja le ha dicho que Sandgren quería que lo avisara de inmediato si aparecían nuevas figuras. Lo ha descrito como muy interesado, incluso ha afirmado que Sandgren había subido a Hässleholm a buscar las figuritas que el club había encontrado hasta entonces.

Nada de ello encaja con lo que Asker ha oído u observado de Sandgren, lo cual es la razón por la que al principio no se ha tomado a Lilja demasiado en serio.

Y aunque ahora haga un esfuerzo por cambiar su idea preconcebida, en el despacho de Sandgren no hay nada, aparte del catálogo de maquetas de tren, que respalde los datos de Lilja.

Las dos facetas de Sandgren no encajan, simple y llanamente. Y aunque esté usando el ordenador, Asker sigue sin poder entrar en la cuenta de usuario de Sandgren sin sus claves de acceso.

Pero a lo mejor hay alguien en el departamento que tiene más información sobre él.

Se levanta de la silla y sale al pasillo. Está casi todo oscuro, pero debajo de la puerta de Rosita se ve una estría de luz. Un leve murmullo se oye al otro lado.

Asker llama a la puerta y la abre sin esperar respuesta. Al fin y al cabo, ella es la jefa.

Rosita está sentada a su escritorio, sostiene el teléfono de sobremesa con las dos manos, como si fuera una pieza delicada. Se lleva una mano a la boca, se queda mirando a Asker con una expresión que oscila entre asustada y pillada por sorpresa.

—*I'll have to call you back, James...* —le dice en un inglés sorprendentemente bueno a la persona de la otra punta de la línea. Luego cuelga.

Asker la mira desconcertada.

—M-mi yerno —tartamudea Rosita—. Viven en Australia. Mi hija está enferma...

—¿Y no quieres pagar las llamadas internacionales con tu móvil personal? —añade ella.

Rosita traga saliva, nerviosa.

Asker deja que se atormente unos segundos antes de cambiar de tema.

—Bengt Sandgren. ¿En qué estaba trabajando este último tiempo?

—N-no lo sé muy bien. —Rosita miente mal.

—¿Ah, no? Pensaba que eras la roca del departamento.

La mujercita nerviosa vuelve a tragar saliva.

—Estaba con algo que era un poco sensible, me parece. No quería terminar de explicar de qué se trataba.

—¿Y tú lo ayudabas? —Un tiro a ciegas, pero da resultado.

—Solo un poco, haciendo consultas en registros y cosas así.

—¿Qué tipo de consultas?

Rosita se retuerce.

—¿Qué tipo de consultas? —insiste Asker.

—E-en el registro de personas desaparecidas. Bengt me pidió... —Se queda callada y mira el pasillo detrás de Asker, como para cerciorarse de que no hay nadie escuchando a escondidas—. Bengt me pidió que elaborara una lista de personas desaparecidas que tuvieran algún tipo de conexión con la provincia de Skåne. Información general y tal.

—¿Aún la tienes?

Ella asiente en silencio.

—Sí, de vez en cuando me pedía que la actualizara.

—¿Cuánto llevas trabajando en ella?

Rosita se encoge de hombros.

—Un par de años. La última vez que me pidió que la actualizara fue hace cosa de un mes.

—O sea ¿que has estado llevando un registro secreto y haciendo búsquedas extraoficiales sobre asuntos que ni tu departamento ni Sandgren estabais investigando?

—No, no. —Rosita se abre de brazos—. No era un registro, solo una lista. Bengt me dijo que no había ningún peligro. Suele decir... —Hace una pausa, se muerde el labio como si dudara de cómo continuar—. Bengt solía decir que nadie vigila lo que hacemos aquí abajo. Que a los jefes de arriba les da igual lo que hagamos o las reglas que sigamos mientras pasemos desapercibidos y no llamemos la atención.

Asker enarca las cejas ante la afirmación.

Al mismo tiempo, ella misma nunca había oído hablar de la Unidad de Casos Perdidos ni de la planta menos uno hasta hace apenas unos días, a pesar de haber cogido el mismo ascensor que ellos cada día.

—Así que elaboraste una lista secreta para Sandgren —resume, en un intento de volver al tema—. ¿Se la mandaste por correo?

Rosita niega con la cabeza.

—Bengt lo quiere todo impreso en papel. No le gusta leer en pantalla. Le gusta tener el papel en la mano.

Asker se queda un momento pensando.

—No he visto ninguna lista como la que dices en su despacho. Todos los documentos de su escritorio tienen por lo menos dos años de antigüedad. ¿Crees que pudo llevarse la lista a casa?

Rosita se encoge de hombros.

—No sé. A veces Bengt es un poco enigmático...

—¿Puedes volver a imprimir la lista?

—Por supuesto.

—Bien, la quiero en mi mesa mañana a primera hora.

—Vale. Por cierto, ¿quieres que incluya a los dos...? —Rosita se interrumpe, como si se hubiese delatado.

Asker ladea la cabeza.

—¿Te refieres a Smilla y Malik?

—¿Es así como se llaman? —prueba Rosita, pero esta vez la mentira tampoco llega a buen puerto. Está claro que ya conoce los nombres y los apellidos de la pareja desaparecida.

Asker la mira con detenimiento. No le resulta nada difícil imaginarse a aquella mujercita nerviosa hurgando entre sus papeles.

—Sí, puedes añadirlos —dice—. Ah, y una cosa más.

—¿Sí...? —Rosita parece nerviosa.

—¿Bengt mencionó alguna vez a un tal Martin Hill?

La mujer niega con la cabeza.

—No, ¿por...?

—Por nada. Solo es un nombre que me he encontrado entre sus documentos.

«Un viejo conocido», añade para sus adentros.

DIECISIETE AÑOS ANTES

Es sábado, hace el calor propio de comienzos de verano y está aburrida.

Su padre tiene visita, un viejo militar de la norteña provincia de Norrland que se queda en casa un par de días. Están repasando todas las medidas de defensa de La Granja, la altura de las vallas, la calidad del alambre de púas, la profundidad del búnker y el diámetro de los túneles. Cosas que hay que ir planificando, para las que hay que irse preparando. Dentro de unos días serán enemigos.

Así es como funcionan las cosas con Per. Puede escuchar un rato, pero, cuando se llega al meollo de la cuestión, él siempre sabe más que nadie.

Hasta que no lleguen a la discusión inevitable, estará ocupado, lo cual le da a ella un poco de tiempo libre.

Como de costumbre, Leo lo dedica a pasearse en bici arriba y abajo. A detenerse delante de las casas de sus compañeros de clase y observarlos con sus prismáticos.

Las ovejas, como Per suele llamarlos.

Los tontainas, los que se dejan engañar.

Los que no han entendido la Gran Verdad. Los peligros que acechan.

Hoy está vigilando a Martin Hill.

No es la primera vez. La familia Hill vive en una casita pareada de ladrillo que da a un bosque. Un sitio perfecto desde donde espiarlos.

Ella sabe que los padres de Martin llevan un pub.

Que su padre es negro como el carbón y que su madre es blanca como la tiza. Que trabajan mucho. Pero también sabe que son buenos con su hijo.

Lo abrazan a menudo. Se ríen juntos. Cantan.

Por su parte, la madre de Leo se ha vuelto a casar y se ha quedado en Malmö junto con Camille, su hermana pequeña. Solo se ven un fin de semana al mes. Horas rígidas, incómodas, sin abrazos ni canciones.

Pero esa no es la razón por la que observa a la familia de Hill, sino por el secreto que él guarda. La mochila con herramientas que siempre lleva consigo.

Hoy Leo tiene suerte. Llega justo cuando él sale con la bici y la mochila a la espalda.

Seguirlo es fácil. Él solo mira a su alrededor un par de veces y ella siempre se mantiene dentro de su ángulo muerto, tal como le han enseñado.

Él pedalea despacio, parece cansarse enseguida.

Se baja para llevar la bici a mano incluso en las cuestas más pequeñas.

Aun así, poco a poco van llegando cada vez más lejos y se van adentrando en el bosque, tomando caminos cada vez más angostos. Y al final, sin previo aviso, Hill se detiene y mete la bici entre unos arbustos.

Con los prismáticos, ella lo ve mirar un mapa. Después comienza a caminar bosque a través. Leo aparca la bici y lo sigue.

Seguirlo en el bosque es aún más fácil que en bici.

Martin no se molesta en encontrar el camino más sencillo y silencioso, siguiendo los senderos marcados por los animales y evitando barreras evidentes. Pisa ramas, se engancha en las zarzas. Maldice y tose ruidosamente.

Todas esas cosas que Per le enseñó a dejar de hacer ya de pequeña. Porque en el bosque siempre gana el más silencioso, como él suele decir.

Nadie le ha explicado eso a Martin. Leo podría acortar toda la distancia hasta plantársele justo detrás sin que él la oyera.

La idea la hace sonreír.

La cabaña abandonada aparece entre los árboles casi sin avisar.

La casita está tan recubierta de maleza y musgo que apenas se mantiene en pie. Mira fijamente el bosque con los ojos muy abiertos, vacíos, como ventanas hechas añicos mucho tiempo atrás.

Martin continúa hasta el edificio. Se pone de puntillas para asomarse dentro.

Ella lo sigue con los prismáticos.

Su lenguaje corporal ha cambiado, se ha vuelto más ansioso. Más alterado.

Es obvio que quiere entrar, pero no elige la ventana, como habría hecho ella, sino que se acerca a la puerta.

Esta es totalmente lisa, hace años que alguien retiró la manilla.

Martin deja la mochila en el suelo, rebusca en su interior y saca dos manillas diferentes. Prueba una en la puerta, hace algunos ajustes.

Y de pronto, chas, la puerta se abre.

Leo no puede evitar maravillarse con él. Puede que Mar-

tin no sea una persona de bosque, pero esto ya lo ha hecho antes. Se ha topado con las suficientes puertas sin manilla para llevar las suyas propias.

Se aproxima con cuidado. La cabaña es pequeña, no puede colarse dentro sin que Martin la descubra.

Así que busca un puesto de vigías mejor para tratar de averiguar qué hace allí dentro. De vez en cuando lo ve por alguna ventana.

Martin va dando luz con una linterna y se mueve despacio. Desde fuera ella puede ver el destello de un flash en un par de ocasiones.

Pasados unos treinta minutos, Martin sale. Cierra con cuidado la puerta tras de sí y retira la manilla antes de volver a ponerse la mochila a la espalda.

Tiene polvo y suciedad en los pantalones y el jersey.

Al mismo tiempo, parece tan feliz y satisfecho que Leo siente una necesidad imperiosa de saber qué ha estado haciendo dentro de la cabaña.

Lo espera donde han dejado las bicis. Se coloca de manera perfectamente visible para que él no se asuste.

Él da un respingo al verla, pero enseguida se recompone.

—Leo Asker —dice contento. Utiliza su nombre completo de una manera que, por alguna razón, a ella le atrae—. No me esperaba encontrarte aquí.

Martin añade una sonrisa. Le brillan los ojos, no se le ve tan enfermo como siempre. Quizá tampoco tan sorprendido como ella se había esperado.

—¿Qué hacías en la cabaña abandonada? —le pregunta un tanto irritada.

—Nada.

—¿Nada?

Él se encoge de hombros.

—Solo estaba echando un vistazo. Sacando algunas fotos. —Martin se da cuenta de que no le cree, y una arruga ofendida aparece en su frente—. No me he llevado nada, si es eso lo que crees. No soy un puto ladrón.

Ella ladea la cabeza.

—O sea que has venido hasta aquí en bici, has cruzado medio bosque, has entrado en la casa... ¿solo para mirar?

—Sí —dice él—. Pero es mucho más que solo mirar. —Frunce los labios y se la queda mirando como si intentara tomar algún tipo de decisión. Luego parece decidirse—. Los edificios viejos me parecen emocionantes, ¿vale?

—¿Emocionantes? —repite ella con ironía, aunque no debería.

—Sí... O quizá incluso... —Martin suspira, como si ya no le quedaran fuerzas para oponer más resistencia—. Hermosos.

—¿Hermosos? —Vuelve a hacerlo. No lo puede evitar.

Él aparta la mirada, se sonroja y, de pronto, ella se arrepiente de su tono mordaz.

Ha descubierto el secreto de Martin.

O, mejor dicho, él se lo ha revelado. Ha confiado en ella.

Eso es algo que nadie ha hecho nunca jamás. No de esta manera.

Un regalo frágil del que ella debe cuidar.

Asiente despacio con la cabeza. Logra esbozar una sonrisa torpe.

—Hermosos —vuelve a decir, pero esta vez más suave—. ¡Te entiendo!

HILL

Hill ha terminado la jornada lidiando con su dosis diaria de administración universitaria. Un día normal habría quedado con amigos para tomar algo y quizá cenar por ahí. Habría llamado a Sofie y le habría propuesto ir al cine y tal vez algo más. Aún estará en la ciudad otra semana antes de volver a La Haya, y le gusta pasar tiempo juntos.

Puede que incluso más que gustar.

Pero la chocante noticia sobre MM le ha quitado las ganas de cualquier tipo de aventura. Si bien los portales de noticias son relativamente comedidos, es fácil leer entre líneas que la policía considera a MM como principal sospechoso de la desaparición de Smilla Holst.

Hill siempre se ha considerado muy bueno a la hora de calar a las personas. Es una habilidad que lo lleva acompañando desde que era un niño débil y enfermo del corazón cuya familia daba vueltas por el país. Nunca más de dos años en un mismo sitio, siempre un pub o restaurante nuevo que dirigir, lo cual para él implicaba escuelas nuevas, amistades nuevas y verdugos nuevos.

Por eso, leer a las personas y los ambientes ha sido siempre su especialidad. Una estrategia de supervivencia que, con el tiempo, se ha transformado en un superpoder.

Su abuela tiene otra teoría.

Nana Hill es caribeña y practica las religiones antiguas. Ofrece ron y tabaco a los santos y los espíritus. Nana dice que su extraordinario don de gentes se debe a que un día ella, con sus propias manos, le partió el cuello a un gallo negro en luna llena. O a cuando le cortó el cuello a un gallo rojo en luna nueva. La historia ha ido mutando un poco con los años.

Pero esta vez el recuerdo de la anécdota de Nana no lo hace sonreír.

Por primera vez en la vida, Hill duda de su propio juicio. Si alguien le hubiese preguntado esta misma mañana si MM sería capaz de secuestrar a su propia novia, se habría echado a reír a carcajadas. «MM es social, simpático y talentoso —habría contestado—. Una buena persona.»

¿De verdad se ha equivocado tanto?

Cuando Hill abandona el edificio de la universidad ya ha oscurecido.

En la calle hay poca gente. El viento de otoño arrastra algunas hojas y las hace bailar entre los edificios, las farolas están encendidas y las gotas de una incipiente lluvia dejan un patrón de marcas amenazantes en el suelo.

Baja en bici hasta el gran supermercado Ica que hay delante de la estación de tren y compra lo que necesita para la cena. Pese a ser hijo de los dueños de un pub, su repertorio culinario apenas cuenta con siete platos. Normalmente prefiere comer fuera.

Esta tarde hará el número cuatro: salchicha *falukorv* gratinada con puré de patatas.

Al volver al aparcamiento para bicis ve a alguien que le resulta familiar.

Es My, la amiga de MM.

Lleva un gorro de lana, se ha subido el cuello de la chaqueta militar verde y otea la calle Järnvägsgatan como si estuviera esperando a que pasaran a recogerla. Al mismo tiempo, va dando caladas a un cigarrillo electrónico.

Hill tiene que hablar con ella, ver si sabe algo.

—¡Hola!

El saludo le hace dar un respingo.

—Perdona, no quería asustarte —dice él.

—No pasa nada.

La joven mujer da otra calada al cigarrillo electrónico. Solo se han visto una o dos veces antes; aun así, hay algo en ella que a Hill le resulta de lo más familiar.

Es menuda y delgada, tendrá algo más de veinte años. El pelo que asoma por debajo del gorro es castaño. Lleva los ojos maquillados de color negro, su mirada es atenta e inteligente.

—Terrible, todo esto de... —La pregunta de Hill se queda en el aire mientras él intenta terminarla con un movimiento con la mano—. Malik.

—No sé nada del secuestro, si es lo que te estabas preguntando —salta ella cortante.

—Tenía entendido que erais buenos amigos —prueba Hill.

La joven da otra calada, lo mira alerta. Luego niega con la cabeza.

—A veces nos juntábamos. No conozco a su novia, así que...

Se encoge de hombros y aparta la mirada, como si para ella la conversación ya hubiese terminado.

—¿Cuándo fue la última vez que os visteis?

Vuelve a encogerse de hombros.

—Hará una semana, quizá.

—¿Has intentado ponerte en contacto con él?

La chica asiente en silencio, da otra calada, suelta una nubecilla de vapor.

—Pero me salta el buzón de voz a la primera.

Vuelve a mirar calle arriba. Sopla una nube grande de vapor húmedo.

—Tú también estás haciendo exploración urbana, ¿verdad que sí?

La insinuación no es demasiado osada. Ella ya le ha dicho en alguna ocasión que le gusta su libro, es amiga de MM y, además, tiene marcas de rascadas y polvillo de hormigón en las botas.

My se demora unos segundos en responder.

Luego asiente de nuevo con la cabeza.

—¿MM y tú habéis hecho salidas de *urbex* juntos?

—Sí.

—¿Dónde? —En realidad no tiene muy claro por qué se lo pregunta. Quizá solo lo haga para mantener en marcha la conversación.

My no contesta.

Una furgoneta oscura se acerca por la calle, para a unos veinte metros de distancia y hace luces. El motor se queda en ralentí con un sonido grave.

—Mi primo —dice My lanzando una mirada al vehículo—. Ha venido a recogerme.

Apaga rápidamente el cigarro electrónico y se lo guarda en el bolsillo antes de darse la vuelta para marcharse. Se detiene a medio gesto.

—MM solía hablar mucho de ti —dice en un tono más suave y con un atisbo de sonrisa—. Decía que eras auténtico. Que se podía confiar en ti. ¿Es cierto?

—Eso espero —responde Hill, e intenta infundirle a su tono de voz toda la confianza que puede.

My abre la boca como para decir algo más, pero justo entonces la furgoneta toca el claxon.

—¡Adiós! —se despide.

Hill la sigue con la mirada mientras ella se aleja correteando con movimientos gráciles en dirección al vehículo.

Llueve con más fuerza, las gotas parecen tachones oblicuos bajo la luz de las farolas. El limpiaparabrisas de la furgoneta ya está en marcha. Aun así, el conductor no se ha acercado hasta ellos, sino que la espera a cierta distancia.

Y cuando My abre la puerta, no se enciende la lucecita interior del habitáculo.

Hay algo en toda aquella situación que le genera inquietud y preocupación.

Hill se acerca al borde de la acera y trata de ver al conductor cuando la furgoneta pasa por su lado, pero lo único que logra captar en el asiento es una silueta oscura.

My, en cambio, lo mira a los ojos. Pega la palma de la mano al cristal en un gesto silencioso que podría ser un saludo.

Más tarde, cuando Hill piensa en sus ojos, se le ocurre que quizá se trataba de otra cosa.

Jueves

ASKER

Como de costumbre, Asker se despierta mucho antes de que le suene el despertador. Se pone la ropa de deporte y sale a correr su ruta de los jueves, con una linterna frontal para plantar cara a la oscuridad del otoño. Sube el volumen de la música en sus auriculares para activar el cuerpo.

Sale corriendo del parque, rodea el lago y continúa hasta el campo de golf. Da media vuelta a la altura del viejo roble que le sirve de punto de referencia para un circuito de cinco kilómetros. Hace frío, Asker acelera el ritmo para terminar lo antes posible. Esprinta el último tramo, puesto que ha comenzado a perder sensibilidad en los dedos.

Tras darse una ducha caliente, compara el tiempo que ha hecho con el de la semana pasada para asegurarse de que ha mantenido el mismo nivel.

Que no ha empeorado; perdido velocidad; envejecido.

Mientras desayuna ojea los portales de noticias, pero aparte de las fotos de la rueda de prensa de ayer no hay ninguna novedad. Al menos nada que haya llegado a la prensa.

Vuelve a abrir la foto de las figuritas de plástico. El nivel de detalle y el parecido son casi espeluznantes.

Obviamente, podría tratarse de algún chalado que ha

185

visto la foto en Instagram, que se enteró de que Smilla y Malik habían desaparecido antes de que saliera a la luz y que luego se sentó a elaborar las miniaturas.

De pronto cae en la cuenta de algo.

Abre el *selfie* de la pareja en Instagram y amplía la imagen. En efecto, se puede vislumbrar el coche negro por detrás de Malik y Smilla, y quizá incluso se pueda deducir qué modelo es. La matrícula, en cambio, no se ve en absoluto.

Y, aun así, el cochecito de plástico incluye el detalle de las letras MM en la matrícula, igual que en la vida real.

Hace un *scroll* rápido por las redes sociales de Malik, pero no encuentra ninguna foto de su coche. En teoría, la información de la matrícula podría obtenerse a través de la agencia de Dirección de Tráfico.

Pero eso sería liar las cosas de forma innecesaria.

La conclusión más sencilla y lógica es que quien haya elaborado las figuras conoce a Malik Mansur, ha visto su coche y, al mismo tiempo, se ha fijado en la matrícula personalizada. Una conclusión que despierta aún más preguntas:

¿Por qué crear las figuritas?, ¿por qué colocarlas en la maqueta de tren? y ¿por qué justo ahora?

La única forma de encontrar más respuestas es subiendo hacia el norte.

Adentrarse en los bosques, en dirección a Skugglandet, la Tierra de las Tinieblas. La mera idea la hace tiritar.

En el garaje de la gran casa hay cuatro coches aparcados. Asker puede coger el que quiera, pero siempre usa el eléctrico que hay en un extremo. No porque no sepa conducir los *muscle cars* ni el gran Range Rover que hay al fondo. O el quad o la moto. Gracias a Per el Paranoias, Asker sabe conducir prácticamente todos los vehículos que existen; incluso hacerles arreglos temporales en caso de necesidad. Pero en la finca de Per no había ningún vehículo eléctrico, en aquella época apenas se habían inventado. Quizá esa sea la razón por la que ella los prefiere.

Silenciosos, rápidos, modernos.

Sin vínculos con el pasado.

El trayecto en coche le lleva una hora y veinte minutos. La cicatriz debajo del tatuaje le pica, como ocurre siempre que va en esa dirección.

Al norte de Lund, primero el paisaje es heterogéneo: campos de cultivo y molinos eólicos que se ven interrumpidos por bosques caducifolios a la altura de los lagos Ringsjöarna; agua, cielos altos, matices ardientes de otoño en color rojo y amarillo. Bonito como en un cuadro.

Luego, poco a poco, va ganando terreno el bosque de coníferas. Sustituye la paleta otoñal por matices verdes azulados y oscuros que se le echan encima en la carretera. Solo de vez en cuando rompen la monotonía pequeños destellos negros de agua o rocas.

Es la frontera de la roca madre, como Per el Paranoias solía referirse a aquella zona.

Para luego lanzarse con un largo discurso sobre el sólido Escudo Báltico y resoplar con desprecio contra las clases de montaña más porosas del sur en las que apenas merecía la pena clavar la excavadora. Solo los imbéciles se dedicaban a ese tipo de empresas sin sentido.

En cambio, en las profundidades del búnker de detrás

del Escudo Báltico, allí era donde Per Asker y su hija estaban seguros. A salvo.

Al menos del mundo exterior.

Pero la amenaza real resultó no proceder de allí.

Se toquetea de nuevo la cicatriz. Hunde las uñas en las letras hasta que le escuece la piel.

ASKER

Hässleholm es tanto un nudo ferroviario como una vieja ciudad fortificada. Con apenas veinte mil habitantes, queda justo al norte de Skåne, a la misma distancia del estrecho de Kattegatt que de la bahía de Hanö, y tan solo a un puñado de kilómetros del límite de separación con la provincia de Småland.

El club de modelismo ferroviario está ubicado en un antiguo taller de carros de combate abandonado, lo cual le viene como anillo al dedo. Verjas de acero, alambre de espino, pocas ventanas o ninguna.

Unas nubes grises se han ido acercando desde el horizonte. En breve cubrirán todo el cielo.

Kjell Lilja la espera delante del local. Es delgado y tiene la espalda encorvada, lleva unas gafas de montura de pasta que se sube una y otra vez al puente de la nariz. La línea del nacimiento del pelo se acerca al Círculo Polar.

Asker lo ha buscado en Google: ha descubierto que pronto cumplirá los cincuenta años, es director de escuela, le gustan la orientación y los programas de repostería de la tele, además de —obviamente— las maquetas ferroviarias.

—Vamos a ver... —Lilja trastea con las llaves, luego con

el código de la alarma—. Casi nunca abro yo —se disculpa—. Solemos quedar por las tardes y siempre hay alguien que ha llegado antes.

—¿Cuántas personas poseen llaves y conocen el código de la alarma? —pregunta Asker.

—Pues... —Lilja se rasca la nuca—. He intentado contarlo. Ha habido un poco de rotación entre los socios y es... —busca la palabra adecuada, hasta que termina diciendo—: un lío.

—Entonces ¿no lo sabe? —constata Asker.

—Bueno..., no. Hace relativamente poco que soy el presidente de la asociación y el tema de la seguridad nunca había encabezado la lista de prioridades. Pero ahora lo cambiaremos. La empresa de seguridad vendrá hoy mismo, un poco más tarde. Ya está, ¡adelante! —Extiende un brazo en el gesto de invitarla a pasar.

Detrás de la puerta hay un vestíbulo con una taquilla. Un papelito en el cristal informa de los horarios y los precios de la entrada.

—Así que aceptan visitantes —indica Asker.

—Por supuesto, dos fines de semana al mes. Aparte de organizar ferias y algunas cosillas.

Lilja sigue guiándola, pasan por delante de algunas vitrinas con antiguos carteles ferroviarios hasta que llegan a una puerta doble de acero. Allí trastea de nuevo con las llaves hasta que consigue abrir la cerradura.

La estancia del otro lado es grande y está prácticamente a oscuras. Lo único que se ve son diodos de color rojo que, por un momento, hacen pensar a Asker en el despacho de Enok Zafer.

Lilja se entretiene con un cuadro eléctrico, lo cual

hace que se despierten los fluorescentes del techo, de uno en uno.

Asker ya ha visto la maqueta en fotos, pero aun así es difícil no dejarse impresionar por su tamaño. Lilja parece consciente de su reacción.

—Dentro de poco tendrá setecientos metros cuadrados —dice barriendo el aire con la mano—. Escala uno ochenta y siete, o cero H, como se dice en jerga de modelismo ferroviario.

Suelta una retahíla de cifras acerca de los metros de vías y el número de trenes que se pueden mover al mismo tiempo. Delante de Asker, detrás de una pequeña repisa de plástico transparente, está construida la estación de tren de Hässleholm, con ramales y muelles de carga. Por detrás del edificio se extiende la ciudad en sí. Los rótulos de neón y las ventanas están iluminados; en las calles hay coches de modelos de los años sesenta.

En todas partes, en las aceras y los andenes, en los jardines y dentro de las casas, se ven figuritas pintadas de colores, casi todas ocupadas haciendo algo: cargando un vagón de mercancías, bajando de un autobús, conduciendo un coche, cortando el césped, charlando con los vecinos o despidiéndose de los críos que se van al colegio; una vida idílica de ciudad de provincias en colores pastel, más o menos como lo que se ve en los antiguos noticiarios de época. La ilusión está tan lograda que en algunas escenas incluso podría decirse de qué están hablando las figuritas.

—...mediados de los años sesenta —explica Lilja—. Es la época a la que nos ceñimos, principalmente.

—¿Quién lo ha decidido? —pregunta ella.

—Ah, esa decisión se tomó muchos años antes de que

191

yo llegara. —Él se ríe—. Las primeras vías de la maqueta se pusieron hace más de cuarenta años, ¿sabe? La mayoría de los constructores originales ya han muerto a estas alturas. Pero el plan sigue estando presente. El objetivo es construir las siete estaciones que existían en el municipio en el momento de mayor actividad ferroviaria. En la sala siguiente estamos montando la estación número seis. —Señala una puerta abierta a la derecha, bastante lejos, por la cual la maqueta parece continuar—. Allí dentro es invierno. Intentamos variar un poco las estaciones del año. Pero, como puede ver, la mayor parte ocurre en verano.

Le hace un gesto para que lo acompañe, siguiendo uno de los laterales de la maqueta.

En el centro se extiende una cordillera cubierta de bosque. Se eleva casi un metro por encima del resto de la superficie. El lado que ellos siguen se allana y pasa a ser de granjas y campos de cultivo.

—Veo que la maqueta contiene mucho más que solo trenes. —Asker señala unos carros de combate.

Lilja pulsa un botón en la repisa, lo cual hace que un altavoz oculto emita un ruido de cañones y que se vean destellos en sus bocas.

—Un pequeño homenaje a nuestra herencia militar —dice él satisfecho—. Como ya se habrá fijado, el ejército es nuestro casero. Y está en lo cierto: a algunos de nuestros socios lo que les interesa es conducir los trenes, mientras que otros le dan mucha más importancia a la construcción de la maqueta. Crear un mundo perfecto, hasta el último detalle.

Continúa guiándola, siguen las vías hasta la sala de la derecha. Tal como había dicho Lilja, allí la maqueta representa paisajes invernales. Las figuritas llevan gorro y ropa más gruesa. Algunas están esquiando o patinando sobre hielo.

—Obviamente, las distancias entre las estaciones no se corresponden; la maqueta habría sido demasiado grande. Pero, por lo demás, intentamos que todo sea lo más realista posible —continúa el hombre—. Como aquí, por ejemplo. —Pulsa un nuevo botón, lo cual provoca que una pala quitanieves comience a desplazarse por una de las carreteras—. Los vehículos y las figuras móviles siguen pequeñas tiras magnéticas que se han instalado en la base de la maqueta y que luego se pintan por encima.

Asker no puede dejar de maravillarse con la artesanía. Incluso las luces de la pala quitanieves brillan, y al volante se divisa al conductor. Casi puede oír el ruido de la pala rozando la carretera.

—¡Por aquí! —Lilja le hace un gesto para que lo siga.

Al fondo de la sala, el escenario aún no está terminado. Las líneas ferroviarias continúan, sin duda, pero solo se han colocado unos pocos edificios y otros objetos, y la base de conglomerado sigue sin pintar. No hay elevaciones ni árboles, lo cual hace que el entorno parezca llano y bidimensional.

—El fin del mundo, por así decirlo —explica Lilja—. Y allí los tenemos. —Señala un coche y dos figuritas que están en primera fila en la maqueta, sobre la base desnuda.

Asker las reconoce al instante de la fotografía. El Golf negro de Malik con los dos jóvenes delante, congelados en una pose de *selfie*.

Asker se inclina y mira lo más de cerca que puede. El color de pelo, la ropa, la postura; es todo incluso más realista de lo que le había parecido en la foto que Lilja le mandó.

—¿Cómo descubrieron las figuras? —pregunta.

—Un par de socios y yo vinimos ayer al mediodía para seguir trabajando con este nuevo escenario. Las vimos prácticamente al instante. Creo que es lo que él quería. Si no, no habría colocado las figuritas justo donde estábamos trabajando, ¿no?

—¿Él?

Lilja se encoge de hombros.

—La inmensa mayoría de nuestros socios y visitantes son hombres.

—¿Cuándo trabajaron por última vez en esta parte de la maqueta?

Lilja parece haber previsto la pregunta.

—El viernes. Nos fuimos a casa poco después de las siete, y entonces las miniaturas no estaban aquí, de eso estoy seguro. El fin de semana abrimos al público, tanto el sábado como el domingo, de once a tres. Sé que hubo bastantes visitas. —Hace un gesto de disculpa—. A ver, como presidente intento estar siempre presente, pero este fin de semana no pude venir.

—Entonces, teóricamente, cualquiera de los visitantes podría haber colocado las figuras —comenta Asker.

—Sí, así es —confirma Lilja—. Aun así, me inclino a pensar que se trata de alguno de nuestros socios. O bien un socio activo, o bien un exsocio.

—¿Por qué?

—Sobre todo por la artesanía. Pintar figuras a una escala tan pequeña como 1:87 exige los pinceles, colores y pinzas adecuados; es probable que también una lámpara de aumento. —Se detiene, como un profesor que quiere asegurarse de que la clase lo sigue. Sin duda, Asker lo hace—.

Si, además, uno inspecciona las figuras de cerca, puede verse que están pintadas a la perfección —continúa en voz un poco más baja—. No hay ni un solo borrón o mancha. Esto es de alguien que sabe lo que hace. Alguien con conocimientos, herramientas y paciencia. Alguien que quiere que todos los detalles sean correctos. —Asiente satisfecho ante su propia conclusión—. Y luego está el tema de que no es la primera vez que alguien pone figuras en nuestra maqueta sin tener permiso. ¿Ha podido hablar con Sandgren?

—Bengt Sandgren está ingresado en el hospital. De momento no tengo acceso a su material de investigación.

—Ah, lo siento, no lo sabía. —Lilja hace una pequeña mueca.

—¿Podemos rebobinar un poco? —dice Asker—. Ha mencionado que lleva relativamente poco como presidente.

—Sí, así es. Nos vinimos a vivir aquí hace un par de años porque me salió una plaza de director, aunque me he criado no muy lejos de aquí. Y como siempre he sido entusiasta de las maquetas ferroviarias, no dudé en hacerme socio del club. Un sitio para semejantes, por así decirlo. —Lilja se sube las gafas al puente de la nariz por quinta vez—. Empecé como otro socio cualquiera, pero enseguida quedó bastante claro que la gente estaba muy descontenta con el presidente de entonces.

—¿Por qué estaba descontenta?

—Bueno... —El hombre se retuerce un poco—. Ulf Krook llevaba mucho tiempo en el puesto, comenzaba a hacerse mayor. Los socios opinaban que era hora de hacer un cambio, así que el año pasado la asamblea anual me eligió a mí.

—¿Cómo se lo tomó Ulf?

Lilja sonríe importunado. Pero se ha animado y ahora no puede detenerse.

—Pues no muy bien, si le soy sincero. No es fácil tratar con él. Su padre era uno de los fundadores de la asociación y Ulf y algunos de sus seguidores consideraban que la presidencia era suya por derecho de nacimiento, por así decirlo.

—¿Hubo jaleo?

—Sí, lamentablemente. Tuvimos una asamblea movidita en la que al principio Ulf se negó a renunciar al puesto. Al final tuvimos que llamar a la policía. Una anécdota bastante penosa. —Lilja hace una mueca, compungido, como para reflejar mejor las circunstancias—. El adepto más fiel de Ulf profirió todo tipo de amenazas. Fueron unos meses raros, pero ahora ya se ha calmado la cosa.

—¿Y en qué momento apareció Bengt Sandgren? —pregunta Asker.

—Me llamó poco después de que me eligieran como nuevo presidente. Debió de ser durante las Navidades. Sandgren me explicó que estaba investigando un caso importante y me pidió que me pusiera inmediatamente en contacto con él si encontrábamos figuras en la maqueta que no deberían estar ahí.

—Cosa que hicieron.

Lilja asiente con la cabeza.

—Tan solo un par de semanas más tarde, en la maqueta apareció una figura que estaba pintando grafitis. Una escena que difícilmente se habría dado en la década de los años sesenta. Todo el mundo estaba convencido de que era Ulf quien estaba detrás de eso, pero como Sandgren me había pedido de forma explícita que lo llamara, así lo hice. Vino el mismo día, sacó fotos y se llevó tanto la figura como la pieza en la que se había hecho el grafiti. Usó guantes de látex y se lo tomó todo muy en serio, cosa que yo no me había esperado en absoluto. Pero Sandgren me dijo que no era la primera vez que ocurría algo similar.

—¿Sabe cuántas veces había pasado?

—Por lo menos tres, si entendí bien a Sandgren. Por lo visto, él y Ulf Krook habían hablado del tema. No puedo contarle mucho más, Ulf nunca mencionó nada. Como le decía, algunos socios están convencidos de que es él quien está detrás de todo.

—¿Y usted qué cree?

Lilja se rasca la nuca.

—Yo intento pensar bien de mis semejantes. Pero Ulf es un desafío, eso hay que reconocerlo. Es una persona difícil. Sea como sea, con conflicto o sin él, estas cosas no se hacen. No contra otros maquetistas. Es un delito contra todos nuestros valores.

—¿Qué quiere decir? —pregunta Asker.

—Como le explicaba, una maqueta ferroviaria es mucho más que los trenes en sí. Mire aquí, por ejemplo. —Señala un edificio—. Aquí hemos construido una escuela. Se puede ver al alumnado jugando en el patio: unos juegan a la rayuela, otros juegan al fútbol, el conserje está rastrillando hojas, la cartera pasa por allí con la bici, incluso hay un gato subido a uno de los árboles; una pequeña escena perfecta que narramos entre todos, en un mundo más grande que, además, construimos juntos. Pero el responsable de esto... —Hace un gesto en dirección a las figuras de Smilla y Malik—. No tiene en cuenta todo el trabajo colaborativo, sino que solo quiere contar su propia historia. —Se endereza, como si hubiese terminado de hablar.

—¿Dónde puedo encontrar a Ulf Krook? —pregunta Asker.

Lilja parece sorprenderse.

—A ver, Ulf está jubilado desde hace tiempo, así que seguro que está en su casa, en la finca del bosque. Pero...

—Pero ¿qué?

Baja la voz. Se sube las gafas.

—Pues eso, que Ulf es un poco suyo. Y además vive aislado. Yo estoy esperando a Daniel, el chico de la empresa de seguridad. Encima, Ulf y yo somos un poco como el perro y el gato, así que... —Lilja se retuerce, como si las frases sueltas lo atormentaran.

—¿Qué quiere decir?

Lilja coge aire.

—Quiero decir que a lo mejor no debería ir usted sola.

HILL

El despacho de Martin Hill tiene vistas a un parque con un gimnasio al aire libre. Bastante a menudo, sobre todo en los meses fríos, se sienta con una taza de café a observar a las pocas personas que entrenan allí. Levantando, empujando, tirando, saltando. Admira, no sin cierta reticencia, la disciplina casi militar que hay que tener para obligarse a salir incluso con mal tiempo y castigarse de aquella manera.

Por su parte, él es demasiado comodón. Andar en bici es ejercicio más que suficiente, y por suerte ha heredado el metabolismo de su padre, así que no necesita pensar en lo que come o bebe.

Hoy solo hay una persona entrenando en el gimnasio de exterior. Hace un ejercicio tras otro con empeño y sin escatimar ni una repetición.

Su determinación le hace pensar de nuevo en Leo Asker.

Últimamente lo hace bastante, desde que MM le presentó a My.

My es más bajita y delgada y, además, tiene el pelo castaño. Aun así, ella y Leo tienen algo en común. Una combinación de fuerza y vulnerabilidad a la que a él le cuesta resistirse.

Lleva muchos años sin ver a Leo: desde las Navidades de noveno.

No obstante, su recuerdo siempre ha estado aletargado en el fondo de su cabeza.

Atormentándolo.

Quizá también sea por eso por lo que toda esta historia del secuestro le resulta especialmente desagradable. Rozando lo personal.

Por supuesto, ha probado a buscar a Leo en Google, pero sin éxito. Ni un solo perfil en redes sociales, lo cual no le sorprende en absoluto, teniendo en cuenta su pasado. Per el Paranoias ni siquiera la dejaba salir en la foto de clase, por si el Gran Hermano miraba.

En cambio, Google encuentra fácilmente a la madre de Leo, al padrastro, a la hermana pequeña y al cuñado. Trabajan todos para Lissander & Partners, que es uno de los bufetes de abogados mejor considerados en Malmö.

Hay fotografías de estudio de toda la familia en la página web.

A juzgar por su foto, Camille, la hermana pequeña de Leo, es una versión más dulce de la Leo que él recuerda.

El marido de Camille, Fredric Gylling, parece el típico abogado. Raya a un lado, traje y reloj caros, así como una sonrisa fría que pretende inspirar confianza y seriedad al mismo tiempo. Más o menos la misma sonrisa que luce Junot, el marido de Isabel.

Pero la que tiene más autoridad de todos es Isabel, la madre de Leo.

Su mirada es dura; la boca, firme; la postura, la de una persona que está acostumbrada a que se la escuche.

A que se la obedezca.

Lo cierto es que Hill coincidió una vez con Isabel. El único recuerdo que tiene de aquel encuentro es que Leo y su madre se sentían más o menos igual de incómodas por la compañía de la otra.

Leo le explicó que, después del divorcio, podría haberse quedado con su madre y su hermana en Malmö, pero en aquella época el Paranoias aún era relativamente normal. Leo lo adoraba, lo veía como un referente, así que eligió seguir a su padre. Después de aquello, la relación con su madre nunca se recuperó del todo.

Hill se reclina en la silla. Sería tan simple como hacer una llamada al bufete de abogados. Podría explicarles con amabilidad que Leo y él son amigos de la infancia y luego pedirles algún tipo de dato de contacto. Lo más probable es que se lo proporcionaran. Se le da bien inspirar confianza.

Aun así, no llama.

Y sabe perfectamente por qué. Lleva dieciséis años lidiando con el mismo dilema. Varias veces ha estado a punto de coger el teléfono, igual que ahora; más de las que puede contar.

Sin embargo, al final siempre terminan ganando sus sentimientos de culpa.

Hill vacía la taza del café y enciende el ordenador. La lista de quehaceres de la jornada lo espera, pero él no tiene ningunas ganas de trabajar.

Así que abre la base de datos de los estudiantes y busca el nombre y la dirección de My. Tal y como sospechaba, no hay nadie con su nombre de pila en la facultad de Arquitectura.

No obstante, cree haberla visto en alguna de sus clases. No cierran las puertas con llave, y a veces ocurre que gente que no está matriculada se presenta; por lo general exploradores urbanos que sienten curiosidad por él. Quizá forme parte de ese grupo, quizá solo haya acompañado a MM algún día.

Hill ha repasado mentalmente la conversación de ayer varias veces. Desde la primera frase hasta la extraña despedida con la mano.

My intentó mostrar indiferencia, pero parecía preocupada cuando él le preguntó por MM. Al mismo tiempo, Hill tuvo la sensación de que ella, de alguna forma, casi le estaba pidiendo ayuda; que le mandó una especie de señal inconsciente, más o menos de la misma manera que había hecho Leo, muchos años atrás.

Aquella vez él era demasiado joven para entenderlo. Decidió no actuar.

Ahora es mayor, más inteligente, tiene más recursos.

Pero ¿cómo va a ayudar a My si ni siquiera sabe cómo se apellida?

Hill empuja la silla hacia atrás, frustrado.

El movimiento hace mecerse el escritorio y la figurita blanca del pie de la lámpara cae por enésima vez. Hill la coge de un barrido y se la mete en el bolsillo. Luego vuelve a mirar por la ventana.

El friki del gimnasio al aire libre parece haber terminado por hoy y se aleja al trote bajo la llovizna de octubre.

Al final desaparece de su campo de visión.

«Leo Asker», piensa Hill de nuevo.

Nunca ha conocido a nadie como ella.

DIECISIETE AÑOS ANTES

—Imbéciles —murmura Leo entre dientes.

Está delante de su taquilla. La bolsa de educación física al hombro, el pelo aún mojado después de la ducha. La puerta vuelve a estar abollada, no puede abrirla.

Además, alguien le ha hecho una pintada.

Le han escrito «friki» en rotulador, con letras descuidadas.

Solo faltan unas semanas para terminar el curso y los tíos guais de noveno se han vuelto más atrevidos. Han decidido desafiar todas las normas.

Porque ¿qué podría pasarles ahora?

Por eso se muestran también más desobedientes. Están en la cima de su popularidad, su poder.

Se vuelve en busca de Martin con intención de pedirle el destornillador, como de costumbre.

Pero, aunque sus horas de recreo coinciden, Martin no está ahí.

Leo frunce el entrecejo, otea el pasillo.

Algo sucede en los lavabos. Movimientos bruscos, risas estridentes.

—¡Dale la vuelta al negrito y ponlo del revés! —oye gritar a alguien.

Debería mantenerse al margen. Solo unas semanas más y la pandilla habrá desaparecido.

Aprieta las mandíbulas.

Se queda mirando fijamente la palabra que han pintarrajeado en su taquilla. Una nueva retahíla de risas emerge de los lavabos.

Deja la bolsa de deporte en el suelo. Saca uno de sus calcetines sudados y empieza a caminar por el pasillo.

A una de las puertas del colegio le han puesto un tope con una gran piedra redonda para dejar que entre el aire del verano.

Leo la recoge y la mete dentro del calcetín. Lo hace girar unas vueltas en el aire para que el tejido se dé y pueda sentir bien el peso y el equilibrio. Cuando termina, el calcetín mide un metro de largo, con la piedra en la punta. Lo sujeta por detrás de la espalda mientras se dirige a los lavabos.

Se ha hecho un corrillo de público. Gente curiosa de todos los cursos que siente placer con lo que está ocurriendo y alivio de no ser ellos los afectados.

La puerta del lavabo está abierta y dos de los chicos guais están metiendo la cabeza de Martin en el váter.

Un tercer chico, un matón sin dos dedos de frente y cuyo nombre ella ya no recuerda pero que termina en Y, está dando órdenes.

—Mojad bien al negro, para que quede limpito.

Son tres, lo cual implica que Leo tiene que ser rápida. Decidida.

Se mete en el corrillo. El de la Y la ve y esboza una sonrisilla de oreja a oreja.

—Anda, pero si es la friki. ¿Has venido a ayudar a tu co...?

El calcetín silba en el aire, acumula rápidamente energía cinética y la piedra descarga con un golpe pesado directo en su entrepierna. El chaval suelta un jadeo gutural, se agarra las joyas de la corona y cae de rodillas.

El siguiente chico suelta a Martin. Da instintivamente un paso al frente.

No le da tiempo de llegar más lejos antes de que la piedra, con otro silbido, se le hunda en algún punto entre la barbilla y la punta de la nariz.

Da un bramido, se lleva las manos a la cara y se tambalea hacia un lado.

El tercer niñato guay aún sujeta a Martin por el cuello. Mira embobado a su líder caído y luego a Leo, como si no entendiera lo que está pasando.

Ella hace girar el calcetín unas cuantas veces con gesto amenazante. Ladea la cabeza y le da tiempo al otro a tomar una decisión.

El chico suelta a Martin, sale del lavabo como puede y se aleja piando muerto de miedo, pegado a la pared. Ella ralentiza el giro del calcetín y baja el brazo.

En el suelo, el de nombre que termina en Y, jadea dolorido. Se ha hecho un ovillo junto a la pared y se cubre la cara con las manos. Sangre y saliva brotan de entre sus dedos.

A su alrededor, un semicírculo de caras mudas no parecen entender lo que acaban de presenciar.

ASKER

La lluvia repica de forma irregular contra el parabrisas. Refuerza la escala de colores grises y marrones de los campos de cultivo que se han abierto paso entre las arboledas. El bosque de hoja caduca casi ha desaparecido por completo, solo quedan algunos abedules cuyas tonalidades doradas brillan aquí y allá entre las coníferas.

A medio camino de su destino, empieza a sonarle el móvil. El número de su hermana. Para variar, ignora la llamada por completo. Prefiere esperar a recibir el mensaje obligatorio y de varias líneas que siempre sigue.

Camille solo tiene dos motivos para llamar. Bien para recordarle el incipiente cumpleaños de alguien, o bien para invitarla a algún tipo de celebración de dicho cumpleaños. Ninguna de las dos alternativas interesa a Leo lo más mínimo.

La finca de Ulf Krook queda en una colina cubierta de bosque un poco al norte de la ciudad. El camino de tierra que lleva hasta allí está en mal estado. Un cartel oxidado indica que el camino es privado y que los desconocidos hacen bien en mantenerse alejados. El firme está repleto de hoyos llenos de agua de lluvia marrón que obligan a Asker a conducir en zigzag. Por encima de su cabeza, el techo verde azulado de las copas de abetos se cierra cada vez más.

En algunos puntos del bosque hay entradas laterales en cuyos extremos asoman cabañas viejas. Un par de buzones torcidos revelan que algunas podrían estar habitadas.

Justo antes del patio, una barrera abierta tiene la punta señalando a la cuneta. En el palo cuelga otro cartel que repite la advertencia de que aquello es una zona privada y que el acceso es a cuenta y riesgo del visitante. Para remarcar la seriedad del mensaje, alguien parece haberle pegado un par de tiros a la chapa del cartel.

El patio de delante de la vivienda es un mar de lodo. La lluvia insufla vida a los charcos, haciendo vibrar las superficies de agua.

En el lado izquierdo hay un taller cuyo techo de uralita cubierto de musgo ha colapsado parcialmente. En el derecho, un cobertizo alargado de chapa corrugada lleno de coches de desguace y maquinaria oxidada que llevan años abandonados.

La vivienda rompe con el resto de la finca. Un palacete de tres plantas de un estilo arquitectónico lúgubre que Asker no ha visto nunca, al menos no en Suecia. La fachada de madera tiene manchas de suciedad y hojarasca. Arriba del todo, un tejado empinado, partido en todos los ángulos imaginables.

La veleta representa un gato. En la cumbrera de al lado hay un par de grajos que miran a Asker con curiosidad a medida que se acerca. Sin querer, le hacen pensar en la bandada de grajos de la casa de Madame Rind.

Pese a no haber estado nunca allí, hay algo en la finca

que le resulta familiar. Su carácter aislado, el aire tétrico, la sensación de suspicacia por el mundo exterior. El mundo de las sombras, como ella solía llamarlo, donde nada es lo que parece.

El mundo de Per el Paranoias.

Delante de la entrada principal hay cinco coches, ninguno de más de diez años.

Un poco más allá, una furgoneta sucia y oscura. Asker aparca junto a los coches, se abrocha la chaqueta y se sube las solapas para protegerse de la lluvia antes de abrir la puerta del vehículo. Al conducir uno eléctrico, se ha acercado con tanto sigilo que nadie parece haberla oído llegar.

La escalera de cemento es larga y empinada. No hay timbre, solo un picaporte pesado de metal. El ruido resuena por las estancias del interior, pero nadie abre.

Asker vuelve a probar, esta vez más fuerte, pero el resultado es el mismo.

Baja la escalera y trata de echar un vistazo por las ventanas, pero los cimientos de la casa son tan altos que no llega. Además, están tapadas por cortinas gruesas.

En cambio, las ventanas del sótano le quedan a la altura de la cintura. Pega las manos al cristal para echar un ojo. En la parte interior hay una rejilla metálica, pero Asker puede ver una sala de calderas y, un poco más lejos, algo que parece un taller.

Sigue la fachada y da la vuelta a la esquina. Intenta evitar el agua que se escapa a chorritos de las canaleras. El césped es un campo de malas hierbas, los frutales del fondo están retorcidos y llenos de chupones.

Poco antes de la siguiente esquina, descubre una alta escalera de hormigón agrietado que lleva a la cocina.

Los grajos del tejado graznan a modo de advertencia. Asker se detiene, mira atenta a su alrededor.

Sigue sin ver a nadie. El único movimiento que se distingue es la lluvia salpicando contra el suelo.

En efecto, la tercera ventana del sótano da a un taller sorprendentemente ordenado. Una mesa de trabajo con una lámpara de aumento, filas de herramientas grandes y pequeñas colgando en las paredes, estantes llenos de tarros de pintura y pinceles. Todo lo que Lilja había comentado.

Debajo de la ventana hay una mesa con una maqueta de una casa y un puñado de figuritas de plástico. Asker pega el teléfono a la ventana y saca una serie de fotos, pero de pronto un petardazo le hace dar un respingo.

Un disparo.

Se vuelve, se pone en cuclillas, mira a un lado y al otro.

Otro petardazo, y esta vez ya no le cabe duda. Una pistola o un revólver de calibre bastante grande que alguien ha disparado en las cercanías.

Asker se mete en el rincón que queda entre la escalera de la cocina y la fachada de la casa, mientras instintivamente se palpa el interior de la chaqueta en busca de su arma de servicio. Su cerebro es consciente de la realidad mucho antes que su mano.

Ha salido directa de casa, sin pasar a recoger el arma por la comisaría.

El Paranoias la habría obligado a muchas horas de penitencia por ese error. Le habrían importado más bien poco las explicaciones de que apenas estaba realmente de servicio, solo iba a ir a ver una maqueta de tren y no esperaba que nadie le disparara. Porque ¿cuán a menudo esperas que vayan a dispararte?

Un tercer tiro, seguido de un cuarto. El tono, algo más grave, un arma distinta a la primera. Por tanto, dos tiradores.

Sin embargo, Asker no ha oído ni el silbido de las balas ni el ruido al chocar contra un objeto sólido. Un quinto disparo, seguido de un sexto y un séptimo. Luego un grito, o quizá más bien un alarido de alegría.

Asker se endereza con cuidado, se seca una gota de lluvia de la nariz.

Los disparos no van dirigidos a ella. Más bien parece que hay alguien practicando puntería.

Con cuidado, echa un vistazo detrás de la esquina. Lo que en su día debió de ser un jardín se extiende todo el camino hasta un granero. El sol ha desteñido el color rojo de la fachada de madera, y en varios sitios del tejado oscuro se ven agujeros de tejas que faltan. Hacia el centro del granero hay un portón corredero que está abierto, y Asker puede oír voces en el interior.

Sigue el caminito del jardín hasta allí. Da un par de patadas a la gravilla para hacerse oír por encima de la lluvia.

Añade un «¡Hola!» al acercarse.

Nunca es buena idea sorprender a alguien que tiene un arma en las manos.

Las voces callan y un hombre de rostro rojizo y con chaqueta de cuero negro y perilla asoma la cabeza por el portón.

Lleva puestas unas grandes gafas metálicas de protección que, junto con la indumentaria, recuerda a un personaje de *steampunk*.

210

El hombre la fulmina con la mirada y vuelve a meterse dentro del granero.

Asker se acerca despacio y se detiene en el umbral.

El granero debe de medir veinte metros de largo. Junto a la pared del fondo hay una montaña de viejas balas de heno de altura considerable. Por lo demás, está prácticamente vacío. Las paredes de madera, igual que el techo, también presentan agujeros en algunos puntos, por los que se cuelan la luz del día y el agua de la lluvia. El aire huele a fruta y pólvora.

En el centro del granero hay una mesa en la que se ven tres armas de fuego, junto con algunas cajas de munición.

Delante de las balas de heno, dos figuras humanas de cartón.

El de la perilla está al lado de un hombre mayor; parece decirle algo que Asker no tiene tiempo de interpretar.

—¿Y tú quién coño eres, si se puede saber? —pregunta el hombre mayor al mismo tiempo que se sube las gafas de protección a la frente.

Ronda los setenta años de edad, corpulento, con tirantes y cinturón para sujetarse los vaqueros. En la parte de arriba viste un jersey de franela. Lleva el pelo repeinado hacia atrás y recogido en una coleta, y su cara ancha hace equilibrios en la fina línea que separa ir desafeitado de tener barba. Del cuello le cuelgan unos tapones de oído con un cordel.

—Estoy buscando a Ulf Krook —dice ella.

—¿Quién lo busca?

Asker enseña su carné de policía.

Los hombres intercambian una mirada.

—Vaya, conque una poli de la ciudad —se mofa el mayor—. Completamente sola en medio de la nada.

El hombre que, por lo visto, es Ulf Krook escupe un gargajo amarillo.

—Tengo entendido que has hablado con mi compañero Bengt Sandgren con motivo de unas figuritas de maqueta —dice Asker.

—Sandgren, ese viejo borracho. —La boca de Ulf se abre en una sonrisa maliciosa. El de la perilla también sonríe un poco, como si fuera lo que se esperaba de él.

—¿De qué hablasteis?

Ulf resopla por la nariz.

—¡Pregúntaselo a él! Ahora mismo no me apetece hablar con la pasma. Estamos practicando tiro, como puedes ver. —Señala las armas en la mesa—. Y antes de que lo preguntes, tengo permiso de armas, así que está todo en orden. Estas sí que son de verdad, no como esas pistolitas de perdigones de nueve milímetros que usáis los polis.

Hace un aspaviento con la mano como para quitársela de delante y empieza a ponerse los tapones y las gafas, como si la conversación hubiese terminado.

Asker echa un vistazo a la mesa. Dos revólveres y una escopeta semiautomática.

—Las pistolas de perdigones por lo menos son mejores que esos dos alargapollas, eso está claro —dice Asker haciendo un gesto de desprecio con la cabeza.

—¿Cómo? —Ulf Krook se queda de piedra—. ¿Qué problema hay con un tres cincuenta y siete, si se puede saber?

—Te lo explicaría con mucho gusto, si me apeteciera —responde con fingido desinterés.

—La tres cincuenta y siete es la puta mejor arma que se puede comprar con dinero —suelta Ulf casi indignado.

—Si tú lo dices... —Asker se encoge de hombros.

—¡Qué coño vas a saber tú de armas!, ¿eh? Seguro que no has tocado armas pesadas como estas en tu vida. —El viejo hace un gesto burlón que va dirigido tanto a su entrepierna como a las armas de la mesa. El de la perilla también saca a relucir una sonrisita.

—Hagamos una cosa —propone ella—. Si yo te explico qué modelos son los que tienes en la mesa y te cuento por qué son peores que mi arma de servicio, tú respondes a mis preguntas.

Le clava al viejo su mirada heterocroma.

Ulf Krook muerde el anzuelo.

—¡Trato hecho! —espeta, y da un paso al lado para bloquear la vista de la mesa. Tras unos segundos, el de la perilla entiende el gesto y se coloca junto a él.

—Vamos, niña —dice el viejo con escarnio—. A ver cuánto sabes.

—Bueno —empieza Asker, y señala con la barbilla la mesa, ahora oculta detrás de los dos hombres—. La tres cincuenta y siete de la que presumes es una Ruger GP100. Un arma hábil, un modelo un poco todoterreno. No es especialmente buena en nada, pero tampoco especialmente mala. —Asker sonríe con malicia—. Y la otra prótesis de rabo es una Magnum cuarenta y cuatro, en concreto una Smith & Wesson, modelo 29. Amada por los fetichistas de las armas desde que Harry el Sucio susurró con homoerotismo que se necesita a un hombre de verdad para sujetar un calibre Magnum. —Asker aumenta los niveles de acidez tanto de su voz como de su sonrisa—. Seguramente, en el último cuarto de hora, por lo menos uno de los dos ha blandido la cuarenta y cuatro en el aire mientras decía «*do you feel lucky, punk*» o algo por el estilo, ¿a que sí?

El de la perilla aparta la mirada, abochornado.

—La cuarenta y cuatro es un arma que tampoco está mal —continúa Asker—. Pero es pesada, ruidosa y tiene un retroceso muy fuerte, igual que la tres cincuenta y siete. En el tiempo que se tarda en disparar y volver a apuntar con esos cañones de mano, yo tengo tiempo de efectuar tres disparos con mi arma de servicio de nueve milímetros, y aún me quedan quince balas en el cargador, comparado con las cinco del revólver. Así que no tengo que andar contando los tiros como Harry el Sucio. Además, la nueve es más ligera, ocupa menos espacio en el cinturón y se desenfunda más rápido. Una victoria fácil, vaya.

Ulf Krook la mira con la cara roja y la boca entreabierta. El de la perilla está más compungido.

—Y la escopeta es una Remington 870, por cierto —añade Asker—. La escopeta corredera más vendida del mundo. O escopeta pajillera, como se la llama a veces, lo cual debe de hacer referencia tanto al dueño como al movimiento de la corredera. Si de verdad quieres una escopeta de ese tipo, yo me habría decantado por una Mossberg 590. Le caben el doble de cartuchos y estéticamente es mucho más bonita.

Termina con una sonrisa fría.

—¿C-cómo coño...? —jadea el viejo.

Asker podría decirle que durante todos los años que estuvo estudiando en Estados Unidos trabajó en un campo de tiro, pero que ya estaba familiarizada con ese mundo desde mucho antes. Además, podría coger cualquiera de esas armas, desmontarlas, volverlas a montar y cargarlas para luego convertir las dianas de cartón delante de las balas en una montaña de confeti.

Pero no hace ni lo uno ni lo otro.

—Cultura general —se limita a decir, encogiendo de nuevo los hombros—. Ahora me toca preguntar a mí.

EL REY DE LA MONTAÑA

Tres noches después de haberla visto por primera vez, estaba de pie en el jardín de detrás de la casa de Marie.

Casi todas las ventanas estaban a oscuras, solo se veía una tenue lámpara en la segunda planta. El aire olía a rocío y césped recién cortado.

Se había saltado su propio protocolo de medidas de precaución; no había visitado la casa de día ni había conseguido identificar ninguna llave de repuesto escondida.

De todos modos, no le hacía falta. Ahora ya era tan hábil, tan silencioso, tan cuidadoso que, en principio, era invisible.

Su soberbia se vio reforzada al descubrir que la puerta de la cocina no estaba cerrada con llave. Nadie en la casa se esperaba la llegada de alguien como él.

Un visitante nocturno, un intruso.

Se quedó varios minutos quieto en la cocina, en silencio, mientras efectuaba su rutina habitual. Dio tiempo a sus ojos a acostumbrarse a la oscuridad, escuchó el interior de la casa, se familiarizó con los ruidos naturales de la vivienda y los que generaban sus habitantes.

Como siempre, el ritual lo excitó. Sus dedos acariciaron la figurita sin rostro de plástico que llevaba en el bolsillo.

Esa casa estaba a punto de convertirse en suya. En cuestión de minutos estaría en la oscuridad del primer piso mirando a las personas que vivían allí. Las observaría mientras dormían apacibles en su hogar, ignorando por completo su presencia, el poder que tenía sobre ellos.

Independientemente de quiénes eran cuando estaban despiertos. Independientemente de su edad, oficio o estatus. Ahí, en la oscuridad, eran todos... suyos.

Un rugido grave interrumpió sus pensamientos.

El sonido le heló la sangre, sus músculos se quedaron rígidos.

Un perro. Un gran pastor alemán cuya presencia había pasado completamente por alto y que ahora se le acercaba poco a poco. A pesar de la penumbra, pudo ver que al animal se le había erizado el pelo del lomo y le estaba enseñando los colmillos.

—Bo-bonito... —susurró, pero su voz aterrada no hizo más que intensificar el gruñido; lo convirtió en un rugido, al mismo tiempo que el perro cogía impulso y se lanzaba hacia delante.

Él se apartó de un salto, oyó el sonido de las fauces del perro cerrándose justo a su lado.

Se golpeó la cadera contra una mesa. Por puro instinto, agarró la tabla de la mesa y, con una fuerza inusitada, logró volcarla hacia el perro.

Un estruendo tremendo, seguido del ruido de cerámica estrellándose contra el suelo resonó por toda la estancia, mezclándose con los graves ladridos del perro.

Se precipitó sobre la puerta de la cocina y tropezó con un comedero que debería haber visto nada más entrar, pero logró recuperar el equilibrio en el último momento.

Las pezuñas arañaban el suelo de piedra a su espalda, los ladridos pasaron de nuevo a ser un rugido, pero en el último instante logró salir por la puerta de la cocina que daba al jardín y se las arregló para cerrarla tras de sí antes de que el perro tuviera tiempo de saltarle encima.

Cruzó el jardín agazapado, vio los cuadrados de luz proyectados en el césped, lo cual significaba que se habían encendido las lámparas en los dormitorios del piso de arriba. Las sombras moviéndose agitadas cuando los habitantes de la casa se acercaban a las ventanas. Oyó los gritos que delataban que lo habían descubierto.

Al saltar la valla baja del final del jardín, se percató del escozor en la pierna, pero no le hizo caso.

Hasta que hubo vuelto en bici a casa y el dolor terminó por superar el subidón de adrenalina.

Una de sus perneras tenía un largo corte y estaba manchada de su propia sangre. Quizá el perro había logrado morderle, a pesar de todo, o bien se había cortado al volcar la mesa. Por fortuna, la herida no era profunda y podría curársela él mismo.

Pero fuera como fuese, la herida era una prueba evidente.

No era en absoluto invisible. Ni invulnerable.

Las lágrimas brotaron de sus ojos y se quedó llorando en la oscuridad de detrás del garaje.

No se recompuso hasta que oyó el sonido de las sirenas en el pueblo.

ASKER

La cocina a la que llevaba la escalera agrietada está igual de deslustrada que el resto del jardín de Ulf Krook. Suelo de linóleo desgastado, un fregadero sucio, cuatro sillas de madera alrededor de una mesa coja con un hule manchado.

El resto de la casa queda oculto tras una robusta puerta. Aun así, es como si algo se colara por las rendijas. Algo viejo y desagradable.

—Una casa muy especial —dice ella.

—La diseñó y construyó mi abuelo. Era un poco particular.

Ulf Krook se deja caer con pesadez en una de las sillas. Asker se sienta enfrente.

El de la perilla saca dos tazas diferentes y sirve café para Asker y el viejo, aunque no para sí mismo. Tampoco se sienta a la mesa, sino que se queda apoyado en la encimera y empieza a morderse una uña. Aún no ha dicho ni mu, pero, a juzgar por su mirada, está escuchando con mucha atención.

En cambio, la pequeña lección de Asker ha hecho que Ulf Krook se vuelva más hablador. Por lo que parece, el viejo va a mantener su palabra.

—Así que el flaco del director ese te ha mandado aquí

—constata—. Oí que en Navidades encontraron en la maqueta una figurita que estaba pintando palabrotas en una pared. ¡Buenísimo! —Esboza una sonrisita, lo cual hace que el de la perilla lo imite de inmediato—. Lilja es un cabrón hipócrita, que lo sepas. Su padre era pastor de la Iglesia Libre. Él es director de secundaria, pero no es capaz de controlar a su propio hijo. Un auténtico gánster. —Se le apaga la sonrisita. Su voz se vuelve más afilada—. Fui presidente de la asociación durante dieciocho años, hasta que apareció Lilja y empezó a joderme. Mi padre era uno de los fundadores...

—Sí, ya me lo comentó —lo interrumpe Asker—. ¿Podemos saltar un poco hacia delante? ¿Cuándo fue la primera vez que descubristeis figuras en la maqueta que no deberían estar ahí?

Ulf la mira enfurecido, luego se suena ruidosamente la nariz con un pañuelo roñoso.

—Hará por lo menos diez años —murmura—. Puede que incluso quince. Uno de los miembros encontró un coche en la maqueta que era demasiado moderno. La maqueta llega hasta finales de la década de los años sesenta, pero ese coche era más nuevo. De los ochenta o los noventa, con dos figuritas fuera. Todos pensamos que se trataba de una broma.

—¿Por qué?

—Bueno... —El viejo se hurga la oreja con el meñique—. Tal como yo lo recuerdo, el coche era feo. Puertas de colores diferentes, manchas de óxido o lo que sea. Y además, una de las figuras de fuera del coche tenía una pata de cabra en la mano. Dos ladrones con un coche de mierda en mitad de nuestra maqueta perfecta, olía a broma del día de los Inocentes. Pero nadie reconoció haberlo hecho.

—¿Hay alguna foto?

Krook resopla por la nariz.

—No me jodas. Nos echamos unas risas con el asunto. Después lo tiramos todo a la basura y ya está.

—Pero luego volvió a ocurrir. ¿Cuándo?

Krook toma un trago de café.

—No lo recuerdo exactamente. Fue unos años después de lo del Volvo. Nada, una chorrada. Otro de los socios encontró una figura haciendo autostop. Llevaba auriculares, eso es lo que daba el cante. En los sesenta los chavales no se paseaban con esas cosas. —Se tapa las orejas con las manos para enseñar a qué se refiere—. No me preguntes cómo coño pudieron verlo. Quiero decir, las miniaturas de personas solo miden dos centímetros de alto y hay miles de ellas, pero algunos de nuestros socios tienen vista de águila cuando se trata de buscar errores.

—O sea que un hombre joven haciendo autostop fue la segunda figura que encontrasteis.

—Eso es. ¿No vas a apuntarlo?

Asker hace caso omiso de la pregunta.

—¿Ninguna foto tampoco esa vez?

—Qué va. —Ulf niega con la cabeza—. Yo nunca llegué a verla. Lo comentaron en una reunión, me parece. Igual que la primera vez, nadie levantó la mano para confesar.

—¿Y la tercera? —pregunta ella, puesto que recuerda hasta el último detalle de la declaración de Lilja y podría reproducirla incluso en sueños.

Ulf golpetea exhortante la taza de café con el dedo y el de la perilla se la llena en el acto.

—La tercera vez fue el año pasado —dice—. Los socios que hicieron el descubrimiento se cagaron encima y llamaron a la poli antes que a mí. Si no, yo les habría dicho que no se molestaran.

—¿Por qué?

El viejo vuelve a resoplar.

—Porque con la Administración hay que tener el menor contacto posible.

Las palabras resuenan con mucha familiaridad en la cabeza de Asker. Per el Paranoias y Ulf Krook se habrían entendido, al menos al principio. Después probablemente se habrían vuelto archienemigos.

—Y gracias a aquella denuncia apareció tu compañero Bengt Sandgren —continúa Ulf—. Apestaba a alcohol, tenía pinta de haber dormido en un coche. Una auténtica piltrafa. —Sonríe con una comisura, se rasca de nuevo la oreja con el dedo meñique—. Pero en cuanto vio las figuras se le despejó la cabeza. Fue como si alguien le encendiera una puta bombilla en la mollera. Sacó un montón de fotos. Guardó las figuras con tanto cuidado que parecía que estuviera tocando las balas del asesinato de Olof Palme.

—¿Sandgren comentó por qué?

El viejo se inspecciona la uña del meñique.

—No. Solo hizo un montón de preguntas lleno de curiosidad, igual que tú. Al cabo de un rato me cansé y le pedí que se fuera a tomar por saco. Le expliqué que si seguía paseándose por la zona y metiendo las narices, la cosa podría acabar mal. —Se limpia un pegote de cerumen en el hule de la mesa.

—¿Qué aspecto tenían las figuras? —pregunta Asker—. Las que hicieron que Sandgren se alarmara.

Ulf retrae los labios. Tiene los dientes amarillos y torcidos. Los colmillos, exageradamente puntiagudos, como los de un depredador.

—¿Por qué no se lo preguntas a él?

—Porque Sandgren está ingresado en el hospital y no puede hablar.

—Ah. —El viejo hace chasquear la lengua—. ¿Se está desintoxicando o qué? —Mira a Asker como si esperara obtener una respuesta, la cual no llega.

—Las figuras —repite ella—. ¿Qué aspecto tenían?

Ulf vuelve a esbozar una sonrisita.

—Pues ahora sí que hablamos de humor retorcido. —Se inclina hacia delante—. Eran dos figuritas colocadas en un bosque. Una representaba a una mujer rubia que estaba corriendo.

—¿Corriendo? ¿Te refieres a que estaba haciendo deporte?

—¡No, no, nada de eso! —El viejo niega con la cabeza—. Estaba corriendo como corres cuando alguien te persigue. Alguien a quien le tienes mucho miedo...

Se inclina aún más hacia delante. Tiene la mirada agitada, su aliento es una mezcla de café y podredumbre. El de la perilla, que está a un lado, detrás de él, deja de morderse la uña y parece estar escuchándolo intensamente.

—Detrás de esa figurita, también en el bosque, había una figura de hombre —continúa el viejo—. Era evidente que la estaba persiguiendo. Que ella corría por su vida. Pero ahora es cuando la cosa se pone realmente incómoda. —Se chupa los dientes como si saboreara las palabras; no quiere perderse ni un bocado—. La figura de la mujer estaba muy bien pintada. Pelo, ropa, rostro, incluso una mochila roja

223

en la espalda. Ocho, nueve colores, pinceladas minúsculas, sin borrones en ningún sitio pese a que las figuritas apenas miden dos centímetros de alto. Obra de un auténtico profesional, y al que le ha llevado su tiempo.

Hace una pausa, echa un vistazo por encima del hombro como para asegurarse de que el de la perilla está atendiendo.

—¿Y qué? —lo insta Asker.

—La figura de hombre que la perseguía era blanca —dice Ulf—. Sin pintar, sin rasgos faciales. Los demás socios dijeron que sería por las prisas. Que quien las había puesto ahí no había tenido tiempo de pintar más que una sola figura. Tu amigo Sandgren compartía la misma idea, pero si me preguntas a mí, creo que estaban dando palos de ciego.

—¿Por qué?

El viejo vuelve a retraer el labio superior, dejando a la vista sus colmillos de depredador. Su mirada titila, oscura y alterada.

—Fuera quien fuese quien colocó allí las figuras, lo quería exactamente así —dice, casi susurrando—. Una mujer joven y guapa, con tanto detalle que casi podías ver lo asustada que estaba. Y luego alguien que le daba caza. Alguien que apenas era humano. Un monstruo.

EL REY DE LA MONTAÑA

Al día siguiente de haber sido descubierto, todo era distinto. En el colegio, todo el mundo hablaba del allanamiento en casa de Marie. Que a lo mejor tenía que ver con el trabajo de su padre, que la policía aún estaba allí analizando el escenario del crimen. Que gracias al perro no había pasado nada más grave.

Marie era la persona más importante del colegio, rodeada de un gran grupo de alumnos que relamían cada palabra de lo que ella les contaba.

Por su parte, él se movía pegado a las paredes. Intentaba mantenerse lo más alejado posible de Marie y sus admiradores. A lo mejor a ella le había dado tiempo de verlo, aunque fuera solo algo fugaz. A lo mejor extendería la mano, lo señalaría, gritaría que había sido él a quien había visto cruzar corriendo el jardín de su casa.

Y luego se le echarían encima.

Lo empujarían, le pegarían, le darían patadas.

Le pondrían apodos, lo llevarían a rastras hasta el despacho del director, hasta que él confesara humillado sus actos.

Se encontraba mal, a ratos tenía calor, a ratos se moría de frío, pero declararse enfermo no era una alternativa. Su madre no tardaría en sumar dos más dos.

Por eso, aquella tarde volvió a acompañar a su padrastro a la maqueta de tren, a pesar de que todavía se encontraba mal.

El chismorreo sobre la intrusión se negaba a cesar. Todos los maquetistas, casi veinte viejos, estaban allí, pero por una vez en la vida no hablaban de la maqueta. Varios decían conocer a alguien a quien le habían entrado en casa en el último año. No lo habían denunciado ni lo habían ido comentando porque no había evidencias claras de allanamiento ni tampoco habían echado en falta nada importante. Sin embargo, ahora, después del suceso en casa de Marie y su familia, no faltaban testimonios en la mesa de la merienda.

De cosas que habían cambiado de sitio, tierra de zapato en el suelo del dormitorio o, tan solo, una vaga sensación de que alguien había estado allí.

Él estaba cada vez peor. El aire en la salita era denso y le costaba respirar, así que salió trastabillando hasta la sala de la maqueta. Se apoyó en una repisa mientras miraba fijamente las casitas y las figuras.

Se había creído invisible. Por ende, se había creído con el poder de hacer casi todo lo que quisiera. En realidad, estaba indefenso.

Podría haber sido delatado en cualquier momento, abroncado, marginado.

La sala daba vueltas, las voces de la salita de la merienda seguían llegando hasta él.

—Solo un loco pervertido se mete a hurtadillas en casa ajena.

—Ojalá pillara a ese desgraciado.

—Lo colgaría de una farola.

Por un momento era como si los cientos de figuritas de la maqueta cobraran vida.

—Puto malnacido —espetaban.

—¡Tarado!

—Apestado.

La sala volvió a girar, esta vez con más fuerza. Poco a poco el techo y el suelo cambiaron sus posiciones.

Trató de asirse a la pantalla de plástico que separaba la maqueta del público, pero sus manos no querían obedecerlo.

Al final las piernas le flaquearon y se precipitó a la oscuridad.

ASKER

Cuando Asker abandona el ruinoso patio ya ha dejado de llover, pero el cielo sigue pesando sobre las copas de los árboles. El mensaje de su hermana cubre la mitad de la pantalla del móvil. Lo cierra sin leerlo.

En uno de los cruces del bosque hay una mujer joven que está vaciando un buzón. Levanta la vista cuando el coche pasa, pero no hace ademán de saludar. Probablemente viva en una de las cabañas.

La mujer se queda un rato siguiendo el coche con la mirada hasta que se la traga el bosque.

Por un breve instante, Asker se pregunta si la mujer no habrá sido una simple invención de su cerebro. Un destello fugaz de lo que ella podría haber sido.

De no ser por...

Pisa el acelerador. A pesar del climatizador y del asiento calefactable, el habitáculo le parece frío y húmedo. Las ruedas levantan cascadas de agua marrón al pasar por los hoyos. Ella conoce este tipo de sitios, los tiene enterrados tan profundo en su cabeza que nunca logra desprenderse del todo de ellos.

Aun así, no piensa dejar de intentarlo.

A medio camino de Hässleholm su teléfono empieza a sonar. Primero cree que es Camille y está a punto de cortar la llamada. Pero en el último instante se percata de que no es así.

—Leo Asker —responde.

—Sí, hola, soy Madame Rind. Nos conocimos el otro día. Lamento decirle que tengo malas noticias.

—¿Ah, sí?

—Garm murió anoche.

Asker no sabe muy bien qué decir.

—Qué pena —consigue soltar.

—Sí, pero tuvo una vida muy larga. Diecinueve años. Se quedó dormido en su sitio preferido, bajo el arce púrpura del jardín. Un buen sitio para cruzar al mundo de los espíritus.

—Ya.

—En cualquier caso, le dice que no tiene por qué preocuparse.

—¿Garm? ¿Su perro muerto? —El cerebro de Asker lucha febrilmente para poner orden en la conversación, pero empieza a sospechar que es tarea imposible.

—Sí, exacto. Esta noche he soñado con él. Me ha pasado cada vez que ha muerto. En el sueño Garm me cuenta en qué forma va a renacer y dónde debo buscarlo.

—Vale —dice Asker, puesto que es la única palabra que se le ocurre.

La conversación estaba batiendo una especie de récord de majadería.

—Me ha pedido que la informe de la raza en la que ha pensado renacer. Me ha dicho que era extremadamente importante que lo supiera. Una cuestión de vida o muerte.

—¿Y de qué raza se trata? —pregunta Asker lo más serena que puede.

—Papillón —dice la mujer—. Garm me ha pedido que le diga que mantenga los ojos abiertos por si ve un papillón. Y ya está, ahora ya lo sabes. Le deseo un buen día, Leo Asker.

En cuanto se corta la llamada, ella rompe a reír.

La comisaría de Hässleholm está cerca del centro. Un edificio beige grisáceo de cuatro plantas e inclinado, con chaflán de cristal, no muy lejos de la estación ferroviaria. Sin duda, Ulf Krook la ha provisto de más información acerca de las figuritas, pero no es difícil entender por qué Lilja sospecha de él y le tiene miedo al mismo tiempo.

Ulf es un viejo desagradable que detesta a la policía, lo cual debe de implicar que algún compañero local ha tenido que lidiar con él en algún momento y que le puede contar más cosas.

Asker se presenta a la recepcionista y le explica que está buscando a alguien que conozca el conflicto del club de modelismo ferroviario.

La mujer le dedica una larga mirada, pero sin hacer preguntas. Después de un par de llamadas telefónicas, una puerta se abre y sale por ella un agente uniformado que debe de tener más o menos la misma edad que Asker. Es delgado y atlético, mide algo más de metro ochenta. Hay algo en él que le resulta familiar.

—Jakob Tell —se presenta él—. Jefe adjunto de zona. ¿Verdad que tú te llamas Asker?

Sus ojos son azul claro, la sonrisa es encantadora, igual que el flequillo rubio y revuelto.

—Coincidimos hace algunos años en el escenario de un crimen —añade—. Un asesinato de un borracho en un piso en Tyringe. Yo era el oficial al mando.

—Exacto —dice Asker. Ahora lo recuerda perfectamente—. Llevabas a un cadete contigo. Un chico de pelo castaño que tenía la cara descompuesta. Era su primer asesinato.

—Yusuf —responde él—. Tienes buena memoria. Ahora está en Tráfico. ¿Quieres un café?

Le abre una puerta con su pase de acceso y le muestra el camino hasta un *office*.

—Lo cierto es que en su día yo también quise dedicarme a los asesinatos —explica por encima del hombro mientras va a buscar café para ambos.

Asker espera oír lo que suele acompañar a ese comentario. Una retahíla de quejas sobre lo difícil que es acceder a puestos de investigación cualificados, aderezado con una insinuación no demasiado sutil de que los hombres blancos están siendo apartados en favor de las mujeres y las minorías.

Pero, por lo que parece, Tell no es un llorón de esos.

En lugar de quejarse, cambia de tema.

—Toma. —Él deja la taza de café en la mesa y se le sienta enfrente.

A diferencia de lo que ha hecho en la cocina sucia de Krook, ahora Asker sí que da un sorbo.

—A ver, dime. Siento mucha curiosidad —añade Tell—. ¿Por qué Delitos Violentos se interesa por nuestro pequeño club de modelismo ferroviario?

Asker respira hondo. La pregunta tiene sentido, no como su respuesta.

—Estoy... —empieza a decir, y deja la taza en la mesa— haciendo una sustitución en otro puesto. Mi predecesor, Bengt Sandgren, dejó algunos interrogantes a su paso.

—Sandgren, ¿no es el de la Biblia del asesinato? Dio una conferencia cuando iba a la Escuela Superior de Policía.

—Así es —confirma Asker—. Sandgren está ingresado en el hospital a causa de un infarto. No está claro si se va a recuperar. Tenía entre manos un asunto en el que está implicada la asociación, de alguna manera.

—Vaya, no me digas. ¿Y no tienes idea de qué clase de asunto se trataba?

—Algo sobre unas figuritas que aparecían sin permiso en la maqueta; ¿te suena de algo?

—¿Figuras sin permiso? No... —Tell levanta una comisura de la boca—. ¿Acaso eso es siquiera un delito?

Una buena pregunta que Asker deja sin responder.

—Entonces, tú no has estado en contacto con Sandgren —dice.

—No, pero claro, podría haber hablado con alguna otra persona de comisaría. Puedo preguntar.

—Te lo agradecería.

Tell la escruta con la mirada.

—Por lo visto, hubo un poco de bronca con relación al cambio de presidente de la asociación, ¿es correcto?

—¿Te refieres a su famosa asamblea anual? —Tell niega con la cabeza—. Yo mismo estuve allí. Treinta señores que se pelean por una maqueta ferroviaria agitando los puños en el aire y soltándose insultos del tipo *bandido* y *traidor*.

Asker no puede evitar una sonrisa.

—El otro día hablé con el presidente Kjell Lilja —dice—. ¿Lo conoces?

—No en persona. Pero ha puesto mucho orden entre

los gamberros de la escuela. Mi hermana es profesora, solo tiene palabras buenas para él como director.

—Tengo entendido que Lilja tiene un hijo que da un poco de guerra.

Tell arruga la frente.

—Sí, correcto. Oliver Lilja, delitos menores de estupefacientes, robos de vehículos de transporte, conducción temeraria y alguna otra cosilla. Ahora mismo está en un centro de menores.

Se lleva la taza de café a la boca.

—¿Quién te lo ha contado? —pregunta luego.

—Ulf Krook —responde ella.

—Ah... —Tell vuelve a sonreír—. El trol de las cavernas en persona. ¿Cómo te has puesto en contacto con él?

—Hace una hora estaba tomando café en la cocina de su casa.

Tell está a punto de atragantarse.

—¿Y ha hablado contigo? Ulf suele mandar a la mierda a la policía.

—Bueno. —Asker se encoge de hombros—. Puedo ser bastante convincente.

—Hay que joderse. —Tell la observa con una expresión de divertimento y admiración al mismo tiempo—. Ulf Krook es un auténtico fenómeno, pero me imagino que eso ya te ha quedado claro. Broncas con vecinos, con el ayuntamiento, la Diputación, lo que quieras. Mucha gente le tiene miedo. Pero tú no, por lo que veo.

Asker no contesta.

—¿Estaba solo? ¿Ninguna mujer?

—No, que yo haya podido ver. ¿Por qué lo preguntas?

Tell niega con la cabeza.

233

—A Ulf no le han faltado las mujeres a lo largo de los años. Ha estado casado unas cuatro o cinco veces. Pero hace tiempo que no vive nadie con él de forma permanente. La mayoría solo se queda unos años.

—¿Y por qué es importante? —pregunta Asker; el interés de Tell le sorprende un poco.

Él hace una mueca, a medio camino entre la disculpa y la diversión.

—No lo es, es más curiosidad mía. No es habitual cruzarse con alguien que ha podido entrar en la finca de Ulf, y aún menos en el palacete. ¿Cómo era?

—No he pasado de la cocina. La casa casi parecía tener el acceso bloqueado. Y era peculiar, cuando menos.

—¿Había alguien más?

—Un hombre, taciturno, de unos treinta años, gorra y perilla —dice ella.

—Finn Olofsson —dice Tell asintiendo con la cabeza—. El hijastro de Ulf, o uno de ellos, por lo menos. Como te decía, Ulf ha tenido varias mujeres. Tiene hijos e hijastros por toda la zona. Un pequeño clan. Finn es conductor de camiones, tiene un par de delitos menores en el registro de antecedentes. Vive a un par de kilómetros de allí, es un poco el chico para todo de Ulf.

—Tienes muy controlada a la gente.

Tell esboza una amplia sonrisa.

—Bueno, es lo que le toca a la policía local, ¿no? Y lo dicho, Ulf Krook en particular ha llamado bastante la atención a lo largo de los años.

—¿Y aun así tiene permiso de compraventa de armas?

—Así es. Hará por lo menos cuarenta años que lo tiene. Lo usa como pretexto para llenar su armero con todo tipo de armas menores para las que nunca habría conseguido licencia de no ser por eso. Hemos intentado que le retiren el permiso, pero a pesar del montón de rumores, Ulf nunca ha sido condenado más que por exceso de velocidad en un par de ocasiones y un delito de venta de objetos robados. Y tiene contratado a un abogado caro de Kristianstad para que se ocupe de todos los recursos.

Tell hace un gesto de resignación.

—Ulf es un viejo zorro muy astuto. Él ya sabe que hace un poco lo que quiere allí, en el bosque. Nadie se atreve a señalarlo con el dedo, menos aún a testificar. Mientras permanezca metido en su guarida, no podremos hacerle nada.

—En el bosque hay unas cuantas cabañas destartaladas —continúa Asker—. Me ha parecido ver a una mujer joven en una de ellas.

—Ulf las alquila, a veces. Más que nada a parientes suyos o a personas que tienen dificultades para encontrar vivienda por otro lado. Casi todas procuran pasar desapercibidas y después de un tiempo siguen su camino, así que resulta imposible tenerlas controladas.

Tell se calla, junta los labios y se queda mirando a Asker unos segundos. La expresión de su cara, así como su voz, se vuelven serias.

—Es muy agradable hablar contigo, Asker, pero ¿no crees que va siendo hora de que me cuentes el motivo real de esta conversación?

ASKER

La salva su teléfono móvil. De nuevo, el número de su hermana, y en otro momento le habría colgado, como de costumbre. Pero ahora necesita una excusa para escaquearse de la conversación con Tell.

Sin duda, él parece inteligente y sensato, pero a Asker no le apetece lo más mínimo revelar que sospecha que hay una conexión entre el secuestro de Holst y la maqueta ferroviaria.

—Lo siento, pero tengo que cogerlo —dice con semblante serio—. Muchísimas gracias por la ayuda. Por favor, llámame si se te ocurre algo más.

Tell no parece del todo contento, pero aun así asiente brevemente con la cabeza.

Asker se levanta y pulsa el icono verde para responder.

—Leo Asker —dice lo más formal que puede.

—Soy Camille. —Su hermana suena sorprendida, como si no se hubiese esperado que fuera a cogerlo.

—Sí, hola —dice Asker mientras busca la salida—. Dame un segundo.

Encuentra la puerta correcta, sale al aparcamiento y se mete en el coche.

—Ya está, ya puedo hablar.

—Ah, vale... ¿Qué tal? —Camille aún suena insegura.

—Bien, gracias. ¿Vosotros también?

—Sí, sí. Las niñas están en el colegio y Fredric está liado con... —Se interrumpe, como hace siempre que menciona a su marido, como si fuera terreno minado, lo cual no deja de ser cierto—. Solo quería confirmar que vas a venir esta tarde.

—¿Esta tarde?

—Es el santo de Junot, te he escrito varias veces.

Asker suspira para sus adentros.

—¿Aún hacéis esas cosas?

—Pues claro, es una tradición familiar.

Junot Lissander es el marido de Isabel. Camille, que se ha criado en esa constelación familiar, lo llama papá. Según cuenta la leyenda, de pequeña a Camille le daba pena que Junot no tuviera santo, por lo que su madre introdujo una especie de santo móvil. Una celebración que se hace cuando a Isabel le parece oportuno. Lo cual es hoy, por lo visto.

—A las seis, en las oficinas. Habrá espumoso y canapés.

Asker busca una excusa, está a punto de jugar la carta del trabajo, pero Camille se le adelanta.

—Ya sabes lo contento que se pondrá si vienes.

Se muerde el labio. Lo cierto es que Junot le cae bien. Es la persona más normal de toda la familia.

—Las niñas también vendrán, claro —añade Camille, casi en un tono de súplica.

Asker cierra los ojos un par de segundos.

—Vale —dice—. Iré. —Se oye un tono electrónico de fondo—. Tengo que colgar, me llaman por la otra línea.

Asker coge la otra llamada. Es Kjell Lilja.

—Solo quería explicarle que el chico de seguridad está

en plena labor de cambiar las cerraduras y mejorar el sistema de alarma.

—Ah, qué bien.

Breve silencio. El sistema de seguridad no es más que una excusa para llamar, Asker ya lo sabe, pero no piensa echarle una mano.

—Entonces... ¿ha podido hablar con Ulf Krook? —quiere saber él.

—Sí.

—¿Y qué le ha dicho del tema?

—Eso no se lo puedo contar. Secreto de investigación.

—Ah, sí, claro, ya lo entiendo. —Lilja carraspea ruborizado.

—Lo cierto es que tengo una pregunta —dice ella—. La figura que encontraron en la maqueta hace un año, la que estaba haciendo grafitis... Ulf me ha dicho algo de que estaba pintando una palabra guarra.

—Sí, pero eso resultó ser una confusión.

—¿En qué sentido?

—O sea, a ver... La figura estaba pintando una abreviación que al principio creímos que era una obscenidad. Pero no lo era. Uno de mis alumnos me explicó...

—¿Qué estaba escribiendo? —lo interrumpe ella.

—*Urbex*. Viene de *urban exploration*. Es cuando investigas edificios abandonados, a menudo sin permiso y...

—Gracias, ahora ya lo sé —termina ella—. Llámeme si pasa algo más.

Corta la llamada. El desvío a la antigua zona del regimiento aparece un poco más adelante. La conversación con Lilja le ha dado una idea y gira el volante para tomarlo.

Delante de los locales del club de modelismo ferroviario hay una *pick-up* con el logo de una compañía de seguridad.

Encuentra al técnico de alarmas dentro de los locales. Un hombre joven corpulento y barbudo de expresión afable. Asker le enseña la placa y se presenta.

—Daniel Nygård —responde él, y le tiende una manaza enorme—. Yo soy el dueño de la empresa.

—Qué bien —dice Asker—. Quería pedirte un pequeño favor. Pero tiene que quedar entre nosotros.

—Ajá.

—Me gustaría pedirte que instales una cámara oculta en el local. Sin decírselo a nadie.

Nygård hace una mueca sorprendido.

—A ver, no sé —dice dubitativo—. Es que la asociación es mi cliente. Además, ¿de esas cosas no suele ocuparse la policía?

—Así es, pero nuestro personal técnico está ocupado —miente Asker—. Desgraciadamente, no puedo revelarte detalles, pero es un asunto urgente. Si no, no te lo habría pedido.

Nygård se rasca la barba en un gesto pensativo.

—Lo que te digo, me resulta un poco incómodo vigilar a un cliente... —murmura.

—Pero no eres tú quien vigila, sino yo —replica ella—. Me hago plenamente responsable, si saliera a la luz. Has actuado a petición mía.

Nygård continúa rascándose la barba, pero Asker ve que está a punto de ceder.

—De verdad, sería de gran ayuda si pudieras echarme una mano —añade en el tono más amable que puede.

Él suelta un suspiro.

—Vale, está bien, pero porque es la policía quien me lo pide...

—Bien. Y lo dicho, es entre tú y yo. Yo corro con los gastos, y no puedes hablar de esto ni con Kjell Lilja ni con nadie, ¿de acuerdo?

Nygård asiente pensativo con la cabeza.

—Tengo una camarita discreta que se puede colocar casi en cualquier sitio. ¿Quieres tener acceso a las imágenes por internet?

—¡Sí, perfecto!

Él vuelve a asentir.

—Yo me encargo. Dame tu número de teléfono, recibirás un enlace con instrucciones. Será mejor que lo haga ahora mismo, antes de que aparezca algún socio.

Asker le da las gracias y aprovecha para darse otra vuelta por la maqueta antes de volver al coche.

Hay algo profundamente fascinante en ella, algo que no solo tiene que ver con el tamaño. La maqueta es una especie de postal de una Suecia que ya no existe. La calle feliz, en la que todo el mundo está contento, saciado y seguro.

O casi todo el mundo.

Porque en mitad de todas esas escenas hay alguien que cuenta otro relato, mucho más siniestro.

La pregunta es cuál.

EL REY DE LA MONTAÑA

Cuando se despertó estaba en el hospital. El médico le explicó que había sufrido un tipo de ataque epiléptico. Que había sacado espuma por la boca y había hecho rodar los ojos hasta ponerlos completamente en blanco. Además, estaba a cuarenta grados de fiebre.

Era probable que todo estuviera relacionado con la meningitis que había tenido de pequeño.

Cuando le preguntaron cómo se encontraba, él respondía: «Bien». Que no recordaba nada de los últimos dos días.

Esto último era mentira. Recordaba cada detalle de los sueños febriles. Los mismos sueños que había tenido de pequeño, pero esta vez mucho más detallados.

Ruinas, oscuridad, montaña.

Su montaña.

Gente pidiendo ayuda a gritos desde dentro, compañeros de clase, vecinos, padres y madres, los señores alrededor de la maqueta de tren. Aporreaban desesperadamente las paredes de piedra hasta ensangrentarse los puños, sin que nadie los oyera.

Nadie excepto él.

Ahora se encontraban en su mundo. En un lugar donde él tenía el poder.

E igual que la última vez que había estado en el hospital, salió de allí cambiado. Era un ser nuevo, con nuevas comprensiones.

Había pensado en pequeño.

Había botines considerablemente mejores que las baratijas y las menudencias.

Pero eso exigía que se adaptara. Que no se comportara como un reemplazado, sino que se disfrazara. Que escondiera al monstruo en lo más hondo de sí mismo mientras fingía ser una persona.

Unos días más tarde, Marie llegó al colegio con la cara roja de haber llorado. Explicó que la tarde anterior su perro había comido algo venenoso y que había muerto en la escalera de la cocina, entre dolores horribles.

En lugar de pegarse a la pared, como de costumbre, se acercó a ella. Enderezó la espalda, le dijo que lo lamentaba y que él también había tenido un perro que había muerto unos años antes.

Que sabía muy bien cuánto dolía. Como recompensa por la mentira, obtuvo una sonrisa. El primer paso para que le abriera la puerta a su vida.

En casa se volvió amable con sus hermanos pequeños, se ofreció a ayudar con las tareas del hogar y, para el gran asombro y encanto de su madre, comenzó a participar de la conversación alrededor de la mesa de la cocina.

No tardó mucho en volver a visitar la maqueta. Hizo preguntas interesantes y se esforzó en sonreír y reír en el momento oportuno con las batallitas que contaban los señores.

Más tarde, cuando nadie miraba en su dirección, se inclinó hacia delante, por encima de la mampara de plástico, y cogió una de las figuritas de la maqueta.

La sacó de su emplazamiento original y la movió hasta la casa de Marie, donde la tumbó de lado justo delante de la puerta de la cocina.

La figurita era la de un pastor alemán.

Con los años, cada vez que volvía a la maqueta siempre buscaba esa figura.

Su primera escena.

Pensaba en el momento en que metió las albóndigas llenas de clavitos y veneno para ratas por entre los listones de la cerca, al fondo del jardín de Marie. Se había quedado a cierta distancia, mirando mientras el perro las engullía, y luego había vuelto a casa en bici con una nueva sensación en el pecho, diez veces más intensa de lo que había sentido jamás.

El poder sobre la vida.

Y sobre la muerte.

ASKER

Asker vuelve a meterse en el coche y se dirige al sur en dirección a Malmö. Sigue la misma carretera secundaria bordeada de coníferas de esta mañana. Las nubes de lluvia se retiran, la neblina escampa y el cielo empieza a hacerse más alto.

¿Qué sabe hasta la fecha?

Que se trata de un total de ocho figuritas, colocadas en cinco ocasiones en un periodo de tiempo de más de diez años.

Tres veces durante la época del anterior presidente, Ulf Krook:

Los dos ladrones con el Volvo feo, luego el joven solitario de los auriculares haciendo autostop. Después, la mujer que es perseguida en el bosque por el horrible hombre sin rostro. Tanto Ulf Krook como su ayudante mudo parecían un poco fascinados con esa historia en especial.

A esa le siguen los dos descubrimientos de Lilja: el chaval que está pintando la palabra *urbex* en una fachada, y quinto y último: Smilla y MM congelados en el momento de hacerse el *selfie*.

¿Qué relación guardan las figuras entre sí? Si es que están vinculadas de alguna manera.

Bengt Sandgren parecía convencido de ello.

Había algo en la mujer del bosque y su perseguidor sin rostro que despertó su interés. Le hizo ir a recoger en persona tanto esas dos figuras como el grafitero, más adelante. Aparte de darle instrucciones a Lilja de que lo llamara de inmediato si hacían un nuevo hallazgo.

Pero Asker ha inspeccionado el despacho de Sandgren a fondo. Quitando el catálogo manoseado de Märklin, no ha encontrado ni rastro de la investigación, y aún menos unas figuritas confiscadas. ¿Perdió el interés? ¿Lo tiró todo a la basura más cercana y se puso de nuevo a beber?

Es posible, sin duda.

Aun así, no está dispuesta a aceptar esta teoría.

Al menos no por el momento. No mientras haya más preguntas que hacer. Como, por ejemplo, qué pinta Martin Hill en todo esto. Sandgren ha conseguido su número de teléfono, puede que incluso se haya puesto en contacto con él.

Sus cavilaciones se ven interrumpidas por una sensación repentina. Una preocupación que le nace en la nuca y desciende por toda la columna vertebral.

Vivió con esa sensación durante toda su infancia. La fue puliendo hasta aprender a confiar ciegamente en ella. Sobrevivió gracias a ella.

La sensación de que algo iba mal.

Mira por el retrovisor. Unos doscientos metros más atrás hay un coche. Lleva allí un buen rato, sin acercarse, eso ya lo había observado.

Y ahora le salta la alarma del subconsciente.

Asker no lo ha adelantado, así que el coche debe de haberla alcanzado a ella. Pero la persona al volante mantiene la distancia, como si no quisiera acercarse demasiado.

Asker estudia el coche un rato por el retrovisor. Una furgoneta oscura, más o menos del mismo modelo que la que había en el patio embarrado de Ulf Krook. Pero solo la había visto de lejos, y ahora la distancia es demasiado grande para estar segura de que se trata del mismo vehículo.

Aminora la marcha. La separación entre los dos coches se reduce unos segundos, para luego volverse a ampliar.

Es la prueba que necesita. La furgoneta la está siguiendo.

Un poco más adelante ve un hueco de aparcamiento y se mete de un volantazo y sin poner el intermitente. Se queda en el coche mientras la furgoneta se va haciendo cada vez más grande en el retrovisor. Por lo que ve, no lleva matrícula en la parte de delante.

Cuando la furgoneta se acerca al aparcamiento, de pronto la persona que la conduce pisa a fondo y pasa a toda velocidad, soltando una nube de humo azulado por el tubo de escape. Lo único que Asker tiene tiempo de vislumbrar de la persona al volante es la visera de una gorra y una chaqueta con capucha.

Se reincorpora detrás de la furgoneta y pisa el acelerador a fondo. El coche eléctrico apenas necesita unos segundos para alcanzarla.

La furgoneta sí tiene una placa de matrícula detrás, pero está cubierta de barro. Asker se acerca todo lo que puede e intenta coger su teléfono móvil para tomar una foto. El color es marrón oscuro, el modelo es el mismo que la furgoneta que había en el patio de Ulf Krook. Pero necesita una matrícula para poder estar del todo segura.

Sin previo aviso, la furgoneta da un frenazo. La calzada se llena de humo gris de neumático quemado, las luces de freno se encienden con rabia.

Asker pega un volantazo y consigue esquivar el obstáculo por apenas diez centímetros. El coche da un bandazo, las ruedas chirrían sobre el asfalto y ella tiene que maniobrar de forma abrupta con el volante para recuperar el control. Por el retrovisor ve que la furgoneta se mete por una intersección.

Asker maldice en voz alta y clava el freno. En cuanto el coche se detiene, mete la marcha atrás, pisa el acelerador a fondo y retrocede en contradirección. Tan pronto ha ganado algo de velocidad, da un golpe de volante para que el coche gire ciento ochenta grados, y en el mismo movimiento mete la marcha hacia delante para que el coche continúe en sentido contrario, pero ahora con el morro de cara.

Se mete por la intersección con un derrape. La furgoneta ya ha logrado salir de su campo de visión, así que Asker acelera un poco más. La carretera es estrecha y sinuosa, cada curva queda oculta por árboles o casas. Ella lleva el coche eléctrico al límite, toma las curvas como una conductora de *rally* y evita por escasos milímetros chocar con un camión que llega de frente, llevándose a cambio un bocinazo iracundo.

Una nueva curva cerrada, seguida de otra más, pero la furgoneta continúa sin aparecer.

Asker sigue pisándole durante un kilómetro, pero al llegar a una pequeña localidad levanta el pie del acelerador.

A estas alturas ya debería haber alcanzado a la furgoneta, lo cual significa que el conductor la ha engañado. Se ha metido por algún camino del bosque o se ha pegado a la fachada trasera de alguna casa mientras ella pasaba de largo a toda prisa. Es lo que ella misma habría hecho para quitarse de encima a alguien que la persiguiera en un coche mucho más rápido.

«¡Joder!»

Asker da la vuelta y regresa hasta la carretera principal, pero no ve la furgoneta por ninguna parte.

Intenta poner orden en su cabeza. El color, la marca y el modelo coinciden, así que está casi segura del todo de que se trata de la misma furgoneta que ha visto en casa de Ulf Krook. La estaba siguiendo, de eso no cabe ninguna duda.

Pero ¿por qué? ¿Y quién la conducía?

ASKER

En la Unidad de Casos Perdidos todo está tranquilo. Todos los despachos están cerrados, el fluorescente del techo parpadea perezoso.

Asker llama a la puerta de Rosita y la abre sin esperar a obtener respuesta. Igual que la última vez, la mujer parece pillada in fraganti. Lo cual no es de extrañar, puesto que está sentada en su silla haciendo punto de cruz.

—N-no sabía que habías llegado... —tartamudea mientras corre a guardar las agujas en un cajón del escritorio—. Virgilsson me ha dicho que has salido a hacer un servicio y...

Asker agita la mano para que se deje de excusas.

—¿Has hecho lo que te pedí?

—Por supuesto. —Rosita saca unos papeles de otro cajón del escritorio y se los tiende—. La misma lista que Bengt me pidió mantener al día. Personas que han desaparecido en los últimos quince años y que tienen algún vínculo con la provincia de Skåne.

Asker hojea las páginas impresas.

—¿De qué se trata? —pregunta Rosita.

—Es lo que pensaba preguntarte yo.

Rosita niega inquieta con la cabeza.

—No sé más que lo que ya te he contado. Bengt me pidió que elaborara esta lista, eso es todo. Mostraba mucho secretismo en lo relacionado con su trabajo.

Su mirada flaquea. Un poco más de lo habitual.

—Pero —dice Asker— hay algo más, ¿verdad?

Rosita se humedece los labios.

—Uno de los nombres de la lista es Julia Collin, la chica de Ängelholm que desapareció hace casi cuatro años.

—¿Y...? —Asker intenta no sonar impaciente.

—Ella... —Rosita se aclara la garganta, mira a su alrededor como si quisiera asegurarse de que no hay nadie escuchándolas—. Es la ahijada de Bengt.

—¿La ahijada?

—Sí. Bengt y el padre de Julia eran muy amigos. Sé que su desaparición le afectó mucho. Intentó ayudar a la familia a encontrarla. Es una de las razones de su... —Se lame nerviosa los labios—. Su mala salud. Y más tarde, de su traslado aquí al departamento —dice para concluir.

Asker asiente pensativa.

—¿Algo más?

Rosita niega con la cabeza de manera exagerada.

—No, eso es todo lo que sé, de verdad. Bengt no me explicaba nada. Nada de nada.

Asker se lleva los papeles al despacho de Sandgren y cierra la puerta.

En la lista hay un total de doce nombres, los ojea rápidamente. Ninguno le dice nada.

Por fortuna, Rosita ha sido más concienzuda de lo esperado. Ha adjuntado un resumen de cada caso, y son sorprendentemente concisos y profesionales. Sin duda, del mismo tipo que los que suelen pasarle a Asker en Delitos Violentos.

Empieza por el caso de Julia Collin.

Veinte años desde su desaparición, empadronada en Ängelholm con su madre, su hermano mayor y su padrastro.

Buenas notas en secundaria, algo peores en bachillerato.

Hacía judo, tocaba la flauta travesera. Su padre murió en un accidente de tráfico cuando Julia tenía quince años, lo cual, según la madre, la hizo perderse. Perdió el interés por los estudios, dejó la música. Empezó a salir más.

Después de sacarse el bachillerato trabajó de camarera en un bar de copas en Helsingborg y comenzó de sustituta en su antiguo colegio. Parecía estar buscando algún tipo de rumbo en la vida.

Y un día de finales de septiembre ya no volvió a casa después de la jornada laboral en la escuela.

La última pista que se tiene es que compró un billete digital para un autobús regional esa misma tarde. Pero no está claro si llegó a cogerlo, puesto que el billete no fue escaneado. El conductor creía que podía estar entre los pasajeros, pero no estaba seguro. Se denunció su desaparición, la familia estuvo dando vueltas buscándola, abrieron un grupo en Facebook, colgaron carteles; sin embargo, nada sirvió de ayuda.

Al cabo de unas semanas todo se enfrió, al menos a nivel puramente policial. Julia era mayor de edad, no se podía demostrar que había sido víctima de algún delito.

Simplemente había desaparecido.

Al final de la página hay una foto de Julia, así como las señas de su indumentaria.

Tiene el pelo largo y rubio y ojos azules. Recuerda mucho a Smilla Holst, pero la mirada de Julia Collin es más seria.

Cuando salió del trabajo en la escuela, aquella tarde de septiembre de hacía cuatro años, llevaba vaqueros azules, una chaqueta blanca y una mochila roja.

Las dos últimas palabras hacen reaccionar a Asker.

Mochila roja.

Reproduce mentalmente la conversación que tuvo con Ulf Krook. Recorta los fragmentos que encajan.

«Una mujer rubia que estaba corriendo...

»... incluso una mochila roja en la espalda

»... podías ver lo asustada que estaba.»

La figurita de la mujer que corría por el bosque porque alguien la perseguía era Julia Collin.

No es de extrañar que a Bengt Sandgren se le encendiera la bombilla.

Debió de reaccionar igual que hizo ella con las figuritas de Smilla y Malik.

Vuelve a echar un vistazo rápido al resto de los nombres de la lista de gente desaparecida.

Se queda atrapada casi al instante en la palabra *grafiti*.

Aparece en la descripción de Tor Nilsson, veintisiete años. Un clásico bala perdida. Problemas en la escuela, broncas con el profesorado, drogas blandas, drogas duras, varios delitos y la tonadilla de siempre. En su expediente hay varios puntos relacionados con pintadas y grafitis, y además lleva más de un año desaparecido. Con lo cual, encaja tanto en el momento como en la actividad con la figura que estaba pintando la palabra *urbex* en la maqueta.

Asker se reclina en la silla, intenta poner orden en las ideas.

Una chica con mochila roja, un grafitero, una pareja joven que se hace un *selfie*. Y tienen en común que han desaparecido.

Sin dejar ningún rastro.

Para volver a aparecer en forma de figuritas diminutas en la maqueta de tren.

¿Por qué?

Asker ya ha rozado la respuesta.

Porque alguien quiere crear su propia historia. Enseñar lo que ha hecho. Que se ha salido con la suya.

253

EL REY DE LA MONTAÑA

Durante un tiempo se conformó con animales. Primero gatos, y luego, cuando se hizo más valiente, también perros y, en ocasiones, animales salvajes.

Los capturaba y se los llevaba al corazón de su montaña, los encerraba en alguno de los cuartuchos y los hacía suyos. Se pasaba horas observando a sus presas a través de la trampilla de la puerta, aprendiendo cosas, cosas importantes.

Por ejemplo, que a los animales podías proveerlos de comida y agua, pero al final, a medida que pasaban las semanas, acababan muriendo igualmente.

Dejaban de comer y beber, dejaban de saltar en cuanto lo oían trastear con la trampilla, para terminar acurrucándose en un rincón hasta que morían. Cuanto más salvaje el animal, más rápido iba el proceso.

Tardó tiempo en comprender por qué ocurría eso. Que los animales reaccionaban igual que las mariposas. Que todos los seres vivos llegaban a un punto en el que, al final, se rendían.

En el que entendían que ya no había esperanza.

Cuando consiguió su primera presa de verdad, ya era un hombre joven.

Una tarde, al llegar a su montaña, se encontró con un viejo Volvo aparcado en el patio. Luego, que el candado había sido cortado y que la verja de acceso a la montaña estaba abierta.

Se quedó helado, pensó que alguien había continuado con la labor del tío Johan. Que había perdido para siempre su refugio secreto. Pero entonces oyó voces que llegaban de dentro, vio el resplandor de una hoguera en el muelle de carga y decidió entrar.

Los intrusos resultaron ser dos hombres jóvenes. Mirada dura, cuerpos nervudos. Olían a alcohol y humo de tabaco. El coche era robado, los chicos se habían dado a la fuga. Al principio se mostraron hostiles, pensaban que él saldría corriendo para denunciarlos. Lo amenazaron con darle una paliza, pero al cabo de un rato se tranquilizaron. Comprendieron que él no era de los que se chivan.

Además, él era su nuevo yo. Simpático, complaciente. Incluso se ofreció a ayudar a los dos fugitivos.

Ellos habían oído hablar de la montaña en alguna parte y habían decidido buscarla, le explicó el mayor de los dos. Porque siempre le habían gustado los sitios abandonados, desde que era pequeño. Granjas vacías, fábricas desmanteladas, casas tapiadas. Sin embargo, esa montaña era algo totalmente distinto.

Ya habían encontrado cosas extrañas en los cuartos, dijo el más joven.

Latas, cositas varias, ropa interior.

Él se limitó a asentir con la cabeza ante la descripción del allanamiento, esbozó una sonrisa e hizo como si lo que habían visto no fuera, en realidad, su obra. Como si no fueran sus tesoros lo que habían mancillado.

El mayor de los dos era el que mandaba. El que era más grande y fuerte, el de la mirada más mala. El más joven y flaco le iba detrás, más que nada haciendo todo lo que el otro le ordenaba.

De camino allí habían entrado en una casa y habían robado comida y bebida. La fiesta ya había empezado, y al poco rato los dos estaban saciados y borrachos. Comenzaron a tomarle el pelo. A llamarlo paleto de pueblo y un montón de cosas. Él les dejó hacer, se rio con ellos, hacía ver que le daba tragos a la botella mientras les daba tiempo.

Al final se quedaron dormidos junto al fuego, con las chaquetas a modo de cojín.

Él se quedó un rato observándolos. Allí se creían a salvo. Que él era inofensivo.

Se equivocaban.

Cuando estuvo seguro de que los dos estaban durmiendo, fue a buscar un pesado bloque de hormigón y se puso con las piernas separadas encima del mayor de los dos.

Se quedó un breve instante allí de pie sujetando el bloque de hormigón con brazos estirados. Buscando una vocecilla que le dijera que aquello no estaba bien.

Pero no oyó ninguna.

Lo único que sentía era rabia de que hubieran mancillado su refugio. Que no comprendieran lo sagrado del sitio en el que se habían metido. Con quién estaban lidiando realmente.

El bloque de hormigón aplastó la cabeza del hombre con un chasquido mojado, más o menos como cuando se te cae un cartón de huevos al suelo.

El otro fugitivo estaba tan borracho que no se despertó. No volvió en sí hasta varias horas más tarde, cuando ya estaba en una sala completamente oscura detrás de una puerta de acero. Entonces se puso a gritar, llorar, golpear.

Tardó siete días en perder la esperanza.

Nueve en morir.

Y él tardó quince días en representarlos de forma meticulosa a ambos en forma de dos figuritas de plástico y colocarlas, junto con el coche, en la maqueta de tren.

En enseñar su obra, igual que había hecho con el perro de Marie. En enseñar hasta dónde alcanzaba su poder.

Y quién era él realmente.

ASKER

Está delante de la puerta cerrada de Atila. La lamparita de la pared brilla roja y furiosa. Asker respira hondo, luego llama con decisión a la puerta y ase la manilla. Cerrado con llave.

La lucecita parece refulgir aún con más intensidad.

Vuelve a llamar a la puerta, más fuerte, con más determinación.

—Soy Leo Asker —dice lo bastante alto para que se pueda oír desde el otro lado.

Percibe un movimiento con el rabillo del ojo. Virgilsson se ha asomado por la puerta de su despacho. Vuelve a meterse, con cuidado, pero está segura de que el hombrecillo sigue observándola.

La puerta del despacho se abre.

Atila se queda en el quicio. Aunque sean más o menos igual de altos, y por extraño que parezca, Asker tiene la sensación de que él es mucho más grande.

El hombre la mira largo y tendido. Luego da un paso al lado.

—Adelante, pasa.

Atila se sienta al escritorio, le hace un gesto a Asker para que cierre la puerta y tome asiento al otro lado.

—En este pasillo no faltan las orejas curiosas —añade.

Su despacho está minuciosamente ordenado. Las carpetas que tiene detrás están organizadas por colores. En la ventana hay dos bonsáis, tan perfectos e idénticos que al principio los confunde con unas plantas de plástico.

—¿Y bien? ¿Qué puedo hacer por la inspectora Asker? —La mirada parece de diversión, pero también de alerta.

—Necesito acceso a la cuenta de Bengt Sandgren. Al correo electrónico de servicio, documentos, contactos, todo. He hablado con el Departamento de Informática, pero me han dicho que son varias semanas de espera. Así que me preguntaba si tú podrías ayudarme.

Atila arquea las cejas.

—¿Y por qué necesitas acceder a la cuenta de Sandgren?

Asker se ha preparado una respuesta para esa pregunta. Ha elegido una versión que no es falsa.

—Porque ha dejado a su paso una investigación en la que falta información relevante.

Atila la mira con escepticismo.

—¿Una investigación? ¿Bengt?

Asker se encoge de hombros.

—Ya, estoy más o menos igual de sorprendida que tú.

Atila continúa observándola unos segundos con gravedad, luego sonríe levemente.

—Debe de habérselo guardado para sí. No es de extrañar...

—¿Ah, no? —Asker enarca una ceja—. ¿Por...?

La pregunta parece pillar a Atila desprevenido.

Vuelve a quedársela mirando, batallando con su mirada heterocroma sin terminar de llegar a ninguna parte. Un espasmo en la comisura de su boca.

—Bueno, la respuesta sencilla es que aquí abajo no te puedes fiar de nadie. Aquí las carreras profesionales vienen para apagarse, o autodestruirse, si lo prefieres. De aquí no hay forma de salir, así que cada uno hace lo que puede para beneficiarse a sí mismo.

—¿Qué quieres decir?

Las preguntas de Asker parecen irritarlo y entretenerlo a partes iguales.

—Quiero decir que aquí abajo no hay normas. Mira a Rosita, por ejemplo. Está enamorada de un periodista del periódico *Sydsvenskan*. Aprovecha cualquier oportunidad para llamarlo por teléfono con alguna pista suculenta, a cambio de cuatro lisonjas o salir a comer alguna vez, con una copita de vino. En realidad el tipo es gay, lo sabe el planeta entero. —Resopla por la nariz, parece que ya se está haciendo vapor—. Zafer está más o menos igual de loco que sordo, como ya habrás podido comprobar. Ahora ya lleva más de cuatro años trabajando en el mismo informe. Y Virgilsson, el pequeño sapo, es un corrupto de arriba abajo. Se pasea con su manojo de llaves haciéndose el importante. Intercambia favores y cachivaches con gente como si estuviera en la cárcel.

—¿Y tú? —pregunta Asker—. ¿Tú qué tienes?

—Yo me ocupo de lo mío —dice—. Es lo mejor.

—Vale. —Asker da una palmadita en el apoyabrazos—. Pues te voy a dejar para que continúes con ello. ¿Cuándo podré tener los datos de usuario de Sandgren?

Atila echa un vistazo al reloj de pulsera. Un reloj de submarinista del tamaño de una cajetilla de tabaco de mascar.

—Necesito un código del Departamento de Informática, pero diría que ya se han ido. Como muy pronto, mañana por la mañana.

Se queda mirando a Asker. Los ojos se estrechan bajo las cejas pobladas. Hay algo que le quiere decir.

—Asker, es un nombre bastante inusual.

Asiente con la cabeza como para confirmar su propia conclusión, por lo que no hace falta que ella responda. Lleva presintiendo esto desde el encuentro que tuvieron en el *office*.

—Cuando estaba haciendo vigilancia para la Säpo, la policía secreta, tuvimos un caso sobre un tal Per Asker. —Atila deja el nombre colgando en el aire, como esperándose una reacción; no la obtiene—. Un tipo listo —continúa—. Oficial de reserva, ingeniero, jefe de desarrollo en una empresa de armamento militar. Un auténtico Einstein, según su jefe. Pero por alguna razón Per Asker entró en conflicto con su empleador. Algo relacionado con unas patentes a las que consideraba que tenía derecho. A Asker lo despidieron, él denunció a su empleador, pero perdió el juicio. En la misma época su mujer lo abandonó, y parece que se le fue un poco la cabeza. A menudo la genialidad y la locura son vecinas.

Se da un par de toques en la sien con el dedo índice.

Ella sigue sin decir nada.

—Así que este tal Per Asker se mudó de Malmö y se fue a vivir al bosque primario —prosigue—. Se compró una finca que bautizó como La Granja. Se convirtió en un profeta del día del Juicio Final, o un preparacionista o conspiranoico, como demonios se llame hoy en día a esos chiflados. Construía búnkeres, cultivaba sus propias hortalizas, montaba maniobras de preparación para anticiparse a las catástrofes.

»Unos años después de que Per perdiera su último recurso, tuvo lugar una misteriosa explosión en un centro de investigación de su antiguo empleador. No hubo heridos, pero la explosión les costó varios millones. Se temía que Per se hubiese convertido en un Unabomber sueco, por eso se metió la Säpo. Pero vigilarlo era difícil de cojones.

—¿Ah, sí? —dice Asker.

—Sí, el tal Per era un cabrón ultraparanoico. Partía de la base de que siempre estaba siendo espiado y escuchado. Uno no podía, simplemente, sentarse a mirarlo desde un coche, así que un compañero y yo, que también teníamos experiencia militar, nos enterramos en el bosque. Nos pasamos varios días enteros allí tirados, vigilando La Granja con prismáticos. —Sonríe para sus adentros—. Creo que nunca me han acribillado tanto los mosquitos como entonces. En los bosques de allí arriba tienen el tamaño de una avispa. —Mira a Asker como si supiera de lo que le está hablando, cosa que hace, pero no lo revela—. En cualquier caso, la investigación de la explosión no llevó a ninguna parte. Al final mis jefes se conformaron con pensar que Per Asker estaba como una chota, en efecto, pero que no era peligroso. Al menos no para el Estado y la ciudadanía, así que lo dejamos en paz. Unos años más tarde se voló a sí mismo por los aires. Perdió una mano y un ojo, por lo que tengo entendido, y acabó en el manicomio.

El hombre hace una pausa, como si esperara que Asker fuera a intervenir.

—Qué historia tan interesante —dice ella asintiendo con la cabeza.

—¿Verdad que sí? —afirma él con una nueva sonrisa ladeada—. Me pasé un verano entero vigilando aquella finca, viendo casi todo lo que pasaba allí dentro. Y hay una cosa que nunca he podido quitarme del todo de la cabeza.

—¿El qué? —pregunta ella, pero ya intuye la respuesta.

—Per Asker tenía una hija. La niña se había criado en su estilo de vida paranoico. Con todas sus maniobras locas y sus invenciones. Ella era el proyecto de su vida, y Per la fue limando hasta que quedó afilada como una hoja de afeitar. La instruyó en tiro, en combate cuerpo a cuerpo, en conducción; todo lo que te puedas imaginar. —Suelta una risita gutural—. Una vez, mientras lo espiaba, juraría que la niña se dio la vuelta y me miró directa a los ojos, directa a través de los prismáticos, a pesar de estar enrollado en una red de camuflaje y a doscientos metros de distancia. Como si pudiera verme, a pesar de ser totalmente invisible. Jamás me olvidaré de aquella mirada. —Chasquea impresionado la lengua—. El tema es que a menudo me he preguntado qué fue de ella. Si logró desprenderse de su infancia o si se volvió igual de loca que su padre.

Se queda callado, de nuevo como esperando una respuesta.

—Gracias por la anécdota —dice Asker, y se levanta despacio—. Avísame cuando tengas los datos de acceso a la cuenta de Sandgren.

Añade una sonrisa fría antes de darse lentamente la vuelta y dirigirse a la puerta.

Al mismo tiempo se mete las manos en los bolsillos para que Atila no pueda ver cómo le tiemblan.

DIECISIETE AÑOS ANTES

Las sillas delante del despacho del director son duras como la piedra. Seguro que no es por casualidad. Esperar allí tiene que ser incómodo, desagradable. No algo que te resulte fácil.

Leo está sentada con los ojos cerrados y las lágrimas quemándole detrás de los párpados.

Su padre está ahí dentro.

De vez en cuando logra distinguir alguna que otra palabra suelta entre él y el director.

«Violencia..., sin poder defenderse..., agresión...»

Sabe qué le tocará por esto. Que Per ya está pensando cuál será el castigo adecuado por lo que ha hecho con los dos chicos guais.

Qué privilegios tienen que desaparecer, qué tareas de castigo la obligará a ejecutar y por cuánto tiempo.

No porque Leo le haya hecho daño a alguien, sino porque le ha obligado a él a ir allí.

A salir de La Granja, lejos de su sitio seguro, a meterse entre los cabezas de chorlito.

Por haberlo decepcionado.

El llanto le sube a borbotones del pecho. Traga saliva con fuerza un par de veces para obligarlo a recular.

Cuando abre los ojos, descubre a Martin sentado a su lado. Aún tiene el jersey mojado, pero aun así ha conseguido recuperar parte de su dignidad.

Leo no sabe cuánto rato lleva ahí, ni qué ha oído.

Él no dice nada. Solo está sentado a su lado en silencio.

Al otro lado de la puerta, le toca hablar a Per. Una voz grave y apagada que apenas se puede percibir.

Ella ya se conoce ese tono. Sabe que cuando Per suena tranquilo y sereno es cuando es más peligroso. Una lágrima irritante se le desprende de los párpados y corre a secársela.

Martin se aclara la garganta.

—Es bastante especial tu padre —dice.

Ella no responde.

—Una vez me lo encontré en la ferretería. Se había comprado un hacha, una lona y una cesta entera de munición, y yo pensé: «Por favor, Dios mío, que no sea a mí a quien se quiere cargar...».

A Leo se le escapa un resoplido. No sabe por qué. Hay algo en la voz de Martin, o la manera en que habla de Per, o simplemente la broma en sí.

Sea lo que sea, su reacción parece animarlo.

—O sea, me refiero a unas vibras de asesino en serie ALUCINANTES. Me temblaban tanto las rodillas que se podía oír de lejos. Imagínate dos maracas...

Leo vuelve a resoplar una risita. Por alguna razón, no puede evitarlo.

Martin se levanta de la silla.

—Así, mira. —Empieza a agitar las rodillas al mismo tiempo que se pasea de un lado a otro por el pasillo.

Ahora ella se ríe de verdad. Las lágrimas brotan, pero le da igual.

Martin sigue paseándose de aquí para allá.

—Ay, no. Estoy muerto de miedo. Per el Paranoias me va a matar...

El mote la hace reírse hasta que se queda sin aire.

—Per el Paranoias —jadea entre las olas de risa—. ¡Buenísimo!

Martin se pone de rodillas, alza los codos hasta los hombros para parecer un espantapájaros. Hunde la cabeza y pone una mirada furibunda.

—Mírame, soy Per el Paranoias. Vivo en un búnker. Todo el mundo se acojona conmigo. ¡Se acerca el día del Juicio Final!

Un sonido le hace darse la vuelta.

La puerta del despacho del director se ha abierto. Per está de pie en el umbral.

Camisa de franela, pantalón militar, botas. Boca recta, ojos hundidos, que, junto con la frente alta y la nariz aguileña y puntiaguda, le hacen parecer un ave rapaz. Una mirada que siempre da la impresión de que te está atravesando el cráneo.

Martin recupera la postura normal.

Leo puede ver que tiene miedo, lo cual no es de extrañar. Su padre tiene ese efecto sobre la mayoría de las personas. Todos los instintos de Martin deberían gritarle que se largue de allí cuanto antes.

Aun así, se queda donde está. Se encuentra con la mirada láser de Per.

—So-solo quería decir... —Carraspea, se obliga a subir un poco el mentón—. Que Leo me ha salvado. Que pienso que ha estado fantástica.

Per se lo queda mirando unos segundos. Resopla por la

266

nariz y murmura algo antes de hacerle un gesto con la cabeza a Leo para ordenarle que lo acompañe.

De camino a la salida, ella echa la mirada atrás.

Martin sigue en su sitio. Las rodillas le tiemblan un poco.

Sin embargo, alza un brazo y le dice adiós con la mano.

En el coche, Per no dice nada durante varios minutos. Se limita a mirar al frente mientras se dirigen a casa. Parece estar sumido en sus pensamientos.

—Inaceptable —murmura, en voz tan baja que apenas se le oye.

Ella no contesta, solo mira al suelo.

Al principio parte de la base de que se refiere a lo que Leo ha hecho.

Pero después de un rato de silencio empieza a preguntarse si en realidad no podría estar hablando de otra cosa. ¿Cuánto ha visto Per de la imitación de Martin? ¿Habrá oído las risas, habrá entendido que se referían a él?

Le tiene miedo a Per, como siempre.

Pero al mismo tiempo hay algo en su voz, algo que Leo nunca había oído.

Algo que se puede percibir entre esas cinco sílabas.

Asombro. Quizá incluso un atisbo de... inseguridad.

Ahora Per se pone a hablar, ya suena a sí mismo.

Le suelta una retahíla de castigos que ha pensado, todo lo que ella tendrá que hacer para recuperar su confianza.

Pero, por una vez en la vida, Leo solo atiende con medio oído.

«Per el Paranoias», piensa, y le vuelve la imagen de Martin Hill.

No puede evitar sonreír.

SMILLA

La lámpara roja se enciende y, a diferencia de las veces anteriores, Smilla está preparada. Ha saltado de la cama tan pronto ha oído el ruido de la trampilla en la parte inferior de la puerta, y cuando la persona de fuera pulsa el botón de la lámpara, ella ya está allí.

Golpea la puerta de acero con los puños, grita lo más alto que puede.

—¡Eh! ¡Eh! ¿Me oyes?

Sin respuesta, solo una leve fricción de una suela de zapato contra el suelo.

Smilla vuelve a aporrear el metal.

—¡Di algo, maldita sea!

Pero está todo en silencio. Ni rastro de su secuestrador, aparte de la bandeja de comida justo por dentro de la trampilla.

Hasta ahí los intentos de Smilla por establecer contacto personal. Humanizarse a sí misma y despertar empatía, según habían explicado los instructores del curso, es imposible si nadie se comunica contigo.

Sin embargo, ella tiene un plan B.

El menú de la bandeja es el mismo de siempre. Un paquete de zumo, algunos trozos de pan de molde reseco y un plato de cartón con algún tipo de estofado de verduras frío que tiene que comerse con los dedos. Pese a estar muerta de hambre, Smilla espera sin comer.

Tiene unos tres minutos antes de que la lámpara se apague, y quiere aprovechar el tiempo al máximo. Intentar encontrar alguna otra cosa que pueda ayudarla a salir de allí. Información, alguna herramienta o cualquier cosa que le pueda servir de arma.

La puerta y la trampilla por la que ha entrado la comida ya las ha inspeccionado.

Allí donde debería haber una manilla no hay más que una tapa redonda de metal. La trampilla se abre desde fuera y tiene la altura estrictamente necesaria para que pueda pasar la bandeja de comida. Desde la puerta hay tres pasos hasta la cama. La luz roja llega hasta allí, ilumina el colchón y la almohada, y más allá.

El cuarto es rectangular, eso ya se había molestado en comprobarlo.

Tres metros de ancho, cuatro de largo, más o menos. Paredes, techo y suelo de hormigón gris. En uno de los laterales, enfrente de la cama, hay una rejilla, de unos cincuenta por cincuenta centímetros.

Smilla mete los dedos por los agujeritos, intenta mover la rejilla, aun sabiendo de antemano que está atornillada con esmero.

Por lo demás, el cuarto está vacío.

Pero en el suelo, en un rincón, descubre una grieta que no había visto antes.

Se pone de rodillas, la resigue con los dedos hasta la pared.

El hormigón le corta las yemas de los dedos, pero aun así cede poco a poco.

Justo cuando la lámpara se apaga, Smilla consigue arrancar un pedazo afilado en forma de cuña lo bastante grande para poder sujetarlo con la mano.

ASKER

Son casi las seis y media de la tarde del jueves y las farolas de Malmö ya llevan mucho rato encendidas. La niebla está entrando por el estrecho de Öresund. Trepa los cantos de los muelles, se adentra silenciosa en las calles hasta que todo queda borroso.

Las espaciosas oficinas de Lissander & Partners están ubicadas en la planta de un edificio de principios del siglo pasado, muy cerca de la plaza Stortorget.

Techos altos, parqué en espiga, arte moderno y muebles de diseño. Solo las lámparas del techo ya cuestan más de lo que una inspectora de policía cobra en un año.

La puerta de cristal no está cerrada con llave, en recepción no hay nadie. Se oye bullicio y música en la sala de reuniones. Rod Stewart jugando a *crooner* estadounidense.

Por un breve instante, Asker sopesa dar media vuelta y escaparse.

Pero antes de que le dé tiempo a tomar una decisión, Camille sale de la sala. Su hermana pequeña está perfecta, para variar. Su piel, el pelo, el maquillaje, la ropa, todo minuciosamente planificado y ejecutado.

Una copia más joven de su madre, pero bastante menos aterradora.

—¡Leo, estás aquí! ¡Junot se pondrá contentísimo!

Coge a Asker del brazo y casi la lleva a rastras hasta la sala de reuniones.

Hay quince personas presentes, todas personal de la oficina, todas tan parecidas en la vestimenta, el aspecto y el comportamiento que a Asker le cuesta distinguirlas. Tampoco es que nunca se haya esforzado demasiado en conseguirlo.

El champán burbujea en las copas, en la mesa hay bandejitas con algunos canapés que han sobrado.

A Junot se le ilumina la cara cuando la ve. Se abre paso para darle un abrazo.

—Gracias por venir —le susurra al oído—. De verdad que no hacía falta.

—¿Cómo no voy a venir por tu santo? —responde ella—. Aunque me gusta más cuando cae en verano.

—A mí también. —Él se ríe—. Pero no le digas nada a Isabel.

Su madre aparece. No de la nada, eso no lo hace nunca. Si Isabel Lissander está presente en una sala, lo sabes.

—Leo, qué bien que hayas podido venir.

—¡Hola, mamá!

—Aún quedan canapés y champán.

Su madre gesticula hacia la mesa con una mano con manicura perfecta.

Asker cae en la cuenta de que no ha almorzado nada. Pesca una copa y engulle un canapé de salmón. Obviamente, está delicioso. Como no encuentra plato, se come dos seguidos allí mismo.

En cuanto se vuelve hacia Junot y su madre, se les han sumado Camille y Fredric.

—¡Hola, Leo! —dice este último con esa sonrisa ridícula que a Asker, por alguna razón inexplicable, en su día le parecía encantadora.

Como tiene la boca llena de canapés se limita a saludar con la cabeza.

—Fredric está trabajando con un caso importante —explica su hermana.

—Una fusión empresarial, nada del otro mundo —dice él con falsa modestia—. Pero le caerá una buena comisión a la empresa. ¿Qué tal el trabajo, Leo?

Camille le aprieta el brazo a Fredric con cuidado y le lanza una mirada lateral de reproche. Por lo que parece, todo el mundo está al día de que le han dado la patada. Isabel mantiene las apariencias, claro, se distrae haciendo girar el champán en la copa.

—¡Todo bien! —dice Asker cuando termina de masticar—. Estoy haciendo una suplencia en un puesto nuevo que ha resultado ser una caja de sorpresas.

—Ah, pues qué bien —dice Fredric, e intercambia una leve sonrisa con su mujer.

Se hace el silencio durante cinco segundos incómodos, lo cual son tres más de lo que Camille puede soportar.

—Las niñas están en mi despacho —dice—. Les hemos dado un rato libre de iPad.

Asker vacía su copa.

—Pues voy a saludarlas.

El despacho de Camille es el que queda más apartado de la entrada. Está decorado con colores claros, abedul y estampados Marimekko.

Las niñas están sentadas en el sofá, completamente

273

concentradas en sendos iPad, pero saltan de alegría en cuanto la ven entrar. Se le tiran al cuello y la obligan a sentarse en el sofá entre las dos. Juguetean con sus manos y su pelo, mientras le hablan de por lo menos tres temas al mismo tiempo, como solo saben hacer los críos de seis años. Asker intenta seguir el hilo, pero es casi imposible.

Al cabo de un rato las pantallas empiezan a atraerlas de nuevo, y después de haber pasado un rato con ellas Asker se libera con cuidado de manos, brazos y piernas, y vuelve a salir al pasillo.

El despacho contiguo es el de su madre. La puerta está entreabierta, solo está encendida la lámpara del escritorio. Asker ha estado allí muchas veces a lo largo de los años, pero aun así no puede evitar asomar la cabeza.

La estancia sigue siendo impresionante. Alfombras gruesas, estanterías hasta el techo. A un lado hay un escritorio enorme de roble que ha pasado por lo menos por dos instituciones jurídicas. Al otro, un conjunto de sofás Arne Jacobsen de cuero oscuro y lustrado. Entre medio, ventanas altas y un mueble bar lo bastante variado para mantener a Churchill de buen humor.

Aunque quizá lo mejor del despacho de su madre es que tiene baño propio, escondido detrás de una puerta secreta oculta en el revestimiento de madera. Perfecto para retocarse el maquillaje o para quien no guste de compartir cuarto de baño con otras personas. Esto último es una de las pocas cosas que Asker y su madre tienen en común.

Se mete dentro y cierra con llave. Se desabrocha los pantalones y se sienta en el inodoro. Detesta todo ese lugar. En realidad, no tiene muy claro por qué. Junot, Camille, Fredric y el resto de la plantilla no son mala gente.

Solo cabezones. Muermos. Como todas las personas a las que Asker ha conocido, posiblemente. Excepto Martin Hill.

El móvil le vibra en el bolsillo.

Aquí tienes el link de la cámara oculta
y tus datos de acceso.
Saludos,
Daniel Nygård.

Asker abre la página web e introduce los datos. Tras un ratito de esfuerzo, se abre una imagen en directo de la maqueta.

El local está a oscuras, pero la luz de un cartel de salida de emergencias es suficiente para que pueda hacerse una idea de lo que se ve. La cámara está colocada más o menos en el centro de una de las paredes largas de la sala. La maqueta es demasiado grande y la distancia hasta la cámara es demasiado corta para poder cubrirla entera. De la sala con el escenario de invierno solo ve la puerta. En cambio, la entrada y la salida de emergencia se ven claramente, por lo que Asker saca la conclusión de que Nygård ha elegido darles prioridad a estas.

Muy listo, ella habría hecho lo mismo.

Asker echa un vistazo a los ajustes, constata que la cámara sigue un ciclo de veinticuatro horas de grabación. Le manda un «gracias por la ayuda» a Nygård antes de guardar el teléfono y levantarse.

Está a punto de tirar de la cadena cuando oye a alguien abrir la puerta del despacho. Tacones altos que repiquetean sobre el parqué, callan al pisar la alfombra del escritorio. Luego, la voz de Isabel.

—Ya está. Ya podemos hablar.

Un breve silencio, lo cual significa que está hablando por teléfono.

—Entiendo —dice Isabel—. ¿Y dónde estaba aparcado?

Asker aguza el oído. Parece que la conversación gira en torno a un coche. Pero Isabel ha puesto su tono de voz profesional, lo cual quiere decir que no se trata de un mero problema de aparcamiento. Su intuición estaría dispuesta a jugarse un billete de cien a que la llamada tiene que ver con el caso Holst.

—¿No sabéis cómo ha llegado hasta allí ni cuánto tiempo lleva? —continúa su madre. Un silencio más largo mientras la persona del otro lado le explica algo. Asker se pega a la puerta lo máximo que se atreve.

—Vaya, qué mal —prosigue su madre—. ¿Implica eso que cambiáis de teoría respecto a quién podría haber secuestrado a Smilla?

El corazón de Asker da un vuelco. Su intuición era correcta.

Nuevo silencio mientras Hellman, porque lo más razonable es que sea él quien está al otro lado de la línea, dice algo.

—Entiendo —zanja su madre—. Informaré a la familia Holst de inmediato. Gracias por llamar.

Cuelga.

Asker apenas se atreve a respirar. Han encontrado el coche de Malik, hasta ahí llega. Pero también hay algo más.

En el despacho, su madre ha iniciado una conversación nueva.

—Tomas, aquí Isabel Lissander. Me acaba de llamar Jonas Hellman. La policía ha encontrado el coche de Malik

Mansur. Estaba aparcado delante de una fábrica abandonada en las afueras de Malmö. Lamentablemente, eso no es todo... —Breve silencio antes de que Isabel prosiga—: Malik estaba en el asiento del conductor —dice en tono serio—. Llevaba varios días muerto.

ASKER

Los agentes de la científica han montado una carpa sobre el coche y los metros más próximos del asfalto agrietado para proteger así el escenario del crimen de la llovizna. En el interior han encendido focos potentes para poder trabajar con buena luz, lo cual hace que a veces sus sombras se proyecten contra la lona de la carpa.

El cordón policial está levantado de forma ejemplar. Comprende una superficie de cien metros cuadrados, cuyo fondo limita con una vieja valla de alambre que vigila la silueta de una antigua nave industrial.

Algunos agentes de tráfico con ropa de lluvia vigilan a los periodistas empapados que tratan de hacer una retransmisión en vivo por televisión para sus periódicos, sin más protección contra la lluvia que unos grandes paraguas de golf.

Asker ha dejado el coche a una buena distancia de seguridad, y luego se ha metido en una de las densas arboledas de abedules que rodean el aparcamiento.

Después de encontrar una excusa para poder abandonar la fiesta del santo, había visto una oportunidad de hablar con los técnicos de la científica, examinar el coche y echar un vistazo al cuerpo. Pero Hellman y su pandilla continúan en el sitio, por lo que no puede dejarse ver.

Sigue a Hellman con los prismáticos.

Lo ve discutir con los técnicos, pero está demasiado lejos y hay demasiada poca luz para que pueda deducir lo que están diciendo. En cambio, su lenguaje corporal es fácil de interpretar. Sus movimientos son cortos, contenidos. Hellman parece tenso.

No es de extrañar. Smilla Holst sigue desaparecida y el principal sospechoso está muerto. Toda su investigación está patas arriba.

Hellman reúne a su equipo en un círculo. Eskil está presente, y un par más; compañeros que hace apenas unos días conformaban el equipo de Asker.

¿Ya están empezando a dudar de él, como seguro habrían hecho si hubiese sido ella quien los hubiese puesto en esa misma situación?

¿Están intercambiando miraditas, enarcando las cejas, insinuando que ellos tenían otra teoría ya desde un buen comienzo?

No hay nada que lo sugiera. El círculo se encoge, como si hablaran en voz baja. Cierran filas alrededor del jefe.

Luego Hellman se vuelve y empieza a caminar en dirección a la cinta del área acordonada. Eskil le sigue los pasos, sujetando un gran paraguas por encima del otro.

No se puede negar que Hellman da una impresión molona. Gabardina negra, jersey de polo. La placa de policía colgando del cuello, lo cual le brinda una imagen propia de un poli de la tele.

Los periodistas se agolpan en el acto a su alrededor. Le tapan a Asker casi todo el campo de visión.

279

Asker saca el móvil, busca los portales de noticias.

A los dos o tres minutos puede ver a Hellman en directo. Sube el volumen y, al mismo tiempo, lo mira con los prismáticos.

—Como ya sabéis, hace un par de horas hemos encontrado aquí el coche que la policía consideraba relevante para el caso Holst —empieza diciendo—. Dentro del vehículo se han hallado los restos del propietario del coche y exnovio de Smilla Holst. Su familia está informada y en breve el coche será trasladado para hacerle un examen técnico. Por lo demás, no tenemos más comentarios, aparte de que la investigación sobre la desaparición de Smilla Holst continúa con todas sus fuerzas. ¡Muchas gracias!

Hellman hace caso omiso de las preguntas que le gritan, da media vuelta y regresa a la carpa de la científica y de sus compañeros. Al mismo tiempo aparece una gran grúa que se mete en el aparcamiento. Asker baja los prismáticos.

No va a tener la oportunidad de examinar el coche, como había esperado. Al menos no allí.

La lluvia se intensifica. No tiene motivos para quedarse más rato, así que da la vuelta. Empieza a caminar dando pasos suaves y acostumbrados por la maleza.

Sin embargo, luego se detiene. Levanta la cabeza.

La sensación en el estómago ha vuelto.

La misma que hace unas horas, cuando ha descubierto la furgoneta por el retrovisor.

Se vuelve lentamente.

En el aparcamiento, los periodistas y fotógrafos se están metiendo en sus vehículos para resguardarse de la lluvia. Hablan en voz alta, cierran las puertas de golpe.

Parecen concentrados en sus cosas.

A excepción de los faros de los coches y los focos del escenario del crimen, todo el viejo polígono industrial está a oscuras. No hay ni una farola encendida. Asker se lleva los prismáticos a los ojos, barre con la mirada la arboleda que hay al otro lado del aparcamiento.

Todo está oscuro y quieto. No se ve ni el más mínimo movimiento ni resplandor que sugiera que hay alguien allí.

Y aun así, Asker no logra quitarse la sensación de que está siendo observada.

EL REY DE LA MONTAÑA

Ha llamado para dar el chivatazo del coche desde un teléfono de prepago. Ha destruido tanto la tarjeta SIM como el terminal y luego, cual paciente cazador, se ha sentado a esperar en la oscuridad, en el segundo mejor sitio de las mejores vistas.

El primer coche patrulla llega justo en apenas diez minutos.

A partir de ahí va todo muy rápido. Cordones, técnicos, el poli arrogante que ha hablado tanto en la tele como en la prensa.

Los estudia con detenimiento gracias a los potentes prismáticos de visión nocturna. Sigue cada uno de sus movimientos, cada expresión de sus rostros.

Están confundidos, tal y como se había esperado. No entienden muy bien qué está pasando más allá de lo evidente.

Que el dueño del coche está muerto.

Sin embargo, no comprenden por qué, no entienden que él está ahí fuera, en la oscuridad, observándolos. Que nada de lo que ocurre es por casualidad, ni siquiera el lugar en el que se encuentran.

Aun así, no son ellos quienes más le interesan.

No es por ellos que ha decidido correr un riesgo como este.

Podría haberse deshecho del coche de una forma más segura. Una manera con la que jamás lo habrían encontrado, tal y como hizo en su día con el Volvo de los dos fugitivos.

Pero entonces habría perdido esta oportunidad.

Los periodistas se han reunido junto al cordón policial, y el poli arrogante se dirige hacia ellos. Seguro que intentará no explicar que la investigación policial se ha encallado de forma inesperada. Que no tienen ni la menor idea de lo que está sucediendo, ni a quién están dando caza.

Puesto que es invisible.

Un monstruo.

Recorre la valla con los prismáticos. Luego hasta la arboleda del otro lado del aparcamiento, que es el mejor sitio donde ponerse.

El resplandor es tan tenue que no se puede percibir a simple vista, pero con los prismáticos de visión nocturna no supone ningún problema.

Su corazón se acelera.

Ha venido, tal y como había deseado.

Ha mordido su anzuelo. Ha elegido el sitio que él le ha cedido.

Hace zoom para ampliar su rostro. El visor nocturno solo ofrece una escala de verdes, pero aun así puede vislumbrar sus ojos mágicos.

Está plenamente concentrada en mirar lo que ocurre en el escenario del crimen, tanto con los prismáticos como a través del teléfono móvil. Sin tener la menor idea de que, en realidad, ella es la que está siendo vigilada.

Ahora está excitado.

Su respiración es entrecortada, tiene la boca seca.

—Leonore Asker —susurra entre dientes.

Saborea las sílabas de una en una.

No ha sentido esto en muchos años. Desde que vio a la chica de la mochila roja bajarse del autobús y comprendió que era algo muy especial. Que la necesitaba, independientemente de los riesgos que implicara.

Ella es una observadora, igual que él. Alguien que se sitúa fuera y mira adentro. A quien nunca dejan entrar del todo, puesto que —igual que él— es diferente.

—Leonore Asker —vuelve a susurrar.

Ella lo entiende. Sabe qué es lo que él quiere enseñar en la maqueta.

Comprende quién es.

Qué es.

La observa con los prismáticos durante varios minutos. Sigue fascinado con cada uno de sus movimientos, de la misma manera que una vez admiró una hermosa mariposa en un tarro de cristal.

Cuando ella apaga el teléfono y decide retirarse, él siente una punzada de decepción.

Pero entonces ella se detiene, se vuelve despacio.

Él hace zoom para ampliar su rostro. Se pasa la lengua por los labios.

Y de pronto ocurre algo inesperado.

Algo inaudito.

Leonore Asker lo mira a él. Se lleva los prismáticos a los ojos y lo mira a él, a través de la oscuridad, a pesar de ser invisible.

A pesar de ser él el cazador y ella la presa.

—Ojos mágicos —murmura.

Por un breve instante vertiginoso, experimenta algo que no ha sentido en muchísimo tiempo. Desde que era adolescente.

Miedo.

Luego, un violento deseo.

HILL

Hill está sentado en un bar con algunos amigos cuando la notificación de noticias aparece en la pantalla de su móvil.

«Hallan muerto a uno de los dos jóvenes de Malmö desaparecidos.»

Consigue disculparse y busca un sitio más apartado donde mirar el vídeo de la noticia.

Un policía con jersey de polo y gabardina, con la placa colgando al cuello, explica de forma resumida que han encontrado un coche y que el propietario está sin vida.

Hill se queda de piedra. Difícilmente puede tratarse de otra persona más que de MM. Busca más información, pero sin demasiado éxito.

MM está muerto, su novia Smilla sigue desaparecida.

¡Qué historia tan terrible!

El buen humor que ya estaba volviendo a recuperar se desvanece de un plumazo. Se inventa una excusa para despedirse de sus amigos y se va a casa.

Le parece tan irreal que MM esté muerto... Se vieron hace apenas unos días, y entonces todo parecía normal. Al menos es lo que él cree.

¿O había algún tipo de señal, algo que pasó por alto, que pudiera ser un indicio de que MM estaba en peligro?

Dicho de otro modo, ¿había algo que Hill pudiera haber hecho?

Tan pronto llega a casa vuelve a ver el vídeo, esta vez en el ordenador. El policía del polo parece compungido. La cámara hace una panorámica de dos carpas iluminadas protegidas por un cordón policial. Detrás, una valla de alambre y un edificio abandonado a oscuras y que Hill cree reconocer.

Rebobina, pone pausa. Amplía y reduce la imagen unas cuantas veces para asegurarse de que lo ha visto bien. En efecto.

El edificio que se ve al fondo es la vieja fábrica abandonada que él y Sofie visitaron hace apenas unos días.

—Qué curioso —murmura.

Viernes

ASKER

Asker se va a casa, se da una ducha caliente y se pone ropa seca. De nuevo, comida para llevar delante de un *thriller* de medianoche mientras intenta bajar de revoluciones.

Pero le cuesta. La cabeza le va a mil por hora.

Piensa en Hana, la madre de Malik, en cómo había hecho la cama en un intento de poner una pizca de orden en medio del caos de su cabeza.

Primero Hana ha tenido que pasar por la experiencia de que su hijo desapareciera, luego que lo señalaran como presunto autor de los hechos. Y ahora está muerto.

Debe de estar destrozada.

Y Smilla sigue desaparecida. Existe el riesgo de que también encuentren su cuerpo dentro de poco. Dos familias que quedarán destrozadas.

Al mismo tiempo, la pista que seguía Hellman está colgando de un hilo. Está confundido, afectado. Vulnerable.

La pregunta es qué va a hacer Asker al respecto.

Si es que va a hacer algo al respecto.

Por un lado, está claro que la jugada más táctica es quedarse quieta en el barco. Cruzar los dedos para que la investigación de Hellman haga aguas por sí sola.

Por otro lado, no se puede negar que Bengt Sandgren

ha encontrado algo. Igual que Smilla y Malik, Julia Collin y Tor Nilsson han desaparecido sin dejar rastro, para luego aparecer representados como figuritas en una maqueta de tren. Y aparte de Sandgren, ella es la única que conoce esta conexión.

Sea lo que sea lo que Bengt Sandgren ha logrado descubrir, aparte de lo que ella ya sabe, la acercará todavía más al secuestrador de Smilla, y con un poco de suerte le brindará la oportunidad de mandar a Hellman de vuelta a Estocolmo con el rabo entre las piernas.

Si es que hay algo más, claro.

Bastante pasada la medianoche, se queda dormida en el sofá, se despierta poco después de las dos, con el cuello rígido y la boca seca.

Sabe por experiencia que no podrá volverse a dormir.

Será mejor hacer algo productivo. Se viste, saca el coche eléctrico del garaje dando marcha atrás y se adentra en la noche. Se ha levantado viento. Las rachas que cruzan los campos de cultivo sacuden el volante.

Bengt Sandgren está solo en una habitación en la unidad de cuidados intensivos. Lleva una venda alrededor de la cabeza, su rostro tiene manchas amarillentas de viejos moratones y tiene los ojos cerrados. Sobre la nariz y las mejillas se puede ver una redecilla de venitas rojas, el rastro que le han dejado los años de alcoholemia.

La manguerita de la intubación que provee de oxígeno los pulmones de Sandgren serpentea como una larva gorda por encima de la manta y hace que su pecho ascienda y descienda lentamente. En un rincón, una pantalla vigila sus débiles señales de vida.

En realidad Asker no tiene muy claro qué pretende con

esta visita. Es obvio que Sandgren no puede brindarle ninguna de las respuestas que busca.

Pero la sensación de que él ha estado más cerca de una solución a las desapariciones que lo que ella ha descubierto hasta la fecha no la abandona, sobre todo desde que se vio perseguida por la furgoneta oscura.

Y ahora Malik Mansur está muerto.

Pero con un poco de suerte sí que encontrará algunas respuestas. Por ejemplo, a las circunstancias alrededor de la caída de Sandgren.

Para a una médica de guardia en el pasillo. Una mujer de su misma edad, con ojos cansados. Asker le enseña la placa y le explica el motivo de su visita.

—¿Bengt Sandgren? —dice la médica—. Sí, de hecho, yo estaba trabajando cuando lo trajeron. Infarto de miocardio y traumatismo craneoencefálico provocado por una caída. Por lo visto, lo encontró un vecino, según el personal de la ambulancia.

—¿Ah, sí?

La médica asiente con la cabeza.

—Quería pedirle algo prestado. Por la ventana del recibidor vio a Sandgren tumbado al pie de la escalera y dio la alarma, al menos eso es lo que me contaron. El personal de la ambulancia tardó un rato en entender que Bengt había sufrido un ataque al corazón y que no solo se había caído. Pero por suerte descubrieron que se estaba medicando para el corazón y ataron cabos. Así que Bengt tuvo suerte, dentro de lo que cabe. Si el vecino hubiese aparecido un rato más tarde, no se habría salvado.

—¿Trajeron consigo algunas pertenencias suyas?

—Si es así, estarán en el armario de la habitación. Puedo pedirle a la enfermera que se lo abra.

En el armario no hay más que un bote de pastillas para el corazón y la cartera de Sandgren.

—¿No hay llaves de casa? —le pregunta Asker a la enfermera.

—No, su contacto de emergencia vino a buscarlas, me parece.

—¿Contacto de emergencia?

—Virgilsson, creo que se llama. De vez en cuando pasa por aquí a saludar. Él es el que ha traído las flores.

La mujer señala un pequeño ramo medio marchito que hay en la ventana.

Asker le da las gracias a la enfermera y se queda un rato de pie junto a la cama de Sandgren.

Su pulso es inestable. El aire sigue entrando a ritmo constante en sus pulmones a través de la manguera de entubación.

Fuera, la noche se está convirtiendo en día de forma imperceptible.

Asker vuelve a pensar en Malik Mansur. En Smilla.

En las figuritas de la maqueta de tren.

—¿Qué pista habías descubierto, Sandgren? —murmura para sí—. ¿Hasta dónde habías llegado?

Obviamente, no obtiene respuesta.

SMILLA

El trocito de hormigón no está donde ella lo había dejado, justo debajo de la cama. Después de varios minutos buscándolo a cuatro patas por el suelo lo encuentra al lado de la pared, como si alguien le hubiese dado una patada sin querer.

El descubrimiento la llena de una extraña sensación de triunfo. Por primera vez ha superado en astucia a su secuestrador sin rostro.

Ha aprendido algo de él, sin que él se haya dado cuenta.

Lo que ella había creído que era una pesadilla resulta ser la pura realidad. Ni imaginaciones ni fantasías.

El cambio de ubicación del trocito de hormigón es la viva prueba de ello.

Su secuestrador la droga mediante la comida, y cuando ella está inconsciente él entra a escondidas en el cuarto. Incluso se sienta en la cama.

No la toca, al menos no por debajo de la ropa. Smilla se la ha preparado de antemano para poder saber si era el caso.

Pero está bastante segura de que le acaricia el pelo.

A su vez, eso significa que él se le acerca lo suficiente como para que ella pueda hacerle daño.

Lo único que necesita es atreverse.

Cierra el puño alrededor del trozo de hormigón. Hace un par de ataques en el aire.

Un sonido la hace detenerse en mitad de un movimiento.

Una voz débil al otro lado de una de las paredes más largas.

—¿Hola? —susurra la voz—. ¿Hay alguien ahí?

Smilla se mueve con cuidado en dirección al sonido. Su corazón late a un ritmo salvaje.

—¿Hola? —oye que vuelve a decir la débil voz de mujer.

El sonido proviene de la rejilla de ventilación de la pared. Smilla se pega todo lo que puede.

—Hola —murmura.

—¿Quién eres? —Ahora la voz suena asustada.

—Me llamo Smilla. ¿Quién eres tú? —Unos segundos de silencio.

—Julia —responde luego la voz—. Me llamo Julia.

ASKER

Poco antes de las seis de la mañana, Asker ya vuelve a estar en comisaría. Empieza intentando entrar en el garaje de la científica para echarle un vistazo al coche de Malik.

El caso tiene máxima prioridad, así que está segura de que los técnicos se han pasado toda la noche trabajando. Con un poco de previsión, podrá colarse justo con el cambio de turno y hacer ver que aún trabaja en Delitos Violentos. Al menos, ese es el plan.

Pero el lector de tarjetas que da acceso al garaje de la científica solo le pita cuando Asker desliza su pase. Alguien ha cancelado su acceso. Hellman, cómo no. Una vez más, va un paso por delante de ella.

A menos que haya sido otra persona quien lo haya avisado, quien le haya explicado que no basta con hacer que la aparten, sino que también tiene que encargarse de que Asker se mantenga lejos del caso. Tomar todas las medidas necesarias para asegurarse de ello.

La única persona que puede ser así de despiadada es su propia madre.

Frustrada, Asker vuelve a su despacho. Cierra la puerta del pasillo desolado y deprimente que conforma su exilio.

Hojea impaciente la lista de Rosita de personas desaparecidas. Trata de encontrar pistas que vinculen a las demás con las figuritas halladas en la maqueta. Pero resulta no ser en absoluto tan fácil como con Julia Collin y Tor Nilsson. Varios de los hombres jóvenes podrían encajar con la descripción del joven autostopista de los cascos, y tampoco encuentra a nadie que encaje de buenas a primeras con los dos ladrones del Volvo destartalado de los que Krook le habló.

Un tintineo en su ordenador. Un correo electrónico de Atila. Sin asunto, sin frase de saludo. ¿Ha entrado en la oficina sin que ella lo haya oído? ¿O ya estaba allí cuando ha llegado?

Usa este enlace para acceder a la cuenta de Sandgren.

Asker hace clic en el enlace, sigue algunas instrucciones en la pantalla y, de pronto, ha accedido como Bengt Sandgren.

Su correo profesional le parece un sitio lógico por donde empezar.

La bandeja de entrada está a rebosar, Sandgren no parece haberse molestado en limpiarla.

La mayoría de los correos son futilidades. Boletines informativos, memorias internas, reenvíos, correo basura.

Asker abre el navegador y revisa el historial.

Sandgren parece haber usado internet más que nada para leer las noticias. Pero en Favoritos ha guardado un enlace a un artículo de periódico sobre aficiones inusuales.

En el artículo, dos hombres jóvenes, parcialmente escondidos bajo unas capuchas y que solo dan su nombre de pila, hablan de su interés por la exploración urbana. Describen con ahínco la emoción de explorar edificios y lugares abandonados.

«Es un poco como ser un explorador y ladrón de casas al mismo tiempo. Pero sin robar ni romper nada. Eso va contra las reglas del *urbex*», dice el hombre que se hace llamar John. El otro se llama Tor, y John le mete alguna pulla porque él sí que se ha saltado las normas alguna vez. Cuando el periodista le pregunta de qué manera, Tor responde que es artista grafitero y que a veces no puede resistir la tentación de pintar o marcar los sitios que ha visitado, lo cual no parece que lo aprueben los exploradores urbanos más ortodoxos.

El hombre no puede ser otro que Tor Nilsson, sobre todo porque, un poco más abajo, menciona que ha tenido problemas con la policía en un par de ocasiones, pero que no tiene miedo de que lo pillen.

«A la poli le dan igual los allanamientos en edificios abandonados», constata, lo cual no deja de ser una observación absolutamente correcta.

En el recuadro del final hay una lista de bibliografía para quien quiera saber más de exploración urbana.

El primer libro es *Lugares abandonados y sus historias*, de Martin Hill.

Asker vuelve a la bandeja de entrada de Sandgren y busca el título. En efecto, encuentra un recibo de un pedido del libro poco después de la fecha en que Lilja dice haber avisado a Sandgren de la figura que estaba haciendo una pintada.

Asker se reclina en la silla y resume el eje cronológico mentalmente.

Unos dos años atrás, y para su gran asombro, Sandgren

descubre en la maqueta ferroviaria la figurita que representa a su sobrina Julia Collin, que llevaba tiempo desaparecida.

Interroga al presidente de entonces, Ulf Krook, y se entera de que a lo largo de los años han aparecido otras figuras en la maqueta. Le pide a Rosita que elabore una lista de personas desaparecidas que tengan alguna relación con la provincia, y le pide también que tenga la lista al día.

Sandgren continúa investigando la maqueta, lo cual molesta a Krook, quien le pide que se vaya a la mierda. La colaboración, en la medida en que se pueda llamar así, cesa de golpe.

Cuando Lilja sustituye a Krook como presidente, Sandgren se pone en contacto con él y le pide que lo avise si aparece alguna figura nueva en la maqueta, lo cual acaba ocurriendo.

Un hombre joven pintando la palabra *urbex*.

Sandgren sospecha que la figura representa al grafitero Tor Nilsson, cuya desaparición, según el registro de Rosita, se denunció apenas unas semanas antes de que hallaran la figura.

Basándose en las letras que la figura está pintando, Sandgren empieza a indagar en la materia.

Encuentra el artículo de prensa sobre exploración urbana y en el que colabora Tor Nilsson, lo cual refuerza las sospechas de Sandgren. En el artículo descubre también el libro de Martin Hill, que parece ser una suerte de biblia para los exploradores urbanos.

Sandgren encarga y lee el libro, y en algún momento consigue también el número de teléfono móvil de Martin

Hill, aparentemente con la intención de ponerse en contacto con él.

¿Puede ser que llegara a hacerlo?

Asker debería llamar a Martin y enterarse. Sería un paso lógico.

Aun así, titubea.

Han pasado dieciséis años desde la última vez que se vieron. ¿Qué le va a decir?

¿Que está investigando una posible conexión entre personas desaparecidas y figuritas de plástico que aparecen en una maqueta ferroviaria? ¿Que comparte la conclusión de Bengt Sandgren, un policía borracho que está en coma después de sufrir un infarto?

«Y por cierto, Martin, viejo amigo, ¿podría ser que el viejo Bengt te llamara en algún momento? Y en tal caso, ¿qué fue lo que te dijo?»

Sigue bajando por la lista de correo entrante y descubre que su predecesor no solo ha desatendido su buzón de entrada, sino que además Sandgren apenas ha enviado correo alguno. Las pocas veces que lo hace, suelen ser mensajes de una sola línea para pedir algún número de teléfono con el que pueda localizar al receptor del correo. Sandgren no parece ser muy fan de la comunicación digital.

Pero Asker sí que encuentra un correo que le interesa.

El remitente es Ulrika Collin, la madre de Julia Collin, y es de hace alrededor de un mes.

Querido Bengt:

Perder a Julia es una herida que nunca curará.

Pero después de cuatro años, poco a poco hemos empeza-

301

do el proceso de intentar seguir adelante, a pesar de todo. Espero que algún día tú puedas hacer lo mismo.

Mientras tanto, quiero pedirte que no vuelvas a ponerte en contacto conmigo, con Robert ni con el hermano de Julia.

Atentamente,

Ulrika

Asker lee el texto dos veces. Hay algo doblemente triste en él.

Y sigue sin hacerse una idea del todo clara de Bengt Sandgren.

Según Krook y Lilja, Sandgren estaba como poseído por el caso. Tanto que, por lo visto, la familia de Julia le ha pedido que no se ponga en contacto con ellos. Pero en el despacho no hay casi nada que tenga que ver con el caso. ¿Dónde está la lista que Rosita elaboró para él, o las notas y apuntes que debería haber tomado?

Asker abre la carpeta de documentos en el ordenador. Lo único que hay es un protocolo antiquísimo del club de billar de la policía.

No obstante, la galería de imágenes es bastante más interesante. Hay tres fotografías, todas de una maqueta de tren.

Las tres son de una figura de plástico que está pintando la palabra *urbex* en lo que parece ser una caja marrón. La figura lleva una chaqueta con capucha, gorra y unos vaqueros con manchas de pintura. En una mano tiene un bote de espray; en la otra, una bolsa negra. Igual que ocurre con Smilla y con MM, los detalles son espeluznantemente exactos.

302

Incluso se puede ver que el hombre mira asustado hacia atrás, como si temiera que lo pillaran.

Pero ¿dónde está esa figura ahora?

Y ¿dónde están las figuras que representan a Julia Collin y su misterioso perseguidor sin rostro? Sandgren podría haberlas guardado, junto con todos los documentos de la investigación, en su casa.

Si lo que la enferma ha dicho es correcto, que Virgilsson tiene la llave, Asker podría ir a echar un vistazo.

Al mismo tiempo, hay algo en la idea que la corroe.

Sandgren parecía haber pasado en su despacho las noches previas al infarto. Como si no hubiese querido o no hubiese tenido ánimos para irse a casa, a pesar de vivir a tan solo media hora de allí.

Ese comportamiento no encaja con la posibilidad de que hubiese guardado en casa el material de un caso que lo tenía tan absorbido. A menos que hubiese tenido una recaída, claro. Que se hubiese olvidado del caso, se hubiese echado en el sofá y se hubiese perdido de nuevo entre las tinieblas de la bebida. Asker descarga las fotos en su teléfono.

Luego se levanta de la silla y se acerca a la ventana.

Las luces de la sala de reuniones de Delitos Violentos están encendidas. Alguien se mueve delante de la ventana.

Asker coge los prismáticos de Sandgren y ajusta el enfoque.

A los pocos segundos descubre a Jonas Hellman. Está hablando con alguien que está más adentro en la sala. A juzgar por el jersey de polo de color negro de la tarde anterior y las ojeras, se ha pasado toda la noche allí.

Asker lo entiende.

La reputación de Hellman como superpolicía está amenazada. Y si no encuentra a Smilla Holst, sus opciones de hacerse con el puesto de Rodic son prácticamente nulas.

A su vez, eso significa que si ella, a través de la investigación secreta de Sandgren, logra hallar el rastro del auténtico secuestrador, tendría muchas opciones de hacer justicia.

Quizá incluso de vengarse.

Pero para ello tendría que seguir las pistas que hay, sin importar lo incómodas que le resulten ni las puertas que vayan a abrir.

Asker vuelve al escritorio, saca la nota con el número de teléfono de Hill y marca las cifras en la pantalla táctil. Se obliga a sí misma a pulsar el icono de llamada.

Hasta que no oye su voz adormecida no cae en la cuenta de que solo son poco más de las seis y media de la mañana.

—Aquí Martin, ¿diga...?

Su voz suena igual, pero al mismo tiempo es diferente. Más profunda, más adulta. Es de otra persona.

Ya se está arrepintiendo, por un breve instante sopesa la opción de colgar. Pero necesita obtener respuestas a sus preguntas.

—Hola, soy Leo Asker —dice sellando los labios alrededor de las palabras.

Pasan dieciséis años de silencio. Pero en realidad no son más que unos segundos. Asker se retuerce, vuelve a arrepentirse.

—Hola, Leo —dice luego él—. Cuánto... cuánto tiempo.

El cerebro de Asker se ha detenido en un estado peculiar, a medio camino entre el presente y el pasado, lo cual hace que le resulte difícil hablar.

—Y... ¿cómo es que me llamas para despertarme?

—continúa él. Hay curiosidad en su voz, pero también alerta.

—Estoy...

Ella se recompone.

—Soy policía. —Vuelve a empezar con un tono de voz que espera suene profesional—. Estoy trabajando en un caso. Por lo que parece, uno de mis compañeros se ha puesto en contacto contigo. ¿Bengt Sandgren? Quería preguntarte si tienes tiempo para que nos veamos.

De fondo se oye una voz somnolienta de mujer.

Gracias a Google, Asker sabe que Martin no está casado ni tiene hijos. Obviamente, eso no significa que esté soltero. Aunque... qué más le da a ella.

—Solo si tienes tiempo, quiero decir —añade.

—Claro, claro —responde él—. ¿Te va bien en algún momento en concreto?

Asker cierra los ojos un instante. Su cerebro sigue sin querer colaborar.

—Lo antes posible. ¡Si pudiera ser, hoy!

La voz de mujer otra vez. Ruido en el auricular.

—Dentro de poco me voy al trabajo —dice él—. Pero a las cuatro puedo. Ahora estoy en Lund.

Asker está a punto de decirle que ya lo sabe.

—Puedo acercarme yo —le contesta ella—. Si sabes de algún sitio donde hagan buen café.

—La pastelería de la calle Klostergatan es uno de mis sitios preferidos.

—Vale, pues nos vemos allí a las cuatro.

De nuevo, unos segundos de silencio, como si los dos tuvieran más cosas que decir pero ninguno supiera por dónde empezar.

—Vale, pues nos vemos —termina Asker.

—Adiós, Leo.

Asker se queda sentada con el teléfono en la mano.

¿De verdad tenía que haber abierto esa puerta?

Se quita deprisa ese pensamiento de la cabeza.

Lo cierto es que ya ha esperado demasiado tiempo.

SMILLA

Las lágrimas le arden bajo los párpados y tiene que tragar saliva un par de veces para no romper a llorar.

Hay alguien más allí, en el cuarto de al lado. Ya no está sola en la oscuridad.

—¿Llevas mucho tiempo aquí? —le susurra a la rejilla.

—Creo que sí —responde Julia—. Pero he perdido la cuenta de los días. Todo se me mezcla. A veces me cambia de sitio cuando estoy durmiendo.

—¿Quién?

—El Reemplazador.

—¿El Reemplazador?

—Sí. —Julia bosteza—. Se hace llamar así.

A Smilla la cabeza le va a mil por hora. Hay tantas cosas que quisiera saber...

—¿Có-cómo has acabado aquí?

—Él me persiguió... —Otro bostezo—. Perdón, es que tengo tanto sueño...

—Le pone cosas a la comida —dice Smilla—. Drogas.

—Sí... —La voz de Julia se ha vuelto más débil.

—¿Qué quiere de nosotras? ¿Por qué estamos aquí? —pregunta Smilla.

Julia susurra algo que no logra distinguir.

—No te he oído —dice Smilla lo más alto que se atreve—. ¿Por qué estamos aquí?

—Porque somos propiedad suya —susurra Julia—. Es nuestro dueño.

La voz calla.

—Julia —murmura Smilla—. Julia, ¿estás ahí?

Pero no obtiene ninguna respuesta.

ASKER

Asker llama brevemente a la puerta de Virgilsson y entra de cabeza.

Ha estado atenta a su llegada. Ha oído las suaves pisadas de sus zapatos Ecco al entrar, poco después de las siete. No le ha dado tiempo ni a que se quite el abrigo ni a que encienda la radio.

—¡Buenos días! —lo saluda—. Necesito ayuda con una cosa.

En realidad la afirmación no es del todo correcta. Sería más acertado decir que necesita que le haga dos favores, pero Asker empieza por el más importante.

El hombrecillo parece sorprendido, tal y como ella había esperado.

—Por supuesto, adelante, siéntate.

Virgilsson se quita el abrigo, la bufanda y la boina, y lo deja todo sobre el antiguo perchero que hay en un rincón. Se retoca un poco la cortinilla del pelo con una mano antes de sentarse a la mesa. Para variar, lleva chaleco de lana, camisa y corbata.

—¿En qué puedo ayudarte? —pregunta.

Asker va directa al grano.

—Necesito echarle un vistazo a un coche que está en el

garaje de la científica. Sin que nadie más sepa que he estado allí.

—Ah. —Virgilsson hace chocar las puntas de los dedos entre sí. Empieza por los meñiques y sube hasta los pulgares en una suerte de ola, y luego vuelve a empezar—. ¿Por casualidad no será el coche que encontraron ayer? El que está relacionado con el caso Holst.

Virgilsson sigue repicando los dedos, claramente sin esperar obtener una respuesta.

—Es complicado —dice—. Harto complicado.

—Pero no imposible —constata Asker.

Virgilsson sonríe ladino.

—Pocas cosas son imposibles. Ni siquiera las que rompen media docena de normas diferentes. Todo depende de la motivación.

—¿Qué quieres a cambio?

Virgilsson levanta las manos en un gesto disuasorio.

—No, no... No me refería a eso...

—Eso es justo a lo que te referías —lo interrumpe Asker—. Dime lo que quieres, no tengo tiempo para juegos.

Virgilsson está lo bastante curtido para saber cuándo es hora de cambiar de táctica.

—Bueno, ya que lo preguntas. ¿Ves esa pared de ahí? —Señala la pared que se encuentra detrás de Asker, en la que hay una alcayata solitaria—. Allí había un bonito óleo del que, por distintos motivos, me vi obligado a desprenderme. Una pena...

Hace chasquear la lengua al mismo tiempo que dice que no con la cabeza.

—Pero, mira tú por dónde, tengo conocimiento de que

existe un sustituto apropiado. Un Bruno Liljefors de la primera época.

—¿Dónde?

—Abajo, en el Departamento de Bienes Incautados. Confiscado en un enredo financiero. Pasarán meses, quizá años, antes de que se celebre un juicio, y mientras tanto...

—Vuelve a señalar la pared.

—Mientras tanto, quieres tomarlo prestado —dice ella. En el último momento se contiene de hacer comillas en el aire.

—Eso, eso —asiente él con una sonrisa—. Descansar la mirada en un Liljefors endulzará mucho mis largas jornadas de trabajo.

Asker respira hondo. Sobra decir que no debería aceptar este tipo de intercambios, pero la Unidad de Casos Perdidos funciona según sus propias normas, eso ya empieza a tenerlo claro.

—Veré qué puedo hacer —dice ella resuelta.

—¡Excelente! —Al hombrecillo se le ilumina la cara—. Me alegro de que nos entendamos. Dame media hora para que haga algunas llamadas. Tengo a un hermano de fraternidad en la científica que creo puede ser de ayuda para el asunto que nos concierne.

ASKER

Poco después de las ocho están los dos delante de la misma puerta cerrada que Asker ha probado a abrir por la mañana. Virgilsson tiene una caja blanca de cartón en las manos.

—Pastel de sándwich —susurra—. Me lo puedes pagar luego.

Llama a la puerta, que se abre en el acto. Detrás aparece un hombre cuadrado con barba meticulosamente cuidada.

Ya ha coincidido alguna otra vez con él, es uno de los jefes de equipo de la científica.

—Hermano Wendel —lo saluda Virgilsson con un apretón de manos de lo más singular y que Asker supone es algo así como especie de saludo secreto de la orden de los viejales.

—Hermano Virgilsson —responde Wendel. Luego asoma la cabeza al pasillo y mira vigilante a un lado y al otro—. Pasad. Rápido —espeta.

Un pasillo corto con unas pocas puertas desemboca en un garaje apartado. Junto al acceso se hallan dos vehículos de la unidad y, detrás, en el rincón, ocultado tras unas cortinas de plástico, asoma el capó del Golf negro de Malik Mansur.

—Estamos desayunando —dice Wendel señalando una puerta que queda a unos pocos metros de distancia.

Coge la caja que le ofrece Virgilsson.

—Con ayuda de esto podré alargar la pausa un cuarto de hora —le dice a Asker—. Pero no más. Y si alguien te pilla es problema tuyo, ¿estamos?

Wendel se mete en el *office* mientras Virgilsson se escapa por donde han llegado, dejándola sola.

Asker pone en marcha el cronómetro de su reloj. Se da trece minutos para asegurarse el tanto y luego se mete por la abertura de las cortinas de plástico.

Las puertas, el maletero y el capó del Golf están abiertos. En la mesa de trabajo de al lado hay una cámara réflex y una tabla sujetapapeles con un protocolo.

Le echa un vistazo rápido. El turno de noche ya ha sacado las huellas dactilares y las fibras de tejido del coche, pero aún no se ha retirado ningún objeto, a excepción del cadáver.

Asker pone en marcha la cámara. Hace *scroll* por las imágenes hasta que llega a las que se tomaron in situ ayer por la tarde.

Malik está sentado en el asiento del copiloto, se mantiene erguido gracias al cinturón de seguridad.

Lleva puesta la misma ropa que en el *selfie*. A pesar de llevar unos días muerto, parece aterrado. Su rostro está blanco; los ojos, abiertos como platos.

El mentón ha caído, dejando la boca entreabierta. Las manos están juntadas.

Asker busca los primeros planos.

Malik tiene heridas de arañazos en ambas palmas de las manos. Junto con las manchas blancas en las perneras

313

y mangas de la chaqueta, son indicio de que habría caído de bruces sobre una superficie rugosa y polvorienta. Por lo demás, no se observan más heridas en el cuerpo.

Mira el reloj.

Le quedan diez minutos. Ya va siendo hora de echar un vistazo al coche. Coge unos guantes de látex de un paquete que hay en la mesa de trabajo.

El habitáculo está limpio, huele a tapicería de cuero y ambientador de coche.

El asiento del copiloto, donde había estado Malik, está desplazado al máximo hacia atrás, lo cual no es de extrañar. Malik no es un tipo corpulento, pero mover un cuerpo sin vida es más complicado de lo que parece. Por no hablar de intentar meterlo en el asiento de un coche. Se necesita todo el espacio del que se pueda disponer.

Asker se pone de cuclillas, enciende la linterna del móvil e ilumina la alfombrilla.

Más polvo blanco. Unta el dedo índice en él. Lo frota contra el pulgar. Cemento, lo cual quiere decir que la caída de Malik ha sido bajo techo.

Asker toma algunas fotos con el móvil antes de dar la vuelta al vehículo.

El maletero está vacío, excepto por un paraguas de propaganda.

En la alfombrilla y en la pelusa de la tapicería se ve más polvillo de cemento.

Probablemente el autor del crimen haya transportado el cuerpo en el maletero.

Pero, entonces, ¿por qué no dejarlo allí mismo?

¿Por qué molestarse en meterlo en el asiento del acompañante, corriendo el riesgo de ser descubierto?

314

La respuesta no es tan difícil de deducir: porque para el autor de los hechos era importante que Malik fuera hallado de esa manera.

El asiento del conductor está más o menos a media altura de los rieles, lo cual significa que la última persona que se ha sentado ahí medía más o menos lo mismo que ella.

Normalmente Asker habría podido confirmarlo a base de comparar el ángulo del asiento con el del retrovisor interior. Pero el espejito no está. Parece que lo han arrancado de cuajo.

Curioso.

Otro vistazo al reloj. Siete minutos más.

La guantera, igual que el resto de los huecos de almacenaje, no contiene nada de interés.

La alfombrilla del conductor está llena de pegotes de barro, así como más rastro de polvo de cemento. Le viene a la mente el patio embarrado de Ulf Krook.

Ulf llevaba botas de lluvia el día que se vieron, su hijastro Finn Olofsson llevaba botas de montaña. Ambos iban con suela gruesa que podría dejar este tipo de pegotes a su paso.

Justo está a punto de inspeccionar el asiento trasero cuando un ruido la hace quedarse de piedra.

Una puerta que se abre, seguida de voces.

Asker se agazapa detrás del coche y mira con cuidado a través de las lunas en dirección a la abertura de la cortina.

Las voces se acercan. El primero al que ve es Wendel.

El técnico parece preocupado. Él y sus compañeros deberían haber estado comiendo pastel de sándwich durante por lo menos cinco minutos más. Por la ranura de la cor-

315

tina, Asker ve lo que no puede ser sino el motivo de la interrupción.

Jonas Hellman, con su apariencia arrogante de siempre, seguido de Eskil, el penoso lameculos.

—¿Por qué no habéis terminado todavía? —pregunta Hellman.

Wendel se detiene. Se justifica entre murmullos diciendo que han sacado fotos, levantado huellas dactilares y un montón de cosas más, al mismo tiempo que mira inquieto en dirección a la cortina y el coche.

—¿Habéis encontrado alguna coincidencia? —quiere saber Eskil en tono autoritario.

La pregunta es estúpida, pero debe de sentir que él también tiene que decir algo.

—No, de ser así os habríamos avisado, por supuesto —constata Wendel, echando otro vistazo en dirección a la ubicación de Asker.

—¿Y dónde están las fotos?

—Estamos en ello...

Asker se agacha todo lo que puede. Si los hombres entran a buscar la cámara, está jodida. Arrinconada. Detrás no tiene más que una pared de hormigón, y no hay ningún sitio donde esconderse. Bueno, casi ningún sitio.

Oye la fricción de las suelas sobre el suelo, entiende que debe actuar. Con un movimiento suave, rodea el coche y se deja caer dentro del maletero al mismo tiempo que baja la puerta y la cierra con todo cuidado. Al instante siguiente oye el sonido de la cortina cuando la apartan.

—Tengo la cámara aquí —oye decir a Wendel—. Tendréis las fotos en cinco minutos.

—Deberíamos haberlas tenido hace rato —le espeta

Eskil, quien parece haber asumido el papel de bulldog de Hellman—. Ya deberías haberlo terminado todo, en lugar de estar comiendo pastel de sándwich.

Wendel responde con un murmullo ininteligible.

Los tres hombres se mueven alrededor del coche y se detienen justo delante del maletero.

—¿Ningún rastro de sangre? —pregunta Hellman.

—No —responde Wendel—. El turno de noche ha hecho una inspección superficial del cuerpo antes de mandarlo al forense. No había heridas visibles, al menos ninguna que pudiera haberle provocado la muerte a la víctima. El forense tendrá que resolver el misterio. Por cierto, ¿cómo encontrasteis el coche? No lo dice en el informe.

Asker aguza el oído.

—Un chivatazo anónimo —dice Hellman—. Un teléfono de prepago. Probablemente los propios secuestradores.

El coche se balancea, como si alguno de los hombres se hubiese metido dentro.

—No hay retrovisor central —señala Eskil desde el asiento del conductor.

—No, ya nos hemos dado cuenta —afirma Wendel con brusquedad—. Por cierto, aquí tenéis las pertenencias de la víctima. Cartera, reloj y llaves. El teléfono móvil ya lo hemos enviado para que descarguen los datos.

—¿Algo más? —pregunta Hellman.

—Por el momento, no —contesta Wendel—. Pero en breve examinaremos todo el coche una vez más. Lo pondremos del revés.

Asker apenas se atreve a respirar. Eskil está sentado en el asiento del conductor, puede percibir el aroma de su loción de afeitado. Wendel y Hellman están justo detrás del coche. Lo único que hace falta es que a alguno de los dos le dé por abrir el maletero, y Hellman tendrá todo lo que necesita para hacer que la despidan. Atrapada como una rata en una trampa.

De pronto estalla una sirena.

—¡Pero qué cojones...! —El coche se balancea de nuevo cuando Eskil se baja.

—La alarma de incendios —constata Wendel—. Tenemos que abandonar el local.

Su voz suena aliviada.

La alarma sigue sonando. Se le suma un ruido de pisadas.

—Llamadme en cuanto tengáis algo. Se han acabado las pausas —dice Eskil.

Asker oye la cortina de plástico.

—...resultados de la autopsia mañana —son las últimas palabras que Asker oye por encima de la sirena. Después, el sonido de la puerta al cerrarse.

Despacio, suelta una bocanada de aire para relajarse. Se obliga a quedarse treinta segundos más, por seguridad.

El maletero no se deja abrir desde dentro. Pero consigue bajar uno de los respaldos y escurrirse hasta el asiento trasero. Luego mira con cautela por una de las lunas.

La alarma de incendios sigue sonando, pero el garaje parece completamente desierto.

Se baja del coche y endereza la espalda. Luego vuelve a subir el respaldo para dejarlo en su posición inicial.

El movimiento hace aflorar un pequeño objeto que estaba escondido en la ranura entre el respaldo y el asiento. Es blanco, de apenas dos centímetros de alto.

Asker se queda de piedra.

Sabe perfectamente qué es lo que está viendo.

Una figurita de plástico sin rostro ni señas a escala 1:87.

HILL

Hill y Sofie desayunan sentados a la mesa nueva de la cocina. Es ella quien lo convenció para que la comprara. Hace tiempo que se queja de que su piso, con todos los muebles desparejos de Ikea y bártulos de mercadillo, parece más bien la guarida de un estudiante. Que no era representativo para un profesor de universidad, por no decir el escritor de un bestseller.

Por eso, unos meses atrás Martin fue a una tienda de muebles elegante y compró una mesa de cocina de diseño de color blanco y cuatro sillas a juego.

En cuanto lo tuvo todo colocado en su sitio se dio cuenta de que los muebles no eran en absoluto de su estilo, y siguió comiendo la mayoría de las veces en el cómodo sofá de la tele, como siempre ha hecho.

Pero al menos Sofie estaba satisfecha.

Le sugirió que, de ahí en adelante, celebrara todos los eventos sociales de importancia en la cocina, aplicando una política de no acceso al resto del piso.

Ella se queda en Malmö hasta el domingo y ha pasado más noches de lo habitual en su casa. Eso le gusta, ella le gusta, a veces incluso se ha permitido jugar con la idea de cómo sería la vida si ella se divorciara y se fuera a vivir con él.

Pero nunca lo ha verbalizado.

Sofie tiene prisa, para variar. Tiene una reunión a la que ya llega tarde. Desayuna al mismo tiempo que se viste y se maquilla.

—Ah, por cierto. Le pregunté a una vieja compañera de la Fiscalía y me ha dicho que ese tal Bengt Sandgren es el jefe de la Unidad de Casos Perdidos.

—¿Cómo?

—Sí, así es como lo llaman, lamentablemente —dice ella con una mueca de descontento—. Un grupito de gente que se consideran balas perdidas y que están marginadas en el sótano de la comisaría, donde no pueden hacer ningún mal. Así que, sea lo que sea en lo que Sandgren esté trabajando, no creo que nos sirva de ayuda ni a Tor ni a nosotros. Oye, me tengo que ir. Hablamos luego.

Comprueba el maquillaje una última vez, luego le da un beso fugaz a Hill y se marcha corriendo, antes de que él siquiera haya tenido tiempo de terminarse el café.

De normal, estas despedidas a toda prisa dejan a Hill un poco desanimado, aunque no suele estar dispuesto a reconocerlo.

Pero hoy, en cambio, agradece contar con la posibilidad de estar a solas con sus pensamientos. ¿De verdad el día ha comenzado con una llamada de Leo Asker sacándolo de la cama? Tiene la sensación de que no ha sido más que un sueño.

Sin embargo, la llamada aparece registrada en el teléfono, junto con su número. Por tanto, es real, lo cual lo pone contento y nervioso a partes iguales.

Pensó en ella no hace mucho y, de pronto, como surgida de la nada, ella lo llama. Le propone quedar, así sin más, para hablar del mismo Bengt Sandgren que Sofie acaba de despachar.

Leo de policía, le cuesta horrores imaginársela.

La conversación refuerza la sensación de irrealidad que lo ha estado persiguiendo estos últimos días. La sensación de que está ocurriendo algo a su alrededor que no termina de entender del todo.

Hojea la prensa de la mañana. El hallazgo del coche domina las noticias. Además, hay una foto de Smilla Holst, con el titular: «Desaparecida desde hace una semana, el novio ha sido hallado sin vida».

Por lo menos es una suerte que no hay ninguna imagen del pobre MM.

El shock inicial ya se ha posado un poco, pero la idea de que su estudiante estrella esté muerto le resulta de lo más entristecedor.

Hill ojea el artículo, pero no contiene nada que no leyera ayer en internet. Se avergüenza de haber siquiera pensado que MM podría haber secuestrado a su propia novia. Debería haber confiado en su intuición. La misma que le dice que My sabe más de todo aquel asunto de lo que le ha contado.

Sus ojos se detienen sobre la imagen del periódico del coche de MM. Detrás asoma el edificio de la fábrica que fue a visitar el otro día.

Otra extraña casualidad.

La figurita de plástico que encontró en el sótano del edificio sigue en su bolsillo. La saca, le da unas vueltas mientras la estudia detenidamente.

La sensación de que la figura significa algo se intensifica.

Pero aún no sabe el qué.

ASKER

Cuando Asker vuelve al departamento va directa al despacho de Virgilsson. El hombrecillo está sentado a su mesa de escritorio con las gafas de leer balanceándose en la punta de la nariz.

—Gracias por la ayuda —dice ella.

Él se sube las gafas a la frente.

—¿Ha ido bien? —pregunta.

—Sí, pero por los pelos. Bien visto lo de activar la alarma de incendios.

Una breve pausa, luego él sonríe de oreja a oreja.

—A veces hay que improvisar.

Ella le devuelve la sonrisa, pero el breve titubeo lo ha delatado.

Virgilsson no tenía ni idea de a qué se refería Asker, pero se ha apresurado a adjudicarse el honor de haberla salvado. Eso facilita la continuación.

—He pasado por el Departamento de Bienes Incautados —dice Asker en tono sincero—. He hablado con el jefe del departamento y le he dicho que necesitábamos tomar prestado el cuadro de Liljefors con motivo de un caso de arte falsificado. Pero por lo visto han implementado un nuevo protocolo. Cualquier tipo de préstamo o cesión de ese tipo debe ser aprobada por el director general de la Policía.

Se encoge de hombros, resignada.

—Lo siento, de verdad que lo he intentado.

Virgilsson la estudia detenidamente con la mirada. Luego se vuelve a poner las gafas de leer en la punta de la nariz.

—Vaya, qué decepción —constata con aspereza.

—Total; pero a lo mejor hay alguna otra cosa que pueda hacer por ti.

—A lo mejor. —Virgilsson hace una mueca de descontento.

Asker cambia enseguida de tema, salta al otro asunto con el que quiere que Virgilsson la ayude.

—Oye, hay una cosa que quería preguntarte, relacionada con Sandgren.

—¿Ah, sí? —Él se vuelve a subir las gafas a la cabeza.

—Sí. Como bien sabes, he estado revisando todo su despacho. Pero faltan algunos documentos.

—¿Has mirado en su ordenador? El Departamento de Informática debería poder ayudarte con los datos de acceso.

—Sí, sí, eso ya está resuelto —dice ella, sin mencionar quién la ha ayudado realmente—. Pero sigo sin encontrar lo que estoy buscando. Así que he pensado que a lo mejor Bengt se llevó los documentos a casa. —Añade una sonrisa.

—Podría ser. —Virgilsson asiente despacio con la cabeza, pero no muerde el anzuelo como ella había esperado. Asker aumenta la apuesta.

—Por eso quería preguntarte si, por casualidad, dispones de las llaves de su casa.

Virgilsson se queda callado unos segundos. Su mirada

se mueve agitada en dirección a los cajones de su escritorio. Luego se baja de nuevo las gafas de leer y niega rotundamente con la cabeza.

—Lo lamento, pero no —dice. Su rostro, inexpresivo; la voz, neutra—. Me gustaría poder ayudarte. Pero si eso es todo, tengo algunas cosas que hacer.

HILL

La clase de los viernes suele ser la preferida de Hill, pero hoy tiene que esforzarse para arrancar. Obligarse a dejar de mirar de reojo la primera fila y el sitio en el que MM solía sentarse.

Después de una introducción un tanto insegura, al final consigue darle un ritmo más o menos fluido a la clase que se va consolidando cada vez más, con el paso del rato.

Hoy enseña imágenes de un hospital abandonado en la antigua Alemania Oriental. Habla largo y tendido sobre cómo la naturaleza cambia la arquitectura, dándole nuevas formas y funciones que el arquitecto original no podría haberse imaginado.

El debate suele ser intenso y motivador. A la mayoría de los estudiantes no les gusta la decadencia. Prefieren los edificios enteros, limpios y habitados. Una postura de lo más normal.

Pero una pequeña fracción de la sala ve lo mismo que él. La belleza en lo descantillado, lo roto y lo abandonado.

Además, este hospital en concreto tiene una buena historia de fondo: durante muchos años funcionó como clínica de psiquiatría forense y albergaba a algunos de los criminales más peligrosos del país. Pero, dado que Alemania

Oriental era un socialismo modelo, ni el hospital ni sus pacientes existían oficialmente.

Vivían y morían en silencio detrás de los muros y eran enterrados en tumbas sin marcar en una parte apartada del gran jardín del centro hospitalario.

Después de oír la espeluznante historia, el alumnado mira las ruinas con otros ojos, lo cual es el objetivo de toda la lección, claro está.

—La arquitectura se ve afectada por muchas cosas —resume Hill—. Tanto visibles como invisibles. Y para apreciarla al cien por cien hay que tener todos los sentidos alerta. A veces, incluso el sexto.

Termina con una sonrisa y una leve reverencia. Como de costumbre, se ve recompensado con un largo aplauso, y por un breve instante está a punto de lanzar otra mirada a primera fila. Pero consigue refrenarse.

Justo cuando va a abrir la cerradura de su despacho oye una voz.

—Martin.

Se da la vuelta. Es My.

Lleva la misma cazadora del ejército y el gorro de lana que la última vez.

—Solo quería darte las gracias por una buena clase —dice ella—. Me he sentado al fondo de todo. Espero que no te importe. No estoy inscrita, pero he pensado que a MM le habría gustado que fuera. Le encantaban tus clases de los viernes.

Hill asiente con la cabeza.

—No hay problema. Me parece un gesto bonito.

—Es tan horrible, todo. —Se le empañan los ojos.

—¿Cuánto os conocíais, en realidad? —pregunta él.

—Estuvimos... saliendo un tiempo. Me llevó a algunas excursiones de *urbex*.

—¿Y qué pasó luego?

My se encoge de hombros, pero no consigue parecer tan indiferente como le gustaría.

—Nada en especial. Se terminó, sin más. Él no había superado del todo a su exnovia. Y yo no buscaba nada serio, así que...

Vuelve a encogerse de hombros.

—Estabas enamorada de él —constata Hill.

My baja la mirada.

—¿Quieres entrar? —Hill señala la puerta, pero ella dice que no con la cabeza.

—Tengo que irme, vienen a recogerme dentro de nada.

—¿Tu primo?

Ella no contesta.

—Hasta luego, Martin. —My alza la mano para despedirse en un gesto que a él le recuerda al que hizo el otro día desde la furgoneta. Luego da media vuelta y se aleja por el pasillo.

Él se queda allí de pie, mirándola. Sigue sin poderse desprender de la sensación de que hay algo más que My le quiere contar.

Algo para lo que la chica está reuniendo coraje.

Martin vuelve a pensar en su parecido con la Leo Asker que conocía de pequeño.

La mezcla de fuerza y vulnerabilidad.

Se pregunta si Leo aún la tendrá.

DIECISIETE AÑOS ANTES

Leo está tumbada en su cama en la caravana que le hace las veces de cuarto. En realidad es más una casa sobre ruedas que una caravana. Construida para estarse quieta, no para rodar por la carretera.

Está leyendo un libro que ha cogido prestado en la biblioteca y que ha escondido entre las solapas de uno de los libros que Per el Paranoias quiere que lea.

Los castigos que le cayeron por el suceso en los lavabos del colegio ya están cumplidos y el curso también ha acabado, así que ahora la ha dejado en paz un tiempo.

Oye el timbre que delata que hay alguien en la verja. Luego, un largo silencio mientras Per responde por el interfono y mira la cámara. Leo piensa que ha bajado a abrir, que será una entrega de mercancía o alguno de sus extraños conocidos.

Pero Per abre la puerta de su caravana. No llama primero, puesto que La Granja, y todo lo que hay en ella, es propiedad suya.

Aunque hoy es distinto. Per tiene una arruga entre las cejas.

—Parece que tienes... visita —dice con un tono de voz que sugiere sorpresa.

Después da media vuelta, sin dar más explicaciones, como si necesitara estar a solas un rato.

Ella deja el libro. El corazón se le ha acelerado un poco.

Hay doscientos metros hasta la verja, así que Leo coge la bici. La gravilla cruje bajo los neumáticos. Ha llovido hace poco y el aire está húmedo y caliente. Las mariposas revolotean entre las flores de ortiga del borde del camino.

Ve a Martin de lejos, con el bosque verde de fondo.

Está colgando sobre la manilla, parece haberse quedado sin aliento y está pálido, como de costumbre.

En la espalda lleva la mochila.

—¡Hola! —*dice cuando ella se detiene a su lado de la valla.*

Agita la mano para ahuyentar una mosca.

—Hola...

Ella no tiene claro qué puede querer Martin, nunca ha tenido una visita hasta ahora.

—*Quería preguntarte si te apetece salir a dar una vuelta* —explica él.

—¿Adónde?

—*No sé, a dar una vuelta, solo eso.* —*Martin se encoge de hombros y sonríe*—. *Estamos de vacaciones. ¿Importa adónde?*

—No. —*Ella mira de soslayo la cámara que hay en el palo de la verja.*

—¿Tienes que preguntárselo...? —*Martin baja la voz, desvía los ojos en dirección a la cámara.*

—¿Al Paranoias? —*dice ella. Copia el encogimiento de hombros de Martin*—. *¡Da igual!*

Abre la verja metálica, hace pasar la bici.

Sale.

Afuera.

330

ASKER

La persona que ha secuestrado a Smilla y que ha asesinado a Malik es la misma que ha colocado sus figuras en la maqueta ferroviaria, Asker está convencida de ello. Además, es, cuando menos, probable que el autor de los hechos esté también detrás de más desapariciones. Pero no puede estar del todo segura, no hasta que haya encontrado más conexiones entre las figuras y las personas desaparecidas. Si ella aún hubiese sido jefa de equipo en Delitos Violentos, lo habría investigado todo. Habría puesto un equipo a averiguar lo que le puede haber pasado al grafitero Tor Nilsson, otro al caso de Julia Collin y un tercero a intentar relacionar las demás figuritas con otras personas desaparecidas.

Desgraciadamente, ahora ya no dispone de ese tipo de recursos, y el equipo que está en estos momentos bajo su mando tiene sus limitaciones.

Rosita le ha sido de una ayuda sorprendente con las búsquedas, sin duda, pero al mismo tiempo Asker no puede desprenderse de las sospechas de que es ella quien ha estado hurgando entre sus cosas y la que ha filtrado el caso Holst a su amigo del periódico *Sydsvenskan*. Por razones obvias, prefiere no compartir sus cavilaciones con Rosita.

Y Virgilsson acaba de mentirle a la cara, tanto con lo de la alarma de incendios como con las llaves de casa de Sandgren, así que en él no puede confiar.

Quedan Atila, el asocial que siente demasiada curiosidad por el pasado de Asker, y Enok Zafer, que no parece estar del todo en sus cabales.

La conclusión no es especialmente complicada. Asker tiene que encargarse de todo por sí misma, lo cual significa que debe lidiar con ello por partes, de una en una.

Julia Collin le parece prioritaria, ahora mismo, entre otras cosas porque su caso es el que hundió a Sandgren en la bebida y luego lo hizo salir de su letargo.

La madre de Julia ha aceptado verse con ella esta misma tarde, así que Asker va a buscar el viejo Volvo cochambroso del garaje de policía y lo conduce por la autovía E6.

La carretera está llena de tráfico, como siempre. Una fila casi infinita de tráilers del continente que con tan solo unos metros de separación ruedan rumbo al norte. De vez en cuando algún camionero impaciente se abalanza sobre el carril izquierdo, lo cual frena al resto del tráfico y hace que la velocidad sea irritantemente intermitente.

Hoy como mínimo hace mejor tiempo, al menos al principio. De vez en cuando asoma el sol. Desaparece en parte tras las nubes del otro lado de las colinas de Glumslöv.

El trayecto en coche le da tiempo para pensar en un dilema moral que tiene.

¿Debería revelarle a Hellman lo que ha descubierto? ¿Explicarle lo que significa la figurita de plástico que a estas alturas los técnicos ya habrán encontrado en el coche de Malik? ¿Ayudarlo a resolver el caso?

La idea no le resulta demasiado atractiva.

Al mismo tiempo, Smilla Holst bien podría seguir con vida, lo cual significa que no puede dejar que Delitos Violentos trabaje a ciegas.

Rodic le parece mucho más fácil de contactar y, al fin y al cabo, es la jefa de Hellman, al menos sobre el papel. Pero si Asker quiere seguir adelante con esto, primero tiene que conectar los casos de tal manera que ni siquiera Hellman pueda cuestionarla. Porque es evidente que lo hará.

Jonas Hellman ya ha empleado toda su capacidad de influencia para hacer que la echen de su departamento y la trasladen a otro. Incluso ha conseguido poner en su contra a su propia madre.

Que después de eso vaya a aceptar cualquier dato de su parte con los brazos abiertos es una esperanza de lo más ingenua, incluso aunque le lleguen a través de Rodic.

Por tanto, Asker tiene que seguir a solas, al menos un poco más.

Mira la hora.

Solo faltan unas horas para su cita con Martin Hill. La mera idea la pone nerviosa y expectante al mismo tiempo. Seguramente ese es el motivo por el que a Asker le urge tanto mantenerse ocupada. La razón por la que ha elegido subir en coche hasta Ängelholm en lugar de contentarse con interrogar a la madre de Julia por teléfono.

Como ocurre siempre, el tráfico se diluye considerablemente a partir de Helsingborg. El paisaje se mantiene abierto. Campos de cultivo, molinos eólicos y pequeñas localidades. En el horizonte se vislumbra la silueta oscura del macizo de Hallandsåsen. Le recuerda a un gigante recostado. Esto último lo ha leído en alguna parte, le parece bastante acertado.

Cuando detiene el coche delante de la casa de los Collin, en las afueras de Ängelholm, aparece una notificación en la pantalla de su móvil diciendo que tiene que actualizar el software de la cámara oculta de la maqueta ferroviaria. Asker obedece y luego abre las imágenes en directo de la maqueta.

Las lámparas del gran local están encendidas. Hay dos hombres haciendo algo en un lateral. Asker reconoce a Kjell Lilja por su altura y por la línea del pelo. El otro hombre también le resulta familiar. Intenta ampliar la imagen todo lo que puede.

Es el hombre silencioso de la perilla. Finn Olofsson, el hijastro y chico para todo de Ulf Krook. Por pura lógica, Finn y Kjell Lilja deberían ser enemigos. Pero el lenguaje corporal de los dos hombres parece relajado y, por lo visto, se están echando una mano mutua con algún tipo de construcción.

Asker los observa un rato. Las imágenes no tienen audio y la distancia es demasiado larga para poder leerles los labios. A lo mejor debería hablar con el chico de la compañía de seguridad para que monte más cámaras, o incluso un micrófono.

Añade el apunte a su lista mental de cosas por hacer y luego abre la puerta del coche.

Ulrika Collin vive en una casa unifamiliar de la década de los años setenta hecha de ladrillo. Las persianas están bajadas, a pesar de no hacer sol. El coche de fuera es un típico Volvo de gerente medio.

Unos chicos han montado una portería de *floorball* en la calle. Interrumpen el juego y la fulminan con la mirada mientras ella cruza por el medio del campo de juego.

Asker llama al timbre. Un perro empieza a ladrar al otro lado.

La puerta se abre y una mujer de unos cincuenta años aparece en el umbral.

Ya tiene el pelo cano. Su mirada es triste.

—Ulrika Collin —se presenta, al mismo tiempo que coge en brazos al perrito insoportable, una pequeña maraña de pelo que gruñe y enseña los dientes—. ¡Adelante! No le dan miedo los perros, ¿no? Dido solo quiere saludar.

Vuelve a dejarlo en el suelo, pero el perro sigue comportándose como si fuera mucho más peligroso de lo que es. Asker lo ignora, igual que había hecho con el chucho ciego en casa de Madame Rind.

La casa huele a ambientador de bambú. En una mesa hay una foto de una mujer joven con gorro de graduación. Es rubia y bastante pequeña de estatura. Sus ojos azules parecen despiertos. Delante de la foto hay una vela encendida.

—Bueno, mire, aquí tiene a mi Julia —dice la madre—. No hemos perdido la esperanza, pero al mismo tiempo hay que ser realistas. Han pasado cuatro años... —Junta los labios unos segundos—. Siéntese, voy a buscar café —dice señalando el sofá del salón.

»Por teléfono me ha dicho que es la sucesora de Bengt Sandgren —comenta la mujer tras sentarse ella también. El perrito se le ha subido de un salto al regazo.

—Sí, así es. O a lo mejor *sucesora* no es la palabra adecuada. Estoy atando algunos cabos sueltos que Bengt ha dejado tras de sí. Cogió la baja de forma muy apresurada, por así decirlo.

—Sí, me llamó su compañera de trabajo y me contó lo

del ataque al corazón —dice Ulrika—. Una mujer, no recuerdo el nombre.

—¿Puede que se apellidara Rosén?

—Eso es. He estado pensando en si no deberíamos bajar a visitar a Bengt, pero... —Extiende la mano en un gesto que aparentemente pretende explicar por qué no lo han hecho.

—Si lo he entendido bien, había cierta tensión en su relación con Bengt.

Ulrika suelta un suspiro pesado, acaricia pensativa el lomo del perro.

—Bengt y Karl-Johan, mi primer marido, eran muy amigos. Hicieron juntos el servicio militar hace muchos años y durante un tiempo nos relacionamos mucho. A lo mejor ya sabe que Bengt era el padrino de Julia.

Asker asiente con la cabeza.

—Cuando Karl-Johan murió de cáncer, Bengt fue un gran apoyo. Venía a vernos a menudo, se llevaba a Julia y a Sebastian, su hermano pequeño, al cine. Incluso me invitó a cenar un par de veces.

Un nuevo gesto con la mano.

—Pero yo sabía que le gustaba beber, igual que Karl-Johan. No me apetecía nada volver a pasar por eso. Así que lo despaché de la forma más amable que pude. Luego, cuando conocí a Robert, las visitas de Bengt empezaron a ser cada vez menos frecuentes, y al final perdimos el contacto.

Toma un sorbo de café.

—Cuando Julia desapareció, lo llamé. Bengt se presentó al instante, a pesar de estar ya bastante mal. Habló con los policías que investigaban el caso. Estuvo dando vueltas por su cuenta, buscando, tanto por las tardes como en fin de semana.

El perrito levanta la cabeza, como si hubiese oído un ruido. Baja del sofá de un salto y sale corriendo al pasillo.

—A veces hace eso. Dido era el perro de Julia, me parece que la busca a ella.

Ulrika niega compungida con la cabeza.

—Pero el tiempo iba pasando sin que hubiera ningún cambio, y al final dejaron la investigación de lado —continúa—. Bengt dejó de venir. Creo que se avergonzaba de no poder resolver el caso. Que se aferró aún más a la botella. Pero luego, hará como dos años, me volvió a llamar.

«Poco después de encontrar la figurita de Julia en la maqueta», añade Asker por dentro.

—Se presentó aquí una tarde diciendo que pensaba que Julia había sido secuestrada. Que seguía viva. Al principio nos alegramos muchísimo, por supuesto. Pero Bengt no llegaba a ninguna parte. Y si le preguntabas, decía que pronto, pronto iba a resolver el caso, solo necesitaba un poco más de tiempo. A la larga, no se puede vivir saltando de la esperanza a la desesperación.

El perro vuelve a mirar arriba. Pone las orejas en punta, como si esta vez sí que hubiese oído algo.

—Al final hablamos con otros policías —prosigue la madre de Julia—. Nos contaron que Bengt no era quien decía ser. Que estaba ubicado en una especie de departamento marginal y que no trabajaba con casos de verdad. Así que le pedí de la forma más amable que pude que dejara de molestarnos y nos permitiera hacer el duelo en paz.

Asker asiente con la cabeza. Todo encaja con la cronología que ella ha hecho.

El perro vuelve a salir corriendo al recibidor, pero esta vez sí que se oye un ruido. La puerta de la casa se abre.

—Hola, Dido —dice una voz.

Un hombre delgado aparece desde el recibidor. Tiene entre cincuenta y sesenta años, lleva camisa con un logo de una compañía de taxis. Va repeinado, el color de su pelo es de un tono demasiado oscuro para que sea real. Anillo de sello, brazalete y cadena al cuello.

—Este es Robert, mi marido —presenta Ulrika.

—Robban —la saluda el hombre, y toma asiento al lado de su esposa.

—Le he explicado lo de Bengt Sandgren —le explica Ulrika.

—Ah, vale. —El hombre no parece alegrarse mucho de tener a la policía de visita.

—Tal y como le he explicado a su mujer —empieza Asker—, solo estoy intentando atar algunos cabos sueltos que Sandgren ha dejado tras de sí. El caso de Julia es uno de ellos.

Asker estudia a Robert a escondidas. Su lenguaje corporal, la actitud protectora con que rodea a su mujer con el brazo. La suspicacia en su mirada.

—Bien —dice, y se prepara para redirigir la conversación hacia las circunstancias que le interesan—. Obviamente, he leído el informe sobre la desaparición de Julia. Según he podido entender, hay algunos indicios que sugieren que podría haber tomado un autobús.

—A la cabaña de verano —indica Ulrika asintiendo con la cabeza—. A veces se iba allí para estar tranquila.

—¿Tranquila, en qué sentido?

Ulrika intercambia una mirada inquieta con su marido.

—Bueno, ya sabe cómo son las adolescentes. A veces quieren rebelarse. El hermano de Julia era igual. O casi, vaya. Algunos días Julia cogía el autobús y se iba a la cabaña de verano sin decirnos nada. Se quedaba a dormir un par de noches. Tenía llave.

Asker intuye lo que se esconde entre líneas en lo que Ulrika le cuenta, puede leerlo en sus miradas.

—¿Discutían a menudo? —pregunta, como si las broncas ya hubiesen sido mencionadas explícitamente.

—No...

De pronto Ulrika rompe a llorar y entierra la cabeza en el hombro de su marido. Robert le acaricia la espalda para consolarla, y el perrito se sube de un brinco al sofá y trata de meterse entre ambos.

—Julia era una chica tremendamente capaz —dice Robert con una ternura inesperada—. Claro que discutíamos, de vez en cuando, creo que todas las familias lo hacen. Pero el mundo la esperaba con los brazos abiertos.

Asker asiente con la cabeza. Espera a que Ulrika se haya recompuesto un poco antes de continuar.

—Y esa cabaña de verano —prosigue—, ¿dónde se encuentra?

—Ya no la tenemos —susurra Ulrika—. La vendimos el año pasado. Era demasiado duro... —Vuelve a sollozar.

—Junto al lago Ålsjungasjön —añade su marido—. La policía estuvo allí buscando.

—Y el autobús que Julia cogió, eventualmente, ¿a qué distancia de la cabaña tiene la parada?

Ulrika toma una bocanada de aire temblorosa.

—Ha-hay que caminar un par de kilómetros, pero hay un atajo por el bosque. Julia lo ha tomado cientos de veces.

Asker guarda silencio unos segundos.

Así que Julia había tenido que coger el camino del bosque, igual que la figura de la mujer a la que perseguían en la maqueta de tren. Y Ålsjunga solo queda a media hora de Hässleholm.

No es de extrañar que Sandgren saliera del letargo al ver las figuras en la maqueta.

Saca el teléfono, enseña una foto de la figura sin rostro que encontró en el coche de Malik.

—¿Alguna vez se han encontrado una de estas en algún sitio? ¿Entre las pertenencias de Julia, o quizá en la cabaña?

—No, me parece que no. —Robert niega con la cabeza al mismo tiempo que mira a su mujer.

—Ulrika, ¿usted ha visto una figurita como esta, alguna vez? —vuelve a preguntar Asker.

—O sea... —La mujer coge aire.

Mira a su marido, quien de pronto parece un tanto preocupado.

—Lo cierto es que cuando vaciamos la cabaña encontré un muñequito de plástico en uno de los maceteros del porche. Lo recuerdo porque pensé que era de la maqueta de tren que Sebastian tenía aquí abajo, en el sótano, y no lograba entender cómo había llegado hasta la cabaña.

—¿Qué hizo con él? —pregunta Asker.

Ulrika se encoge de hombros.

—Lo tiré, me parece. En aquel momento no le di ninguna importancia.

Asker mira de reojo a Robert. Este se retuerce un poco en el sitio, o bien como un hombre que se preocupa por su mujer, o alguien a quien le preocupa otra cosa.

340

—¿Por qué lo pregunta? —dice Ulrika—. ¿Cree que el muñequito de plástico tiene algo que ver con la desaparición de Julia?

—Quizá —contesta Asker esquiva.

No puede explicarles la teoría que comparten ella y Sandgren sin arriesgarse a que la pareja lo cuente luego por ahí.

—Por lo que he podido comprobar hasta la fecha, Sandgren ha hecho una investigación considerablemente amplia acerca de la desaparición de Julia —añade—. Pero, por desgracia, no encuentro ni rastro de ella entre sus documentos, así que no sé cuánto ha llegado a descubrir. No nos queda más remedio que cruzar los dedos para que Bengt despierte del coma y así se lo pueda preguntar directamente. Bueno, ya no los molesto más.

Se levanta del sofá.

—Muchas gracias por tomarse su tiempo. Si aparece algo nuevo, los llamo.

A medio camino de la puerta, se detiene. Se vuelve y mira al perro, que se ha metido entre sus dueños en el sofá y se ha puesto a lamerle la mano a Ulrika.

La pregunta es estúpida, sin duda, pero tiene que hacerla, puesto que antes le ha venido a la memoria el chucho ciego de Madame Rind.

—¿Dido no será un papillón, por casualidad? —dice, y se arrepiente al instante.

Robert niega con la cabeza.

—No, es una yorkshire terrier. ¿Por...?

—Nada, solo curiosidad —murmura Asker.

«Muchas gracias, mundo de los espíritus.»

En la calle, el partido de *floorball* vuelve a estar en marcha. Se ve de nuevo interrumpido cuando Asker cruza el campo improvisado.

Hace un alto. Son cuatro jugadores, tres chicos y una chica, todos de unos catorce años de edad.

—¿No deberías estar en el colegio? —pregunta Asker.

—Día de libre elección —responde la chica en tono un poco impertinente.

—¿Alguno de vosotros conocía a Julia Collin?

La pregunta es ante todo impulsiva, pero parece dar en el blanco. Los cuatro se miran, unos segundos de más, y luego la chica vuelve a tomar la palabra.

—¿Por qué lo quieres saber?

Asker les enseña la placa y los adolescentes vuelven a intercambiar unas miradas.

—A mí me hizo de canguro cuando era pequeña —dice la chica—. Nuestros padres se conocen. Su hermano mayor y el mío iban juntos a clase.

—¿Cómo era ella?

La chica parece impasible, pero hay algo que hace que Asker no se lo termine de creer.

—Maja.

—¿Maja?

—Sí.

Hay algo que no le está contando, Asker está bastante segura de ello. Pero los niños y los adolescentes son difíciles de leer.

—¿Y a su hermano mayor también lo conoces? —añade, probando.

—No. Se ha mudado.

La chica se da la vuelta, le hace una señal a uno de los

chicos para que le pase la pelota, como marcando que se ha terminado la conversación.

Un movimiento en el rabillo del ojo hace que Asker gire un poco la cabeza.

Alguien está separando las persianas en una de las ventanas de la casa de Julia.

La observa con cuidado mientras ella vuelve despacio hasta su coche y no suelta la persiana hasta que Asker emprende la marcha.

SMILLA

—Julia —susurra Smilla al mismo tiempo que pica discretamente con el pedazo de hormigón contra la rejilla de ventilación—. Julia, ¿me oyes?

Sin respuesta.

Lo más seguro es que aún esté roque, empachada de drogas.

Julia debe de llevar mucho tiempo allí. Al menos lo suficiente para haberle puesto nombre al misterioso secuestrador.

El Reemplazador.

¿Qué significará? ¿Acaso es una palabra de verdad?

¿Y quién es?

Hasta ahora Smilla pensaba que todo esto no era más que un secuestro normal y corriente, como los que le enseñaron en el cursillo de rehenes. Que la persona que la ha llevado hasta allí quiere sacarle dinero a su padre o a su abuelo.

Pero después de hablar con Julia, esa teoría hace aguas.

El Reemplazador no busca dinero, sino algo del todo distinto.

«Somos propiedad suya», había susurrado Julia.

«Es nuestro dueño.»

Smilla se acurruca en el suelo junto a la rejilla. A pesar de su desesperada situación, se siente más fuerte que en muchos días.

Porque por lo menos no está sola.

—¿Julia? —prueba de nuevo. Pero sigue sin obtener respuesta.

Su mano se aferra al trozo de hormigón puntiagudo. Necesita un plan.

ASKER

Las caravanas de camiones son menos numerosas en dirección sur, y Asker atormenta al viejo Volvo un poco más de la cuenta en el trayecto de vuelta. Pero al alcanzar los ciento treinta kilómetros por hora, la dirección empieza a vibrar con tanta fuerza que le cuesta sujetar el volante.

Levanta el pie del acelerador mientras trata de poner orden en su cabeza tras la reunión con la familia de Julia. Salta a la vista que están de duelo por la pérdida de su hija. La tristeza puede expresarse de muchas maneras, eso lo sabe por experiencia propia. Aun así, hay algo que la corroe. Y los chavales en la calle no han hecho sino reforzar esta sensación.

Llama a Rosita, le da el nombre completo y la dirección de Robban y le pide que mire si sale en los registros.

—¿Para cuándo lo necesitas? —pregunta la mujer inquieta.

Es viernes por la tarde, son casi las tres y media y lo más probable es que ya haya recogido sus cosas.

—Para esta misma tarde —dice Asker—. Aún falta para las cinco, así que seguro que te da tiempo.

—P-por supuesto —murmura Rosita —. Te mando un

346

email en cuanto lo tenga. ¿En qué estás trabajando, por cierto?

Cuela la pregunta, como si lo hiciera solo de pasada. Asker la ignora por completo.

—Y otra cosa —dice—. Necesito el número de móvil de un tal Sebastian Collin. Tendrá poco menos de treinta años. Si me lo puedes dar ahora, mejor.

—Claro. —Se oye un repiqueteo de teclado—. Solo hay un Sebastian Collin, vive en Estocolmo. Te mando el número ahora mismo.

—¡Gracias!

Cortan la llamada y el número le llega al instante. Asker lo marca y llama, pero el hermano de Julia no lo coge, así que le deja un mensaje en el buzón de voz pidiéndole que le devuelva la llamada.

En cuanto cuelga, su teléfono empieza a sonar. Número desconocido.

—Asker —responde ella, esperando que se trate de Sebastian Collin.

—Hola, Leo, aquí Jakob Tell, de la policía de Hässleholm.

—Ah, hola.

—¿Te llamo en mal momento?

—En absoluto, estoy en el coche, volviendo de un interrogatorio.

—¿Algo que ver con la maqueta ferroviaria?

Asker no contesta.

—¿Te puedo ayudar en algo, Tell? —pregunta para cambiar de tema.

—Puede que sí.

Asker casi puede oírlo sonreír.

—Estoy bajando a Malmö. Un compañero de trabajo me ha dejado su piso en la plaza Drottningtorget un par de días. Así que te quería preguntar si te animarías a tomar una cerveza, o quizá comer algo juntos.

Asker titubea.

Tell es guapo y simpático. En una situación normal, habría sopesado la posibilidad de decirle que sí. Pero tiene la sensación de que detrás de su propuesta de cita se esconde algo más.

—Esta tarde no puedo —dice.

—¿Y mañana?

—Mañana tampoco, lo siento.

—¿Tienes novio? —dice él sin cortarse—. Si es así, puedes decírmelo directamente.

En un abrir y cerrar de ojos, Tell pasa de ser bastante interesante a ser intrusivo.

—Oye, tengo que colgar —responde ella.

—Espera...

Asker corta la llamada. Pone el teléfono en silencio, por si Tell es de los que no entienden un rechazo.

Aparca el coche de servicio en el garaje de comisaría. Tal y como sospechaba, ya le ha dado tiempo de recibir un mensaje de Jakob Tell.

Disculpa si he insistido demasiado.

Espero que podamos volver a hablar.

Saludos, Jakob.

Termina el mensaje con unos emojis que seguro que pretenden disculpar su exceso. Hacerla entender que, en realidad, solo estaba bromeando, que es un chico agradable y con sentido del humor que, a veces, simplemente puede ser un poco intenso. Asker borra el mensaje sin contestar.

Al volver a comisaría va directa al departamento para volver a colgar las llaves del coche en el armarito. Luego vuelve a salir a toda prisa y resiste la tentación de llamar a la puerta de Rosita para ver si ya ha acabado de mirar las bases de datos, puesto que ya está llegando tarde a la reunión con Martin Hill.

En el breve trayecto en tren entre Malmö y Lund, Asker nota que se está poniendo nerviosa.

Ella y Martin llevan dieciséis años sin verse. Literalmente hablando, es media vida. Ahora son dos personas muy distintas a las que fueron en su día. Asker intenta decirse que el encuentro con Martin Hill es estrictamente profesional. Un café neutral para descubrir de qué hablaron él y Sandgren. Aunque ha decidido aparcar el coche de servicio, por si acaba cayendo una copa de vino, lo cual no sería ni profesional ni neutral.

Pero ella misma se da cuenta de que su razonamiento no hace más que dar vueltas.

Llega cinco minutos pronto a la cafetería, pero Martin ya está allí.

—Leo Asker —dice él con una dulce sonrisa—. Cómo ha pasado el tiempo.

Durante unos segundos se quedan de pie frente a frente, ambos igual de inseguros de cómo deberían saludarse. Terminan dándose un abrazo torpe.

—Siéntate, ya pido yo.

La cafetería que ha elegido es acogedora. Librerías, sillones muy usados, olor a pastas recién hechas y café de calidad. Grandes ventanales que dan a la calle Klostergatan, donde un autobús verde avanza entre maniobras. Asker se sienta a una mesa en un rincón.

Martin vuelve con café y cruasanes.

—Los mejores de Lund —asegura—. Nada que ver con el bollo relleno de bollo del centro juvenil. ¿Te acuerdas?

—¿Quién puede olvidar el bollo relleno de bollo?

—O a Maggan, la que trabajaba allí —añade él—. La de la verruga.

Asker frunce los labios con el recuerdo. Él hace lo mismo y la tensión inicial que había entre ambos se disipa un poco.

A Asker le cuesta creerse que Martin se haya vuelto adulto. Y atractivo.

Americana de punto, camisa y corbata, con el cuello un poco suelto y relajado. Su tez ha cogido tono, no es olivácea como cuando era adolescente. Pero sus ojos castaños siguen tal y como ella los recordaba: festivos, despiertos, encantadores.

—Entonces ¿quién empieza con el resumen de estos últimos dieciséis años? ¿Tú o yo? —pregunta él después de tomar un sorbo de café.

—Empieza tú —dice Asker.

—Vale, pues agárrate bien, porque va a ser un viaje emocionante.

Levanta las manos como si simulara una pantalla de tele.

—Como quizá ya recuerdes, nos mudamos a Umeå porque mis padres cogieron un bar de barrio allí arriba. Pero solo nos quedamos dos años. Mi padre siempre tenía frío, incluso dentro de casa. Y yo tampoco estaba a gusto. El frío y los problemas de corazón no son una buena combinación. Así que luego vinieron Estocolmo y una taberna inglesa en el barrio pijo de Södermalm. A los diecinueve, cuando hube terminado de crecer, los médicos consideraron que ya iba siendo hora de que me arreglaran la bomba estropeada que llevaba dentro.

Se golpeteó el pecho con los nudillos.

—Una válvula cardiaca más tarde, pude empezar a vivir una vida perfectamente normal. Comer, hacer ejercicio, pasar frío, recuperar todo lo que me había perdido, cosa que hice, desde luego. La única pega menor es que tengo que tomar pastillas anticoagulantes el resto de mi vida, pero es un precio que no me importa pagar.

Su sonrisa es, cuando menos, igual de contagiosa que lo que Asker recordaba. Siente que el nerviosismo la abandona y le parece observar más o menos la misma reacción en él.

—Así que estudié arquitectura, pero descubrí bastante pronto que eso de dibujar edificios no era lo mío —continúa—. Ya sabes que a mí lo que más me interesaba eran las ruinas, los sitios olvidados y fenómenos emocionantes varios. Por tanto, me doctoré en la materia...

—Y escribiste un bestseller —señala ella—. Y te convertiste en un abanderado de la exploración urbana.

—Sí, ya te he dicho que había dejado algunas cosas pendientes. —Él se ríe—. Con el tiempo conseguí un puesto en la facultad de Arquitectura aquí, en Lund. Ya llevo tres años. ¡Estoy encantado!

Asker espera que le diga algo de su estado civil. Que mencione a la pareja o la novia cuya voz ella ha oído de fondo esta mañana cuando lo ha llamado por teléfono. Pero en lugar de eso, Hill le da un gran bocado al cruasán.

—Eso han sido mis dieciséis años —dice él con la boca llena—. Te toca.

Asker no sabe por dónde empezar.

Hill se percata de su titubeo. Su semblante se vuelve serio.

—Me enteré de lo de La Granja. Todo se fue de las manos.

Asker ya había previsto que la conversación podía irse en algún momento por esos derroteros, y se ha preparado.

—Per manipuló mal una carga explosiva durante una maniobra —explica—. La bomba detonó, los dos salimos heridos.

—¡Joder! —Él pone una mueca, como si las palabras le dolieran.

—Per fue detenido —continúa Asker—. Directo al psiquiátrico, sin pasar por la casilla de salida. Yo me fui a vivir con mi madre a Malmö. Otro estilo de vida, sin duda, después de La Granja.

Mantiene un tono de voz sorprendentemente neutro, como si el relato fuera el de otra persona. Una chica de dieciséis años que ya no existe, lo cual no deja de ser verdad, en cierta manera.

—En cuanto cumplí la mayoría de edad me fui a vivir a mi propio piso —prosigue—. Durante un tiempo estuve viviendo con un chico que se llamaba Fredric.

No sabe por qué le está contando justo ese detalle tan privado, sobre todo teniendo en cuenta que él ha evitado ese tipo de cosas. Pero siempre le ha resultado fácil hablar con él.

—Pero me cansé —se apresura a señalar—. Me largué a Estados Unidos, estudié derecho, trabajé, estuve viajando. Cuando volví a Suecia, Fredric estaba prometido con Camille, mi hermana pequeña. Ahora están casados y tienen hijas, y los dos trabajan en el despacho de abogados de mi madre, lo cual hace que nuestros encuentros familiares resulten bastante incómodos.

—Vaya —dice Hill con una sonrisita—. Así que Fredric cambió de hermana, ¡menudo drama!

Asker también sonríe. No puede evitarlo. Hay algo muy familiar en esta conversación.

—Vale —dice él—. Entonces, el drama del triángulo amoroso explica por qué no trabajas para tu madre. Pero ¿cómo te hiciste poli?

Asker se encoge de hombros.

—El trabajo de abogada no encajaba conmigo, me di cuenta ya en Estados Unidos. Allí estudié un curso de psicología criminal. Hice prácticas en el Departamento de Homicidios en Filadelfia y me gustó. En cuanto volví a Suecia me apunté a la Escuela Superior de Policía. Pronto hará cinco años que soy inspectora.

Hill niega con la cabeza. Añade al gesto una mueca de escepticismo e impresión al mismo tiempo.

—Joder, creo que nunca lo habría adivinado. Leo Asker de policía...

Ella se ríe.

—No eres el único. Mi madre piensa que estoy tirando a la basura la carrera de derecho que ella me ha pagado.

—¿Y tu padre? —La pregunta le sale de forma espontánea, se nota que ya se está arrepintiendo.

—Per y yo no tenemos ningún contacto —asegura ella

escuetamente—. Por lo que tengo entendido, ya ha vuelto a La Granja. Supongo que estará sentado en su búnker esperando el fin del mundo.

Se aclara la garganta. Este tema le duele, y aunque le guste mucho haberse reencontrado con Martin Hill, a decir verdad, Asker no está allí para ponerse a hurgar en el baúl de los recuerdos.

Ya va siendo hora de atajar el motivo real del encuentro.

—Lo cierto es que la razón por la que quería verte es de carácter profesional —reconoce, y nota que se le ha activado la voz de trabajo—. Tu nombre y tu libro aparecieron entre los papeles de Bengt Sandgren, mi predecesor.

Hill guarda silencio unos segundos, parece un poco contrariado con el cambio de tema tan abrupto.

—Sí —dice luego, asintiendo con la cabeza—. Bengt Sandgren me llamó hace un par de semanas. Había leído mi libro y tenía algunas preguntas sobre exploración urbana. Quién se dedica a ello, qué sitios se visitan, cómo se comunican quienes lo practican, cosas así.

—¿Te dijo por qué?

—Tenía en marcha algún tipo de investigación. Pero no quiso contarme de qué se trataba. En general fue bastante inconcreto.

—De acuerdo.

Asker se muerde el labio. Había esperado obtener algo más, algo que pudiera permitirle seguir adelante, o por lo menos reforzar su teoría.

Él se da cuenta de su decepción.

—Pero mencionó a un aficionado al *urbex* que conozco y que está desaparecido. Un grafitero.

—Tor Nilsson —constata Asker.

Hill enarca las cejas.

—Vas un paso por delante, Leo, como siempre.

Él se la queda mirando con detenimiento. Pese a todos los años que han pasado, ella puede reconocer la expresión de su rostro. La frente ligeramente arrugada, la ceja derecha que ha subido un par de milímetros por encima de la izquierda. La mirada que, a diferencia de la de la mayoría de la gente, no pierde la fortaleza ante sus ojos de colores.

Asker sabe que el cerebro de Martin está trabajando a destajo, que en cualquier momento soltará algo que ella no se espera. Una cadena de pensamientos y una conclusión que solo Martin Hill puede ofrecer. Asker se descubre a sí misma conteniendo el aliento.

—Ahora me toca a mí dar un par de nombres —dice él pensativo—. Malik Mansur y su novia desaparecida, Smilla Holst. Son ellos a los que estás buscando, ¿verdad?

Asker intenta ocultar su asombro, pero no termina de conseguirlo.

Por un instante, breve y vertiginoso, vuelve a ser una chica adolescente. Vuelve a estar en la Tierra de las Tinieblas.

Y por una vez en la vida, es una sensación que le gusta.

HILL

Oportunamente, la cafetería está pared con pared con un restaurante. Es uno de los sitios preferidos de Hill. Decoración, comida y vinos que recuerdan a un bistró francés. Ambiente agradable, buen servicio de bar.

Conoce al personal, consigue que les pongan una mesa con ventana a pesar de que es viernes por la tarde y el sitio ya se está llenando.

Mientras toman vino, él le cuenta la desaparición de Tor y que él mismo y Sofie aún siguen buscándolo. Pero, por alguna razón, se salta el detalle de que tienen una especie de relación sentimental. Es probable que sea porque Sofie está casada, pero tampoco está del todo seguro de que sea solo por eso.

Así que cambia rápidamente de tema para hablar de su estudiante estrella.

—MM se pasaba el día insistiéndome en que tenía que sacar otro libro. Se ofreció a llevarme a algunos sitios interesantes —resume—. Me caía bien. Me costó creer que hubiese podido secuestrar a Smilla, pero la policía parecía tan convencida...

Se queda callado, se moja los labios con el vino. Mira a Leo de reojo por encima de la copa.

356

La ve igual que siempre, y al mismo tiempo es otra persona, constata Martin. Algunos de sus rasgos son los mismos que antes. Los ojos de colores, que parece que te atraviesen la cabeza y de los que él nunca se cansa; la sonrisa pequeña y torcida, al mismo tiempo entretenida y apenada.

Pero, por otro lado, Asker ya no es una cría de dieciséis años, sino una mujer adulta. Y policía, además, que está investigando un caso.

Martin intenta repetirse ese detalle, aunque no le resulta del todo fácil.

—¿Sabes si Malik se relacionaba con alguien que también estuviera en círculos de *urbex*? —pregunta ella.

—Seguro que sí. Me ha presentado a una chica que se llama My, pero ni siquiera sé cómo se apellida.

Llena las copas de vino otra vez. Se salta el pequeño detalle de que My le recuerda a Leo. Que quizá sea esa la razón por la que no quiere que la chica corra peligro. Por la que quiere evitar repetir su error.

—¿La policía os ha interrogado a ti o a alguien de tu trabajo?

Hill niega con la cabeza.

—No, el único agente que he visto es ese que habla en la tele. ¿Trabajáis juntos?

—Algo así —murmura ella—. Hay mucha gente metida.

Toma un sorbo de vino como para cerrar el tema.

Igual que hace un rato en la cafetería, cuando estaban hablando de Per el Paranoias y el accidente en La Granja, Asker parece un tanto esquiva.

Como si hubiera algo que no quiere, o no puede, explicar.

En efecto, el Martin Hill adulto no puede esperar que Leo se ponga a revelarle todos sus secretos después de dos tazas de café y un par de copas de vino. Todavía menos si son secretos relacionados con su trabajo. Pero el chico de dieciséis años que lleva dentro, el que una vez estuvo enamorado de ella, no puede evitar sentirse un poco herido.

Quiere hacerle preguntas, intentar que se abra. Restaurar el vínculo que tenían.

Vuelve a llenar las copas, con tanto ahínco que vierte un poco fuera.

—Es una pasada verte otra vez, Leo —dice, y en cuanto le salen las palabras, el Hill adulto oye lo bobo que suena.

Están allí por iniciativa de ella, se recuerda. Porque tiene preguntas relacionadas con su trabajo. Si de verdad él hubiese querido reencontrarse con Asker, ha tenido años de sobra para ponerle remedio al asunto.

Pero no lo ha hecho. Puesto que aún se avergüenza.

Busca algo que decir, algo que le pueda interesar a Asker.

—Por cierto —dice—. El edificio ese industrial donde encontraron el coche de MM, en el aparcamiento... Sofie y yo estuvimos allí el otro día. Encontramos una pista de Tor.

Para su gran alegría, Asker parece interesada.

—¿Qué pista?

—Una de sus pinturas en la pared. Y algunas de sus firmas, y... —Se lo piensa un momento, decide completar con todo lo que sabe, por muy raro que pueda sonar—. Y también encontré un muñequito de plástico un tanto singular.

Le enseña el tamaño con los dedos. Se arrepiente de haberlo siquiera mencionado, hasta que ve la expresión en la cara de Asker.

Ella saca el móvil y busca en la galería de imágenes.

—¿Una de estas?

La foto que le enseña es de una figurita de plástico blanca que él reconoce a la perfección.

Asiente frenético con la cabeza.

—Igual que esa. La tengo en casa, en el cajón de la cocina.

Un momento de silencio.

—No fue ninguna casualidad, ¿verdad? —constata él.

—No —responde ella—. Había una igual en el coche de Malik. Y en más sitios.

—¿Por qué?

Ella se queda callada. Parece dudar, pero luego un rasgo de determinación asoma alrededor de su boca.

Busca una nueva foto. Otra figurita de plástico, esta vez minuciosamente pintada, que está pintando la palabra *urbex* con espray en una caja marrón.

Asker amplía la figura.

Hill da un respingo.

—Se parece mucho a Tor. Y esa caja marrón me recuerda a la cisterna de aceite en el sótano de la fábrica, donde encontré el muñequito.

Asker se guarda el teléfono. Parece reflexionar unos segundos, como si sopesara lo que él le acaba de decir y lo que ella podría revelarle a cambio.

—Está todo relacionado con una gran maqueta ferroviaria —explica despacio—. Alguien va y coloca miniaturas que no deberían estar allí, y que tanto Bengt Sandgren como yo creemos que representan a personas que están oficialmente desaparecidas.

Hill la escucha con atención mientras ella le relata la conversación con Lilja y todos los descubrimientos que ha hecho desde entonces, hasta la figurita de plástico que la madre de Julia Collin encontró en su cabaña de verano.

—Cuatro personas —resume él—. Tor, Julia, Smilla y MM. Todas han aparecido en la maqueta, y siguiendo sus rastros aparecen figuritas de plástico blancas, casi como una tarjeta de visita.

—Esa es nuestra teoría —confirma ella—. Además, hay otras miniaturas que todavía no he podido vincular con ninguna desaparición, así que podría haber más.

Hill niega con la cabeza.

—¡Qué movida!

—Y que lo digas —asiente Asker—. No será fácil vendérsela a la directiva de la policía, te lo aseguro. Así que, de momento, estoy trabajando por mi cuenta.

—Me encantaría ayudarte —dice Martin un poco demasiado rápido; él mismo se da cuenta de que suena como un idiota.

Pero luego ve que ella sonríe. Esa sonrisa en la que ha pensado durante tantos años.

—Gracias, te lo agradezco. No es imposible que vayamos a necesitar tu pericia. Parece que Sandgren lo veía así, puesto que se puso en contacto contigo.

Se quedan callados durante unos segundos. Se miran como si trataran de dilucidar la respuesta a la misma pregunta.

Al final es Hill quien la formula.

—¿Y ahora qué?

360

Asker toma un poco de vino, lo hace sin prisa, como si necesitara tiempo para pensar.

—He hecho montar una cámara oculta en la maqueta por si aparecen nuevas figuras —dice luego—. Y mañana pensaba inspeccionar la casa de Bengt Sandgren en busca de más pistas.

—¿Sola?

Ella ladea la cabeza.

—¿Crees que no me las apaño? —Parece humillada, pero los dos van un poco tocados por el vino y Hill no tiene claro si le está tomando el pelo.

—Yo creo que puedes con todo —dice.

Se miran unos segundos en silencio. No de una forma incómoda, sino más bien al contrario. A pesar de que han pasado un montón de años, no lo parece.

Asker vuelve a sonreír, y quizá sea el vino o la iluminación del restaurante, pero por un breve instante Hill la ve justo tal y como la recordaba.

Inteligente, fuerte, vulnerable.

Maravillosa.

—¿Qué es eso? —pregunta.

El puño de la camisa de la manga izquierda de Asker se ha subido un poco, dejando al descubierto una letra negra en el interior de su muñeca.

Primero Asker estira de la manga hacia abajo por acto reflejo; después, mira a Martin unos segundos.

Luego se desabrocha el puño de la camisa y se remanga.

Lleva algo escrito, letras negras sobre la piel cicatrizada.

—Resiliencia —lee él.

—Me lo hice para tapar la cicatriz que me dejó la explosión —dice ella—. Mi madre quería que me hiciera una cirugía plástica, pero yo preferí hacerme esto.

—¿Puedo? —Martin extiende la mano hacia el brazo de Asker. En realidad no sabe por qué, solo que es algo que tiene que hacer.

Ella se sube la manga un poco más a modo de respuesta.

Hill resigue las letras con las yemas de los dedos. Nota el tejido cicatrizado que hay debajo. Asker tiene la piel caliente. Esa mirada bicolor con la que ha soñado tantas veces. Son tantas las cosas que le gustaría decirle... Tantas las cosas que ha pensado a lo largo de los años...

Pero antes de que le dé tiempo de abrir la boca, Asker da un respingo, retira el brazo y se baja de nuevo la manga de la camisa.

—Creo que va siendo hora de dejarlo por hoy —murmura.

Caminan hasta la parada de taxis que hay en la plaza. El ambiente ha cambiado, se ha vuelto más prudente. Como si ambos sintieran que han revelado un poco más de la cuenta.

—Podrías mantenerme informado —dice él—. ¿Quién sabe? A lo mejor aparecen más preguntas con las que puedo ayudar.

—Claro —responde ella, pero su tono es neutro. En realidad no le promete nada.

Se quedan de pie el uno delante del otro unos segundos, cada uno sopesando por su cuenta si deberían darse un abrazo y tratando de leer la respuesta en el otro.

Antes de que les dé tiempo de sacar nada en claro, el instante se acaba.

—Bueno, pues buenas noches —dice Hill.

—Buenas noches, Martin —responde ella con una suave sonrisa.

Él la oye decirle una localidad y el nombre de una calle al taxista.

Luego Asker ya ha desaparecido.

DIECISÉIS AÑOS ANTES

Principios de septiembre. Él y Leo llevan más de un año siendo amigos, pero la sensación es de que hace más. Como si en realidad se conocieran de toda la vida.

Acaban de empezar noveno y están en uno de los sitios preferidos de Martin. Un granero abandonado que encontró en una de sus primeras expediciones por la zona. Para su gran alegría, a Leo parece que el sitio le gusta casi tanto como a él.

Falta parte del tejado del granero y, si te tumbas bocarriba en el viejo suelo gris de madera, puedes ver las nubes pasando poco a poco por el cielo de verano.

Barcos enormes de color blanco que se dirigen incansables a un horizonte elusivo.

—Un año para el bachillerato —dice ella soñando.

Él sabe que el padre de Leo ha empeorado. Que la obliga a levantarse en mitad de la noche para hacer maniobras de catástrofe. Apenas sale de La Granja, a menos que se vea obligado. Per el Paranoias está convencido de que el día del Juicio Final está cada vez más cerca y prefiere que su hija no salga en absoluto.

—Cuando empiece el bachillerato ya no le quedará más remedio —dice.

Ha repetido esa afirmación tantas veces que casi se ha convertido en un mantra.

—Per se cree que la policía vuelve a irnos detrás —continúa—. Está más paranoico que de costumbre. Suele pasarle cada vez que se acerca el invierno. Es por algo de la oscuridad, me parece. Durante una temporada se estuvo medicando, pero hace mucho tiempo que lo dejó.

Él murmura algo para mostrar que está pendiente de la conversación, sin apartar la mirada de las nubes inquietas.

Martin debería contarle lo de los papeles que ha visto en la mesa de la cocina de su casa. Que sus padres discuten algo en voz baja cuando se creen que él está durmiendo. Que a veces salen de la habitación para hablar por teléfono.

Ya ha visto las señales en ocasiones anteriores. Sabe lo que implican.

Pero en lugar de decir nada, sigue mirando fijamente al cielo.

Sus padres son como dos de esas nubes.

Siempre inquietas, siempre de camino a alguna parte, pero sin terminar de llegar nunca.

¿Le va a decir algo a Leo?

¿Explicarle lo que cree que está pasando?

La mira de reojo.

Ella sigue hablando del bachillerato, de todo lo que harán cuando por fin salgan de allí.

Y quizá sea así.

Quizá sus padres cambien de idea, quizá decidan quedarse un poco más.

Martin espera que sea así. Por él.

Pero, sobre todo, por ella.

SMILLA

Smilla lleva mucho rato despierta. Varias horas, aunque es difícil saberlo con seguridad.

Ha estado esperando, se ha estado preparando.

Es Julia quien le ha infundido valor. Quien le ha puesto nombre al terror silencioso que las mantiene retenidas. Quien la ha hecho atreverse.

El trozo de hormigón afilado le corta la mano, pero no quiere dejar de sujetarlo con fuerza por miedo a perderlo.

El trozo de hormigón es su ventaja. Su as en la manga.

Se oye un leve chasquido cuando la trampilla de la puerta se abre.

Luego, el ruido de cuando él retira la bandeja de comida. La inspecciona en silencio para asegurarse de que ella ha comido y bebido.

En realidad, Smilla lo ha echado todo en el cubo de letrina. ¿Cabe la posibilidad de que él pueda enterarse a base de mirar la bandeja? ¿Podría entender que ella está despierta y decidir no entrar?

A Smilla le parece oír el eco de sus propios latidos resonando entre las paredes.

Un nuevo chasquido, esta vez más fuerte. Un sonido

desconocido que debe de provenir de la cerradura. Luego, una leve corriente de aire al abrirse la puerta.

Smilla cierra los ojos. Se obliga a sí misma a dar respiraciones largas para que la ilusión sea perfecta.

Oye pasos. Puede notar que el aire del cuarto cambia a medida que él se acerca.

El Reemplazador.

Haberle puesto nombre le sirve de ayuda, curiosamente.

Se detiene junto a la cama. Se queda allí observándola, en silencio, quieto. Ella puede oír su respiración, puede percibir su olor.

Resina, aceite, musgo y algo más.

Algo más animal.

Smilla mantiene los ojos cerrados, se obliga a permanecer del todo inmóvil.

Oye la fricción de la ropa de él al moverse. Puede notar la mano, incluso antes de que la toque. Ahoga un jadeo en el último momento.

Él le acaricia el pelo lentamente, baja por la sien, continúa hasta la mejilla.

A Smilla se le dispara el pulso, pero consigue mantenerse quieta.

La mano se detiene en su mentón. Se queda allí unos segundos.

Luego vuelve a subir hasta su pelo.

¡Ahora!

Smilla abre los ojos.

El cuarto sigue a oscuras, aun así le parece ver su contorno.

Una sombra enorme que se yergue sobre ella.

Le agarra la muñeca con su mano izquierda. Con la

mano derecha blande el trozo de hormigón contra la zona donde cree que él tiene la cara. Sus nudillos chocan con algo metálico, como si llevara una especie de visera cubriéndole el rostro.

Smilla lo oye soltar un gruñido y nota que retira la mano de un tirón mientras trastabilla hacia atrás.

Smilla baja las piernas de la cama y sale disparada en dirección a la puerta.

Tal como había esperado, está abierta.

El pasillo de fuera está completamente a oscuras, pero encuentra una pared con la mano derecha y la sigue, mueve los pies lo más rápido que se atreve. Sus dedos rascan el hormigón, sus respiraciones son cortas, el corazón amenaza con estallarle en el pecho.

Oye pasos en la oscuridad que tiene detrás.

Continúa siguiendo la pared. Atisba una luz. Un led rojo de algún tipo de aparato electrónico.

Los pasos que la siguen se están acercando, en breve la alcanzarán.

Smilla se aparta de la pared, apunta hacia la lucecita roja y corre lo más rápido que puede. En la escuela siempre era la corredora más rápida, batía incluso a la mayoría de los chicos. La distancia entre ambos aumenta. Lo oye rugir de rabia. El sonido rebota en las paredes, hace que se le erice el vello de los brazos.

Ahora ve algo más, más allá de la lamparita. Una estría de luz blanca de una puerta entreabierta. Smilla echa el último resquicio de precaución por la borda y se precipita hacia la luz.

Estira las manos hacia delante, preparándose para abrir la puerta de un bandazo.

Apenas le quedan unos pocos metros, cuando alguien le hace un fuerte placaje en el costado.

Smilla pierde el equilibrio, cae al suelo con tanta brusquedad que se queda sin aire.

Al instante siguiente él se le echa encima con todo su peso.

Smilla se retuerce salvajemente, suelta coces y golpea en todas direcciones. Pero él es demasiado fuerte. Le bloquea las piernas con las suyas y la sujeta por los brazos. Al mismo tiempo, nota que le ponen un trapo en la cara. Un olor penetrante le escuece en la nariz, y al instante siguiente la estancia empieza a dar vueltas.

—¡Sujétala! —oye susurrar una voz antes de verse arrojada a la oscuridad.

Sábado

ASKER

El dolor de cabeza despierta a Asker. Son más de las nueve, hacía años que no dormía tanto. Se está haciendo pis, el aliento le sabe a vino y la lengua se le pega al paladar.

Es todo culpa de Martin Hill. Fue él quien siguió echándole vino en la copa como si no hubiese un mañana. Se le nota que le gusta vivir, probablemente porque durante muchos años se vio obligado a hacerlo con reservas. Además, es fácil hablar con él. Demasiado fácil.

Por un rato Asker se dejó arrastrar. Le contó demasiadas cosas del caso, de sí misma. Entreabrió una puerta que debería haber mantenido cerrada. Una auténtica estupidez, sin duda.

Necesita limpiarse el cerebro, así que se pone la ropa de correr y sale a dar una vuelta. Sigue el sendero que bordea el lago y que lleva hasta el campo de golf.

Sus pasos son pesados, el cuerpo va lento.

Se detiene al otro lado del agua para hacer estiramientos y recuperar el aliento. Desde allí puede ver las copas amarillas y rojas de los árboles del parque, así como los ventanales de la gran casa unifamiliar.

Intenta hacer memoria de si hablando con Martin también se le fue la lengua sobre cuál es su situación actual respecto al tema de la vivienda. Que en realidad no tiene casa propia, sino que solo está cuidando de la casa de alguien. Después de pensarlo un poco, concluye que por lo menos ese detalle se lo calló. Ya es algo.

Al terminar de entrenar se da una ducha larga, intenta desprenderse de todos los pensamientos sobre Martin y concentrarse en los datos nuevos que ha obtenido del caso.

Las figuritas de plástico sin pintar, del mismo tipo que la que ella había encontrado en el coche de Malik y que también habían aparecido en los rastros dejados tanto por Julia como por Tor.

Y que, sin lugar a dudas, vinculan los tres casos entre sí.

Tal y como le explicó a Hill, no es una historia del todo fácil para convencer a nadie, ni a Rodic ni a ninguna otra persona. Sigue siendo demasiado fácil zanjarla alegando que no son más que imaginaciones desquiciadas.

Así que Asker necesita pruebas. Necesita las notas y apuntes de Sandgren, y, si es posible, también las figuras que representan a Julia y a Tor.

Dado que no se encuentran en su despacho, la única conclusión razonable es que lo haya guardado todo en su vivienda particular, y Asker sabe que Virgilsson tiene una llave, probablemente en el cajón de su escritorio que atrajo su mirada cuando le mintió al respecto. Está claro que las almas perdidas no trabajan los sábados, lo cual significa que Asker podrá inspeccionar el sitio con tranquilidad.

Pero primero tiene otra tarea que tachar de la lista.

Llama al técnico de alarmas, Daniel Nygård, quien contesta al primer tono aunque sea sábado.

—Hola —dice—. ¿La cámara no funciona?

—Sí, sí —responde ella—. Pero necesito otra para que

374

se vea todo el local. A ser posible, una que también grabe audio.

Unos segundos de silencio.

—Uy, no sé... —Asker oye que se rasca la barba—. Por supuesto que quiero ayudar a la policía. Pero, como ya te dije el otro día, me resulta un poco incómodo espiar a mis propios clientes de esta manera. Una cámara ya era cruzar un límite.

Asker reprime un suspiro. La resaca sigue golpeándole el lóbulo frontal desde dentro y no tiene tiempo para civiles testarudos.

—Necesito otra cámara en el local, a ser posible hoy —dice cortante—. Si tú no quieres ayudarme, me busco a otro. Es tan fácil como eso. Empresas de seguridad no faltan. Pero cuantos más implicados, mayor riesgo de que alguien se chive a tus clientes.

Se hace otro silencio.

—Vale. —Nygård suspira y luego añade—: Voy a ver qué tengo. Te llamo.

Asker coge el coche eléctrico hasta Malmö. Para un momento en unos grandes almacenes de construcción antes de continuar hasta el garaje de comisaría. En realidad va contra las normas aparcar allí el coche particular, pero es sábado y, además, a Asker ya la han dejado fuera una vez esta semana.

Tal y como había previsto, las plazas de su departamento están desiertas.

Cuelga la chaqueta en su despacho y se dirige a la puerta de Virgilsson. Tal como ya se esperaba, está cerrada con llave. Prueba a abrirla con su propia llave, pero no sirve. Pasa al plan B.

Llama a la centralita de vigilancia, le explica quién es y le dice que necesita entrar a buscar una cosa en el despacho de Virgilsson. Al cabo de unos minutos, un vigilante baja con una llave maestra.

Pero la puerta sigue sin dejarse abrir.

—Qué raro —dice él—. Debería ser esta.

—Prueba en mi puerta —propone ella.

La llave la abre sin problemas. Lo mismo ocurre con otras dos puertas.

Por tanto Virgilsson debe de haber cambiado la cerradura, lo cual tampoco la sorprende. El hombrecillo parece guardar sus secretos con mucho empeño.

Le da las gracias al vigilante y le manda retirarse.

Luego pasa al plan C, porque, obviamente, tiene uno.

Regresa a su despacho. Coge la regla larga y endeble de acero que ha comprado en los grandes almacenes de material de construcción y abre la ventana.

El patio interior está oscuro y en silencio cuando salta a él.

El despacho de Virgilsson es el que queda más alejado del suyo y Asker tiene que pasar a hurtadillas por delante de todas las demás ventanas del departamento para llegar.

Mete la regla de acero por la rendija de la ventana y echa un vistazo por encima del hombro.

Los despachos de las plantas superiores están todos a oscuras, a excepción de arriba del todo, en Delitos Violentos. Pero allí arriba seguro que están concentrados en otras cosas.

Mueve la regla de acero con cuidado de un lado a otro. La humedad y la suciedad han hecho encallarse la ventana y Asker tiene que hacer juego durante un rato hasta poder abrirla, pero no es mucho más difícil que abrir la puerta de un coche.

El despacho pretencioso de Virgilsson se le antoja aún más peculiar sin él dentro. La alfombra persa, el óleo de los barcos de vela. Encima de la estantería hay una escultura de bronce de un caballo en la que no se había fijado hasta ahora. La silla de oficina tiene un cobertor de bolitas de madera, como los que en otros tiempos se podían ver en los taxis.

Asker intenta tocar solo lo estrictamente necesario.

Abre el cajón del escritorio que había atraído la mirada de Virgilsson cuando ella mencionó las llaves de casa de Sandgren.

En el cajón hay una docena de separadores distintos, todos con llaves sueltas o manojos de llaves, meticulosamente marcadas con llaveros de colores de etiqueta.

En uno pone «Bengt S». Hay tres llaves en el manojo. Dos parecen de puerta principal, la tercera se parece mucho a la llave del despacho de Asker.

Un ruido la hace levantar la cabeza. Un golpe suave en el pasillo.

¿Hay alguien?

Se guarda el manojo de llaves y cierra el cajón del escritorio. Luego vuelve a salir rápidamente al patio interior y cierra la ventana tras de sí. Regresa agazapada siguiendo la pared en dirección a su despacho, pero tras recorrer unos metros, de repente se abre la ventana que tiene delante.

Asker se echa para atrás por acto reflejo.

Una cabeza asoma por la ventana. Gafas gruesas, pelo cano alborotado alrededor de una calva redonda. Es Enok Zafer.

—¿Qué coño estás haciendo, Asker? —pregunta.

Asker no tiene ninguna respuesta buena.

Él le tiende una mano.

—Entra, rápido, antes de que te vea nadie —dice él al mismo tiempo que mira preocupado hacia las ventanas superiores.

Ella le agarra la mano y deja que él la ayude a entrar.

—La gente ya cree que estamos locos aquí abajo —murmura Zafer mientras cierra la ventana y baja la persiana—. ¿Qué estabas haciendo en el despacho de Virgilsson?

Asker sopesa la opción de mentir, pero no merece la pena.

—Estaba buscando una llave.

—¿Qué? —Zafer ajusta el volumen del audífono que lleva por encima de la patilla de las gafas.

—Estaba buscando la llave de Bengt Sandgren —dice ella un poco más alto.

—¿Del despacho?

—No, esa ya la tengo. Me he quedado con el despacho de Bengt.

Zafer resopla irritado.

—Eso ya lo sé. La gente se cree que porque oigo mal, también estoy ciego. Me refería a su otro despacho.

—¿Otro despacho?

—Sí, el que hay al fondo. —Agita la mano señalando el pasillo—. Al lado del tuyo. Antes lo usaba yo como almacén, pero Bengt me dijo que lo necesitaba él. No porque sea mi jefe, yo trabajo directamente para...

—El director técnico —completa Asker.

—¡Exacto! —Zafer asiente satisfecho con la cabeza—. Tengo un informe importante que debo terminar para el lunes. Muy estresante. Tengo a la señora mosqueada porque he de venir a trabajar tanto el sábado como el domingo.

A Asker se le ocurre una idea para poder quitarse a Zafer de encima e inspeccionar el otro despacho.

—Si quieres, puedo hablar con el director técnico y pedirle que te dé más tiempo.

A Zafer se le estrechan los ojos.

—¿Por qué iba a aceptarlo?

—Puedo decirle que estás haciendo un trabajo importante para mí.

—¿Pinchar teléfonos? —Se le ilumina la cara.

—¿Sabes hacerlo? —pregunta ella.

—Por supuesto. —Zafer extiende una mano hacia un rincón en el que hay tres monitores de ordenador formando un semicírculo—. Hace tiempo de la última vez, pero lo único que necesito es un número.

—Bien —asiente Asker—. Diremos que me estás ayudando con una escucha telefónica y me encargo de que te den una prórroga para el informe, así puedes tener el fin de semana libre con la señora. Y una cosa más...

—¿Sí? —Zafer se inclina hacia delante con expectación.

—No le diremos nada a Virgilsson de que me he colado en su despacho por la ventana, ¿de acuerdo?

379

HILL

Hill sueña con La Granja. Alambre de espino, focos y verjas. Barracas, caravanas y cobertizos. A medio camino entre una cárcel y un campamento militar, una impresión que se ve reforzada por el circuito de obstáculos, el campo de tiro y todos los vehículos extraños. Y por el padre de Leo, cómo no.

Per Asker es flaco, al borde de parecer demacrado. Su rostro, casi siempre inexpresivo. La mirada, alerta, siempre juzgando, delatando.

Despiadada.

—¿Intentas quitarme a mi niña? —espeta.

La mirada de Per se clava en la suya. Sigue hasta alcanzar su cerebro.

—Resiliencia —le susurra una voz de mujer al oído—. No le muestres que tienes miedo.

Pero es difícil. Per Asker es el hombre más aterrador que ha conocido jamás. Cierra los ojos con fuerza, intenta recordar que solo es un sueño.

El teléfono lo despierta. Está vibrando iracundo sobre la mesilla de noche con el texto «Número desconocido» parpadeando en la pantalla.

—Martin Hill —dice somnoliento.

—Soy My. De la facultad de Arquitectura.

Hill se despierta de golpe.

—Hola, My.

—Quería darte las gracias por lo de ayer. Me fue muy bien poder hablar con alguien. —Se queda callada, y cuando vuelve a hablar ha bajado la voz un poquito más—. Pero también hay una cosa que tengo que contarte.

—¿Sí? —Hill ya lo presentía. Aprieta el teléfono contra la oreja para asegurarse de que no se le escapa nada.

My coge aire. De fondo se oye una voz de hombre malhumorada.

—Tengo que colgar —se apresura a decir ella—. Hablamos.

Antes de que Hill pueda decir nada, la llamada se corta.

ASKER

Asker está delante de la puerta del final del pasillo. AL-MACÉN, asegura el cartelito de fuera. Pero si lo que Zafer ha dicho es cierto, el cartel está equivocado.

Del bolsillo saca el manojo de llaves que ha robado del escritorio de Virgilsson, prueba con la que tiene pinta de llave de despacho. Encaja.

La salita en la que entra está completamente a oscuras y huele a cerrado.

Cierra la puerta al mismo tiempo que pulsa el interruptor. No puede evitar que se le corte la respiración.

La diferencia entre este despacho y el despacho desordenado original de Sandgren no podría ser mayor.

En una pared hay fotos espeluznantes de casas abandonadas y naves industriales desmanteladas. En la otra, un gran mapa de la maqueta ferroviaria que atrae la mirada de Asker. Sandgren ha hecho marcas en los sitios donde estaban ubicadas algunas de las figuritas. La de Julia fue hallada en una arboleda; la de Tor Nilsson, en un patio trasero. Ambos sitios están marcados con una cruz.

La ubicación del resto de las figuritas está marcada con círculos e interrogantes, probablemente porque nadie recuerda con exactitud dónde fueron hallados los ladrones de coches y el autostopista.

Examina el mapa, busca el sitio en el que estaban colocadas las figuras de Malik y Smilla, pero no encuentra ninguna conexión evidente entre las ubicaciones. Además, el *selfie* fue tomado y subido a las redes antes de que sus teléfonos se apagaran, en los alrededores de Gårdstånga, lo cual queda a decenas de kilómetros de las localidades que aparecen en la maqueta. Y la nave industrial donde Hill encontró una figura junto a la pintada de Tor Nilsson queda aún más lejos. Lo mismo con la cabaña de verano de los Collin en Ålsjunga.

Por ende, la ubicación en la maqueta no debería corresponder a sitios reales. La única conexión clara que puede encontrar es que todas las figuras han sido colocadas en zonas muy frontales de la maqueta, donde era mucho más probable que fueran descubiertas que si hubiesen sido colocadas más al interior o dentro de los bosques artificiales.

—Porque quería que las encontraran —murmura Asker entre dientes.

Continúa hasta la tercera pared. La mitad está cubierta de fotografías de pasaporte provistas de etiquetas con nombres. Asker da un paso al frente.

Reconoce a Kjell Lilja, Ulf Krook y su hijastro Finn Olofsson en las fotos. A Julia Collin y sus padres, también. Además, encuentra una foto policial de un hombre joven y rubio que representa al grafitero Tor Nilsson y que debió de ser tomada en alguna de las ocasiones que fue detenido por vandalismo.

Pero también hay fotos y nombres de otros tres jóvenes cuyo aspecto y nombre son nuevos para ella. Sandgren ha escrito «Autostopista» bajo una de ellas. «Ladrones» bajo las otras dos.

Asker sigue examinando el cuarto sin ventana.

En la cuarta pared hay una mesa plegable y una silla. En una mitad de la mesa hay dos pequeñas maquetas que hacen que se le acelere el pulso. Ya las había visto antes, en la galería de imágenes de Sandgren, pero no es lo mismo.

La primera es de una figurita de plástico que representa a un hombre joven y que está pintando la palabra *urbex* con espray en el lateral de una cisterna de aceite oxidada.

La otra es de una mujer joven con mochila roja que está corriendo. Detrás de ella hay una figura blanca sin rostro del mismo tipo que Asker encontró en el coche de Malik.

Asker coge la figura de Julia y la estudia de cerca.

A pesar de medir tan solo un par de centímetros, el pánico puede verse claramente en su lenguaje corporal y expresión de cara.

Tal y como le había dicho Lilja, debe de precisarse de una mano muy diestra y firme para poder alcanzar ese nivel de detalle, aparte de los materiales adecuados.

Vuelve a dejar la figura en su sitio.

En la otra mitad de la mesa hay una máquina de escribir electrónica y, junto a ella, un grueso expediente.

«el Reemplazador», pone en la portada de la carpeta. Por alguna razón, con minúscula inicial en el artículo en lugar de mayúscula.

Asker coge una silla plegable y se sienta. Luego abre el expediente y empieza a leer.

El informe de Sandgren es ejemplarmente conciso y va directo al grano. Un informe policial de la vieja escuela, sin términos valorativos, ni reservas u objeciones. A duras penas, ni pruebas técnicas.

Solo hechos e indicios que, al irse entrelazando unos con otros, acaban por conformar una cadena estable de acontecimientos.

Al mismo tiempo, el informe, junto con las propias observaciones que ha podido hacer Asker, es una suerte de cronología sobre la historia de Sandgren.

Todo empieza, justo como ella había sospechado, hace cuatro años, con la desaparición de Julia. Sandgren, un investigador de Homicidios con experiencia que, según la madre de Julia, en aquel momento ya estaba jodido, se abalanza sobre el caso. Se pone en contacto con el círculo de amistades de Julia y los miembros de su familia. Habla con el profesorado de su centro y con antiguos compañeros de clase, con los policías oficialmente responsables de la investigación. Efectúa un gran número de interrogatorios y memorandos que Asker ojea por encima.

Casi se puede percibir su obsesión entre líneas, pero, más o menos seis meses después de la desaparición de Julia, el trabajo se interrumpe de golpe.

Asker sabe por qué. Sandgren ha chocado de bruces contra la pared que le estaba esperando desde hacía rato. Coge la baja y, poco después, lo trasladan allí abajo, a la Unidad de Casos Perdidos.

El caso hace una larga pausa mientras Sandgren se pasa un año y medio sumido en vapores etílicos y una buena dosis de autodesprecio, se atreve a decir Asker.

Y de pronto aparece la figura de Julia en la maqueta de tren, dos años después de su desaparición. Sandgren vuelve a la vida y retoma el viejo caso. Descubre que no es la primera vez que aparecen figuras en la maqueta y trata de vincular también estas otras con más desapariciones denunciadas.

Asker sigue hojeando, llena de curiosidad.

Las primeras víctimas a las que Sandgren identifica son los dos jóvenes que catorce años atrás se fugaron de un centro de protección de menores de la provincia vecina de Blekinge.

Mediante una labor policial impresionante, Sandgren logra vincular a los dos jóvenes con un Volvo destartalado que fue robado la misma noche de la fuga. Uno de los prófugos estaba condenado, entre otras cosas por haberles prendido fuego a edificios abandonados en su lugar de origen. Según el personal del centro de protección de menores, a quien Sandgren había interrogado, entre el resto de los internos corría información de que los dos chicos habían hablado de largarse a Skåne para visitar algún tipo de caverna militar abandonada. «Una montaña guapa», según la describió alguien.

Sandgren ha sacado, igual que hizo en su momento Per el Paranoias, la conclusión acertada de que las cavernas y los búnkeres se esconden mejor bajo el Escudo Báltico, es decir, las partes norteñas de las tierras del interior de la provincia de Skåne.

Tras ponerse en contacto con la Agencia de Fortificaciones, y después de bastante brega para superar viejos sellos de confidencialidad de la Guerra Fría, Sandgren logró al fin acceder a los planos de tres instalaciones abandonadas, todas ellas ubicadas en los alrededores de Hässleholm.

Dichos planos aparecen al final del informe como anexos. En algunos de ellos, Sandgren ha anotado palabras clave, las ha marcado con un círculo o subrayado, pero no parece haber sacado en claro qué instalación era la que interesaba a los chavales.

Asker piensa que debería enseñarle los planos y las anotaciones a Martin Hill. Esto es justo lo suyo.

El autostopista parece tener un puzle de fondo parecido.

Liam Kuznicki, un hombre de veinticuatro años de Estocolmo, desaparecido desde hace ocho, lo cual encaja más o menos la época en la que su figura fue colocada en la maqueta.

Según la familia, Liam era muy inquieto, viajaba por toda Suecia a dedo y le interesaban los lugares especiales, fuera del círculo turístico convencional. También se confirma que a menudo llevaba cascos.

Lo último que se supo de él fue una conversación telefónica que hizo desde un tren entre Estocolmo y Copenhague, adonde él mismo confirmó que se dirigía.

Pero una de las paradas en el trayecto es Hässleholm, y en conjunto suman suficientes indicios para que Sandgren designe a Kuznicki como el autostopista.

Asker no encuentra fisuras aparentes en dicha teoría.

Continúa leyendo.

El año que sigue, Sandgren lo dedica a investigar a Ulf Krook y al resto de los socios del club de modelismo ferroviario.

Encuentra el extracto de los antecedentes penales de Ulf Krook y Finn Olofsson, que coincide con lo que le había contado el insistente compañero Jakob Tell. Algunos delitos menores sin violencia.

Pero el siguiente documento sí que le reserva sorpresas. La lengua y la presentación son tan diferentes que Asker tarda un momento en entender qué es lo que está mirando.

Un informe de la policía de Helsingör, fechado de hace seis años.

Echa un vistazo por las páginas del documento.

Según el informe, Finn Olofsson habría sido detenido en las afueras de Helsingör. La denunciante es una prostituta de Rumanía, quien asegura que Olofsson la habría recogido con su camión en las afueras de Copenhague y luego la habría mantenido cautiva durante cuarenta y ocho horas en el camarote de la cabina, aunque sin abusar de ella.

Olofsson niega los hechos y alega que había transportado a la mujer por voluntad de esta. Por lo demás, es un hombre de muy pocas palabras.

Después de dos días en el calabozo, Finn Olofsson es puesto en libertad y un año más tarde, cuando llega el momento de celebrar el juicio, la denunciante ha desaparecido. La policía de Helsingör sospecha que la mujer habría regresado a Rumanía. Por mera obligación, se hace un intento frustrado de ponerse en contacto con ella, tras lo cual el caso queda archivado.

Hablar con la policía danesa es una jugada inteligente. Algo que ella misma podría haber pensado. Sandgren no parece en absoluto ser un estropicio desastroso, como muchos consideran. Todo este cuarto es la viva prueba de ello.

Asker sigue hojeando.

Tras el descubrimiento de la policía de Helsingör, Sandgren fue a casa de Finn Olofsson para interrogarlo sobre el asunto.

Pero este se puso de culo.

«Me mandó a la mierda», ha explicitado Sandgren en su memorando.

A nivel cronológico, todo cuadra con lo que Ulf Krook le contó de Sandgren; pero según la versión de Ulf, fue él quien le pidió a Sandgren que se fuera al carajo, no Finn.

«Al cabo de un rato me cansé y le pedí que se fuera a tomar por saco. Le expliqué que si seguía paseándose por la zona y metiendo las narices, la cosa podría acabar mal.»

Eso había dicho, literalmente.

A lo mejor los dos estaban mosqueados con Sandgren, o bien Ulf quería hacerse el chulo delante de ella. La tercera posible explicación es que estuviera intentando mantener a su hijastro al margen.

Protegerlo.

Asker sigue pasando las páginas. Se da otro alto breve en la investigación de Sandgren, pero luego Ulf es apartado como presidente y sustituido por Kjell Lilja y, poco después, el invierno pasado, aparece una nueva figura en la maqueta. Esta vez se trata del grafitero Tor Nilsson, quien además resulta tener un vínculo personal con Martin Hill, con quien Sandgren se pone en contacto de nuevo para informarse un poco más del mundo de la exploración urbana.

De hecho, la transcripción de la conversación con Hill es el último documento en el informe. Al día siguiente de haber hablado, Sandgren sufre un ataque al corazón, cae por la escalera de su casa y su investigación se detiene en seco. Más de una semana más tarde desaparecen Malik y Smilla.

Asker se reclina en la silla, entrelaza los dedos detrás de la nuca mientras contempla el cuadro de la pared.

Es decir, Sandgren ha identificado a cinco víctimas, ella ha contribuido con dos más.

Un total de siete personas desaparecidas, de las cuales por lo menos una —Malik Mansur— está muerta.

Con toda probabilidad no es el único.

Eso implicaría a su vez que Sandgren estuvo dando caza a un asesino en serie.

A uno extremadamente especial, que no puede dejar de mostrar lo que ha hecho.

De representar su horrible relato en miniatura en la maqueta ferroviaria, por lo demás perfecta.

Una serpiente en el paraíso.

O un monstruo, para citar a Ulf Krook.

Asker mira las fotografías de Ulf y su hijastro, que están arriba del todo.

Sandgren ha tenido claros sus principales sospechosos.

De no haber sido por el infarto, quizá el caso ya estaría resuelto, incluso.

Y Malik y Smilla se habrían salvado.

Tal vez no haya sido más que una desafortunada casualidad que sufriera el ataque al corazón justo en ese momento. Pero todos los policías detestan la casualidad, lo cual abre la posibilidad de una nueva explicación.

Vuelve a recordar lo que Ulf le había dicho a Sandgren.

«... si seguía paseándose por la zona y metiendo las narices, la cosa podría acabar mal.»

¿Sandgren se acercó demasiado?

¿Se sentía amenazado y por eso dormía en el despacho?

¿Su ataque al corazón puede haber sido algo totalmente distinto?

Solo hay una manera de descubrirlo. Llevar a cabo la tarea que ya se había propuesto.

Ir a la casa de Sandgren.

SMILLA

Smilla puede oír el tintineo de la bandeja del desayuno. Percibir el olor a tostadas y café. En cuestión de segundos, su madre llamará a su puerta.

«Buenos días, cielo», dirá al mismo tiempo que deja la bandeja delante de ella en la cama. Los rayos del sol entrarán por la ventana y la calentarán, allí sentada.

A salvo.

Todo eso pasará en cuestión de segundos.

Siempre y cuando pueda evitar despertarse.

Pero le pasa lo que siempre ocurre con los sueños. En el preciso instante en que comprendes que es un sueño, cuando intentas estirarlo un poco más, el sueño empieza a diluirse.

Se despierta con color de cabeza. Le escuecen la nariz y la boca, tiene una náusea pendiendo de un hilo en la garganta.

Pero lo peor de todo es la oscuridad.

La misma oscuridad compacta de antes.

La misma cama, almohada y manta.

Vuelve a estar en su celda.

¿Acaso ha llegado a salir de ella, o la fuga no ha sido más que otro sueño?

¿Hay algo que sea real?

Las lágrimas empiezan a correr y Smilla llora desconsolada. Se abraza las rodillas y rueda de un lado a otro en la cama. De un lado a otro, hasta que ya no le quedan fuerzas para llorar.

Ha perdido toda esperanza.

—¡Smilla! —oye susurrar una voz—. Smilla, ¿estás ahí?

Ella no responde. Quizá Julia también solo sea parte del sueño.

Un fantasma fruto de su imaginación.

La voz de Julia es más intensa que la última vez. Suena menos cansada y desesperada.

—¡Smilla, contéstame!

Smilla se incorpora en el borde de la cama, pero sus piernas no aguantan del todo.

—Estoy aquí —dice hablando a la celda. Ya no se molesta en bajar la voz.

—Ay, qué bien. —Julia suspira—. He oído gritos. Alguien que corría. ¿Sabes qué ha pasado?

—He intentado huir —responde Smilla—. He estado a punto de conseguirlo, pero... —Su cabeza se le despeja un poco, va pintando más detalles—. Alguien me ha tirado al suelo.

Los recuerdos le vuelven poco a poco. Una voz desagradable siseando.

«¡Sujétala!»

Sujétala.

Como una exhortación, una orden.

—Eran dos personas —dice despacio—. El Reemplazador no está solo.

HILL

Hill se ha quedado un buen rato en la cama tras la conversación telefónica con My, luego ha desayunado y ha intentado pensar en otra cosa a base de leer la prensa del sábado. Ha estado a punto de llamar a Leo varias veces. Pero siempre se ha quedado con el pulgar colgando sobre el icono de llamada.

Así que dedica un tiempo exagerado a elaborar un mensaje de texto. Empieza con: «Gracias por ayer, fue divertido reencontrarnos», pero luego se atasca.

Busca algún emoji apropiado, sin encontrarlo. Un símbolo que diga: «Llevo enamorado de ti desde los catorce y fue maravilloso verte».

No lo hay, naturalmente.

Por un breve instante, ayer por la tarde, cuando le acarició la cicatriz, tuvo la sensación de que el vínculo que los unía se había restaurado. Como si volvieran a ser Martin y Leo otra vez, y no las personas adultas y cordiales que habían fingido ser.

Luego ella lo interrumpió todo. Se retiró.

Martin tiene muchísimas ganas de volver a hablar con ella, pero tiene la intuición de que los mensajes de texto inoportunos no son el camino correcto.

Quizá haya otra vía.

También tiene la intuición de que My sabe más de MM. Que la conversación críptica de hace un momento trataba de eso. A lo mejor podría conseguir sacarle más detalles. Encontrar algo que pueda hacer avanzar la investigación de Leo. Demostrarle que él puede ser de ayuda.

Una idea sugerente.

Se viste, hace la cama y sube la persiana del dormitorio. Se queda con la cinta en la mano. Se avecina una tormenta de otoño. El cielo es gris plomizo, los árboles del parque de Lundagård agitan las coronas por efecto del viento.

En el tejado de enfrente hay un ave rapaz. Ha cazado una paloma que aún está viva. El pájaro aletea desesperadamente con un ala para liberarse de la llave mortal. Pero por cada movimiento que hace, las fuertes garras de la rapaz se hunden más en el pecho de la paloma, tiñendo sus plumas de rojo cobrizo y haciéndolas brillar.

Los movimientos de la paloma se vuelven cada vez más débiles, hasta que terminan por cesar del todo.

El ave rapaz la picotea un par de veces como para confirmar que está muerta. Luego gira la cabeza y se queda mirando fijamente a Hill.

Una señal, habría constatado su Nana con total rotundidad.

Los pájaros eran importantes en las antiguas religiones. Y la sangre.

Un mal augurio, habría dicho.

O quizá más aún: una advertencia.

Martin ya ha tenido antes esta sensación. Una tarde de diciembre de hace muchos años.

La sensación de que algo terrible está a punto de ocurrir.

A Hill se le escurre la cinta de los dedos y la persiana cae con un estruendo.

Cuando la vuelve a subir, los pájaros ya no están.

DIECISÉIS AÑOS ANTES

Ya están a comienzos de diciembre y la oscuridad invernal lo recubre todo.

Están delante del colegio y, aunque no sean ni las cuatro de la tarde, las farolas ya están encendidas.

—¿Mudaros? —dice ella—. ¿Adónde?

—A Umeå.

—¿Cuándo?

—Después de Navidad.

Intenta hacer que suene como si en realidad no fuera nada del otro mundo. Ha estado posponiendo este momento todo lo que ha podido. Pero ahora no le queda otra. Tiene que explicárselo.

—A mis padres les han ofrecido coger un restaurante allí arriba. El contrato del pub está a punto de caducar, y piensan que ha llegado el momento de hacer un cambio.

—Ya...

Ella pone esa cara que él conoce tan bien. Junta los labios para que la boca no delate sus sentimientos.

Él intenta pensar en algo que decir.

Algo que le explique a ella que este año y medio que ha pasado desde aquella vez que él le prestó un destornillador ha sido el mejor año y medio de su vida.

Que su amistad es lo más importante para él.

Que ella es lo más importante para él.

Sin embargo Martin tiene quince años, y aunque normalmente se le dé bien hablar, ahora las palabras lo traicionan.

O quizá sea el valor.

—Pero íbamos a empezar bachillerato juntos —dice ella—. *Irnos de aquí.*

Suena más a una constatación que a un desengaño.

Él sabe por qué.

Sabe que, en el mundo de Per el Paranoias, el desengaño y la decepción siempre están al acecho, a la vuelta de la esquina. Que, por esa razón, Leo ya se ha preparado de alguna forma para esto.

Se lo esperaba.

De alguna manera hace que todo sea peor de lo que ya es.

Que ella supusiera que él iba a traicionarla. Y que haya estado en lo cierto.

—Pero estaremos en contacto, claro —dice él con forzada alegría—. *Te escribiré cartas y tal. A lo mejor, dentro de poco te deja tener móvil. Entonces podremos hablar cada día.*

—A lo mejor —dice ella esquiva.

Se toquetea distraída una costra que tiene en el codo. Por unos segundos parece tan frágil y vulnerable que él solo quiere rodearla con los brazos.

Hasta que comprende que Leo solo le está evitando la mirada. Recuerda que lleva varias semanas sin hablar de su padre, lo cual no es habitual. Ni una buena señal.

Es justo en ese momento cuando cae en la cuenta y lo entiende.

Al menos eso es lo que se dirá a sí mismo a posteriori.

De lo que se convencerá a medida que pasen los años.

El convencimiento de que el Paranoias nunca la dejará marchar.

Y de que él debería haberla advertido.

Que debería haber hecho algo para ayudarla.

Cualquier cosa, algo que quizá pudiese haber evitado lo que ocurrió más tarde.

Pero no lo hace.

Y es algo que siempre lo ha atormentado.

ASKER

La casa de Sandgren se encuentra ubicada en uno de los pueblos que rodean la ciudad. No en las áreas acaudaladas del sur ni del norte, donde los millonarios informáticos, la gente de finanzas y los deportistas retirados han disparado el precio de la vivienda con sus casoplones, sino hacia el interior, donde las urbanizaciones son más modestas.

Fachadas de fibrocemento, piscinas elevadas, chapa corrugada.

Chopos desmadejados y setos de cedros lúgubres para proteger del viento.

La casa es bastante pequeña, probablemente de la década de los años cincuenta, y tiene dos plantas. Seguro que en su día fue bonita, pero las marcas de la edad se ven con claridad. Los ladrillos asoman en algunos sitios donde el revoco se ha desprendido, los canalones están combados y la pintura de las ventanas se está descascarillando. En la fachada hay una mancha donde años atrás debió de haber un número de calle.

Asker aparca delante. La casa tiene algo que le resulta familiar, pero no logra identificar el qué.

Se baja, sube el caminito de acceso. Las malas hierbas

asoman entre las baldosas del jardín, el trébol y el musgo le han ganado la batalla al césped.

Un viejo reloj de sol oxidado refuerza la impresión de que hace años que el tiempo ha dejado atrás este lugar. En el olmo medio muerto de la parte trasera hay una bandada de grajos que la miran con suspicacia. Agitan las alas a modo de advertencia, igual que habían hecho sus primas en el patio de Madame Rind.

La puerta de la casa tiene dos cerraduras. Más arriba hay una placa de una compañía de alarmas. Tanto la placa como la cerradura superior parecen nuevas.

El cerrojo está echado, así que alguien ha tenido que ir a cerrar la casa después de que la ambulancia se llevara a Sandgren. Probablemente, Virgilsson.

Asker no logra entender que ese hombrecillo le haya mentido con lo de la llave de repuesto y, además, le haya ocultado que Bengt Sandgren tenía un despacho extra al final del pasillo. ¿Acaso estaba intentando protegerlo?

¿O es tan simple como que Virgilsson no hace nada a menos que pueda sacar un provecho personal de ello?

Se queda de pie en los escalones del porche mientras piensa en la alarma.

La mayoría de las alarmas para vivienda tienen un código de cuatro cifras. En términos matemáticos, eso son diez mil variantes diferentes. Aun así, el código más habitual es 1234, seguido de 1111 y 000, seguido de otras combinaciones dobles, como 1122, o patrones de teclado, como 2580.

El Paranoias es quien le ha enseñado todo esto. El tema de las cifras estaba incluido en sus lecciones sobre lo predecibles que son las personas. Tenía exactamente ocho aproximaciones para ese tema, lo cual, por irónico que resulte, le hacía igual de predecible que las personas a las que tanto detestaba.

Asker reparó en ello poco después de que Martin lo llamara Per el Paranoias por primera vez.

Como si ese mote ridículo pusiera algo en marcha en su cabeza.

Asker deja de pensar en ello y vuelve al código de la alarma.

Es nueva, Sandgren vive solo y se preocupa por su seguridad. Por tanto, no elige un código predecible. El código que escoge es personal, uno que le va bien a él.

Entonces, lo más probable es que haya elegido una alternativa de tres posibles:

Su propia fecha de nacimiento, lo cual también le parece demasiado fácil e inseguro.

Las últimas cuatro cifras de su número de identidad, que, sin duda, son un poco más difíciles pero que alguien de fuera podría saber sin problema.

Su número de placa, lo cual habría sido la apuesta principal de Asker en casa de cualquier otro agente de policía. Pero está bastante convencida de que Sandgren ha ido un paso más allá. El caso de Julia es prácticamente lo único que lo mantiene vivo. Una obsesión de la que no consigue librarse.

Razón por la que existe una combinación de cifras que es más probable que todas las demás.

Asker abre las dos cerraduras con las llaves del manojo. El aviso de la alarma empieza a pitar en cuanto abre la puerta.

Treinta segundos, quizá cuarenta, antes de que salte la

alarma definitiva y la empresa de seguridad mande volando a una unidad.

El teclado está colocado en la pared de la derecha y parece muy nuevo.

Asker introduce cuatro cifras.

1402. Catorce de febrero, el cumpleaños de Julia Collin.

El pitido cesa de golpe.

Asker pasea la mirada por el recibidor.

A los pies de la escalera que sube al primer piso hay unos envoltorios de plástico vacíos dejados por el personal sanitario tras su intervención de urgencia. Pasa por encima y se adentra en la casa.

Se nota que hace días que nadie la ventila, huele a humo viejo de tabaco. Salón, cuarto de baño, pasillo y cocina en la planta baja. A pesar del aire cargado, todo parece limpio y ordenado, a excepción de una taza de café a medias en la encimera de la cocina.

Asker sube despacio la escalera. Está cubierta de moqueta que absorbe el sonido de sus pisadas. Arriba hay una salita de televisión, un dormitorio y otro baño. Justo al final de la escalera hay una butaca volcada.

Asker se detiene junto a ella, mira hacia abajo, a los restos dejados por el personal de la ambulancia.

El escenario no es difícil de imaginar.

Sandgren sufre un ataque cardiaco allí arriba.

Intenta apoyarse en la butaca, la vuelca y pierde el equilibrio. Se cae por la escalera.

De no ser por el vecino que se pasó por su casa, seguramente a Sandgren se le habría terminado la partida.

Asker continúa, se mete en el dormitorio. La cama está

hecha. En el armario hay algunas camisas de manga corta colgadas, un par de cardiganes y un traje anticuado.

En la cómoda hay una foto de Sandgren de joven y otro hombre, ambos en uniforme de la ONU. Al lado, la foto de graduación de Julia Collin. Asker intuye que el hombre que está junto a Sandgren en la otra foto es el padre fallecido de Julia.

En la mesilla de noche encuentra una batería de tarros de medicamentos. Según las etiquetas, Sandgren se ha estado medicando contra la hipertensión, el hígado graso y el colesterol alto y la angina de pecho.

El ataque al corazón no vino por sorpresa. Ni tampoco el hecho de que Sandgren siga en coma. Más bien es un milagro que no haya muerto todavía.

Asker vuelve a la salita de la tele y se detiene de nuevo junto a la butaca volcada.

El escenario de la caída se ve perfectamente razonable.

Al mismo tiempo, ella sabe que Sandgren dormía al menos algunas noches en el despacho y, tal como ya ha constatado, la cerradura y alarma nuevas sugieren que había empezado a preocuparse por su seguridad.

Y luego está la taza esa de café a medio terminar en la cocina. Ahora ya ha tenido un buen rato para pensar en ella.

Está medio llena, colocada en mitad de la encimera, como si Sandgren, por alguna razón, la hubiese dejado allí un momento. Si ya no pensaba beber más, ¿no debería haber vaciado la taza en el fregadero, que estaba allí al lado?

¿Puede ser que se encontrara mal?, ¿que subiera al dormitorio para tomarse la medicación? Es plausible.

O bien hubo otra cosa que captó su atención.

Asker observa la butaca. Parece pesada. Las cuatro marcas profundas en la alfombra un poco más allá lo confirman.

Pero hay algo justo en esas marcas que no cuadra.

Asker mide la distancia con pasos. Lo hace dos veces para asegurarse.

La conclusión a la que llega es la misma. La distancia entre las hendiduras en la alfombra y la butaca volcada es demasiado grande.

La butaca no podría haber acabado donde está ahora si Sandgren se hubiese tambaleado, se hubiese apoyado en el respaldo y la hubiese volcado sin querer.

Por tanto, alguien ha cambiado la butaca de sitio. La ha colocado de tal manera que parezca que Sandgren hubiese perdido el equilibrio y caído por la escalera.

Alguien ha montado una pequeña escena, igual que con la maqueta ferroviaria.

O el coche de Malik.

Asker se pone de cuclillas e inspecciona la butaca. Mete la mano en la ranura entre el almohadón y el respaldo. Allí dentro hay algo, igual que en el coche.

Antes de sacar la mano ya sabe de qué objeto se trata.

Una horripilante figurita de plástico sin rasgos faciales.

Estaba en lo cierto. El autor de los hechos ha estado allí, en casa de Sandgren. Lo ha empujado por la escalera y lo ha dejado allí pensándose que estaba muerto. O al menos, moribundo.

Coge la figura y baja lentamente de nuevo al recibidor.

Seguro que la caída es suficiente para causarle un infarto a alguien tan enfermo como Sandgren. O el shock de verse cara a cara con un intruso en su propio hogar. Un intruso de quien sospecha es un asesino en serie.

Asker sostiene la figurita de plástico en alto y la contempla. Es exactamente igual que la que encontró en el coche de Malik y que la que Sandgren había encontrado en la maqueta. Un hombre sin rostro, con los brazos extendidos hacia delante, como si tratara de atrapar algo.

El Reemplazador. Así es como Sandgren ha bautizado el caso. Alguien que cambia una cosa por otra. ¿Es a lo que responden las figuras?

No es una tarjeta de visita, sino parte de un intercambio.

De repente los grajos en el jardín alzan el vuelo entre escandalosos graznidos de advertencia, provocándole a Asker un escalofrío de lo más familiar que le sube por la nuca.

Algo o alguien se ha acercado demasiado. Ha hecho que los pájaros echen a volar.

Asker se da la vuelta, atisba un movimiento al otro lado del cristal translúcido de la ventana del recibidor.

Se abalanza sobre la puerta, se pelea unos segundos de más con la cerradura. Luego baja corriendo los escalones del porche con la mano apoyada en su arma de servicio y continúa hasta la calle. Está desierta, pero no muy lejos de allí oye el ruido de un potente motor que arranca con un rugido. Corre en esa dirección, dobla una esquina que da a una avenida más grande, solo para poder verle el culo a una furgoneta oscura que desaparece a toda velocidad.

Ella tiene el coche demasiado lejos para que merezca la pena intentar darle caza.

—¡Mierda! —Escupe enrabiada en la cuneta.

La persona de la furgoneta la ha estado vigilando otra vez. ¿Cuánto tiempo? ¿Y por qué ella no se ha dado cuenta de que la estaban siguiendo?

Regresa despacio hasta la casa de Sandgren. Los grajos van dando tumbos por el aire, esperando el momento oportuno para volver a su árbol.

Asker los sigue unos segundos con la mirada, luego la posa de nuevo sobre la casita de Sandgren.

Y cuando ve el edificio desde ese ángulo, de pronto recuerda perfectamente dónde la ha visto antes.

EL REY DE LA MONTAÑA

Él sigue sus movimientos. Sabe que ya está cerca. Más cerca de él de lo que ha estado nunca nadie, más incluso que el viejo policía cansado.

Ella ha estado dentro de la casa, ha entendido lo que ha pasado, ha visto lo que él ha dejado a su paso. Quizá incluso haya entendido que él se ha llevado algo y ha dejado algo a cambio, como siempre hace.

Sandgren lo entendió al final.

Entendió quién era.

Un monstruo.

Dentro de muy poco se verá obligado a enseñarle al mundo qué es lo que ha hecho.

Ella lo sabe.

Lo está esperando con sus ojos mágicos.

Está esperando su siguiente jugada.

Nunca se había sentido tan vivo.

ASKER

«Sexta planta», informa la voz del ascensor, casi vacilando.

Asker lleva desde el martes pasado sin poner un pie en Delitos Violentos. Pero la sensación es de que hace mucho más tiempo.

Como si estos días ya hubiesen conseguido transformar su puesto de trabajo.

Aunque sea fin de semana, parece que allí todo el mundo está trabajando a todo trapo. Hay gente por todas partes, caras tanto conocidas como desconocidas.

Asker se dirige al despacho de Rodic con la carpeta del informe de Sandgren bajo el brazo. Camina con la cabeza erguida, evita cruzarse con cualquiera de las miradas antipáticas que se le dirigen.

Ve de reojo que la plaquita con su nombre está tapada con celo y que hay una persona nueva sentada en su despacho.

El rumor de que Asker está allí parece correr rápido, porque Eskil la intercepta cuando le faltan apenas dos metros para llegar a la puerta de Rodic.

—¿Te has perdido? —dice con una sonrisa burlona—. Aquí arriba solo hay inspectores de Homicidios.

A esta distancia tan corta, la mezcla de olores de su crema hidratante y su loción de afeitado es casi vomitiva.

—Tengo una reunión con Rodic —contesta Asker con aspereza.

—¿Sobre qué? —Eskil señala con la barbilla la carpeta que lleva bajo el brazo.

—Sobre un caso de asesinato que, por lo que parece, está a punto de salirse de madre porque la panda que trabaja en él son un puñado de memos.

A Eskil se le nubla la cara bajo el falso bronceado. Junta los labios en una raya tensa.

La puerta que tiene detrás se abre.

—Entra, Leo —dice Rodic.

Eskil le lanza a Asker una mirada rabiosa y se aleja por el pasillo. Lo más seguro es que vaya directo a su maestro para pasarle nota.

Rodic cierra la puerta del despacho y despliega las lamas de las persianas para que nadie pueda verlas desde el pasillo.

—¿Y bien? ¿De qué querías hablar que es tan urgente? —pregunta después de que hayan tomado asiento—. Por teléfono sonabas muy críptica.

—El caso Holst —explica Asker—. No es un secuestro normal y corriente, sino algo completamente distinto.

Le entrega el informe. Rodic enarca las cejas, lo abre despacio.

—Continúa.

Asker ha empleado el viaje de vuelta en coche desde la casa de Sandgren para planificar qué va a decir y de qué manera.

—Todo empezó cuando recibí una llamada de un club de modelismo ferroviario.

Resume a ritmo acelerado cómo se encontró con las figuras que representaban a Malik y Smilla y cómo eso la condujo hasta la investigación secreta de Sandgren, la reunión con Lilja, Krook y el hijastro de este, Finn Olofsson. Incluso revela que sabe que han hallado una figurita blanca en el coche de Malik, y explica por qué ha sido colocada allí.

Al final le acerca su teléfono móvil y le muestra la foto que sacó a través de la ventana del sótano del taller de Ulf Krook.

—¿Ves la maqueta de la casa que hay en la mesa? —le pregunta.

Rodic se inclina hacia delante. Asker busca otra foto que ha sacado hace un rato en la calle de Sandgren.

—La maqueta es una copia de la casa de Bengt Sandgren. El autor de los hechos estuvo allí, probablemente empujó a Sandgren por la escalera porque le había encontrado la pista. Está planeando colocar la casita en algún momento en la maqueta de tren para enseñar lo que ha hecho. Así es como funciona.

Rodic hojea la carpeta.

—¿Y cuál propones que sea el siguiente paso? —pregunta con voz neutra.

—Registro domiciliario en el palacete de Ulf Krook —dice Asker—. No cabe duda de que las figuras se han diseñado en su taller. Existe la posibilidad de que encontremos a Smilla dentro de la casa, o al menos algo que nos lleve hasta ella.

Rodic se la queda mirando en silencio. Tamborilea pensativa con los dedos en la mesa.

Asker lo ha hecho lo mejor que ha podido, ha expuesto todo lo que sabe. Por un momento intenta creer que es más que suficiente. Pero hay algo en el rato que Rodic se pasa tamborileando que le sugiere lo contrario.

—Te voy a hacer un último favor, Leo —dice Rodic, al mismo tiempo que cierra la carpeta con el informe de Sandgren—. Y es hacer como si esta conversación nunca hubiese tenido lugar. Haremos como que jamás me has contado que has llevado a cabo una investigación paralela, que has hurgado sin permiso en el material de pruebas en un caso en el que ya no trabajas, ni que has cogido el relevo de las alucinaciones de un compañero alcohólico.

Da un par de toquecitos sobre la carpeta.

—A cambio... —Rodic alza la mano para frenar las protestas de Asker—. A cambio, Leo, tú cogerás el ascensor, bajarás al Departamento de Recursos y te pasarás unos meses allí tranquilamente. El director general de la Policía no te ha olvidado y se abrirán nuevas posibilidades, siempre y cuando pases desapercibida y no te cruces de ninguna manera en el camino de Jonas Hellman. ¿Entendido?

Asker observa a Rodic. Es consciente de que la teoría que tienen Sandgren y ella es rebuscada, pero hay pruebas, o como mínimo fuertes indicios, conexiones. Cosas que no se pueden ningunear. A menos que se tenga una pista mejor, claro. Una que encaje con la teoría sobre la que ya se está trabajando.

—Alguien se ha puesto en contacto —resume sus pensamientos—. Alguien ha pedido dinero.

Rodic no dice nada.

—¿Cuándo?

Rodic guarda silencio unos segundos más.

—Esta mañana —dice luego—. Un lápiz USB con un mensaje en vídeo entregado a *Sydsvenskan*.

—¿Puedo verlo?

Rodic niega con la cabeza.

—Por supuesto que no, Leo. Pero si te relajas un poco, te puedo decir que nos estamos acercando. Los mejores informáticos del NOA están rastreando el código fuente.

Le devuelve la carpeta con el informe deslizándolo por la mesa con una sonrisa compasiva.

—Lo dicho. Baja en ascensor, espera sentada y procura que te guste la situación. ¿De acuerdo?

Pero Asker no está del todo dispuesta a rendirse todavía.

—Por lo menos podrías contarme de qué murió Malik Mansur.

La pregunta es un tiro a ciegas. Asker ni siquiera sabe si han terminado de hacerle la autopsia. Pero su exjefa siente pena por ella y Asker piensa aprovecharlo para irse de allí con una pizquita más de información.

Rodic la mira. Parece regatear consigo misma.

—Paro cardiaco repentino —dice—. Por lo visto, incluso la gente joven puede sufrirlo ante el estrés extremo. Mansur no está tachado de la lista de sospechosos. Sus cómplices podrían haberlo entregado para despistarnos.

Asker no se puede aguantar.

—¡Gilipolleces! ¿Esa es la teoría sobre la que está trabajando Hellman? En ese caso, lo lleváis claro. Y Smilla Holst también...

Rodic vuelve a alzar una mano para pararle los pies.

Con la otra, empuja la carpeta con el informe unos pocos centímetros más hacia el canto de la mesa.

—Tenemos la situación bajo control. Ahora, vete a casa y ábrete una botella de vino, Leo. Y olvida todo lo que tenga que ver con el caso Holst y Jonas Hellman.

ASKER

A Asker le hierve la sangre. Antes de la reunión se había dado más o menos un cuarenta por ciento de probabilidades de que conseguiría convencer a Rodic de su teoría. El mensaje de extorsión las ha reducido a cero. Hellman tiene una nueva pista, una que encaja perfectamente con su teoría inicial, por lo que cualquier cosa que les presente carece del más mínimo interés.

Aun así, la reunión no ha sido tiempo perdido, se dice a modo de consuelo. Se ha llevado un par de piezas del puzle. La causa de la muerte de Malik y la noticia del vídeo con el mensaje de extorsión que Rodic no le quiere dejar ver.

En cuanto cierra la puerta de su despacho, Asker busca el teléfono de Rosita.

La mujer responde al segundo tono. Suena nerviosa, para variar.

—¿Hola?

—Soy Leo Asker. Necesito tu ayuda para un asunto. ¿Verdad que conoces a alguien en *Sydsvenskan*?

—Sí...

—Han recibido un vídeo relacionado con el caso Holst. Necesito una copia. A cambio, creo que puedo aportar

415

algo de información extraoficial. Podrás hacer de interme-
diaria.

Se hace un momento de silencio en la línea.

—Te volverás más popular para el periodista —añade
Asker.

Otro par de segundos de silencio.

—Veré qué puedo hacer —responde luego Rosita, con
voz un poco más segura—. Te llamo en un momento.

—¡Gracias! —dice.

En cuanto cuelga le llega un mensaje de texto.

La cámara nueva ya está colocada.

Asker abre la aplicación de vigilancia. La nueva cámara
está ubicada en uno de los lados cortos de la sala. Junto
con la otra cámara, ahora tiene vistas de por lo menos dos
tercios de la maqueta.

La sala está a oscuras casi por completo; de nuevo, lo
único que hace que se pueda ver algo es el resplandor del
cartel de SALIDA DE EMERGENCIA.

Asker configura un momento los ajustes, sube el volumen del micrófono de la cámara nueva al máximo. Justo
acaba de conseguir que perciba un leve zumbido eléctrico
que intuye proviene de uno o varios transformadores,
cuando la imagen desaparece. El audio sigue funcionando,
pero la pantalla se ha quedado negra. A lo mejor Asker ha
tocado algo en la configuración. Abre la imagen de la primera cámara. Esa sigue funcionando como debe.

Prueba de reiniciar la aplicación, pero la imagen de la
cámara nueva sigue en negro. Maldice por dentro, se plantea llamar a Nygård directamente; sin embargo, ya ha pre-

sionado demasiado al pobre, así que a lo mejor es más acertado que espere unas horas, a ver si la cámara vuelve a recuperar la imagen.

El teléfono vibra. Un mensaje de Rosita.

En el mensaje hay un enlace a una carpeta de Dropbox anónima con un único archivo de vídeo. Asker pincha el enlace y el reproductor se pone en marcha.

El vídeo es muy dramático.

Dos personas con pasamontañas en sendas sillas. Detrás, una tela negra. Sus voces están distorsionadas, suenan como sacadas de una película de terror.

«Este es un mensaje para Jonas Hellman —dice uno—. Tenemos a Smilla Holst. Diez millones en bitcoins y la soltaremos ilesa.»

«Y no intentes rastrearnos, Jonas —dice el otro—. Somos demasiado listos para ti. Ahora, sé un buen poli y limítate a hacer lo que te decimos, y todo se arreglará. Los detalles del pago están en el USB. Tenéis cuarenta y ocho horas.»

El vídeo se corta.

Asker lo mira dos veces. Amplía los rostros que están ocultos por la tela oscura, intenta analizar sus movimientos.

Son dos chicos jóvenes, constata, de unos veinticinco años. Cuando aparecieron las primeras figuras en la maqueta ferroviaria no eran más que preadolescentes.

Además, a pesar de sus voces distorsionadas, se puede oír que ambos hablan con acento del distrito de Rosengård de Malmö, no de Göinge, como deberían hacer si tuvieran alguna conexión con la maqueta.

Si Smilla sigue viva, ya lleva desaparecida más de una semana.

417

Mantener a alguien cautiva tanto tiempo requiere planificación y resistencia. Aparte de acceso a un lugar alejado de las miradas y los oídos curiosos.

Es decir, un grado bastante elevado de profesionalidad, cosa que en este vídeo brilla por su ausencia.

Lo mira por cuarta vez para asegurarse del todo, pero su conclusión es la misma. Estos dos payasos no tienen nada que ver con la maqueta de tren, las figuras ni las desapariciones; por tanto, tampoco con el secuestro de Smilla Holst. Es todo un farol. Una broma de mal gusto o unos imbéciles que están intentando sacar dinero.

¿Debería contárselo a Rodic? En absoluto.

Rodic ha elegido apostar por la pista de Jonas Hellman.

Ahora mismo, Asker no puede hacer otra cosa que esperar. Si está en lo cierto, el autor de los hechos, el secuestrador, el Reemplazador o como demonios lo tenga que llamar, colocará la casita de Sandgren en la maqueta. Probablemente, dentro de poco.

Y, cuando lo haga, ella estará preparada.

Piensa en lo que Rodic le ha contado sobre la causa de la muerte de Malik.

Paro cardiaco repentino, ha dicho, y, según Google, las causas más habituales de esto entre personas jóvenes son distintos tipos de problemas de corazón, faltas de oxígeno, envenenamiento o fuerte traumatismo contra el tórax. Pero Rodic ha dicho literalmente que la causa había sido estrés extremo.

Asker amplía la búsqueda añadiendo esas dos palabras.

El primer artículo sensato que aparece en la lista de resultados es uno de una revista científica titulado «¿De verdad se puede morir de miedo?».

Según el autor del texto, es perfectamente posible si los niveles de adrenalina segregada por el miedo son lo bastante elevados para alterar el ritmo cardiaco.

Asker visualiza las imágenes que había visto de Malik sentado en el asiento del copiloto.

La expresión aterrada de su rostro, los puños cerrados.

¿Lo mataron de miedo?

ASKER

La oscuridad se ciñe sobre el parque y el casoplón en el que vive. El viento ha ganado fuerza, arranca las hojas de otoño de los árboles. Las embiste como pequeñas ráfagas ruidosas contra los ventanales panorámicos, como alitas de mariposa en un tarro de cristal.

Había pensado salir a correr una vuelta para quitarse un poco la frustración de encima, pero el viento la ha hecho decantarse por un intenso entreno en el gimnasio bien equipado de comisaría. Pesas elevadas, pectorales, hombros, bíceps. Aun así, su cabeza se niega a bajar el ritmo.

Está cerca de la solución, a lo mejor incluso ya habría resuelto el caso de haber dispuesto de los medios de Delitos Violentos.

Al mismo tiempo, si ha logrado hacer avances ha sido, por un lado, gracias a un caso extraño que ha caído en sus manos a raíz de su nuevo puesto en el Departamento de Recursos y, por otro, gracias a la ayuda poco ortodoxa que ha recibido de parte de algunas almas policiales descarriadas.

Y, además, Martin Hill está en el extrarradio de todo. Parece sentir la misma curiosidad por el caso que ella.

Asker se pregunta si no debería llamarlo y contarle lo que ha encontrado en el despacho y la vivienda de Sandgren, quizá incluso compartir con él las últimas informaciones que ha obtenido. Lo cierto es que él le pidió que lo tuviera informado. Incluso se ofreció para ayudar.

En una situación normal habría sido un delito contra el secreto de investigación, pero Rodic ha dejado muy claro que Asker no está investigando nada.

Por tanto, puede hablar con quien le apetezca.

No obstante, al final decide abstenerse de llamarlo. Es sábado por la tarde y seguro que Hill y su novia tienen planes que Asker no tiene intención de perturbar.

Se queda un rato largo en la ardiente ducha de vapor. Disfruta del agua caliente sobre su piel. Per el Paranoias casi nunca la dejaba ducharse con agua caliente durante más de tres minutos. Como siempre, subrayaba la importancia de curtir tanto el cuerpo como la mente. Cualquier tipo de comodidad era una fuente de debilidad.

Si la viera ahora, metida en una ducha de vapor en una casa de lujo, le daría un patatús. Una idea sugerente, igual que le parece graciosa la idea de que él siga apretujándose en las profundidades de la roca madre. Comiendo conservas y escuchando la radio, viviendo de la manera más incómoda posible mientras espera una hecatombe que nunca termina de llegar, lo cual no es sino irritante.

Después de ducharse se pone una sudadera y un pantalón de chándal.

Calienta un plato de pasta en el microondas y se lo come en la isla de la cocina mientras vuelve a abrir la aplicación de la cámara oculta. La imagen de la cámara nueva sigue estando en negro, pero el micrófono parece funcionar igual que antes. Se puede oír un leve ruido de fondo.

Salta a la otra cámara. La sala sigue estando iluminada únicamente por el cartel de salida de emergencia. Al menos eso es lo que le parece a Asker al primer vistazo.

Pero al cabo de unos segundos descubre otra fuente de luz.

Un resplandor débil y amarillo que se mueve por la maqueta. Ondula despacio de izquierda a derecha, casi como una serpiente.

Asker amplía todo lo que puede, sube el sonido del micrófono de la otra cámara al máximo. A los pocos segundos logra comprender lo que está viendo.

Un tren solitario se está desplazando por la maqueta ferroviaria. Tiene pequeños faros que apuntan hacia delante e iluminación en el interior de los vagones. El resto de la maqueta, así como el local, está a oscuras y en quietud.

Lo único que se mueve es ese tren, que con un ruido de fricción metálica va recorriendo los bosques artificiales, los puentes, las granjas, las casas y las comunidades. Pasa por al lado de cientos de figuritas que Asker no puede ver en la oscuridad. Pero sabe que están ahí.

En silencio, atentas, casi como si estuvieran esperando algo.

O a alguien.

El tren se empieza a acercar a la cámara, va aminorando la marcha hasta que se detiene prácticamente delante del objetivo.

Sin previo aviso, las luces del andén se encienden.

El tren ha llegado a la estación de Hässleholm.

«Final de línea —dice una voz radiofónica rasposa y grabada que casi hace dar un brinco a Asker—. Deben bajarse todas las personas a bordo. El tren no continúa.»

Luego, las lámparas se apagan y todo vuelve a quedarse a oscuras y en una quietud absoluta.

En ese preciso instante alguien llama al timbre de casa.

HILL

Hill pasa la tarde del sábado con algunas amistades suyas. Empiezan en el bar del Grand Hôtel, luego se desplazan hasta Comida y Destilados, al otro lado del parque Lundagård.

La compañía es buena, la comida y el vino también, y él debería estar de un humor formidable. Ser el centro de la fiesta, como es habitual.

Pero hoy está apagado, pensativo.

—¿Qué te pasa? —le pregunta uno de sus amigos.

—Solo estoy un poco cansado —murmura él. Una mentira, o al menos una mentirijilla.

No puede dejar de pensar en MM, Smilla y Tor.

En las demás personas que han desaparecido a lo largo de los años y han sido sustituidas por unas figuritas de maqueta pequeñas y desagradables. Al menos si se cree lo que Leo le ha contado.

Suena todo tan irreal, como una historia mala, sobre todo estando allí sentado en un restaurante cálido con el estómago lleno de comida y vino.

Pero cuando encontró la figura de plástico en la fábrica abandonada se vio azotado por un extraño malestar. Por eso se saltó las normas de la exploración urbana y se la metió en el bolsillo. Como si en aquel momento ya intuyera su significado. Nana Hill habría estado orgullosa de él.

¿Y de qué manera encaja My en todo aquello? ¿Y por qué no lo ha vuelto a llamar, tal y como le había prometido? Hill debería contarle a Leo aquella conversación. En realidad, había esperado a hacerlo cuando tuviera algo más concreto que aportar. Cuando se hubiera asegurado de que lo que My tenía para contarle guardaba alguna relación con el caso.

Pero hoy lo siente de otra manera. Como si quisiera ponerse en contacto con Leo a cualquier precio.

Saca el teléfono para mandarle un mensaje. Pero, igual que antes, le cuesta dar con las palabras adecuadas.

Un impulso repentino se apodera de él con una fuerza abrumadora.

—Lo siento, tengo que irme —dice, y se levanta.

Coge su chaqueta, se despide con la mano del dueño del restaurante mientras se dirige hacia la puerta.

Hay un taxi parado muy cerca de la entrada, como de costumbre.

Se sube en él, le da al taxista el nombre de la localidad y la calle que había oído mencionar a Leo. Le explica que no sabe qué casa es, y que, en el último tramo, tendrán que ir a la aventura.

Se pasa el trayecto con el teléfono en la mano, preguntándose si debería llamar para avisarla.

Leo no es de esa clase de personas a las que les gustan las sorpresas. Pero, al fin y al cabo, fue ella quien buscó su número, quien lo llamó sin previo aviso después de dieciséis años y lo sacó de la cama. Por tanto, ahora le toca a él dar la sorpresa. Guarda el teléfono y reclina la cabeza en el asiento.

Hasta que no llevan un buen rato de viaje no cae en la cuenta de que el vino le ha subido más de lo que creía.

El taxi cruza una localidad, continúa entre campos de cultivo y arboledas. El viento sopla con fuerza, hace que el coche se tambalee.

—En esta calle solo hay dos casas —dice el taxista, y se detiene en un cruce donde hay unos cuantos buzones—. ¿Cómo era el apellido?

—Asker —contesta él.

El conductor mira los buzones. En uno de ellos hay un cartelito provisional con un nombre.

—ASKER —lee satisfecho el taxista—. Es la casa grande del fondo.

Se mete por una alameda, pasa por delante de una cabaña pequeña y sigue hasta un enorme chalé.

El contorno de un hombre alto con gabardina que se mueve seguro de sí mismo se dirige a la puerta de la casa. El viento y la oscuridad parecen haber camuflado la llegada del taxi.

—Pare —le pide Hill al taxista—. Apague las luces, por favor.

Se quedan parados a un lado del camino y Hill ve que el hombre sube la escalinata y llama al timbre de la puerta. Esta se abre a los pocos segundos.

Distingue a Asker en el umbral. Lleva jersey y pantalón de chándal, no parece en absoluto que esté esperando una visita. Aun así, al cabo de unos segundos deja pasar al hombre.

Hill se siente imbécil. No debería haber ido a verla así, a escondidas. ¿De verdad se había creído que Leo estaría sola un sábado por la noche? ¿Que lo estaría esperando?

La culpa es suya y de nadie más.

Aun así, se siente enfadado con ella, lo cual no tiene ninguna lógica. Por no decir que resulta injusto.

—Cambio de planes —le dice al taxista—. Nos vamos a Malmö. Ya puede arrancar.

Vuelve a sacar el teléfono.

Sofie contesta al segundo tono.

—Justo estaba pensando en ti —dice ella con una sonrisa en la voz—. ¿Te apetece pasarte por aquí?

—Por supuesto —asegura él—. De hecho, ya estoy de camino.

ASKER

El timbre vuelve a sonar y Asker echa un vistazo por la ventanita estrecha que hay al lado de la puerta.

Fuera ve a Jakob Tell. Lleva americana y camisa desabrochada debajo del abrigo ondeante. Tiene aspecto de ir de camino al bar, o de volver de él.

—¡Hola! —dice con una sonrisa llena de confianza cuando ella abre la puerta.

—Hola —responde Asker sorprendida.

—¡Bonita casa! —La sonrisa se ensancha aún más—. ¿No me invitas a pasar? Hace un viento de la hostia.

Asker mira por encima del hombro de él. Un poco más allá, en la alameda, hay un taxi que debe de haberlo llevado hasta allí.

—¿Cómo sabes dónde vivo?

—Bah, no ha sido tan difícil de descubrir. Quieras que no, soy policía. —Enarca las cejas retador—. ¿De verdad piensas dejar a un compañero pelarse de frío en el porche de tu casa?

Asker retrocede un par de pasos y lo deja pasar al recibidor. El taxi de fuera da media vuelta y empieza a alejarse.

—Oye —dice él—. Solo quería pedirte disculpas por lo del otro día. Estuve un poco borde por teléfono, había tenido un mal día. —Se abre de brazos—. No quería que te quedaras con una idea equivocada de mí.

—¿Has venido hasta aquí por eso?

—Más o menos. —Vuelve a sonreír, empieza a quitarse el abrigo—. ¿Qué me dices de una copa?

—No, gracias —contesta ella.

—Venga, va, no me jodas —suelta él, y cuelga la chaqueta en el perchero con tanta naturalidad que cualquiera diría que vive en la casa—. Vengo de muy lejos y tengo sed.

—Pues tendrás que ir un poco más lejos todavía.

Él se detiene, la mira. Su amplia sonrisa ha sufrido un cambio casi imperceptible.

—Venga ya, Asker. Los dos sabemos por qué estoy aquí. —El olor a loción de afeitado no disimula el vaho etílico de su aliento—. El otro día me tiraste los trastos en comisaría.

—Me temo que te confundes.

—¡Que va! —resopla él—. ¿Te crees que no sé cómo eres? Te gusta jugar un poco, hacerte la dura.

Da un paso hacia ella.

—Vamos, Asker —le dice otra vez—. Nos tomamos una copa y vemos adónde nos lleva.

Ella no se aparta, solo ladea la cabeza, como suele hacer. Tell tiene una constitución atlética, mide alrededor de metro ochenta y cinco y ha bebido. En una situación normal, no sería un contrincante especialmente avanzado a quien pillar por sorpresa.

Pero Tell es policía y está formado en combate cuerpo a cuerpo. Casi parece que le apetezca enzarzarse con ella.

Además, el recibidor tiene el espacio de maniobra limitado y pocos elementos que puedan servir de arma. Y por si no bastara con eso, ella no lleva zapatos, a diferencia de él, solo calcetines resbaladizos. Una pelea podría acabar de cualquier manera, por lo que es mejor intentar probar otras alternativas mientras sea posible.

—Tengo que pedirte que te marches, Jakob —dice ella lo más contenida que puede.

—¡Venga ya! —Tell da otro paso al frente. Su sonrisa se ha tornado otra cosa. Algo más desagradable—. Los dos sabemos qué quieres.

Sus ojos titilan oscuros y por un breve instante da la sensación de que Tell se enoja. Que encorva la espalda como un depredador que se prepara para abalanzarse.

Asker coge aire. Cierra los puños lentamente.

Cuello, nuca, ojos, entrepierna. Tendría que acertar en alguno de esos objetivos. A ser posible, varios.

Con fuerza y determinación. Y, sin duda, antes de que él se le eche encima.

El timbre de la puerta los sorprende tanto que ambos dan un respingo.

Se ve a alguien por la ventanita lateral de la puerta.

—¿Hola? ¡Leo!

Es su vecino, el señor del perro.

La interrupción hace que Tell enderece la espalda. La expresión desagradable en su cara se borra y, de pronto, vuelve a parecer humano.

El señor baja la manilla de la puerta y se mete en el recibidor. Lleva un chubasquero y un sueste, aunque no esté lloviendo.

—Leo, qué bien —jadea inquieto—. Sessan se ha ido corriendo. Me preguntaba si podrías ayudarme a buscarla.

Tell coge su abrigo de un tirón del perchero, balbucea

430

algo enrabiado y se abre paso para salir por la puerta. Hasta ese momento el señor no parece percatarse de su presencia.

—¿Os he interrumpido? —pregunta.

—No, no —dice Asker, y suelta un suspiro interior de alivio—. Dame un segundo, voy a coger una chaqueta y una linterna y te ayudo a buscar.

Después de más de una hora buscando en la tormenta, Asker y el vecino encuentran a Sessan tiritando entre unos matorrales. Luego el hombre insiste en invitarla a un *hot toddy* para volver a entrar en calor. Para su propio asombro, Asker le dice que sí.

Descubre que su vecino se llama Lars, que es un bibliotecario jubilado y viudo desde hace varios años. Que, además, es coleccionista de monedas y sellos.

Y que, sin duda alguna, es una compañía mucho más agradable que Jakob Tell.

Poco antes de medianoche Asker vuelve a estar en el recibidor de su casa. Hasta este momento no ha podido pensar en todo lo que ha ocurrido.

¿Qué habría pasado si no hubiese aparecido Lars? Imposible saberlo.

Pero de una cosa está segura. Jakob Tell se ha comportado como si ya hubiese vivido situaciones similares.

Como si estuviera acostumbrado a conseguir justo lo que quiere.

Es fácil ponerle la etiqueta de «tipo desagradable/violador de citas en potencia». Ni siquiera la policía se libra de esa clase de cerdos.

Pero ¿y si hubiera más?

La primera vez que se vieron, Tell le pareció un tipo simpático, pero ahora, a posteriori, se da cuenta de que le hizo unas cuantas preguntas un tanto peculiares.

Parecía conocer muchos detalles acerca de la vida privada y el círculo de Ulf Krook y mostró un interés llamativo en saber más del caso en el que Asker estaba trabajando.

Se va a la cama y vuelve a abrir la aplicación de vigilancia en el teléfono. La maqueta está a oscuras y en silencio.

Accede al material grabado y busca la secuencia del tren. Este arranca por sí solo, sin que se vea a nadie en pantalla. A lo mejor el tren se puede activar a distancia, o bien se trata de un temporizador.

Sigue el trayecto serpenteante del tren por la maqueta. Lo ve detenerse de nuevo casi delante de la cámara, las lámparas del andén que se encienden, y se imagina la espeluznante voz de los altavoces que ha oído con ayuda de la otra cámara. Después las luces se apagan y todo vuelve a quedar a oscuras.

Cierra la aplicación y deja el teléfono a un lado. Se deja caer sobre la almohada y se queda mirando al techo.

Unos segundos después de ese suceso inexplicable y fantasmagórico, Jakob Tell ha llamado a su puerta.

¿Ha sido pura casualidad o existe otra explicación?

Una mucho más aterradora.

SMILLA

—¿Tú crees que nos dejará salir algún día de aquí? —susurra Smilla.

—No —responde Julia—. A mí me ha dicho que podré volver a casa, pero sigo aquí.

—Entonces ¿has hablado con él?

—Él ha hablado conmigo a través de la puerta un par de veces. Tipo, «dentro de poco podrás volver a casa, Julia». Pero creo que es una mentira para que no pierda la esperanza.

—Y no lo has hecho.

—No...

Silencio.

—Hubo un chico aquí durante una temporada. En tu cuarto. Se llamaba Tor. Estuvo ahí bastante tiempo, antes de desaparecer. Siempre he pensado que lo dejó marchar. Por eso no puedo dejar de tener esperanza.

—¿Cuánto hace de eso?

—No lo sé. Es imposible mantener la cuenta de los días.

Smilla intenta poner orden en su cabeza. Por lo que oye, ella y Julia no son las únicas que han estado encerradas allí abajo. Y tiene una desagradable sensación de que Julia se equivoca, que a Tor no lo soltaron. Pero no quiere decirlo. No quiere arrebatarle a Julia su último rayo de esperanza.

—Pero ¿qué quiere de nosotras? —pregunta—. ¿Por qué nos retiene aquí?

—Creo...

Silencio.

—Creo que disfruta con ello. Disfruta teniéndonos prisioneras. Controlándonos.

—Eso es enfermizo.

—Sí...

Más silencio.

—¿Y el otro? —quiere saber Smilla—. El ayudante. ¿Sabes algo de él?

—No. ¿Estás segura de que existe?

—Segurísima. El Reemplazador me perseguía, pero fue otra persona quien me placó por delante. Y luego alguien dijo «sujétala».

Más silencio, esta vez más largo.

—Julia, ¿estás ahí? —pregunta intranquila.

—Estoy aquí.

—Qué bien. —Smilla exhala una bocanada de aire—. Tenemos que pensar en un nuevo plan. Una nueva manera de salir de aquí, las dos.

Domingo

ASKER

El teléfono la despierta. Son las ocho y cuarto, y durante unos segundos siente el deseo de que sea Martin Hill.

Pero el número en pantalla es el de Kjell Lilja.

—Ha vuelto a pasar —jadea al teléfono—. Lo hemos descubierto hace apenas cinco minutos. Esta vez es una casa entera. Te mando una foto ahora mismo.

Asker ya sabe de qué casa se trata antes de ver la foto de la pequeña vivienda de dos plantas con revoco desconchado que aparece en su teléfono.

—No toquéis nada —dice—. ¡Voy para allá!

Cuelga, abre la aplicación de vigilancia. La cámara nueva sigue muerta, pero la otra funciona. Vuelve al material grabado. Busca la secuencia del tren fantasma y a partir de ahí avanza a cámara rápida.

A las tres y veinte de la madrugada se ve movimiento. Una luz que parpadea y luego se acerca. Una figura oscura con un intenso frontal en la cabeza.

Asker intenta poner pausa, encontrar un fotograma en el que se puedan percibir más detalles. Pero la figura está justo en el lado contrario de donde está colocada la cámara, lo cual hace que la luz del frontal ciegue el objetivo todo el rato.

Lo único que Asker puede distinguir es una chaqueta con capucha.

En menos de un minuto se acaba todo. La figura da media vuelta y desaparece con la misma prontitud con la que ha llegado.

Al salir, apaga el frontal y pasa por delante del sitio en el que está ubicada la cámara nueva.

Asker maldice en voz alta.

Si la cámara hubiese funcionado, lo más probable es que hubiera obtenido una imagen facial del misterioso autor de los hechos.

Llama a Daniel Nygård y le explica el problema, como debería haber hecho ayer mismo. Se esfuerza por ser un poco más diplomática que la última vez que hablaron. Por suerte, el técnico de alarmas no parece tomárselo mal.

—Vale, es raro —dice—. Ese modelo en concreto suele ser bastante a prueba de fallos. Pero podría haber algún problema con la red.

—¿La cámara no tiene también una memoria interna de seguridad? Por si la red cae. Sé por otras investigaciones que algunos modelos la tienen.

—Mmm, sí, me parece que sí —confirma el técnico—. Pero para poder mirar la copia de seguridad de la grabación necesito llevarme la cámara al taller. Puedo pasarme por allí en cuanto los locales estén vacíos. Siempre y cuando no se haga demasiado tarde, porque hoy tengo un compromiso.

—Vale, bien —dice ella, tratando de no sonar demasiado impaciente. Corta la llamada.

Se viste a toda prisa y se mete un expreso entre pecho y espalda.

Justo antes de salir de casa se le ocurre una cosa.

Llama a Martin Hill.

Él lo coge al segundo tono. Suena adormecido.

—¿Hola?

—Aquí tu despertador preferido —dice ella exageradamente alegre, sin saber muy bien por qué—. Vístete, nos vamos a Hässleholm. Acaba de aparecer la casa de Sandgren en la maqueta ferroviaria. He pensado que querrías verla de cerca. Te paso a recoger.

Un instante de silencio. Durante unos segundos Asker está convencida de que le va a decir que no. Que le explicará que tiene planes, que no está interesado, y volverá a oír la voz de mujer de fondo.

— Vale —dice él, contra todo pronóstico—. Me apunto. Pero estoy en Malmö.

Le facilita una dirección en el centro.

—Muy bien —confirma ella—. Puedo estar allí en media hora.

Un sol cansado de otoño se asoma arduamente en el cielo mientras Asker saca el coche del garaje. Los árboles de la alameda han perdido colorido, la tormenta de anoche les ha arrebatado la mayor parte de las hojas.

Los surcos del arado en los campos de cultivo han perdido su lustre brillante, volviéndose mates y grisáceos por efecto del viento.

De camino a la dirección que Hill le ha dado Asker llama a Rosita.

A diferencia de Hill, esta parece llevar un rato despierta.

—Necesito tus habilidades otra vez —dice—. Esta vez se trata de un compañero. Jakob Tell, de Hässleholm. Quiero saberlo todo de él. En especial, cosas que no aparezcan en los registros normales. Eventuales demandas, expedientes de personal y demás.

—Ah —dice Rosita con su tono de voz ligeramente preocupado de costumbre.

—Lo necesito para hoy —añade Asker.

—Uy, va a ser difícil. Algunos de esos registros siguen siendo manuales. Tendría que ir al trabajo. Pero es domingo...

—Contará como horas extras, huelga decirlo —dice Asker.

Rosita sigue titubeando.

Asker coge carrerilla. Le ha estado dando vueltas a la siguiente jugada desde que Rodic se la quitó de encima.

—Puedes decirle esto a tu amigo de *Sydsvenskan*: una fuente con acceso a la investigación policial alrededor de la desaparición de Smilla Holst afirma que se está yendo por el camino equivocado. Que la policía se ha obcecado con una teoría errónea y ahora no se atreve a rectificar.

—Vale —dice Rosita con un suspiro—. Voy para allá ahora mismo. Al mediodía ya debería tenerlo.

—Bien, luego me paso.

—Ah, por cierto. ¿Recibiste los datos que encontré sobre el otro hombre? Robert, de Ängelholm, el que está casado con la madre de Julia. Te los dejé en tu casillero.

Asker casi había olvidado que le había pedido eso a Rosita.

—Gracias, luego los recojo también, cuando me pase por el departamento.

440

ASKER

Hill la está esperando delante de un portal, en una calle distinguida de Malmö.

Lleva la chaqueta abierta, aunque solo estén a seis o siete grados. Sin guantes ni gorro. Por lo que parece, no tiene ni la mitad de frío que ella.

Se sube al coche y le da los buenos días, aún somnoliento. No le explica de quién es la dirección en la que ha pasado la noche, cosa que tampoco tiene por qué hacer, claro.

Asker resume lo que Lilja le ha contado hace un rato, le pasa el teléfono para que Hill pueda reproducir la grabación de la cámara oculta.

—Joder, no se ve casi nada —constata—. ¿Y la otra cámara no funcionaba?

—No, al menos no a través de internet. Pero existe la posibilidad de que haya grabado también sin conexión. El chico de las alarmas lo va a comprobar.

Se hace el silencio en el habitáculo. Una especie de silencio cortante, como si ambos trataran de recuperar el ambiente del otro día pero sin acabar de conseguirlo.

—¿Y qué hiciste ayer? —pregunta Hill.

—Nada en especial. Estuve ayudando al vecino a buscar al perro, que se había perdido.

Hill le lanza una mirada larga, como si intuyera que se está dejando algo en el tintero.

—¿Y tú? —pregunta Asker en un tono comedidamente interesado.

—Cena de amigos —responde él—. Por cierto, no me has llegado a contar lo que encontraste en casa de Sandgren.

Asker le explica también esa historia. Empieza diciendo que primero descubrió el despacho secreto y todos los hallazgos que hizo allí. El mapa, las fotografías, las figuras, la carpeta con el informe y el título de «el Reemplazador».

Luego continúa con la casa de Sandgren, cómo logró desactivar la alarma con ayuda de la fecha de nacimiento de Julia Collin, incluye lo de la butaca volcada y el secreto de esta y, por último, el misterioso perseguidor de la furgoneta.

Hill se queda un rato callado después de que ella haya terminado de hablar.

—Guau —dice—. Entonces, crees que Sandgren se acercó demasiado. Que el autor de los hechos intentó matarlo.

—Todo apunta hacia ello —dice Asker asintiendo con la cabeza—. Supongo que el hecho de que la casa de Sandgren haya aparecido en la maqueta es la prueba definitiva. El perpetrador parece tener la necesidad de mostrar lo que ha hecho. Aunque eso implique riesgos. Esa es la razón por la que coloca las figuras de manera que se encuentren con facilidad.

—O sea que el autor de los hechos secuestra a personas y las cambia por figuritas de plástico. Las coloca en un paisaje de cuento artificial en el que relatan una y otra vez su propia historia —resume Hill.

—Hasta que alguien le pare los pies.

Hill guarda silencio unos segundos.

—¿Por qué crees que estuvo allí ayer, en la casa de Sandgren?

Asker también ha tenido tiempo de darle vueltas a eso.

—Veo un par de alternativas posibles —dice—. O bien se había olvidado algo, o bien se arrepentía de haber colocado la figura y quería recuperarla, o bien...

—¿O bien te está vigilando? —termina Hill la frase—. Y quería asegurarse de que no te acercas tanto como Sandgren.

Asker no responde. Aun así, Hill puede terminar de encajar las piezas él solo.

—Lo cual significa que tienes que andarte con mucho cuidado de aquí en adelante, Leo —señala en voz baja—. Sobre todo si, igual que Sandgren, estás completamente sola haciendo esta investigación.

—Pero no lo estoy —afirma Asker con una sonrisa torcida—. ¿Verdad? —Hill sonríe también y el ambiente en el coche se relaja un poco.

—Ah, hay una cosa que quería pedirte que te mires. En mi mochila hay unos planos antiguos que Sandgren consiguió sacar de la Agencia de Fortificaciones. Me da que es tu terreno.

Señala hacia atrás con el pulgar, a la mochila, y después de cierto esfuerzo Hill consigue sacar los papeles.

—Mmm —dice mientras ojea el puñado de planos—. La mayoría parecen instalaciones abandonadas de la época de la Guerra Fría. Sitios típicos que los aficionados al *urbex* suelen visitar. Yo mismo he estado en un par de ellos.

—Por lo visto, Sandgren consideró que eran importantes —opina Asker—. Se peleó lo suyo con las autoridades para conseguir que le dieran los planos. Pero me parece que no lo llevó a ninguna parte. Lo único que puedo ver son algunas anotaciones sueltas que no acabo de entender.

Hill sigue pasando hojas, asiente con sonidos guturales.

—Lluvia subterránea —dice.

—¿Qué?

Levanta una hoja.

—Sandgren ha escrito «lluvia subterránea» aquí, en el borde. Un fenómeno infrecuente que se da cuando la humedad ambiental en una cueva o similar es muy elevada y, al mismo tiempo, se ve obligada a ascender, por lo que recuerda a la lluvia. Yo nunca lo he visto, pero he oído hablar al respecto.

Arruga la frente.

—De hecho, MM mencionó la lluvia subterránea alguna vez. Dijo que sería perfecta para un capítulo de mi nuevo libro. Que conocía a alguien que sabía de un sitio.

—¿Dijo quién o dónde?

Hill niega con la cabeza.

—No. La mayoría de los exploradores urbanos son muy reservados con sus lugares preferidos. Y lo dicho, una lluvia subterránea es algo muy singular. Podría haber sido un cuento chino. A MM le gustaba hablar.

Él esboza una sonrisita ante el recuerdo.

—¿Algo más? —pregunta Asker.

Hill sigue pasando hojas.

—No. Al menos nada destacable. Pero los planos explican por qué Sandgren me llamó a mí para preguntarme cosas. Está claro que tenía un ojo puesto en lugares de exploración urbana. Y teniendo en cuenta que tanto Tor como MM y Smilla lo tenían como afición, lo más seguro es que fuera bien encaminado.

—En el informe de Sandgren ponía que los ladrones del coche habían hablado de una montaña muy chula que querían visitar aquí en Skåne. Y al autostopista le fascinaban los ambientes emocionantes.

—Una lluvia subterránea es un ambiente muy emocionante —dice Hill asintiendo con la cabeza—. Todo un sueño para cualquier fan de la exploración urbana.

—¿El perpetrador podría haber usado la lluvia subterránea como señuelo?

—Puede ser. Conozco a bastantes personas que habrían picado. MM es una de ellas, sin duda.

Asker se queda pensando.

—Entonces podría ser allí adonde él y Smilla se dirigían el día que desaparecieron. La nueva aventura de la que ella habló en su post de Instagram.

—Sin duda, podría tratarse de eso —afirma él.

Asker sigue analizando las posibilidades.

—¿Crees que también se podría tener a alguien cautivo en un sitio de esos? Estoy pensando en Smilla.

—A lo mejor —responde Hill—. Pero un sitio que tiene lluvia subterránea es frío y húmedo. No se puede sobrevivir demasiado tiempo. Además, estas instalaciones abandonadas no tienen ni electricidad ni agua, así que sería bastante engorroso.

—Vale.

Asker lanza una mirada fugaz a Hill. Llamarlo ha sido una corazonada.

Un incumplimiento de las normas.

Pero no se arrepiente.

Cuando llegan a los locales del club de modelismo ferroviario ven que hay una veintena de personas esperando fuera.

—Hoy estamos abiertos al público —le explica un Kjell Lilja bastante estresado mientras los recibe—. Y preferiríamos no tener que cerrar. La venta de entradas y las compras en la tienda son gran parte de nuestros ingresos, así que le he pedido a la gente que espere un poco. He dicho que ha surgido un problema técnico.

Lilja mira a Hill con cara de circunstancias, como si no lo hubiese visto hasta este momento.

—Es mi compañero, Hill —informa Asker—. Trabajamos juntos.

Asker ve con el rabillo del ojo que Martin intenta ahogar una sonrisa.

—Ah —responde Lilja—. ¡Vengan, que les enseño dónde está!

Los invita a pasar por la puerta y los acompaña hasta la sala grande.

Se detienen junto a la mampara delante de la estación de Hässleholm.

Asker mira a Martin de reojo. Él nunca ha visto la maqueta en vivo. Igual que le ocurrió a ella, él también parece abrumado por su tamaño y riqueza de detalles.

—¡Por aquí!

Lilja les mete prisa. Los conduce hasta la parte inacabada, donde habían aparecido las figuras de Smilla y Malik.

—¡Ahí la tienen!

Señala una casita en el borde exterior de la maqueta. Es espeluznantemente parecida a la vivienda de dos plantas de Sandgren. El revoco desconchado, los canalones desvencijados, incluso la mancha en la fachada dejada por el cartel con el número de la calle.

Y quizá incluso más.

Asker se inclina hacia delante, ilumina el interior con la linterna del móvil a través de una ventana. Al pie de la escalera hay una figurita que yace bocarriba.

Asker endereza la espalda, le hace un gesto a Hill para que también mire.

—Sandgren —murmura este.

Se acerca todavía un poco más. Luego señala una de las ventanas en el piso de arriba.

—¡Mira!

Asker echa un vistazo por el pequeño recuadro.

Al final de la escalera hay otra figura.

Una figura de hombre sin pintar y sin rasgos faciales, con los brazos estirados hacia delante, como si acabara de empujar a Sandgren.

—No ha podido evitar presumir —susurra ella al mismo tiempo que saca unas fotos con el móvil.

—Vaya, conque volvemos a tener visita de Malmö.

La voz hace que tanto Asker como Hill se den la vuelta.

Es Ulf Krook, y justo detrás, medio tapado por su cuerpo, su taciturno hijastro Finn Olofsson.

—¿Qué haces tú aquí? —le espeta Kjell Lilja.

—Sigo siendo socio —dice Ulf con una sonrisa burlona—. Ha corrido el rumor de que ha aparecido una casa en la maqueta que no debería estar, así que me ha picado la curiosidad. Quería verla con mis propios ojos. Y quería encontrarme a Asker aquí.

Le guiña un ojo.

—Veo que traes una cara nueva contigo. —El hombre se vuelve hacia Hill—. Tú no tienes pinta de poli.

—Ni tú tampoco —responde Hill.

Ulf lo fulmina con la mirada durante un par de segundos. Luego suelta un bufido por la nariz y se vuelve hacia la maqueta.

—Conque esa es la casa en cuestión.

Se inclina hacia la casita de Sandgren. Chasquea la lengua.

—¡Buen trabajo! ¡Profesional de la hostia!

Asker no menciona que vio la maqueta en el taller de su sótano.

Se limita a estudiar bien las expresiones faciales tanto de Ulf como de su hijastro.

Ulf parece encantado e interesado, le brillan los ojos, la lengua se le desliza por los dientes amarillos.

Finn Olofsson permanece en silencio, como siempre. La mira más a ella que a la maqueta.

El otro día los vio conversando a él y a Lilja por la cámara de vigilancia. Parecían estar charlando, no parecían para nada enemistados. Ahora ni se miran.

—¡Mira esto, Finn! —dice Ulf—. ¿Verdad que es un trabajo de primera?

Agita la mano para que su hijastro se acerque. Finn echa un vistazo a la casa.

—Mmm —se limita a decir, lo cual es el primer sonido que Asker ha oído de su boca.

—Finn es el mejor maquetista que tenemos en el club

448

—asegura Ulf—. Puede que en el país entero. Tiene una pericia de la leche, ¿verdad que sí, Lilja? Sin él no podríais apañároslas.

El director mira hacia otro lado, como si no hubiese oído el comentario.

—¿Utilizas el taller en casa de Ulf? —le pregunta Asker a Finn.

—Por supuesto —interrumpe Krook, haciendo crujir las cervicales con gesto irritado—. Tengo el mejor taller de maquetas de todo el norte de Skåne.

La fulmina con la mirada, sus ojos se estrechan.

—Aunque todos mis hijos tienen acceso a él, claro —añade, como si se hubiese percatado de que había hablado de más—. Soy padre o padrastro de un buen puñado de críos, y todos entran y salen de casa cuando quieren. Ya saben dónde está escondida la llave.

Vuelve a sonreír burlón, parece aliviado, como si hubiese corregido algún tipo de error. Asker intercambia una mirada fugaz con Hill. Ve que él también se ha dado cuenta.

Se pone unos guantes de látex y saca una bolsa de papel que tenía doblada en un bolsillo de la chaqueta. Luego empieza a meter la casa con sumo cuidado.

Lilja, Finn Olofsson y Ulf Krook se apartan un par de metros. Hill se les suma.

—¿Y bien? ¿Tú qué crees, Finn? —le oye preguntar Asker—. ¿Quién crees tú que ha construido esa casa? Según tu experiencia profesional, quiero decir.

Con el rabillo del ojo Asker ve que Finn mira a Hill unos segundos. La manera en que luego sonríe divertido, como si le gustara la forma en que se le dirigen.

—Alguien que es muy meticuloso —dice con un tono de voz que suena inesperadamente dulce—. Alguien que no se desprende de sus obras hasta que cada detalle está justo como debe estar.

—¿Sabes quién podría ser? —pregunta Hill.

Finn intercambia una mirada con Ulf, luego con Lilja.

Luego niega lentamente con la cabeza.

—Ni idea —contesta.

Asker endereza la espalda. Levanta la bolsa de papel con la maqueta de la casa dentro.

—Ya podéis dejar entrar a los visitantes —dice.

Antes de abandonar los locales de la asociación, dan una vuelta por la maqueta para que Hill le eche un vistazo. Se ve aún más eclipsado por ella, ahora que los trenes han empezado a circular y los coches y demás piezas móviles se han puesto en marcha.

Y poco a poco va entrando un número asombrosamente elevado de visitantes.

—Pensaba que las maquetas ferroviarias estaban pasadas de moda por completo —dice Hill—. Algo con lo que jugaba mi padre de pequeño. O mi abuelo.

—Es lo primero que pensé yo también —responde Asker—. Pero hay algo fascinante en ella. Un paisaje de cuento, tal y como comentábamos en el coche.

—Y, además, lleno de historias —añade Hill—. Solo tienes que parar un momento y fijarte un poco.

—Así es justo como me lo explicó Lilja —asiente ella—. Pequeñas escenas que cobran vida en el instante en el que el tren pasa.

Se quedan allí de pie unos minutos. Los trenes siguen

circulando a diestro y siniestro. Coches y autobuses, también. Incluso grúas, tractores y ciclistas.

Todo en movimientos precisos y sincronizados en los que nada sale nunca mal.

El sonido metálico de rieles se mezcla con los pequeños telones de fondo sonoros. Altavoces en los andenes, bocinas de coches, niños que se ríen y juegan, música de acordeón.

Cuanto más rato se quedan, más le cuesta a Hill apartar la vista de todo aquello. Hay algo en la maqueta que lo llama, que lo conecta con un resquicio de su infancia, de su inocencia. De su seguridad.

Un mundo perfecto, hasta el último detalle.

—Adora esta maqueta —murmura Hill para sí y para Asker—. Pero la odia todavía más.

451

ASKER

Cuando salen del local, una fina capa de nubes le ha ganado terreno al sol y le ha aportado un tono sepia a la luz del día.

En el quiosco de perritos calientes Asker ve otra cara que le resulta familiar.

Por lo que parece, Jakob Tell ha vuelto a casa tras la aventura de la noche.

Ha cambiado de estilo, ahora lleva una chaqueta de felpa y pantalón de carpintero, y está de pie hablando con Ulf Krook. La conversación parece relajada. No como entre un policía y un antiguo macarra, sino más bien como entre dos vecinos.

A Finn Olofsson, en cambio, ya no lo ve por ninguna parte.

La mirada de Krook sigue siendo de diversión y curiosidad, pero la de Tell es abiertamente hostil. Por lo visto, su versión de lo que ocurrió anoche no tiene nada que ver con la de Asker. Gira la cabeza, le hace algún comentario a Krook sobre ella que no logra distinguir, pero que, a juzgar por la expresión de su cara, no es nada halagador. Otro detalle que sugiere que los dos hombres se conocen bien.

Ella los ignora, sigue caminando con Hill en dirección

al coche con la bolsa de papel en la mano. Tell continúa mirándolos con mala cara.

Los sigue con la mirada hasta que se marchan del aparcamiento.

—Bueno, pues ya has visto la maqueta y has conocido a los dos principales sospechosos —dice Asker en cuanto ponen rumbo al sur—. ¿Qué me dices?

—Está claro que Ulf consideraba necesario explicar que hay muchas más personas, aparte de Finn, que tienen acceso a su taller —responde Hill—. Y oír a Finn hablar del constructor de maquetas, casi con admiración en la voz, ha sido bastante desagradable.

—Como si hablara de sí mismo.

—Puede ser.

Hill parece pensativo.

—Pero hay un par de cosas a las que les estoy dando vueltas sobre el perpetrador.

—¿A ver?

—Por ejemplo, ¿por qué solo coloca su propia figura a veces en la maqueta? Lo ha hecho ahora con la casa de Sandgren y con Julia Collin, pero no con los ladrones, ni con el autostopista, ni con Tor.

—Ni con Smilla y Malik —señala Asker.

—Exacto. ¿Qué crees que puede significar eso? ¿Por qué quiere mostrarse justo en esos?

Asker arruga la frente. Es un punto que le ha pasado por la cabeza en algún momento, y Hill tiene razón en sus observaciones.

—No lo tengo claro —dice—. Quizá porque esos momentos fueron especialmente importantes.

—Yo también lo creo —afirma Hill—. Sandgren era el

adversario del autor de los hechos. Así que, a lo mejor, no es tan raro que quisiera mostrar que había ganado. Pero Julia, en cambio...

—Hay otra cosa que es diferente con Julia —indica Asker—. Las demás figuras han aparecido unos días o, máximo, un par de meses después de las desapariciones; los ladrones, el autostopista, Tor, Smilla y Malik. Incluso en el caso de Sandgren, en el que el perpetrador tiene que haber dedicado mucho tiempo a preparar la casa, solo tardó un par de semanas. Pero la figura de Julia no apareció en la maqueta hasta al cabo de dos años. ¿Por qué esperó tanto tiempo precisamente con ella?

Hill mira por la ventanilla. Parece que esté buscando la respuesta.

—Quizá porque ella también era muy importante, de alguna manera, igual que Sandgren —sugiere al cabo de un rato.

—Sí, puede que tengas razón. Pero ¿de qué manera? Ninguno de los dos tiene una buena respuesta a esa pregunta.

—¿Y cuál es el siguiente paso? —dice Hill.

—Intentaré convencer a algún técnico para que busque huellas dactilares y ADN en la maqueta —explica—. Y cuando hayan cerrado por hoy, el chico de las alarmas intentará recuperar los archivos de vídeo de la segunda cámara. Con un poco de suerte tendremos una imagen de él.

Hill se queda callado un momento.

—Tengo otro elemento que había pensado mirar. My, la amiga de MM que ya te he mencionado. Me llamó ayer y me dijo que necesitaba contarme algo. Pero se vio interrumpida en mitad de la llamada. Tuve la sensación de que era algo relacionado con la muerte de MM.

—¿Qué te hizo pensar eso?

—Fue una sensación más que otra cosa. Estuvieron saliendo una temporada y, además, ella es exploradora urbana.

Asker se queda pensando.

Una amiga que practica *urbex* que, además, ha estado saliendo con MM es una pista de magnitud considerable, sobre todo teniendo en cuenta la última teoría que tienen sobre la lluvia subterránea como señuelo.

Ahora está aún más contenta de haberse puesto en contacto con Martin Hill.

—¿Cómo se llama My de apellido?

—No lo sé. No está apuntada a la asignatura.

—¿Y qué te ha dicho exactamente?

—Que ella y MM salían a hacer excursiones de exploración urbana juntos. Que ella estaba enamorada de él. En principio, eso es todo. Pero tengo la sensación de que sabe más de lo que dice. Y que a lo mejor puedo conseguir que se abra.

—¿Quieres que te acompañe?

—No —dice él, quizá demasiado rápido—. My es tímida —añade—. Estoy bastante seguro de que no confía en la policía.

—Vale. Podrías empezar por obtener el nombre completo de My para que pueda buscarla en el registro.

Asker se detiene en un cruce. Uno de los carteles muestra el nombre de una localidad que le resulta familiar, ambos se percatan de ello.

—¿A cuánto estamos de...?

Hill deja el resto de la frase en el aire. Aun así, Asker

455

puede oírla..., «el País de las Sombras, La Granja, Per el Paranoias, el pasado».

—No mucho, a ochenta o noventa kilómetros.

—¿Nunca has vuelto? ¿Ni siquiera por curiosidad?

—¡No! —dice ella—. No hay nada por lo que sentir curiosidad. Per está loco, es tan simple como eso.

Silencio. El ambiente ha vuelto a cambiar.

—Siempre me he sentido mal por lo que ocurrió —declara él—. El accidente, la explosión...

Coge aire antes de proseguir.

—Debería haber dado el aviso. Yo había estado en La Granja, había conocido a tu padre, sabía por lo que estabas pasando. Que él estaba cada vez peor. Pero me limité a largarme. Te dejé allí.

Aparta la mirada.

—Eras un adolescente —dice ella en voz baja—. Había un montón de personas adultas que no movieron ni un dedo. La escuela, los servicios sociales, la policía, mi madre. ¿Qué ibas a hacer tú?

—Pero por lo menos podría haberte llamado luego. Haberte preguntado cómo te encontrabas, haberte mandado una carta. Éramos mejores amigos...

—Bueno. —Asker se encoge de hombros—. Tampoco habría cambiado nada. El accidente ocurrió de todos modos. Y después fue todo un lío, con los servicios sociales, mi madre y todo lo demás.

Asker se queda callada con la mirada al frente, centrada en la carretera.

—¿Quieres hablar de ello? —pregunta Hill al cabo de un rato—. De lo que pasó aquella noche. El accidente, la explosión, la cicatriz...

456

—No —dice ella tajante. Suena borde aunque no lo pretenda.

—Vale. —Hill se vuelve hacia la ventanilla lateral. Intenta parecer indiferente, pero ella puede notar su decepción.

Asker nunca le ha contado a nadie lo de aquella noche. Ni a la policía, ni a los servicios sociales, ni a su madre. Siempre ha asegurado que no recuerda lo que ocurrió antes de la explosión. Pero no es cierto. Recuerda hasta el último detalle. Lo tiene marcado para siempre al rojo vivo en el cerebro.

Sigue concentrándose en la carretera.

En el bosque de coníferas que se yergue a ambos lados como una silenciosa pared azul verdosa que absorbe toda la luz del día.

El País de las Sombras.

No es un lugar al que quiera volver, ni física ni mentalmente.

Ni siquiera junto a Martin Hill.

QUINCE AÑOS ANTES

Es una noche de comienzos de agosto. Son poco más de las dos, lo sabe porque las maniobras de preparación de Per casi siempre empiezan a esa hora. Justo cuando el cerebro ha entrado en sueño profundo y despertarse es más jodido. Las maniobras llevan un tiempo en marcha.

El ambiente entre ambos se ha ido cargando todo el verano, con iones crepitantes y afilados, igual que la tormenta que se aproxima.

Han hecho que el aire en La Granja se vuelva denso y difícil de respirar. Más que de costumbre.

Tiene dieciséis años. Dentro de dos semanas empezará el bachillerato en la ciudad. Dejará La Granja, saldrá al mundo.

Se irá de su lado.

Y no hay nada que él pueda hacer para detenerla.

Por lo menos eso es lo que ella se dice.

Salta la alarma y Leo sale de la cama rodando. Al mismo tiempo, pulsa el botón del cronómetro de su reloj de pulsera. Treinta segundos para ponerse la ropa y las botas, coger la mochila y correr hacia la puerta de la caravana.

Está cerrada por fuera, lo cual no es la primera vez, las ventanas están atrincheradas.

Mira el reloj. Ha pasado casi un minuto, le quedan cuatro.

Si consigue bajar al barco en menos de cinco minutos, le espera una sorpresa.

Si falla, le esperan dos semanas de ejercicios de castigo. No tiene ninguna intención de brindarle esa satisfacción. No piensa ir el primer día de instituto con heridas en los nudillos y las rodillas.

¡Jamás!

Se desliza por la trampilla de evacuación que hay en el armario. Va empujando la mochila por delante mientras se escurre por el espacio que hay bajo el vientre de la caravana.

La alarma sigue sonando por toda la finca, se mezcla con los focos que barren el terreno desde la alambrada.

El corazón le late con fuerza, Leo empuja con las rodillas y los codos para avanzar.

Dos minutos.

Ya está fuera, echa a correr. Recorta por el circuito de obstáculos, luego el campo de tiro, aparta una tapa y repta por uno de los túneles secretos que pasan por debajo de la valla. Sale al otro lado y, a pesar de la oscuridad, logra llegar hasta el sendero que baja al lago y al barco.

Procura caminar levantando mucho los pies, intentando prever los sitios en los que él pueda haber montado cables trampa; aunque normalmente no le sirve de nada. Per el Paranoias es experto en minas y explosivos. En cualquier momento Leo notará un tirón en un pie, seguido de una detonación, lo bastante cercana para que la tierra y la gravilla le escuezan en la piel y la onda expansiva le golpee el pecho.

El Paranoias las arma cada vez un poco más cerca del

sendero. Tan cerca que luego a Leo le pitan los oídos duran-
te varios días.

Pero no ocurre nada, cosa que la sorprende.

¿Puede haber superado los cables trampa?

En tal caso, sería la primera vez.

Sigue corriendo por el bosque. Se mueve con pasos lige-
ros y silenciosos. Aguza el oído para oírlo a él, por mucho
que no suela merecer la pena.

Acostumbra a moverse sin hacer ningún ruido. Pero esta
vez hay algo diferente. En algún punto a su espalda suena
una rama que se parte. Poco después, otra.

Él tiene prisa, se está precipitando.

¿Por qué? Lo siente en la nuca.

Hay algo que no cuadra.

Leo se detiene y trata de pensar con claridad. Las gafas
de visión nocturna que él utiliza muestran el mundo en una
escala de verdes. Además, lleva incorporada una cámara de
infrarrojos que se puede activar para tener ayuda extra. La
cámara convierte los objetos calientes, como el cuerpo de
Leo, en siluetas claras que se ven especialmente bien cuando
se mueven.

Pero los rayos infrarrojos solo tienen un alcance de unos
pocos metros, y tampoco le brindan visión de rayos X. Que-
darse sentada e inmóvil detrás de un objeto grueso reduce
notablemente el riesgo de ser descubierta.

Leo sale del sendero. Unos cinco o diez metros bosque
adentro hay unas rocas y se cuela entre ellas. El calor del sol
acumulado persiste en sus superficies rugosas, lo cual hace
que sea aún más difícil descubrirla.

Pega los labios alrededor de sus respiraciones. Intenta
obligar a su pulso a relajarse.

La sensación de que algo va mal es cada vez más intensa.

La tormenta retumba amenazante en la distancia, como si ya intuyera lo que va a pasar, como si tratara de advertirla.

El aire se vuelve denso, cambia de olor.

Electricidad. Peligro.

Se oyen pasos en el sendero. Rápidos, estresados.

De pronto paran en seco. Leo puede oír el leve pitido cuando Per activa la cámara de infrarrojos. Sabe que barre el terreno con las gafas de visión nocturna, buscándola a ella.

Por lo demás, reina el silencio. Ni viento, ni pájaros nocturnos.

Como si todo el bosque estuviera esperando la descarga.

Silencio sepulcral.

Por eso Leo está segura de lo que oye acto seguido. Sigue estando segura, por mucho que hayan pasado quince años.

El sonido más terrible que oyó jamás provenir de él.

Un sollozo.

Y es entonces cuando entiende lo que Per ha planeado. Qué tipo de sorpresa la espera abajo, en el barco.

Y que él nunca, nunca piensa dejarla marchar.

ASKER

Asker deja a Hill delante del portal de su piso en Lund. Quedan en que se llamarán por teléfono, y luego Asker continúa hasta Malmö.

Como de costumbre, aparca en el garaje de comisaría. Ve a un par de compañeros de Delitos Violentos pasar por su lado en un vehículo de vigilancia oscuro y recién salido de la tienda. Ninguno de los dos la saluda a pesar de que sin duda alguna la han visto.

Por lo que parece, Hellman y su panda están trabajando a toda máquina en identificar a los dos jóvenes del vídeo de extorsión. El pasillo en la planta menos uno está igual de lúgubre que siempre. Aun así, Asker está de mejor humor de lo habitual.

Tiene algo entre manos. Error: tienen algo entre manos, ella y Martin, y quizá esta pequeña corrección sea la diferencia.

Por primera vez en mucho tiempo cuenta con un aliado, alguien en quien confía, alguien que la entiende.

En su casillero hay dos sobres de correo interno de color marrón. Ambos son de Rosita. Se los lleva al despacho.

El primero contiene los resultados de Robert Mattson, el padrastro de Julia Collin. Todo empieza bastante tranquilo. Un par de denuncias por exceso de velocidad en el registro de antecedentes y una empresa de construcción en bancarrota en la mochila. Pero todas las deudas contraídas con el Estado están liquidadas, y desde hace unos años Robert dirige una compañía de taxis con cinco personas contratadas. Divorciado una vez antes de casarse con Ulrika, la madre de Julia. Dos hijos del matrimonio anterior, de quienes ha tenido la custodia compartida.

Una investigadora normal se habría conformado con eso. Habría constatado que Robert Mattson no tenía nada llamativo ni había razones para interesarse más por él.

Pero Rosita no se ha conformado. Ha hurgado aún más hondo: registro de vigilancia, causas archivadas, observaciones de los servicios sociales.

Y poco a poco va tomando forma otra imagen.

Primero, una denuncia anónima a la policía de que Robert habría sido violento con Julia y su madre. Poco después, los servicios sociales reciben la misma información.

Ambas instituciones investigan por su propia cuenta. La investigación policial se da por terminada poco después de interrogar a Ulrika y a Robert, quienes niegan en rotundo los hechos.

Pero parece que Julia no fue interrogada.

Los servicios sociales son más meticulosos. Aparte de Ulrika y Robert, hablan también con Julia, quien primero confirma los datos, pero luego cambia de parecer y también los niega. Además, hablan con la exmujer de Robert, quien tampoco reconoce que él fuera violento.

Después hay un apunte de que Julia se puso en contacto una vez más con los servicios sociales y que entonces había insinuado que en casa las cosas no estaban del todo bien. La persona que habló con ella incluso ha dejado por escrito que Julia le tiene miedo a Robert.

Antes de que dé tiempo de tomar ninguna medida, Julia cumple los dieciocho años y el interés por parte de servicios sociales se enfría, igual que el de la policía.

Simplemente tienen asuntos más importantes y urgentes en los que centrarse. Y no hay pruebas, más que un testimonio retirado y algunas insinuaciones.

Aun así, sirve para perfilar el retrato de la familia Collin.

El intercambio de miradas entre Ulrika y Robert.

Un motivo razonable para que Julia se escapara de vez en cuando a la cabaña de verano.

Asker abre el otro sobre.

Son las pesquisas de Rosita acerca del compañero Jakob Tell. Ha sido más diligente con sus búsquedas de lo que Asker se había atrevido a esperar.

Tell tiene unas notas muy altas en la Escuela Superior de Policía, buenas valoraciones por parte de superiores y compañeros del cuerpo. Obviamente, ningún expediente en el registro de antecedentes penales. *Minucioso*, *ambicioso* y *social* son palabras que se repiten en las descripciones que la gente hace de él.

Sin embargo, Rosita ha logrado encontrar un viejo informe de Asuntos Internos que muestra otra cara de Tell.

La denunciante es una compañera que mantuvo una relación de poca duración con él.

Cuenta que Tell ya era controlador desde un buen comienzo de la relación. No le gustaba que ella se relacionara con su círculo de amistades, quería saber con quién quedaba y cuándo. Cuando al fin cortó con él, Tell se presentó en su casa con el coche patrulla en mitad de la noche. Activó las luces azules para dejarle claro que la estaba vigilando. La denunciante afirma también que, en un par de ocasiones durante la relación, Tell la habría encerrado en un cuarto sin dejarla salir.

Tell lo negó todo, por supuesto. Fue su palabra contra la de ella, pero la denunciante se consideró lo bastante fiable para que a Tell le cayera una observación en su expediente de servicio. Por culpa de esto se le han negado varios puestos para los que se ha presentado, entre otros, en Delitos Violentos. Se ha visto obligado a quedarse en el Departamento de Seguridad Local y, a partir de ahí, ha ido escalando posiciones poco a poco.

Asker se reclina en la silla. Rosita ha hecho un trabajo formidable.

Mejor que muchos compañeros y compañeras de Delitos Violentos.

Y le basta con abrir el dominio de *Sydsvenskan* para descubrir que la nerviosa mujer también ha tenido tiempo de hablar con su contacto en el periódico. «Fuente con acceso al caso Smilla Holst afirma que la policía sigue la pista equivocada.»

Asker está segura de que su madre no se pierde ni una línea que se escriba en *Sydsvenskan*, así que lo más probable es que ahora mismo Hellman esté liado hasta las trancas tratando de explicarle a Isabel que todo eso es un simple bulo y que tiene la situación bajo control.

La imagen le resulta llamativamente sugerente.

Pero su satisfacción se apaga enseguida, repelida por las cavilaciones acerca del caso.

Asker no puede dejar de pensar en el suceso de anoche.

Que Jakob Tell llamara a su puerta tan solo unos segundos después de que el tren fantasma se hubiera detenido. Y hoy se lo ha encontrado en la maqueta ferroviaria, mostrando una actitud de lo más relajada, como si estuviera en su casa y conociera a todo el mundo.

Vuelve a ojear los papeles.

Al final de todo, Rosita ha hecho un resumen de las relaciones familiares de Tell.

Él consta como soltero, lo cual significa que no está casado ni tiene pareja de hecho registrada. Según los datos de la Seguridad Social, tampoco lo ha estado ni la ha tenido nunca.

Asker sigue leyendo.

El padre lleva mucho tiempo fuera de escena, la madre se mudó a la provincia de Norrland, en la otra punta del país.

En cambio, Tell tiene varios hermanastros y hermanastras con el segundo marido de su madre.

El nombre hace que Asker se quede sin aliento.

Ulf Krook.

Jakob Tell es hijastro de Ulf Krook.

SMILLA

—Smilla, ¿estás ahí?

—¡Estoy aquí!

—¿Te acuerdas de Tor, del que te hablé? ¿El que estuvo aquí antes que tú?

—Sí.

—Nunca llegó a salir de aquí, ¿verdad?

Smilla se queda pensando unos segundos. ¿Qué respuesta es la más adecuada?

—A lo mejor sí —dice.

—Yo creo que no —responde Julia—. El Reemplazador nunca deja marchar a nadie. Tor está muerto. Murió aquí abajo.

Solloza.

—He estado tan sola...

—Pero ya no lo estás —dice Smilla—. Y vamos a salir de aquí juntas. ¡Dentro de poco! Te lo prometo.

ASKER

Asker se queda un buen rato en el despacho mientras intenta entender cómo encaja Jakob Tell en todo esto.

Es evidente que es un tipo manipulador. Puede ser encantador de primeras, y al instante siguiente volverse desagradable. Además, tiene un historial que sugiere una actitud problemática tanto en las relaciones como en las rupturas.

Y dado que Ulf Krook es su padrastro, también es probable que tenga acceso al palacete y al taller en el que vio la casa de Sandgren.

Tell aseguró que no había hablado con Sandgren, pero está claro que pudo haber mentido. Si Tell fuera el autor de los hechos y Sandgren se le presentara y empezara a hacerle preguntas acerca de la maqueta ferroviaria y las personas desaparecidas, Tell habría entendido de buenas a primeras que debía tenerle un ojo puesto a su compañero de oficio.

Intervenir, si se acercaba demasiado.

¿Había hecho lo mismo con ella? ¿Seguirla, buscar la dirección de su casa, planificar para presentarse allí cuando estuviera sola?

Era todo perfectamente plausible, lo cual a su vez significaba que ahora Asker tenía un nuevo sospechoso principal.

Cierra el despacho, pasa por la científica, llama al timbre y trata de convencer al técnico que le abre para que busque huellas dactilares y rastros de ADN en la maqueta de la casa de Sandgren.

No es que Asker espere que vayan a encontrar nada. Si de verdad Jakob Tell es el perpetrador, conoce muy bien las medidas que hay que tomar para no dejar huellas. Aun así, tiene que intentarlo, obviamente.

—Estamos a tope —dice el técnico—. ¿De qué caso se trata?

—El secuestro de Holst —responde ella, con la verdad por delante.

El técnico mira a Asker un tanto desconcertado. Luego se encoge de hombros.

—Vale, si es así, lo cojo. El caso Holst tiene máxima prioridad.

—¡Gracias!

El garaje de comisaría está desierto y en silencio. Asker se dirige al rincón donde ha aparcado el coche. Nota el escalofrío en la nuca casi al instante.

Unos pasos sigilosos. Dos personas que la siguen.

Asker continúa caminando hacia su coche sin aumentar la velocidad ni darse la vuelta.

Más pasos, a la izquierda. Más discretos, pero perfectamente audibles.

Una persona que la embosca creyendo que tiene el factor sorpresa de su lado.

Hora de darle la vuelta a la situación. Asker para en seco, se vuelve.

Dos hombres justo enfrente.

El tercero sigue oculto en las sombras.

—¿Qué queréis? —pregunta ella.

Los hombres se acercan unos pasos. Sus rostros se vuelven visibles.

Uno es Eskil. El otro, un compañero en la categoría de peso pesado que hace que Eskil parezca aún más bajito de lo que es.

El peso pesado se llama Jim y es uno de los nuevos. Tiene cuello de toro y camina con el dorso de las manos hacia fuera. Le gusta levantar pesas y ver vídeos de MMA en el teléfono. Es prácticamente todo lo que Asker sabe de él.

—¿Qué coño te crees que estás haciendo, Asker? —gruñe Eskil.

—¿Por...?

—Has hablado con la prensa, vas por ahí soltando mierda sobre nosotros y Rodic.

Asker calcula la distancia. Tiene el coche a diez metros de allí. Debería tener tiempo, si no fuera porque la tercera persona que poco a poco la está rodeando le ha cortado la vía de escape. Por tanto, necesita ganar tiempo para elaborar un nuevo plan.

—Ah —dice lo más burlona que puede—. Así que tu amo te ha mandado para darme un sopapo. ¿No te pone nervioso?

—¿Nervioso por qué? —dice Eskil.

—Bueno, como Hellman me considera una amenaza lo bastante grande para su investigación como para mandar a su perrito faldero y a un gorila a por mí, está claro que hay algo que le preocupa. A lo mejor ahora ya ni él mismo cree en su propia teoría.

Los hombres se miran de reojo.

—Hellman teme que yo vaya a resolver el caso antes que él, es tan simple como eso. Y esa es la razón por la que estáis aquí. Ya sea por una orden directa o por iniciativa propia, la idea no deja de venir directamente de arriba.

Se desplaza despacio hacia un lado para conseguir distancia de maniobra respecto a la tercera persona.

—Chorradas —espeta Eskil—. Jonas sabe muy bien lo que hace. El caso estará resuelto mañana mismo.

Asker ladea la cabeza.

—¿Ah, sí? Entonces ¿qué estáis haciendo aquí abajo conmigo? —dice Asker—. Joder, o sea, si todo está tan claro... ¿O acaso hay algo que Jonas no os está contando?

—¡Cierra el pico! —ladra Jim.

El grandullón da un paso al frente, estira un dedo meñique lleno de pelos.

—Ándate con ojo, Asker. ¡Ándate con mucho ojo!

—O si no, ¿qué? Por favor, explícamelo.

Desliza la mirada por Jim y Eskil. Trata de identificar sus puntos débiles, la manera más sencilla y menos dolorosa de salir de esta encerrona.

La tercera persona está en algún punto detrás de ella. En cualquier momento podría tenerla encima.

—Siempre has sido muy zorra —gruñe Eskil—. Siempre te has comportado como si fueras mucho más lista y mejor que los demás.

—En tu caso no es tan difícil, Eskil —dice ella—. Un quinceañero cualquiera escribe mejores informes que tú.

—¡Cierra el pico! —vuelve a gritar Jim, puesto que parece que es la parte que le toca a él.

Un leve ruido de una suela fregando el suelo revela que la tercera persona ya le ha ganado la espalda y está preparada para pillar a Asker por sorpresa. La misma conclusión que se puede leer en las sonrisitas de Eskil y Jim. El ataque llegará desde atrás. La intención es desconcertar a Asker. La misma táctica que empleaban los abusones en el colegio.

Asker tensa el cuerpo con cuidado, resiste la tentación de girar la cabeza. Otro ruidito débil a apenas un metro de su espalda.

¡Ahora!

Asker da un paso rápido a la izquierda, al mismo tiempo que gira en el sentido contrario y lanza el codo derecho por encima del hombro.

El golpe es casi limpio. Acierta en la nariz en lugar de la barbilla, que es adonde apuntaba. Pero, aun así, el efecto es inmediato.

Puede oír el crujido del tabique del hombre al partirse y el sonido de sus dientes al picar.

Luego, un breve jadeo mientras las rodillas se doblan y el hombre se desploma entre dos de los coches aparcados.

Uno fuera, quedan dos. Pero al mismo tiempo, el golpe ha eliminado todas las eventuales barreras que los otros dos hombres han tenido hasta ahora.

Jim ya se le está echando encima, bajando la cabeza como un toro.

Debe de pesar por lo menos cien kilos, puede que más, y el espacio de maniobra de Asker es limitado. Detrás está Eskil, que es bastante más pequeño, pero aun así no deja de ser un adversario muy capaz.

Las probabilidades juegan en contra de Asker.

De pronto, una voz aguda rompe el silencio del garaje.

—¿Qué está pasando aquí?

Jim frena en seco, justo fuera de su alcance. Tanto él como Eskil se dan la vuelta.

Detrás tienen a un hombre mayor y delgado con el pelo rapado y las manos metidas en los bolsillos. Es Atila.

—¡No te metas, viejo! —gruñe Eskil—. Esto no es asunto tuyo. Será mejor que te vayas de aquí.

Atila enarca una ceja.

—¿Y si no lo hago?

Jim ha cambiado de objetivo. Da unos pasos en dirección a Atila, se yergue como una torre por encima de él. Tiene la cara roja, los puños cerrados. Una vena le bombea sangre en la sien.

—¿De verdad quieres saberlo? —le dice.

Atila no se mueve ni un milímetro.

El hombre entre los coches detrás de Asker se pone de pie tambaleándose, se aprieta la nariz y jadea de dolor mientras la sangre le sale a chorros.

Asker hace un falso ataque contra el tercer hombre. Este se echa hacia atrás entre unos coches, asustado, y sale por patas.

En realidad Asker debería aprovechar la oportunidad para escapar también. Pero una parte de ella está fascinada con el espectáculo.

Eskil parece inquietarse. Su mirada va saltando entre Atila, Jim y Asker. Está claro que su plan, fuera cual fuese, ha descarrilado.

Pero Jim no parece haberse enterado de ese detalle. Da un paso al frente, acercándose aún más a Atila, quien continúa con las manos en los bolsillos.

—¿No me has oído, puto viejo? —vuelve a gruñir Jim—. ¡Que te largues de aquí!

Proyecta una palma de la mano enorme contra el pecho de Atila.

Un error. Asker lo entiende mucho antes de que lo haga Jim.

Los movimientos de Atila son tan rápidos que apenas da tiempo a verlos.

Un giro con la mano, un desplazamiento lateral, una patada durísima al pliegue de la pierna y, de pronto, Jim está de rodillas en el suelo, con Atila detrás y la cabeza apresada en un mataleón implacable.

Jim tira de los brazos de Atila mientras intenta coger aire, pero no tiene ninguna posibilidad. En cuestión de segundos su cerebro se queda sin oxígeno y se le apaga todo el cuerpo. Su cara se vuelve gris, las extremidades se entumecen.

Atila relaja la llave y acompaña a Jim suavemente, casi con cariño, hasta el asfalto. Luego endereza la espalda y se sacude un poco de polvillo que tiene en una pernera.

Eskil permanece inmóvil. Se ha quedado pálido de rabia y miedo.

—Tienes dos opciones —dice Atila en voz baja—. Tu amigo volverá en sí dentro de treinta segundos. Ayúdalo a ponerse en pie y os largáis de aquí con el rabo entre las piernas. O bien...

—Me partes la cara —dice Eskil—. Sí, lo he pillado.

Atila niega con la cabeza.

—No, yo no.

Señala a Asker.

Eskil la fulmina con la mirada. Cierra y abre los puños un par de veces, como si sopesara aceptar el desafío. Asker ladea la cabeza. Lo mira con sus ojos bicolor y añade una sonrisa de satisfacción de regalo, como si ya hubiese empezado a pensar cómo le va a hacer daño.

Cosa que ha hecho. Al detalle.

Eskil parece entenderlo.

La inseguridad asoma en su rostro. Mira a su alrededor en busca del tercer hombre, luego mira a Jim, que sigue roncando en el suelo.

Termina sacando la evidente conclusión de que todo su plan se ha ido al garete y que no le queda alternativa. Eskil abre las manos, baja los hombros.

—Os vais a la mierda los dos —murmura.

Luego se agacha y ayuda a Jim a ponerse en pie. Se pasa uno de sus brazos por la espalda y juntos se alejan trastabillando en dirección a la salida más cercana. Una puerta se cierra con un golpe pesado. Después, todo queda en silencio.

Atila sigue de pie enfrente de Asker.

—¡Gracias! —dice esta.

—No hay de qué —responde él.

—La alarma de incendios, el otro día, en la científica. También fuiste tú, ¿verdad?

—Puede.

—Pensaba que solo te ocupabas de tus asuntos.

Atila esboza una mínima sonrisa y se encoge de hombros.

Luego da media vuelta y se marcha sin ninguna prisa de allí.

HILL

En realidad Hill ha quedado con dos amigos. El cine de los domingos es una de sus rutinas preferidas. Pero, en contra de sus principios, cancela la cita.

La sustituye por un paseo con la intención de poner orden en su cabeza, llena de cavilaciones alrededor de los hechos de la jornada.

La conversación que han tenido Leo y él en el coche le preocupa.

Si el perpetrador ha atacado a Sandgren en su casa porque este se había acercado demasiado, ¿qué le impide hacer lo mismo con Leo? Todos los hombres que había alrededor de la maqueta —Lilja, Ulf Krook y Finn Olofsson— apenas podían dejar de mirarla. Finn es, sin duda, el más raro de todos. ¿Estaría hablando de sí mismo cuando ha descrito al autor de los hechos? Casi daba esa sensación.

Justo cuando vuelve a casa, Leo lo llama al móvil.

—¿Estás en casa?

—Acabo de llegar —confirma él.

—He descubierto algo nuevo. Una persona nueva que es interesante para la investigación.

Le habla de Jakob Tell. Le explica cómo fue el día que lo

conoció en comisaría, que él había intentado invitarla a salir. Que ayer por la tarde se había presentado en su casa sin previo aviso y había tratado de acosarla y que hoy había aparecido también en los locales de la asociación.

Por extraño que parezca, lo que Leo le cuenta lo deja un poco más tranquilo. O sea que el hombre que había visto en la puerta de Leo era Jakob Tell, no un novio secreto del que ella no le había hablado.

Al mismo tiempo...

—¿Cómo sabía dónde vives?

—No me lo dijo.

Hill respira hondo.

—Lo cierto es que lo vi. O bueno, le vi la espalda.

—¿Qué?

Hill le cuenta su versión de la historia.

—Entonces, el taxi que vi era el tuyo —dice Asker—. Pensaba que era el suyo. ¿Os cruzasteis con algún otro taxi por el camino? ¿Uno que estuviera volviendo de mi casa?

—No.

—¿Estás seguro?

—Al cien por cien. Es un camino estrecho, me acordaría si nos hubiésemos cruzado con alguien.

Asker se queda unos segundos callada.

—Entonces ¿cómo llegó Tell hasta mi casa? ¿Y adónde fue después de que apareciera el vecino?

—Ni idea. A lo mejor tenía su propio coche aparcado en algún sitio.

—Lo dudo. Olía a alcohol, parecía que iba un poco tocado. Pero podría haber cogido el coche igualmente, claro.

—O bien alguien lo llevó. Una persona que aparcó un poco a escondidas y luego se quedó esperando.

La idea inquieta a Hill. Asker, en cambio, parece que le lleva la delantera.

—Un policía puede pasearse por toda la región a cualquier hora del día —dice—. Parar a gente, hacer que suban al coche, como al autostopista o a Julia. O quizá pillar a alguien in fraganti, como a Tor. Además, se enteraría si alguien comienza a hurgar en el caso.

—Como Sandgren.

—Exacto.

Se vuelve a quedar callada.

—¿Y cómo lo demostramos?

—He dejado la maqueta de la casa de Sandgren para que le hagan un examen técnico. Está claro que Tell sabe bien cómo se puede evitar dejar tanto huellas dactilares como restos de ADN, pero lo único que se necesita es un simple pelo.

Suena dubitativa, como si ella misma no terminara de creerse esa posibilidad.

—Y luego tenemos las imágenes de la cámara oculta —continúa.

—¿Las has conseguido?

—No, pero Nygård me acaba de mandar un mensaje, es el técnico de alarmas. Por lo visto, Lilja y los demás se han quedado un buen rato trabajando en algo. Sin embargo, esta tarde Nygård tenía un compromiso y no ha podido ir, así que tendremos que esperar hasta mañana.

—Vale.

Hill intenta poner orden en su cabeza. Por muy raro que pueda sonar, y pese a las circunstancias, cuando menos desagradables, le está gustando esta conversación. Que él y Leo compartan un secreto, como solían hacer.

—¿Has oído algo de la chica esa? ¿My?

—No —dice él—. No sé nada desde ayer. Y me llama desde un número oculto; pero tengo el presentimiento de que volverá a ponerse en contacto conmigo. Intentaré hacer que me explique lo que sabe.

—Bien. Si quieres, puedo pedir a un compañero que rastree el número oculto desde el que llama. Le encantan esas cosas.

—A lo mejor es buena idea —responde él—. Al menos, si My no da señales de vida en breve. Pero creo que no conviene presionarla.

Se hace el silencio.

—Por cierto, ¿por qué fuiste a mi casa ayer? —pregunta luego Asker, con voz más suave.

Hill no tiene ninguna respuesta buena. Pasados unos segundos, ella lo pilla y lo libera.

—Hablamos mañana —dice, y cuelga, puede que incluso con una sonrisa en la voz.

Hill abre una botella de vino, se sienta delante de la tele y se queda dormido en el sofá. La lluvia tamborilea en la ventana. Le recuerda al ruido de un tren de maqueta.

Sueña con un paisaje de cuento enorme en el que siempre brilla el sol, en el que los trenes van de un lado a otro, entre lugares felices.

Una de las casas se parece a la de Asker. Puede verla por la ventana del primer piso. O mejor dicho, una figurita que la representa.

Pintada con tanto detalle que incluso se pueden distinguir sus ojos de colores, lo cual es imposible excepto en los sueños, naturalmente.

Pero entre los árboles del parque vislumbra otra figura.

Una que está sin pintar y que, aun no teniendo rasgos faciales, parece estar observándola.

Un tren se acerca por la vía. En el instante que pasa por allí, la escena cobra vida.

Los árboles ondean con el viento, un perrito corre al lado de la carretera.

La figura sin contorno se mueve entre los árboles. Luego el tren termina de pasar y todo vuelve a quedarse quieto. Esperando el instante en que un nuevo tren lo devuelva a la vida.

Cada vez que eso ocurre, la figura sin rostro se acerca un poco más a la casa de Asker. Aun así, ella parece no percatarse de su presencia. A pesar de encontrarse en la ventana que da al parque, está mirando en la dirección equivocada.

Hill intenta gritarle que se dé la vuelta. Avisarla del peligro que la acecha. Pero ella no lo oye.

Se despierta con el teléfono. Número oculto.

—¿Hola? —dice adormecido.

—Soy My. —Habla en voz baja, casi un susurro—. Estoy en el tren. Necesito tu ayuda.

Hill se incorpora.

—¿Qué tren?

—De camino a Lund. Llegamos en un cuarto de hora. Han pasado un montón de cosas, así que me he largado. Creo que alguien me está persiguiendo.

Se levanta del sofá.

—Voy para allá —contesta él—. ¡Nos encontramos en el andén!

Cuando sale del portal, ve que la lluvia se ha intensificado. Hace que la oscuridad otoñal parezca aún más oscura.

Abre el paraguas y camina a paso ligero hasta la estación. El agua de lluvia le salpica los zapatos y las perneras.

La estación queda justo en el centro de Lund. Calles y edificios a ambos lados, un paso elevado cubierto en uno de los laterales cortos. El tren entra al mismo tiempo que Hill llega al andén.

Las puertas se abren y una veintena de pasajeros se bajan.

My es una de las últimas. Ha cambiado el gorro de lana por una gorra que lleva calada hasta las cejas y tapada con la capucha de la chaqueta. La joven camina hacia Hill con paso firme, mira a un lado y al otro un par de veces. Al hombro lleva una bolsa de deporte.

—Vamos —dice, y lo agarra del brazo—. ¡Cualquiera puede vernos!

Se lo lleva por la escalera del paso elevado, todo el rato mirando a su alrededor.

—¿Qué está pasando? —pregunta Hill.

—Ahora no. —My se detiene y otea la calle principal.

Un puñado de coches se deslizan por allí abajo. Los limpiaparabrisas lidian con la lluvia.

—¡Mierda! —resopla My.

Coge a Hill de la mano y tira de él en dirección a la escalera contraria del paso elevado. Al pie de esta, el viento tira del paraguas, la lluvia los moja a ambos en la cara. El agua está helada, los ojos escuecen.

—¡Vamos! —My empieza a correr y se mete por entre los bloques de pisos.

Hill intenta sostener el paraguas por encima de sus cabezas, pero a los cincuenta metros de carrera se rinde y lo pliega.

My cruza un patio interior iluminado y salen a una nueva calle. Hill mete un pie en un gran charco y queda empapado por encima del tobillo.

Más adelante, una señora desaparece con un caniche dentro de un portal.

My frena la puerta justo antes de que se cierre, tira de Hill para meterlo en el edificio y luego cierra la puerta.

Otea nerviosa la calle, por donde se acercan los faros de un coche. My se pega a la pared, le hace una señal a Hill para que haga lo mismo.

El vehículo avanza muy despacio. Ellos se quedan quietos, con la lluvia rezumando por la ropa.

My aún tiene aferrada la mano de Hill. La aprieta con tanta fuerza que casi le duele, mientras el coche desaparece de su campo de visión.

La calle queda desierta. La lluvia sigue azotando el asfalto.

—Me parece que ya es hora de que me expliques de qué va todo esto —dice Hill.

My le suelta la mano.

—Enseguida —dice ella—. ¡Pero no aquí!

ASKER

Como hace siempre que le cuesta dormir, Asker saca la mochila.

La vacía, comprueba el contenido y la vuelve a llenar. Es algo que suele tranquilizarla.

Pero esta noche, no.

Ahí fuera hay un asesino en serie. Alguien que carga con la vida de seis personas en su conciencia. Y puede que sean más.

Asker está bastante segura de que se ha cruzado con él.

Que ha estado en su casa, en su recibidor.

La pregunta de antes vuelve a hacerse presente.

¿Qué habría pasado de no haberse presentado el vecino por lo del perro?

Una buena pregunta, cuya respuesta desconoce, por fortuna.

Asker ha comprobado todas las cerraduras, ha activado la avanzada alarma de la casa. En el televisor de su cuarto se pueden ver las imágenes de todas las cámaras que vigilan las entradas de la casa. Quitando la lluvia y el fuerte viento, está todo tranquilo. No hay nada que no se mueva como le corresponde.

Cómo Jakob Tell llegó hasta allí es una de las preguntas que no puede quitarse de la cabeza. ¿Y cómo pudo marcharse con la misma rapidez y discreción?

¿Aparcó un poco lejos y condujo ebrio, o tenía a alguien que lo dejase allí y que luego lo recogiese? Un ayudante, tal y como sugería Hill.

Además, Asker aún no ha digerido del todo el drama en el garaje de comisaría.

Se acaricia el codo. Lo tiene dolorido y un poco inflamado.

¿Hellman sabía que Eskil y sus dos compinches iban a ir a por ella? ¿Puede haber sido incluso idea suya?

Puede que no. Al menos, no explícitamente.

Una de las cualidades de Hellman es que sabe cultivar una cultura de equipo en la que ese tipo de órdenes nunca hace falta formularlas. Solo debe dejar que Eskil y otros interpreten lo que él quiere que se haga, desmarcándose así de las tareas más sucias. Un líder cuyas manos y conciencia están siempre limpias y cuyos secuaces se desloman para que las cosas sigan así.

Ella misma formó parte de la secta de Hellman en su momento, sabe lo que la lealtad ciega y mal dirigida puede ocasionar.

Ahora, en cambio, es una renegada, una traidora que debe ser tratada como tal. Que se merece una tunda en un garaje oscuro.

¿Y por qué Atila va merodeando por ahí, ayudándola? ¿Tiene algo que ver con que esté al corriente de lo de Per el Paranoias y La Granja?

Y luego hay una cosa más a la que ha estado dando vueltas.

Eskil ha soltado algo de que mañana iba a terminar todo.

Eso solo puede significar una cosa: Hellman y su equipo han conseguido rastrear a las dos personas que mandaron el vídeo de extorsión y están planeando un golpe.

Asker sigue sin creer que el vídeo guarde relación con el secuestro de Smilla, pero está claro que podría equivocarse.

«Cada afirmación debe poder afrontar la pregunta de por qué. Hasta que no lo has preguntado tres veces, no te empiezas a acercar a la verdad.»

Es una de las citas preferidas del Paranoias y que solía emplear para señalar el peso de cuestionar siempre aquello que otras personas aceptan como verdad.

Irónico, puesto que él mismo no toleraba ser cuestionado ni un puto segundo. Pero eso no implica que la lógica del razonamiento sea errónea. Al menos hasta cierto punto.

Asker lo prueba con su teoría.

Primera pregunta: ¿por qué iba alguien a grabar un vídeo, exigir un pago y humillar a la policía si este alguien no ha secuestrado a Smilla?

Respuesta: para sacar dinero o para joder a la policía y a la familia Holst.

Segunda pregunta: ¿por qué correr ese tipo de riesgos para conseguir justo ese resultado?

Respuesta: porque se considera que el resultado hace que el riesgo merezca la pena.

Tercera pregunta: ¿por qué se considera eso?

Respuesta: porque se entiende el riesgo; no se tiene en cuenta que la policía empleará todos los recursos que tenga disponibles y que las posibilidades de conseguir el objetivo son mínimas. O porque, aun así, el resultado —el pago o la humillación de la policía o de la familia Holst— hace que merezca la pena.

Cuarta pregunta: ¿quién cree algo así?

Respuesta: alguien que es propenso al riesgo, que no sabe cómo trabaja la policía, que antepone las emociones a la lógica, que se cree inteligente, invencible.

En pocas palabras: alguien joven.

Si Asker le añade la información que ha podido sacar del vídeo —que los supuestos secuestradores son dos hombres demasiado jóvenes para haber podido colocar las dos primeras figuras en la maqueta y que, además, no hablan con acento del norte de la provincia de Skåne—, su teoría supera el test.

El vídeo de los secuestradores tiene mucho más números de ser una farsa que de ser auténtico.

Y mañana Hellman llevará todos los recursos y toda su credibilidad en la dirección equivocada.

Asker quiere estar presente cuando eso ocurra.

Quiere presenciar el momento en que su investigación vuele por los aires. Quiere ver la expresión de sus ojos cuando se dé cuenta de que él se ha equivocado y ella tenía razón.

Asker vuelve a mirar las imágenes de las cámaras. El viento y la lluvia de fuera aumentan. Cogen fuerza.

A lo mejor se debe a que acaba de dejar entrar otra vez a Per el Paranoias en su cabeza, pero por un breve instante regresa a aquella noche de verano de hace muchos años. Puede sentir la tensión que poco a poco se va acumulando ante la inevitable descarga. Algún día le explicará a Martin qué fue lo que realmente pasó aquella noche. Merece saberlo.

Pero todavía no.

Asker abre la mochila y vuelve a vaciar el contenido sobre la cama una vez más.

HILL

Hill y My están sentados a la prohibitiva mesa de diseño que tiene en la cocina. Él ha preparado té mientras ella se ha puesto ropa seca que llevaba en la bolsa de deporte.

Hill también está mojado, pero está demasiado ocupado con todo lo que está ocurriendo para dejarse importunar.

Le gustaría sonsacarle las respuestas de buenas a primeras, pero entiende que sería una mala idea.

My sigue alterada. Se empeña en que tengan las luces apagadas y cada dos minutos mira por la ventana al mismo tiempo que da caladas nerviosas a su cigarrillo electrónico.

—Oye —dice él—. ¿Serías tan amable de explicarme de qué va todo esto?

My toma un trago de té, exageradamente despacio, como si estuviera intentando ganar tiempo para pensar.

—MM y yo nos conocimos en un foro de *urbex* este verano —empieza diciendo—. A los dos nos encantaba tu libro, fue así como empezamos a hablar. Él me explicó que iba a una asignatura tuya y que eras su ídolo; quedamos para tomar algo y una cosa llevó a la otra. Smilla acababa de cortar con él. Se había largado a París para estudiar.

MM estaba bastante afectado por todo, así que yo ya entendí que era un clavo para quitar otro clavo.

Le da una calada al cigarrillo. Exhala una nube de vapor con aroma a frutas del bosque.

—Pero me daba igual. Yo no buscaba nada serio, al menos al principio. MM y yo hicimos algunas salidas de exploración urbana juntos. Hay algo muy excitante en practicar sexo entre ruinas. Primitivo, de alguna manera. Decadente.

Lanza una larga mirada a Hill para ver cómo reacciona.

Él trata de permanecer impasible. No mostrar lo tremendamente interesado que está en escuchar cómo continúa. Encajar aquellas piezas con lo que Leo y él ya saben.

—Pues eso. Seguimos quedando y al cabo del tiempo yo me impliqué un poco más de lo que había pretendido. Al mismo tiempo, entendí que MM había empezado a remendar la situación con su ex.

Vuelve a chupar la boquilla. Hill intenta controlarse. Dejarle explicar su historia sin interrumpirla con preguntas.

—Yo... —My suspira, como si la continuación fuera a resultarle más difícil—. Tengo un primo que también hace exploración urbana. Conoce algunos sitios muy especiales que, en principio, nadie más conoce. Nunca cuelga fotos, nunca presume en ningún foro de internet. Le conté mi lío con MM. Él se ofreció a llevarlo a uno de sus lugares secretos. La verdad es que no sé por qué le dije que sí. A lo mejor pensé que así conseguiría gustarle más a MM, de alguna manera. Tipo, «mira lo que yo puedo hacer por ti que Smilla no puede». —Hace un gesto irónico con la mano—. Ya sé que ser empalagosa tiene poco de sexy —continúa—.

Pero da igual, mi primo y MM se pusieron en contacto. Yo fui con ellos la primera vez, pero luego me puse enferma y ellos hicieron un par de excursiones sin mí. Después de eso, quedé más o menos desconectada de sus movidas relacionadas con el *urbex*, así, de golpe. Además, MM comenzó a evitarme, puesto que Smilla iba a volver a casa. Yo estaba muy cabreada con él. —Se ríe apenada—. Y luego, de pronto, Smilla y él habían desaparecido.

»Le pregunté a mi primo si él sabía algo, pero me dijo que llevaba mucho tiempo sin hablar con MM, lo cual yo sabía con seguridad que no era cierto. Los había visto casualmente hablando por WhatsApp los días antes. Así que empecé a entender que algo no iba bien. Mi primo es... —Hace una pausa, busca la palabra acertada— un poco peculiar. Paranoico, casi se podría decir. Yo siempre pensaba que era porque le importaban mucho sus secretos. Que no quería que ningún otro aficionado al *urbex* correteara por sus sitios. Pero cuando seguí preguntándole por MM, se enfadó. O, mejor dicho... —da otra calada larga—, se volvió muy desagradable. Me dijo que dejara de meter las narices. Que me olvidara de MM y que borrara todo lo que tuviera que ver con él. Además, comenzó a vigilarme. Vivo en una cabaña que es propiedad de su padrastro, lo cual lo complica todo aún más.

Hill asiente pacientemente con la cabeza, lucha contra el impulso de interrumpirla.

—Y luego, cuando MM apareció muerto... —My aprieta los labios, mira a la ventana de reojo por enésima vez—. Me volví paranoica. Empecé a pensar que tenía el teléfono pinchado y todo tipo de cosas. Apenas me atrevía a salir de casa.

Se queda callada. Apaga el cigarrillo electrónico pulsando un botoncito y empieza a hacerlo rodar sobre la mesa.

Hill intenta darle tiempo, pero el ansia empieza a ganarle la partida. El perturbador relato de My encaja bien con las conclusiones a las que han llegado él y Leo, y tiene un millón de preguntas que hacerle. La primera es obvia.

—¿Cómo se llama tu primo? —dice tanteando, refrenándose todo lo que puede.

My clava la mirada en la mesa sin responder. Sigue jugando con el cigarro electrónico.

Hill espera mientras ella vuelve a apretar los labios, esta vez hasta que se vuelven blancos. Su paciencia está a punto de agotarse. Pero es fácil que el menor paso en falso haga que My se eche atrás y vuelva a desaparecer.

Hace un esfuerzo por sonar tranquilo cuando le hace la siguiente pregunta.

—¿Y qué ha pasado esta noche?

—Mi primo me oyó llamarte la última vez. Desde entonces se ha mostrado suspicaz. Ha instalado una aplicación de rastreo en mi móvil, me ha prohibido que vaya a ningún sitio sin contárselo. Ha sido casi como vivir en una cárcel. —Le da un golpe al cigarrillo electrónico para que dé un par de vueltas sobre sí mismo—. Así que decidí largarme de allí. He conseguido un teléfono nuevo, he dejado el antiguo en la cabaña y he bajado en bici hasta la estación. Pero estaba tan paranoica... Estaba convencida de que él sabía que pensaba largarme. De que me ha seguido en coche. —Mira inquieta hacia la ventana.

—¿Y qué plan tienes? ¿Adónde pensabas ir?

Se encoge de hombros.

—Tengo una amiga en Estocolmo. Pensaba coger el tren mañana. Él no la conoce, así que allí puedo pasar desapercibida. Pero necesito un sitio donde pasar la noche.

Mira a Hill con ojos suplicantes.

—Ningún problema —asegura él—. Puedes dormir en mi cama, yo duermo en el sofá.

—Gracias —dice My con un suspiro de alivio. Ahora ya ha bajado un poco la guardia, y además él le ha hecho un favor, por lo que Hill se siente lo bastante empoderado para hacerle algunas preguntas un poco más difíciles.

De un cajón de la cocina saca la figurita de plástico sin pintar y la pone delante de My.

—¿Alguna vez has visto una de estas?

My da un respingo.

—El padrastro de mi primo tiene un taller en su sótano. Está lleno de figuras como esas. ¿Por qué lo preguntas?

My ladea la cabeza, casi igual que como suele hacer Leo.

—Porque han encontrado una igual en el coche de MM, y también en otros sitios donde ha desaparecido gente.

My se queda blanca.

Hill decide ir directo al grano.

—Creo que tu primo es quien está detrás de todo —dice, y se inclina hacia delante—. Creo que atrae a exploradores urbanos y los mata. Deja una figurita de plástico a modo de tarjeta de visita. Creo que es él quien ha matado a MM y que a lo mejor también tiene a Smilla cautiva.

De momento obvia todo lo referido a la maqueta ferroviaria, en parte porque no quiere revelar demasiado, en parte porque suena muy macabro.

My se tapa la boca, se queda mirándolo, pálida como la tiza y con los ojos como platos.

Sin previo aviso, ella se levanta de un salto de la silla.

Hill teme que vaya a correr hacia la puerta de entrada, por un breve instante piensa en seguirla. Pero My se mete en el cuarto de baño y cierra la puerta con fuerza a su espalda.

Hill intenta recomponerse. ¿Ha sido acertado contarle eso a My?

¿Asustarla de esa manera?

Quizá no.

Se pregunta si debería llamar a Leo, pero ya es de noche y no quiere arriesgarse a romper el débil lazo que tiene con My.

Si Leo supiera lo que My le acaba de contar, se subiría volando al coche e iría hasta allí; luego intentaría obligar a My a darle el nombre de su primo. Hill está convencido de que sería una estrategia completamente equivocada.

Tiene que dar un paso atrás, tratar de reconstruir la confianza. Demostrar que es un tipo de fiar.

Solo entonces conseguirá el nombre.

Pasados unos cinco minutos My regresa a la cocina.

Ha recuperado un poco el color, pero sigue en shock.

—¿Estás bien? —le pregunta.

Ella se sienta, las manos le tiemblan un poco y entrelaza los dedos para intentar frenarlo.

—A mi primo le gusta dar sustos —dice en voz baja—. Lo ha hecho desde que era pequeño, me parece. —Coge una bocanada de aire temblorosa—. Una vez se coló en mi cabaña mientras yo estaba durmiendo. Llevaba una especie de cámara de visión nocturna. Estaba sentado en una silla en mi dormitorio cuando me desperté. Y ahora, después de lo que me has contado...

Mete la mano en un bolsillo de la chaqueta, saca un pequeño objeto y lo deja encima de la mesa.

Hill coge aire. El objeto es una figurita de plástico sin pintar y sin rasgos faciales, idéntica a la que tiene él.

—La he encontrado esta mañana debajo de mi ropa interior —explica con voz trémula—. Ayer no estaba ahí, estoy segura. Quería mostrar que ha estado allí dentro, que me tiene vigilada —explica entre sollozos.

Hill se queda mirando fijamente las dos figuras idénticas en la mesa.

—Haremos lo siguiente. Es tarde, así que mejor nos vamos a dormir. Mañana le cuentas todo esto a mi amiga Leo Asker. Es poli.

My hace una mueca aterrada.

—La poli, no —susurra—. Él se enterará de que he sido yo. Por favor, cualquier cosa menos la poli.

—Tú estate tranquila —dice Hill—. Leo sabe lo que hay que hacer. Él no se enterará de que has sido tú.

—¿Estás seguro?

Hill asiente con la cabeza.

My lo mira como si tratara de ver si la está engañando o no. Luego dirige la mirada hacia las figuras de plástico.

Hill las coge de un barrido y las guarda en el cajón de la cocina.

—Aquí estás a salvo —afirma con énfasis—. Y mañana todo te parecerá un poco más fácil.

Lunes

ASKER

Asker sale de casa mucho antes del amanecer. Comprueba el retrovisor interior cada treinta segundos para asegurarse de que no la está siguiendo nadie.

Esta vez no se mete en el garaje de comisaría, sino que aparca en una de las calles de alrededor, de donde puede irse rápidamente.

Se ha equipado con prismáticos, agua y un par de barritas de proteínas. Pero necesita algunas cosas más.

Pasa a recoger su arma de servicio, luego una de las dos radios policiales portátiles de las que dispone el Departamento de Recursos. Después llama con fuerza a la puerta de Enok Zafer. Tal y como esperaba, él ha llegado pronto al trabajo.

—Necesito ayuda con una cosa —dice—. ¿Puedes hacer que esta radio pertenezca a un departamento que no es el nuestro? Para que pueda escuchar sus avisos de equipo.

El hombre la observa por encima de la montura de las gafas.

—Desde luego —dice—. ¿En cuál estabas pensando?

—Delitos Violentos.

Zafer le dedica una larga mirada, luego da un paso al lado y extiende la mano.

—Adelante, pasa, solo tardaré un par de minutos. Y gracias por la ayuda con el informe. El director técnico no me ha dicho nada.

—Qué bien —contesta Asker. Casi tiene un poco de remordimientos por haberle mentido.

SMILLA

Smilla se despierta con una extraña sensación en el cuerpo.

Lleva mucho tiempo sin comer ni beber por miedo a que la droguen, y al principio piensa que el hambre la ha acabado poniendo enferma.

Pero después de pasar un rato tumbada en la oscuridad tratando de poner orden en su cabeza, se percata de que lo que nota es otra cosa.

Una especie de tensión en el ambiente.

Obviamente, pueden ser imaginaciones suyas. Pensamientos ilusorios, puras fantasías.

Pero la sensación no quiere desvanecerse, al contrario, solo se intensifica.

Algo importante va a ocurrir. Se levanta de la cama a hurtadillas, se acerca a la rejilla.

—Julia —susurra—. Julia, ¿estás ahí? ¡Creo que está pasando algo!

HILL

Vuelve a soñar. Es el mismo sueño que la noche anterior.

El paisaje de la maqueta ferroviaria, las escenitas perfectas que cobran vida con los trenes. La casa de Leo, la figura sin rostro que se va acercando sigilosamente por el bosque.

Pero algo ha cambiado. Ya no es Leo la que está en la ventana de la gran vivienda, sino My.

—Se hace llamar el Reemplazador —le susurra una voz al oído—. Coge a una persona y la cambia por otra cosa. Y se está acercando.

Se despierta en el sofá. Intenta dormirse otra vez, pero le es imposible.

Se levanta. Mira por las ventanas. La calle parece igual de tranquila que siempre.

Corre las cortinas. Enciende las luces de la encimera y bebe un vaso de agua.

La puerta del dormitorio está entreabierta, y no lo estaba cuando él se fue a dormir. Se acerca en silencio y echa un vistazo por el hueco para asegurarse de que My sigue allí.

La habitación está a oscuras, pero llega suficiente luz

desde la cocina para que pueda constatar que está tumbada en la cama.

Tiene los ojos cerrados, su respiración es pausada, como si estuviera profundamente dormida.

Hill la observa unos segundos mientras sus ojos se acostumbran a la penumbra.

Sin todo el maquillaje y la mirada alerta, la ve aún más vulnerable.

My se mueve un poco en sueño. Hill enseguida se echa hacia atrás para que no lo descubra allí plantado si se despierta. Luego vuelve a la cocina.

Son las seis de la mañana, así que se prepara un té y hojea el periódico de la mañana. Piensa de nuevo en si llamar o no a Leo.

Concluye que por lo menos tiene que esperar a que My se haya despertado, para que no se piense que está intentando engañarla. Además, Hill quiere tener algo concreto que darle. Confirmar quién es el primo de My.

Poco antes de las siete la oye meterse en el lavabo.

Hill pone la mesa para el desayuno. Pan, embutido, zumo, yogur. Incluso se regala un pepino cortado en rodajas.

Al mismo tiempo, intenta decidir qué táctica emplear para la inminente conversación.

My aparece en el quicio de la puerta. Parece más relajada que anoche.

—Hay pastillas para el corazón en el armario del lavabo —dice—. ¿Estás enfermo?

Hill enarca las cejas.

—No pretendía husmear —añade—. Pensaba que a lo

501

mejor tendrías un cepillo de dientes extra en el armario. Tiene pinta de que haya alguno.

A Hill le convence la explicación.

—Llevo una válvula cardiaca —dice—. Tengo que tomar anticoagulantes para que no se tapone.

—Anticoagulantes. ¡Entonces debes ir con cuidado con eso!

Señala el cuchillo de cocina que tiene en la mano.

—Por supuesto —responde Hill, y le da un hachazo al pepino, sacándole una sonrisa a My.

Nota que el ambiente entre ambos es más liviano. Como si una noche de descanso en un sitio seguro la hubiese hecho relajar el nivel de paranoia.

O bien My ha decidido confiar en él, simplemente.

La conclusión le infunde valor.

Le da tiempo a que haya podido comer un poco y luego va directo al grano.

—Tu primo —afirma.

Ella se queda de piedra, su mirada cambia de golpe y se torna vigilante.

—Sí...

—¿Quieres decirme cómo se llama?

Ella niega lentamente con la cabeza.

—Pero ¿y si soy yo quien te da un nombre?

No es una táctica impecable, desde luego, pero no se le ha ocurrido nada mejor.

My titubea.

—Jakob Tell —dice Hill sin prisa—. Trabaja de policía en Hässleholm.

My traga saliva. Se lo queda mirando un buen rato con ojos de miedo y curiosidad al mismo tiempo.

—¿Có-cómo lo has sabido?

—Leo descubrió que Tell es hijastro de Ulf Krook. El resto de las piezas las encajé yo solo. Ulf tiene un taller de maquetas en el sótano y tú le alquilas la cabaña a él.

My guarda un largo silencio. Luego asiente lentamente.

—Jakob está enfermo de la cabeza —murmura—. No entiendo cómo ha podido llegar a ser policía.

Hill piensa en cómo Tell intentó forzar a Leo. En la figura amenazante y sin rostro de sus sueños, que se acerca cada vez más a su casa.

—¿Y cómo podemos demostrar que Jakob tiene algo que ver con la desaparición de MM y Smilla? —pregunta.

My vuelve a quedarse callada. De pronto se la ve arrepentida, como si hubiese hablado de más.

—No sé —dice tajante. Su mirada se inquieta, el miedo de ayer se vuelve a apoderar de ella.

—¿Se te ocurre algo que lo relacione con MM? Ayer dijiste algo de unos mensajes por WhatsApp.

My se muerde el labio.

—Por chat utiliza un alias. Se hace llamar Berg. Pero estoy segura de que ya hace mucho tiempo que lo borró todo. No es tan tonto como para usar algo que se pueda rastrear.

—Pero por lo menos los has visto juntos...

My lo interrumpe.

—No pienso testificar contra él, olvídate. —Mira la hora—. Será mejor que me vaya. El tren a Estocolmo sale dentro de media hora.

—Pero no puedes irte así sin más —protesta Hill—. Tenemos que procurar que detengan a Jakob.

My se encoge de hombros. Luego se levanta de la silla.

—No es problema mío. Entiendo perfectamente hacia dónde va todo esto. Quieres presionarme para que testifique contra Jakob. Pero él es policía, se enterará en el acto. Y además, es mi palabra contra la suya.

Deja su taza de té en el fregadero y se dirige al pasillo.

Hill la sigue.

—Por favor, quédate un rato más. Podemos hablar de ello.

My dice que no con la cabeza.

—Es demasiado listo. No tenéis ninguna posibilidad.

Empieza a atarse los cordones de las botas.

—Y, además, no es mi problema. Es la policía quien debería pararle los pies a Jakob, no yo.

Se levanta, coge la bolsa de deporte.

Hill piensa en algo que decir. A menos que consiga impedírselo, en cuestión de segundos My habrá desaparecido.

—Por favor, quédate un rato más —intenta—. Llamaré a Leo y hablamos del tema.

My se pone la chaqueta. Su expresión se ha endurecido, como si ya se hubiese esperado que él fuera a traicionarla. Como si se hubiese preparado para esto.

Igual que Leo. Siente una punzada en el abdomen nada más pensarlo.

—Gracias por dejarme dormir aquí. ¡Nos vemos!

My se da la vuelta y pone una mano en la manilla de la puerta. Su chaqueta aún tiene manchas mojadas de la lluvia de ayer. A Hill le viene una cosa a la mente. La palabra que leyó en los planos de Sandgren.

—Lluvia subterránea —dice—. ¿Es allí adonde pretendía llevar a MM? —Un tiro a ciegas, una última brizna de esperanza. Pero no tiene nada mejor.

My se queda de piedra, luego se vuelve despacio hacia él. Se ha puesto pálida.

—¿Cómo coño sabes lo de la lluvia subterránea?

—MM me lo contó —explica Hill, lo cual no deja de ser cierto, en parte.

Ha conseguido una oportunidad, una pequeña abertura que podría ensancharse si va con suficiente cuidado.

—¿Has estado allí? —pregunta ella—. En la montaña.

—No —dice él—. Aún no —añade, puesto que intuye que se trata de algo importante—. Pero he visto los planos.

Mentira. La palabra estaba garabateada entre varios planos distintos y Hill no sabe cuál es el correcto. Pero eso My no tiene por qué saberlo. Lo importante es que no se vaya.

—O sea... La montaña es su lugar secreto. Yo solo he ido una vez. Es un sitio muy *creepy*.

—¿Jakob llevó allí a MM? —vuelve a preguntar él.

Ella se lame los labios nerviosa.

—No lo sé. Puede.

—¿Podríamos ir? —pregunta Hill—. Ver si hay algún rastro de él.

My se pone aún más blanca.

—¡No! ¡En absoluto!

Mira por encima del hombro, como si estuviera sopesando salir corriendo por la puerta. Hill le pone una mano en el brazo.

—A lo mejor hay algo allí —dice con cuidado—. Algún tipo de prueba que pueda vincular a Jakob con MM. O algo que pueda conducirnos hasta Smilla. ¡A lo mejor sigue viva, My!

My se retuerce. Hill puede ver que la cabeza le va a mil por hora.

—Podemos ir ahora mismo —propone—. Le pediré a Leo que compruebe que Jakob está en el trabajo. Seguro que nos quiere acompañar.

—No —dice MY con decisión—. Es peligroso.

—¡No si estamos seguros de que Jakob está en el trabajo! Entonces podemos inspeccionar el sitio sin que nadie nos moleste. Y si encontramos algo, Leo lo detendrá. Tú no tendrás que testificar y Jakob desaparecerá. Estás a salvo.

Sonríe lo más dulce que puede. Le vuelve a tocar el brazo.

—Y además, yo estaré contigo.

My pega los labios, mueve los ojos de un lado a otro y parece que preferiría largarse de allí.

Pero poco a poco los superpoderes sociales de Hill van apagando su resistencia.

—Piensa en Smilla —vuelve a decir.

My suelta un suspiro. Levanta las manos en un gesto de rendición.

—Vale —accede—. Pero tenemos que estar completamente seguros de que Jakob no pueda presentarse de golpe.

ASKER

Asker ya está preparada cuando los coches salen por la verja. Tres vehículos de vigilancia de paisano de Delitos Violentos. Dos furgones blindados con las fuerzas especiales. Por la radio policial que Zafer le ha arreglado puede oír cómo hablan de la operación.

—Uno de los sospechosos estuvo allí anoche —dice uno de los oteadores, que ya está ubicado en el sitio—. Se marchó a casa sobre las diez. Contamos con que alguien se presentará en el local en la próxima hora.

El convoy de vehículos sale de la ciudad, Asker los sigue de lejos.

Después de un cuarto de hora yendo por diferentes carreteras secundarias, llegan a un punto de encuentro en el borde exterior de un polígono industrial.

Asker aparca a cierta distancia. Con los prismáticos ve a los agentes de las fuerzas especiales descargando bolsas de equipamiento. Chalecos pesados, armas automáticas, cascos con cámara. Por lo que parece, se preparan para cualquier eventualidad que pueda surgir. Y ¿por qué no? Hellman y su equipo esperan enfrentarse a secuestradores violentos.

Asker lo ve hablando con el jefe de operaciones y los

jefes de equipo. Examinan algo que Asker intuye es un mapa sobre un edificio y se ponen de acuerdo en un plan de ataque.

Aunque no le guste, tiene que reconocer que está un poco preocupada. ¿Y si, a pesar de todo, Hellman está en lo cierto? ¿Y si encuentra a Smilla, se vuelve un héroe y se queda con el puesto de Rodic como jefe de Delitos Violentos?

Se quita la idea de la cabeza.

—Se acerca un coche —avisa uno de los oteadores—. Activo el vídeo.

Asker maldice en silencio. Habría dado casi cualquier cosa por poder ver las imágenes de seguimiento, pero tal como están las cosas tiene que contentarse con el audio.

—Un Mazda, el mismo que ayer. Tres personas en el vehículo —dice el oteador—. Se detienen delante del local.

—Entendido —zanja Hellman—. En cuanto puedas, confirma que son las personas correctas.

—Una mujer ha bajado del coche —continúa el oteador—. Mira a su alrededor. Parece nerviosa.

—¿Crees que os ha visto?

—No, estamos en un edificio en diagonal. Hemos tapado las ventanas con lámina tintada, así que no se puede ver el interior, pero está nerviosa. Los otros dos siguen sentados en el coche. Ya deberíais poder ver las imágenes.

—Sí, las tenemos, pero la señal tiene cierto desfase, así que ve explicando lo que ves.

Se hace el silencio unos segundos. Asker escucha en tensión.

—Vale, dos hombres se han bajado del vehículo —dice el oteador—. También parecen nerviosos. Van mirando todo el rato a un lado y al otro. La mujer se ha encendido un cigarro. Ahora llega otro coche. Un Volvo oscuro que no hemos visto antes.

Otro silencio.

—Vale, el Volvo ha pasado de largo. Los sospechosos se lo han quedado mirando un buen rato y parece que están hablando de él. Recordaba un poco a un coche patrulla de paisano, así que podría ser por eso.

Se oye algo de ruido electrónico. Luego vuelve la voz del oteador.

—Parece que están discutiendo. La mujer da aspavientos con los brazos. Ahora se aparta un tanto y sigue fumando. Uno de los hombres abre las puertas con llave y entra en el edificio. El otro se queda fuera y espera a la mujer.

—De acuerdo —responde Hellman—. Nos preparamos para intervenir. Contamos con hacerlo a las 10:30.

Asker mira el reloj. Falta más de una hora. Pese a tener claro que lo que quieren es tener tiempo para asegurarse de que Smilla no corre peligro de sufrir ningún daño, le pica el cuerpo. ¿Por qué no zanjar el asunto cuanto antes?

Se hunde un poco en el asiento, trata de seguir a Hellman y su panda con los prismáticos. Un poco de café no habría estado mal.

Su teléfono empieza a sonar. Es el número de Hill.

—Hola, Martin —dice.

—¡Hola! —saluda él en voz baja pero al mismo tiempo agitada—. Tengo a My aquí conmigo. Ahora se está duchando, así que no me oye.

Resume brevemente el relato que le ha contado.

—Es lo que pensábamos. Tell tiene un lugar secreto que utiliza como señuelo. Allí habría lluvia subterránea, tal y como Sandgren había apuntado entre los planos. Si tenemos suerte, allí habrá alguna pista que vincule a Tell con MM, Smilla o alguna de las demás personas desaparecidas.

La radio pita, pero luego se vuelve a hacer el silencio.

—My puede enseñarnos cómo se llega —continúa Hill—. ¿Cuánto tardarías en venir?

Asker se muerde el labio.

Falta más de una hora para la intervención. Si se va ahora, se lo perderá todo.

—Tengo un asunto entre manos —dice—. ¿Podemos posponerlo? Solo unas horas.

—No creo —responde Hill—. Si lo alargamos, temo que My se eche para atrás. Está muerta de miedo por Tell, ya ha dicho varias veces que se quiere largar de aquí.

—¡Joder! —dice Asker en voz alta. Puede ver a Hellman merodeando allí abajo. Seguro de sí mismo, arrogante, rodeado de admiradores.

Todo el mundo la ha traicionado, apostando por él.

Sus compañeros de trabajo, su jefa, su propia madre.

Y dentro de poco van a descubrir la magnitud del error de haber tomado esa decisión.

Asker quiere estar presente, quiere verlo cuando ocurra. Se lo merece.

—Podemos ir nosotros —sugiere Hill—. Puedo pedirle el coche a un amigo.

—¡En absoluto! —exclama Asker—. Imagínate que aparece Tell.

—Puedes comprobar si está en el trabajo. Si estamos seguros de ello, no habrá ningún peligro.

La radio policial se reactiva, la temperatura asciende de cara a la intervención.

—¡Un vistazo rápido! —asegura Hill—. Tenemos que aprovechar la oportunidad.

Más conversación por radio, es obvio que se están preparando.

—Vale —accede Asker a regañadientes—. Voy a hacer un par de llamadas. No hagáis nada hasta que os haya confirmado que Tell se encuentra en su despacho de Hässleholm. Entérate de dónde está el sitio y luego esperadme, me uniré a vosotros lo antes que pueda, ¿de acuerdo?

—Recibido, jefa —dice Hill con una sonrisa en la voz—. Y no te preocupes, no tomaremos ningún riesgo innecesario.

HILL

A pesar de su promesa, Hill no se atreve a esperar a que Asker le devuelva la llamada antes de salir de casa. My está inquieta, no para de mover las manos, sigue teniendo pinta de poder salir por piernas de un momento a otro.

Va a buscar el coche de su amigo, recoge a My y pone rumbo al norte lo más rápido que puede, contando con que Asker lo llame durante el trayecto.

No dicen gran cosa. My se pasa la mayor parte del rato toqueteando el móvil.

Hill prueba con la radio del coche, cambia entre algunas emisoras antes de encontrar algo que se deje escuchar.

Al norte de Lund el paisaje es heterogéneo. Campos de cultivo y centrales eólicas que acaban dando paso a un bosque caducifolio. El cielo está encapotado.

Poco a poco las coníferas van ganando terreno. Sustituyen los colores otoñales por matices azul verdosos. Sombras profundas que acechan la carretera cada vez más de cerca.

El mensaje de Asker llega poco después de que hayan pasado Hörby.

Tell tiene formación de jefe hasta las
16:00 h. Lo he comprobado dos veces
y no cabe duda de que está allí. Un
compañero me llamará si Tell sale de
comisaría. Cuento con haber
terminado dentro de una hora.

Hill le repite el mensaje a My. Ella se limita a asentir con la cabeza.

—Ya no queda mucho, ¿verdad? —pregunta, más que nada por tratar de mantener viva la conversación—. Para llegar a la montaña.

—No mucho —dice ella. Sigue toqueteando el móvil.

—¿Cuándo fue la última vez que fuiste? —pregunta Hill.

—Hará un año, creo. Puede que más.

—¿Cómo encontró ese sitio?

My levanta la vista.

—No lo tengo claro. Me parece que lo descubrió de pequeño. Pero el portón está sellado, así que lleva mucho tiempo abandonado. El fondo está lleno de agua.

—Se queda callada, mira por la ventanilla.

Continúan un buen rato en silencio.

—Martin —dice luego ella—. Cuando todo esto se haya acabado, ¿querrás salir un día conmigo?

La pregunta lo pilla por sorpresa. Igual que el tono de su voz. Serio, vulnerable.

No se le ocurre nada mejor para contestar que intentar hacer una broma.

—¿No soy un poco mayor para ti?

Ella no responde, se queda mirando por la ventana.

—Tienes que salir por esta —indica pasados cinco minutos y señalando un desvío.

Enseguida señala un segundo desvío, y luego un tercero.

Por cada giro, el camino se vuelve más pequeño y estrecho.

El último es una pista forestal, apenas son más que dos roderas con una tira de hierba entre medio, llena de hoyos con agua marrón. El bosque se inclina hacia dentro a ambos lados. Extiende sus dedos verdes, que acarician los laterales del coche a modo de advertencia.

La pista termina en un pequeño claro para poder hacer un cambio de sentido.

—¡Hemos llegado! —dice My tensa—. Desde aquí hay que caminar un poco.

ASKER

La tensión en el punto de reunión ha aumentado. Los ex-compañeros de Asker de Delitos Violentos se pasean inquietos y las fuerzas especiales se han armado con chalecos y cascos. Están esperando órdenes para ponerse en marcha.

Los oteadores siguen informando por radio.

—Los tres sospechosos están dentro del edificio. Sigue sin haber señales de vida de la rehén.

Hellman está hablando con el jefe de operaciones. Los dos hombres parecen serios. Con los prismáticos, Asker puede ver que se estrechan la mano, parece que han tomado algún tipo de decisión.

Segundos más tarde las fuerzas especiales empiezan a cargar sus vehículos.

Su teléfono comienza a sonar. No es Hill, como ella había esperado, sino un número desconocido.

—Hola, me llamo Sebastian Collin. Me han dicho que me buscabas.

Asker tarda unos segundos en ubicar el nombre. El hermano mayor de Julia.

—Sí, eso es, gracias por devolverme la llamada.

—No hay de qué. Disculpa que haya tardado, he estado fuera del país unos días. Me imagino que se trata de Julia.

515

—Así es —dice Asker.

Más adelante, las fuerzas especiales se ponen en marcha.

—He hablado con tu madre y con tu padrastro.

—Ah. —A lo mejor son imaginaciones suyas, pero el tono de Sebastian suena cortante, incluso suspicaz. Asker decide no andarse por las ramas.

—Después de mi visita encontré una denuncia anónima y un informe de servicios sociales contra Robert. Se le acusaba de haber sido violento tanto con tu madre como con Julia.

Se hace el silencio. En el punto de reunión, incluso Hellman y su equipo se meten en sus coches.

—Supongo que mi madre te contó maravillas de Julia —dice Sebastian—. Buenas notas, un futuro prometedor y todo eso.

—Algo así, sí —confirma Asker.

Sebastian suspira.

—Mi madre habla de Julia como si fuera una santa. Se niega a decir nada malo de ella. Pero lo cierto es que... —Hace una pausa, como si las palabras lo atormentaran—. Lo cierto es que mi hermana era una persona complicada.

—¿Qué quieres decir?

—Julia adoraba a nuestro padre. Su muerte la afectó mucho y nunca aceptó que mi madre se volviera a casar. Era ella quien hizo las denuncias. Robert nunca ha sido violento ni con ella ni con mi madre, te lo prometo.

Asker arruga la frente.

—¿Estás diciendo que les mintió a los servicios sociales y a la policía solo para deshacerse del nuevo marido de Ulrika?

—Julia odiaba a Robert —responde—. Lo odiaba de verdad. Pero mi madre no permite que nadie diga ni una palabra sobre el tema. Ni siquiera Robert, que es quien sufrió las consecuencias. Sospecho que tampoco has oído la historia de los canguros.

—No —dice Asker—. O bueno, sé que hacía de canguro en el vecindario.

—Así es. Cuando tenía quince, dieciséis años. Pero lo tuvo que dejar de golpe porque luego varios críos tenían pesadillas. Se ve que Julia les contaba historias de terror y luego los encerraba en un cuarto oscuro y los asustaba hasta que se cagaban de miedo. Los amenazaba con pegarles si se chivaban.

—¿Por qué me cuentas todo esto?

—Porque estoy harto de fingir que Julia era una jodida santa. Era graciosa y lista, pero también era manipuladora y podía ser malvada. Pero de esa faceta suya no quiere hablar nadie, sobre todo desde que desapareció.

Los coches empiezan a alejarse del punto de reunión y a Asker le entra prisa por seguirlos.

—Lo siento, pero tengo que colgar. Muchas gracias por haberme llamado —le dice al hermano mayor de Julia al mismo tiempo que empieza a rodar.

—No hay de qué. Espero que te sea de ayuda —responde Sebastian.

—Seguro que sí —dice Asker de forma automática, más que por convencimiento.

Corta la llamada y sigue al equipo de Hellman a una distancia prudencial.

Su corazón ha empezado a latir más fuerte.

HILL

My guía a Hill por una larga cuesta. El bosque de abetos es muy denso, solo se ve alterado puntualmente por manchitas amarillas de retoños de abedul. Las hojas caídas vuelven el suelo resbaladizo y a Hill le patina el pie un par de veces.

Están más apartados de la civilización de lo que se había esperado y ahora siente con fuerza que le habría gustado llevarse su vieja y fiel mochila de exploración urbana. Pero ahora ya es demasiado tarde para arrepentirse.

—Casi hemos llegado —dice My, y señala unos matorrales tupidos flanqueados por grandes rocas.

Rodean los matorrales y se plantan delante de un búnker de hormigón de baja altura, con grandes jaulas de malla metálica llenas de piedras en lugar de ventanas. Hill ya ha visto antes construcciones similares. Sabe que el búnker es una especie de filtro de aire enorme que se suele utilizar para instalaciones militares.

—Esto es la entrada superior —dice My—. Abajo hay un portón que da entrada directamente a la montaña, pero como te he dicho antes, está sellado, así que este es el único acceso que hay.

My rodea el búnker. En realidad, parte de la pared es

una puerta de hormigón que está entreabierta, dejando ver una ranura oscura de medio metro de ancho.

My mira nerviosa a su alrededor.

—La puerta está abierta. No suele estarlo.

Hill se detiene, saca el teléfono para llamar a Leo.

Mala cobertura, lo cual no es de extrañar.

Se acerca a la abertura. Una corriente de aire húmedo sale por ella. Si abajo del todo hay un túnel, tal y como sugiere My, y esto es la entrada de aire superior, las condiciones podrían permitir sin problemas que se genere lluvia subterránea.

—¿Qué hora es? —pregunta ella, y él vuelve a sacar el móvil.

—Casi las once. Tenemos tiempo de sobra.

—Vale. —Se arma de valor—. ¿Entramos?

Hill titubea, mira a su alrededor. Le ha prometido a Asker que esperaría hasta que ella llegara.

Debería volver al coche, encontrar un sitio desde donde llamarla y enviarle su ubicación. Al mismo tiempo, esa parte del plan no se la ha contado a My. Y si lo hace, a lo mejor ella se arrepiente. Tell está en su puesto de trabajo, y debe reconocer que la lluvia subterránea lo atrae. Casi lo está llamando.

Cuando vuelve a mirar hacia el búnker ve a My colándose por la abertura. Tras unos pocos segundos más de titubeo, Hill le sigue los pasos.

La estancia de dentro es pequeña. Diez metros cuadrados, como mucho. El suelo, las paredes y el techo están hechos de piedra y hormigón. En el centro de la estancia hay un agujero redondo, por el que asoman la montura de una escalera metálica fijada a la pared. Una leve corriente de aire sube por el agujero, arrastrando consigo un olor oscuro y húmedo a montaña.

Hill saca las linternas del bolsillo de su chaqueta y le ofrece una a My. Luego se agacha y resigue la escalera con el haz de luz. Esta se adentra en la montaña y desciende un buen trecho, parece que atraviesa varias estancias.

My ya ha empezado a bajar.

Hill la sigue. Comprueba los peldaños antes de agarrarse a ellos para no arriesgarse a hacerse ningún corte. Están galvanizados, pero aun así el óxido se ha abierto en algunos puntos, tiñendo la superficie de marrón.

Mientras desciende va barriendo las paredes de piedra con la linterna.

Ni una sola pintada, constata. Eso significa que son pocas las personas que han estado allí desde que desmantelaron la instalación. Allí el tiempo debe de haberse detenido cincuenta años, por lo menos, quizá incluso más.

La idea es fascinante. Y, como de costumbre, hace que su corazón mecánico tenga que trabajar más duro.

My sigue bajando a la oscuridad.

La tercera estancia que atraviesan es más amplia que las anteriores.

Hill echa un vistazo hacia arriba. Deben de haber bajado unos quince metros en la montaña. Es algo que se puede notar a nivel físico. Como si los miles de toneladas de roca que tienen por encima hicieran que el aire se vuelva más denso, más cargado. Es una sensación que le encanta.

Al llegar a la cuarta salita Hill ya ha deducido cómo funciona todo.

Cada estancia es una copia de la estancia superior,

pero ampliada. Cuanto más arriba, más pequeña es la sala, y lo mismo ocurre con el agujero alrededor de la escalera.

El tamaño descendente de las estancias y el agujero a medida que estas van acercándose al búnker genera una corriente natural a través de la montaña, como una suerte de chimenea gigante.

El aire que escupe el corazón de la montaña es más húmedo cuanto más se adentran en ella.

No cabe duda de que allí podría haber lluvia subterránea.

—¡Vamos! —dice My inquieta.

En la cuarta estancia la escalera de acero se acaba de forma abrupta. Parece que la han cortado con una amoladora. Una manera sencilla y no poco habitual de impedir el acceso, igual que lo es desmontar la manilla de una puerta.

Alguien la ha sustituido con una escalera metálica normal y corriente, que les permite bajar el último tramo hasta una sala que tiene una abertura en una pared.

Hill calcula que ahora han bajado unos treinta metros. Puede que más.

El aire es tan húmedo que les moja la piel.

My vuelve a avanzarse. Ilumina la abertura, que en realidad es un pasadizo.

—Por aquí.

El pasadizo es cuesta abajo, la grava del suelo cruje y salpica alrededor de sus pies.

Al otro lado salen a un extremo de una enorme cueva.

Debe de tener por lo menos cien metros de largo y quince de ancho, y en el extremo contrario vislumbran un enorme portón de piedra. El agua rezuma por las altas paredes, transformando la mayor parte del suelo en una laguna. Justo delante de Hill se ven unos carriles ferroviarios, que a medida que se acercan al portón se van cubriendo cada vez más de agua, hasta que desaparecen bajo la superficie.

A la derecha de los rieles hay un muelle de carga de veinte metros de largo, en cuyo hormigón se observan manchas de pequeñas hogueras. Dos puertas de acero oxidado en el muelle parecen dar acceso al interior de la montaña, a nuevas estancias.

Hill apunta al techo de la cueva con la linterna. El tiro de la chimenea por la que han bajado es tan fuerte que el aire húmedo del suelo se ve absorbido hacia arriba, generando gotas pequeñas pero perfectamente visibles cuando las iluminas.

—Lluvia subterránea —murmura fascinado.

Es más hermoso de lo que se había atrevido a imaginar. Las gotas de humedad titilan bajo el haz de luz, se mecen casi ingrávidas en el aire, como pequeños cristales brillantes.

Toma un par de fotos con el móvil. Desearía haberse llevado una cámara de verdad, una que le hiciera más justicia al fenómeno. MM tenía razón. Sin lugar a dudas, ese sitio encajaría en un nuevo libro.

My se ha parado a esperarlo, pero es evidente que le cuesta estarse quieta.

—Venga, vamos, no quiero quedarme aquí más de lo necesario. Tenemos que ir por aquí. Hay otra sección.

Tira de él para llevárselo a la puerta de acero de la izquierda.

Es pesada, las bisagras rechinan con suavidad antes de dejarse abrir.

La puerta es la primera de dos puertas iguales de una esclusa.

Al abrir la segunda, una leve corriente los golpea. El aire del otro lado de la esclusa es notablemente menos húmedo, huele a hierro y a otra cosa oscura y mohosa que Hill no logra identificar.

Tras la esclusa hay un pasillo de veinte metros de largo con puertas pintadas de verde a ambos lados. En el extremo final hay una lucecita roja que indica que, por sorprendente que resulte, la instalación dispone de electricidad.

El contraste respecto a la gran cueva es llamativo. Hill toma otras pocas fotos con el móvil.

My le hace un gesto para que vaya él delante.

Hill deja que la linterna corretee por el suelo. A los pocos metros se percata de que el pasillo no termina donde la luz roja, sino que dobla a la derecha y continúa adentrándose en la oscuridad.

Se detiene, aguza el oído. My hace lo mismo.

Allí abajo reina un silencio sepulcral. No se oye ni una gota de agua cayendo, como en la cueva.

Una especie de silencio mudo que solo se ve interrumpido por sus respiraciones y el débil, pero audible por completo, sonido de la válvula cardiaca de Hill.

Sigue caminando, se acerca a la primera puerta.

Esta, igual que el pasillo, tiene un aspecto asombrosamente normal para hallarse en las profundidades de una montaña. Una puerta verde con pintura que ha saltado. El metal de debajo no se ha oxidado, puesto que allí la humedad ambiental es mucho menor que en el resto de la montaña. Manillas de los años cincuenta, sin cerradura, precinto ni ningún cartel de advertencia. Nada que sugiera peligro de ningún tipo.

Una puerta normal y corriente.

Aun así, es como si una leve señal de alarma hubiese empezado a sonar en la cabeza de Hill.

Primero, apenas perceptible, pero se va intensificando a medida que se acerca a la puerta.

Se mezcla con el sonido cada vez más acelerado de su corazón mecánico.

Hasta este momento la montaña no ha hecho más que fascinarlo. Le ha hecho sentir la misma curiosidad y celo que le invaden siempre que visita un lugar abandonado.

Pero todos esos sentimientos se esfuman de un plumazo. Los sustituye otra cosa, algo que se refuerza por la presencia de la lucecita roja que los mira fijamente desde la esquina del pasillo.

Una sensación desagradable de que Hill no debería estar en ese sitio, no debería abrir esa puerta.

Nana Hill le habría dicho que siguiera su instinto: dar media vuelta, llevarse a My, regresar a la escalera y subir lo más rápido posible, sin mirar atrás. Poner distancia con ese lugar oscuro.

Antes de terminar de pensar todo eso, My baja la manilla y abre la puerta.

Hill mira dentro. La sala del otro lado debe de tener unos veinticinco metros cuadrados. Las paredes están cubiertas de estantes, que a su vez están llenos de tarros de cristal minuciosamente colocados en hileras.

Cientos de tarros de distintos tamaños, con pequeños orificios en las tapas.

Hill nunca ha visto nada parecido. Fascinado, ilumina los botes con la linterna. Todos tienen el mismo contenido. Lo único que cambia es el tamaño del cuerpo y el color marchito de las hojas finas como papel que las distingue unas de otras.

En el fondo de cada tarro hay una mariposa solitaria, muerta.

—¿Qué coño es esto? —dice con un jadeo, y se vuelve hacia My.

Pero el pasillo que tiene detrás está en silencio y oscuro.

ASKER

Por alguna razón la operación se ha retrasado, pero ya dará comienzo de un momento a otro.

Con ayuda de un conserje complaciente, Asker ha logrado subir a un tejado cercano desde donde puede observar todo lo que ocurre mediante los prismáticos sin ser vista.

El edificio que les interesa a Hellman y su panda es un edificio de una sola planta en el borde exterior del polígono industrial. En la fachada principal tiene una puerta de entrada y dos ventanas, en la de atrás hay un contenedor y un muelle de carga con una puerta enrollable. El cartel de fuera, descolorido por el sol, asegura que el arrendatario es una empresa de importación. Desde fuera el sitio parece cerrado a cal y canto.

Asker se pega los binóculos a los ojos. El coche del que los oteadores han estado hablando sigue delante del edificio. En la parte de atrás, uno de los equipos de las fuerzas especiales se acerca con cuidado al muelle de carga. Uno de los agentes parece colocar algo en el portón enrollable.

—Alfa 2 en posición —informa el jefe de equipo.

—Excelente —responde el jefe de operaciones—. Alfa 1, adelante.

Uno de los furgones de las fuerzas especiales se acerca por la calle. Los agentes están de pie en los estribos laterales del vehículo. Con una mano se agarran a las barras del techo y con la otra sujetan las armas automáticas. El corazón de Asker late un poco más fuerte.

A la altura del coche aparcado el conductor frena en seco y el equipo de fuerzas especiales se abalanza sobre la entrada.

—¡Alfa 2, adelante! —ordena el jefe de operaciones al mismo tiempo.

Se oye un breve estallido cuando la cerradura del portón enrollable salta en pedazos por efecto del explosivo. El portón se abre y el otro equipo entra corriendo en el local desde atrás.

Al mismo tiempo aparecen agentes de policía vestidos de paisano con las armas en ristre que proceden a cubrir las cuatro fachadas del edificio, por si alguien tratara de escapar.

Asker se agazapa un poco, no quiere ser vista, o peor aún: que la confundan y se piensen que es una cómplice de los delincuentes.

Oye gritos, luego una detonación y un destello que, sin duda alguna, proviene de una de esas granadas aturdidoras que tanto adoran las fuerzas especiales.

Más gritos, luego la radio crepita.

—Alfa 1, el local está asegurado —informa uno de los jefes de equipo—. Tenemos a tres detenidos.

—¿Y la rehén? —oye preguntar a Hellman—. ¿La hemos encontrado?

—La estamos buscando.

El teléfono de Asker empieza a sonar. Se lo pega a la

527

oreja sin apartar la mirada de los prismáticos. Da por hecho que será Hill.

—¿Ya has llegado? ¿Dónde está el sitio?

—Mmm —dice una voz cohibida que, definitivamente, no es la de Hill—. Aquí Granqvist, de la policía de Hässleholm.

—Ah —dice Asker, todavía sin apartar la mirada.

—Oye, acabo de pasar por la sala de reuniones de arriba y parece ser que Tell se ha ido a casa hace un rato. Alguna urgencia que le ha salido. Debe de haber salido por la puerta de atrás, porque yo no lo he visto.

Asker se queda de piedra. Baja los prismáticos.

—¿Hace cuánto? —pregunta.

—No sé, puede que haga una hora, creo —dice el hombre avergonzado—. ¡Lo siento!

Luego corta la llamada de forma abrupta.

—¡Maldita sea! —espeta Asker entre dientes. Un escalofrío la recorre por dentro.

Marca rápidamente el número de Martin.

—Cógelo, cógelo, cógelo —murmura.

Un chasquido al otro lado de la línea.

«Hola, soy Martin Hill, ahora mismo no puedo coger la llamada...»

Asker cuelga, lo vuelve a intentar.

Pero el resultado es el mismo.

No logra comunicarse con Martin.

HILL

—¡My! —grita Hill.

Su voz rebota entre las paredes de hormigón del pasillo.

—¡My!

Enfoca con la linterna a un lado y al otro. Hace apenas unos segundos estaba justo detrás de él. Ahora se la ha tragado la oscuridad.

¿Ha entrado en pánico? ¿Se ha visto azotada por las mismas sensaciones desagradables que lo han invadido a él? Pero entonces ¿por qué no ha dicho nada?

Busca por el pasillo, pero el haz de la linterna solo vuelve a revelar las paredes lisas, una fila de puertas verdes y un suelo sucio.

Más allá de la esquina y la lucecita roja, la oscuridad se cierra.

Ninguna My.

Hill nota que el vello de la nuca se le eriza bajo el cuello de la chaqueta.

La válvula cardiaca se ha convertido en un redoble de tambor.

—My —vuelve a probar. Su voz se tambalea.

Hill ha visitado un buen puñado de edificios como ese. Búnkeres militares, fábricas desmanteladas, hospitales, cabañas abandonadas. Algunos de ellos, bastante espeluznantes. Pero ninguno lo ha asustado nunca como lo está haciendo ese lugar.

Vuelve a iluminar la sala. Una macabra colección de mariposas muertas.

Y, aun así, esto no es más que lo que se esconde detrás de la primera de las puertas verdes que hay en el pasillo. ¿Qué hay en las demás?

¿Quién acecha en la oscuridad a la vuelta de la esquina?

El redoble de la válvula repica en su pecho.

Finalmente el instinto de Nana Hill coge las riendas.

Hill se da la vuelta y camina a paso cada vez más rápido en dirección a la esclusa de puertas por la que han llegado. Cierra las dos tras de sí y continúa hasta la cueva. La luz de la linterna va barriendo las paredes, proyectando sombras aterradoras en todas direcciones. La lluvia subterránea ha dejado de ser bonita, ahora solo es fría y desagradable.

Un ruido le hace echar instintivamente un vistazo hacia atrás.

Tropieza con una piedra, alza las manos y consigue caer de rodillas, pero la linterna se le escapa de la mano. Aterriza con un chapaleo en la laguna que cubre la mayor parte del suelo de la cueva.

Se abalanza sobre ella para recuperarla, mete la mano en el agua helada y consigue sacarla. Por suerte, sigue encendida. Las manos y rodillas de Hill también siguen intactas. Ninguna señal de sangrado, lo cual no deja de ser un alivio.

Una piedra se desprende de la pared de la cueva y cae en el agua a tan solo unos metros de él. El ruido le hace ponerse de nuevo en pie.

Ahora se mueve a paso ligero. La linterna parpadea un par de veces, pero sigue funcionando. Cruza corriendo el pasadizo y accede a la sala de la escalera. Enseguida habrá salido de allí. De vuelta a la luz.

Pero cuando se acerca a la abertura que hay en el techo de la sala ve que algo está mal.

La escalera metálica ya no está.

La linterna vuelve a parpadear.

Luego se apaga de golpe.

ASKER

Asker ha intentado localizar a Martin por lo menos diez veces. Le ha mandado tres mensajes para decirle que, se encuentre donde se encuentre, tiene que irse de allí. Ahora mismo, antes de que aparezca Jakob Tell.

Pero sigue saltando el buzón de voz y Asker sigue sin recibir ninguna respuesta a los mensajes de texto. Ninguna confirmación de que Martin haya recibido su aviso. Incluso ha llamado a Enok Zafer. Le ha pedido que rastree los teléfonos de Hill y de Tell y que la llame tan pronto tenga las posiciones.

Pero ¿qué puede hacer mientras tanto?

Hellman y su panda se están acercando al edificio en el que ya han entrado las fuerzas especiales. Los oye parlotear entusiasmados por la radio policial. Celebrando la victoria antes de tiempo.

A ella también le gustaría entrar corriendo.

Presenciar el momento en que Hellman se dé cuenta de que estaba equivocado. Que la investigación de la que él decidió apartarla ha descarrilado y que no tiene la más remota idea de dónde se encuentra Smilla Holst, ni quién está detrás de su desaparición.

Mirarlo a los ojos mientras él coge el teléfono y llama a

Isabel para explicarle que se ha ido todo al traste y que ha apostado al caballo equivocado.

Vuelve a mirar con los prismáticos. El coche de Hellman dobla la esquina haciendo chirriar los neumáticos.

Va sentado en el asiento del copiloto, Asker puede ver la sonrisita arrogante en su cara.

Y en algún sitio completamente diferente, Jakob Tell se está dirigiendo al lugar en el que se encuentran Martin Hill y My.

Puede incluso que ya haya llegado.

—¡Mierda, mierda, mierda!

Baja los prismáticos. Luego se da la vuelta y corre hasta la escalera.

HILL

Puede que el móvil no tenga cobertura allí abajo, dentro de la montaña, pero sí que le brinda luz.

Hill saca las pilas de la linterna, las seca en el jersey al mismo tiempo que intenta poner orden en su cabeza.

Alguien tiene que haber retirado la escalera desde arriba, es la única explicación razonable. Lo han dejado varado en la oscuridad.

El ruido de una escalera metálica de cinco metros rascando contra un canto de hormigón debería haber resonado lo suyo en la cueva, pero él no ha oído absolutamente nada. Por tanto, quien haya retirado la escalera debe de haberlo hecho mientras él y My se encontraban en el pasillo del otro lado de las dos puertas de la esclusa.

Pero si My no ha salido con ayuda de la escalera, ¿dónde se ha metido? ¿Y cómo va a salir él de allí?

Prueba a volver a meter las pilas en la linterna y pulsa el botón.

Nada.

El terror de hace un rato perdura en su nuca. La sensación de que alguien o algo lo está acechando en la oscuridad, y que en cualquier momento se le echará encima.

Levanta el móvil. La pequeña linterna solo le da un par

de metros de visibilidad para guiarse, lo suficiente para que Hill por lo menos pueda constatar que está solo en la estancia, lo cual hace que su corazón se tranquilice.

Necesita un plan para salir de allí. Para empezar, debe hacer inventario de los recursos que tiene. Inspecciona los bolsillos de la chaqueta y los tejanos. Aparte del teléfono y la linterna que no funciona, tiene una navaja, algunas monedas, dos recibos y un par de llaves de vaso cuadradas que usó en la expedición con Sofie y que se olvidó de volver a meter en la mochila. Además, la cartera, un par de guantes y la llave del coche prestado.

El agua no es ningún problema, pero el frío y la humedad ambiental no tardarán en serlo. Se ha mojado las mangas de la chaqueta, las rodillas y los zapatos tras la búsqueda de la linterna, la lluvia subterránea le ha humedecido el resto de la ropa y el pelo, así que Hill ya está tiritando levemente de frío y de miedo.

Está atrapado en las profundidades de la montaña, en un lugar que nadie ha visitado desde hace décadas.

Nadie, excepto Jakob Tell, un asesino en serie, y My, que ha desaparecido sin dejar rastro.

Así que, ¿cómo va a salir de allí?

El agujero en el techo está demasiado alto para alcanzarlo.

My ha comentado que el portón de piedra de la cueva estaba sellado, y para alcanzarlo y comprobar si es así Hill tendría que vadear el agua helada.

Lo único que le queda es aquel pasillo espantoso.

Allí el aire era seco, han podido percibir una corriente de aire al abrir la esclusa. Por tanto, debe de contar con su propia entrada de aire fresco. ¿Podría tratarse incluso de una salida?

Le queda poco menos del cincuenta por ciento de batería y cada vez tiene más frío, lo cual implica que no puede demorarse demasiado en tomar una decisión.

Hill endereza la espalda, ilumina una última vez el agujero en el techo. Pero no hay alternativa.

El pasillo es su única posibilidad.

Con cuidado, vuelve a salir a la cueva. La tenue luz del teléfono se refleja en la extensa masa de agua y en las gotas de humedad en el aire. Lo único que se oye es el goteo del agua. Hace apenas un rato este sitio le parecía tan hermoso...; ahora, le revuelve cada vez más las tripas.

Abre las puertas de la esclusa. La corriente de aire le vuelve a golpear. Montaña, hierro y ese tercer olor que no logra identificar.

El ojo rojo sigue encendido. Lo mira fijamente con malicia desde la esquina del pasillo. Hill intenta mantener la calma.

En algún sitio hay una salida, tiene que convencerse de ello.

Ahogar cualquier otro sentimiento, no pensar en los cientos de tarros con mariposas muertas ni en la persona que los ha puesto allí.

Se dirige a la siguiente puerta. Con un poco de suerte encontrará la salida allí mismo.

Lejos del ojo rojo y de la esquina donde el pasillo gira para adentrarse en la oscuridad absoluta.

La puerta no está cerrada con llave.

Una nueva sala, también llena de estantes.

Esta vez, en lugar de tarros de cristal hay cajitas de madera.

Hill no puede resistirse a mirar dentro de algunas.

Están llenas de cositas varias.

Joyas baratas, piedras decorativas, ropa interior, alfileres de corbata, gomas para el pelo, utensilios de maquillaje, monedas extranjeras, incluso un retrovisor de coche.

Recuerda que My había dicho que el sitio era muy *creepy*, lo cual le parece quedarse tremendamente corto.

En uno de los estantes hay varias hileras de figuritas de plástico sin pintar y sin rasgos faciales. Son todas idénticas a la figura que él encontró. Hill siente un escalofrío, pero tiene que continuar. En algún sitio hay una salida.

Una respuesta a dónde se ha metido My.

Se acerca a la tercera puerta. Hill se percata de que esta difiere un poco de las otras dos. Entre otras cosas, tiene un pestillo en la parte de fuera.

Las sensaciones de malestar se intensifican todavía más.

Hacen que su válvula cardiaca empiece a repicar otra vez.

Pero no tiene otra alternativa, debe encontrar la salida, si es que hay una.

Así que pone la mano sobre el pestillo.

HELLMAN

El comisario Jonas Hellman se baja del coche antes de que el vehículo llegue a detenerse del todo.

Sube la escalera de la entrada de la nave industrial en dos zancadas largas. Le siguen de cerca Eskil, su mano derecha, y el resto del equipo, todos con semblante tenso y expectante.

Al otro lado de la puerta hay una pequeña recepción llena de porquería, cartones doblados y otros restos que se quedaron allí cuando el arrendatario anterior abandonó el local.

La puerta doble del almacén está abierta de par en par. Un policía de las fuerzas especiales, equipado de pies a cabeza y plantado en el umbral, da un paso al lado y les hace una señal para que pasen.

El almacén del otro lado mide unos cien metros cuadrados. Sin ventanas, solo la mitad de los fluorescentes del techo funcionan. Apenas consiguen iluminar unas cuantas estanterías de almacenaje vacías, una pila de palés y una montaña de sacos llenos de porquería varia.

La sala está llena de agentes de las fuerzas especiales. En el suelo de hormigón hay tres personas bocabajo, con las manos esposadas en la espalda.

Eskil se les acerca.

—Son nuestros sospechosos —confirma, de forma totalmente innecesaria.

Puede que Eskil no sea el policía más avispado de Malmö, pero es un soldado leal, eso Hellman ya lo había constatado antes de que le asignaran el caso Holst.

Una de las personas que nunca le fallaron, ni siquiera cuando Leo Asker le clavó el puñal por la espalda y consiguió que lo mandaran al exilio. Pero ahora su venganza está consumada. Leo ha acabado en el sótano de comisaría, entre chalados y balas perdidas. Además, sus intentos de socavar a Hellman con teorías propias han fracasado, mientras que él está a punto de resolver el caso Holst. Va a hacerse con el puesto de jefe de Delitos Violentos delante de sus narices, al mismo tiempo que consigue aliados poderosos entre la élite de Malmö. El hecho de que uno de ellos sea la madre de Leo no hace sino endulzar aún más la venganza. Lo único que podría haber acabado de bordar la situación es que Leo estuviera presente ahora mismo, para así ser testigo del triunfo de Hellman con sus propios ojos.

—¿Habéis encontrado a Smilla? —le pregunta al jefe de operaciones cuando va a su encuentro.

—Aún no, pero hay una puerta de seguridad cerrada con llave en una punta del local. Estábamos esperando a que llegarais antes de abrirla.

—¡Excelente!

Hellman se vuelve hacia los sospechosos. Dos hombres y una mujer, los tres de unos veinticinco años.

—¿Quién de vosotros tiene la llave? —dice con voz autoritaria.

Uno de los hombres se retuerce.

—¿La tienes tú?

El hombre levanta la cabeza. Le sale sangre de un corte en la mejilla.

—No sé de qué hablas —dice—. Nosotros no hemos hecho nada.

Los otros dos miran para otro lado, no parecen estar en absoluto de acuerdo al respecto.

Hellman se acerca a la mujer. La empuja un poco con la punta del zapato.

—La llave —dice—. Dime quién la tiene y te librarás de las esposas.

—¡Él! —La mujer señala con la cabeza al hombre que acaba de hablar.

El señalado suelta una retahíla de palabrotas e insultos, pero calla de golpe en cuanto Eskil le pisa el cuello con la rodilla y empieza a vaciarle los bolsillos.

—¡Aquí! —Eskil levanta un manojo de llaves con gesto triunfal.

—Ayudadla a levantarse —les ordena Hellman a un par de miembros de las fuerzas de asalto—. Pero se queda con las esposas puestas.

Mira al mando y asiente con la cabeza.

—¡Enséñame la puerta!

Se alejan hasta el rincón más oscuro del local. Rodean un cargador de montacargas que tiene una enorme luz roja de advertencia.

Junto a la puerta de seguridad hay otro agente de las fuerzas especiales. Lleva un arma automática colgando sobre el pecho.

—Cuidado con las ratas. Algunas de esas bolsas contienen restos de comida. —El agente señala la montaña de bolsas de basura unos metros más allá.

El pulso de Hellman late cada vez más fuerte. Ha llegado el momento. Está a punto de lograr su triunfo.

Le hace una señal a Eskil para que abra la puerta. Contiene el aliento mientras la llave entra en la cerradura.

El policía de las fuerzas especiales alza el arma automática.

SMILLA

Se ha despertado porque ha oído una voz, de eso está segura.

¿O puede que incluso varias voces?

A lo mejor Julia lo habría sabido, pero lleva tiempo sin responderle. Debe de estar durmiendo. A Julia no parece importarle que la comida esté llena de somníferos y que el Reemplazador esté al acecho en la oscuridad. Quizá el tiempo en cautividad la haya insensibilizado.

Lo único que Smilla sabe con certeza es que la tensión que había percibido en el aire ha aumentado. La sensación de que algo estaba a punto de pasar se ha vuelto tan fuerte que casi puede sentirla con los dedos.

Se pone en pie, se acerca a la puerta, pega una oreja.

Se oye algo.

Un ruido suave, algo que rasca.

Se pega aún más a la puerta.

Hay alguien allí fuera.

Retrocede un par de pasos asustada.

La puerta se abre sin previo aviso. Una luz blanca la deslumbra. Le quema los ojos y se ve obligada a taparse la cara con la mano.

Se echa para atrás. Grita, de dolor, de miedo.

—¿Smilla? —dice una voz suave—. Smilla, tranquila.

HELLMAN

Jonas Hellman aún está conteniendo el aliento cuando la puerta de seguridad se abre.

La oscuridad del otro lado es compacta, pero se ve cortada al instante en cuanto el policía de las fuerzas especiales enciende la linterna que lleva montada en el arma.

La estancia debe de tener unos seis metros cuadrados. Dentro hay un trípode con una cámara, así como la tela negra de fondo que habían visto en el vídeo de extorsión.

Nada más.

Un escalofrío recorre el abdomen de Hellman. Una sensación de succión interna, como cuando estás delante de un precipicio.

—¿Hay más puertas? —le pregunta al jefe de operaciones—. ¿Algún otro espacio cerrado?

Él mismo se percata de la tensión en su voz, pero es incapaz de hacer nada al respecto. El jefe de operaciones dice que no con la cabeza.

—Hemos inspeccionado todo el edificio. Este es el único espacio que no hemos podido comprobar en el acto.

Hellman se muerde el labio. Las miradas del equipo —en principio, las de todos los agentes que se encuentran en el local— le queman en la nuca.

Regresa junto a los tres detenidos, agarra del brazo a la joven mujer, a quien le han dado permiso para sentarse en unos palés amontonados.

—¿Dónde está Smilla? —le espeta.

—¿Y yo qué coño sé? —dice ella—. No la conocemos. Solo a su novio.

—¿Malik Mansur?

La mujer asiente en silencio.

—MM es buen tío. Fue muy feo por vuestra parte acusarlo a él. Y luego van y lo matan. Así que pensamos que podríais pagar una indemnización.

A Hellman le empieza a hervir el lóbulo frontal.

La sensación de vértigo se incrementa.

—Si la habéis escondido en alguna parte y no me lo contáis... —espeta—. Si le pasa algo...

—Pero si ya te lo he dicho —lo interrumpe la mujer con una sonrisita torcida—. No la tenemos. Nunca la hemos tenido, ¿no lo entiendes?

Hellman intenta poner orden en su cabeza.

—Habéis... —Hellman traga saliva—. ¿Era todo un farol?

—Exacto —asiente la mujer—. Habíamos pensado repartirnos el dinero con la familia de MM, te lo juro.

Hellman se aprieta la raíz del tabique nasal.

En cuestión de segundos el suelo ha cedido bajo sus pies. Ha dejado al descubierto un abismo que amenaza con engullirlo a él y a toda su carrera, demoliendo todo aquello por lo que ha trabajado tan duro estos últimos años.

Solo hay una cosa que hacer. Una única forma de salvar el pellejo.

Endereza la espalda, hace un esfuerzo para no parecer afectado.

—Hacedles la ficha y nos encontramos en comisaría —le dice al jefe de operaciones lo más sereno que puede. Luego sale de la nave a paso tranquilo, mientras saca el teléfono móvil.

»Isabel —dice con forzada seguridad en sí mismo cuando la mujer le responde al otro lado—. Aquí Jonas Hellman. Hemos detenido a las personas que estaban detrás del vídeo de extorsión. Sin embargo, ha resultado ser un farol. Pero, por supuesto, ya habíamos previsto esta posibilidad y hemos estado investigando otra pista en paralelo, que ahora vamos a...

Isabel Lissander dice algo cortante que Hellman solo oye con media oreja. En lugar de atender debidamente, pulsa el botón de silenciado y agita la mano para que Eskil se le acerque.

—Encuentra a alguien que sepa en qué coño ha estado trabajando Leo Asker —espeta—. Quiero saber qué ha hecho, con quién se ha visto, dónde está. ¡Todo! ¡Ya mismo!

—Smilla —repite Hill lo más tranquilo que puede.

La chica parece haber entrado en pánico, se cubre los ojos con el dorso de la mano.

Hill aparta el foco del móvil de su cara.

—Me llamo Martin Hill, estoy aquí para ayudarte.

Ella baja los brazos, se lo queda mirando con incredulidad.

Smilla está pálida, tiene los ojos hinchados y su cuerpo está antinaturalmente delgado. Pero su mirada es despierta, y a los pocos segundos parece haber asimilado lo que está ocurriendo.

—¿Martin Hill? ¿El profesor de MM?

—Exacto —dice él.

Un ruido en el pasillo hace darse la vuelta a Hill.

Alza la linterna, da un paso en dirección a la puerta.

Pero antes de que le dé tiempo de alcanzarla, la hoja se cierra delante de sus narices.

Oye el ruido del pestillo por la parte de fuera.

Están encerrados.

ASKER

Asker conduce en dirección norte lo más rápido que se atreve.

El teléfono de Hill está apagado y el único dato que Zafer ha podido obtener es la zona aproximada en la que se encontraba cuando tuvo cobertura por última vez.

Esta zona resulta ser, tal y como ella ya sospechaba, los alrededores de Hässleholm.

Incluso Jakob Tell tiene el teléfono apagado, y lleva así desde que ha salido de la comisaría de Hässleholm, lo cual es un muy mal augurio. La buena noticia es que en ese momento se dirigía hacia el este, por tanto, no hacia la posición de Hill. Pero es obvio que podría haber cambiado de rumbo.

Lo que le gustaría hacer es llamar al comisario al mando y enviar todas las patrullas disponibles a detener a Tell. Pero Asker sigue sin tener pruebas concretas de que él sea el Reemplazador, y con una historia tan peculiar como esta no basta con presentar indicios y sospechas basados en la intuición.

Piensa en lo que Martin le ha dicho del lugar secreto de Tell.

Sandgren había apuntado el concepto «lluvia subterránea» entre los planos, así que debía de haberle estado siguiendo la pista al sitio.

¿Puede ser esa la razón por la que Tell decidió quitarlo de en medio? De ser así, ¿qué hará entonces con Hill si lo sorprende en el mismo sitio?

Asker podría volver el despacho. Intentar ceñirse a la instalación que le parezca la más probable.

Pero no tiene tiempo para ese tipo de adivinanzas.

Hay otra opción para llegar a Tell, una mucho más inmediata.

Llama a Daniel Nygård. Tiene que intentarlo un par de veces antes de que el técnico de alarmas responda.

—¿Has pasado por la maqueta a recoger la cámara estropeada? —le pregunta antes de que él siquiera tenga tiempo de saludarla.

—No, aún no. Pensaba hacerlo más tarde.

—Quiero que lo hagas ahora. Yo ya estoy yendo para allá.

Se hace el silencio un momento al otro lado.

—A ver, es que estoy haciendo otro trabajo. Ya te dije que tampoco es seguro que vayamos a sacar nada.

—Es importante —dice ella—. De hecho, es cuestión de vida o muerte.

Lo oye suspirar.

—Vale, doy media vuelta y voy ahora mismo.

—Gracias. ¡Hasta ahora! —Asker cuelga.

Es un tiro a ciegas, lo sabe, pero si Nygård logra obtener un fragmento de vídeo en el que aparezca Tell cargando con la maqueta de la casa de Sandgren, ella tendrá la prueba que necesita para mandar una orden de busca y captura contra él.

Hace un adelantamiento atrevido, le llega un coche de frente y solo en el último segundo logra devolver el vehículo eléctrico a su carril.

Pese a las circunstancias, se obliga a sí misma a levantar un poco el pie del acelerador.

Hill no está solo, se dice. Está acompañado de My.

Podría llamar a Asker en cualquier momento y decirle que están a salvo. Que el peligro ya ha pasado.

Al mismo tiempo, se pregunta cómo le habrá ido a Jonas Hellman y su dramática operación.

La radio policial en el asiento del acompañante se ha quedado casi completamente callada, y las pocas frases que se intercambian se refieren casi siempre a algún tipo de desplazamiento.

Ningún grito de celebración, ninguna conversación que mencione a Smilla.

Lo cual no es de extrañar.

El destino de Smilla está ligado a los demás desaparecidos.

A Julia Collin.

Vuelve a pensar en la conversación que ha tenido con su hermano. Él le ha dado una imagen totalmente distinta a la que le había dado la madre. Y, además, Hill ha despertado una pregunta interesante acerca de Julia que aún no ha recibido una respuesta sensata:

¿Por qué Julia tardó dos años enteros antes de aparecer en la maqueta?

¿Qué tenía ella que fuera tan especial?

El teléfono interrumpe sus cavilaciones.

Pero no es Hill, como ella desea, sino Virgilsson.

—¿Vas de camino al despacho? —pregunta él—. Hay una cosa que te quería comentar.

Asker se pregunta si Virgilsson se habrá dado cuenta de que le ha pispado las llaves de Sandgren del escritorio. O si Zafer se ha chivado directamente. Pero ahora mismo se la resbala.

—Estoy en un servicio —dice ella—. No volveré al despacho hasta mañana.

—Ah, ¿dónde? —pregunta él en un tono de voz con el que pretende aparentar un interés comedido. Pero algo le dice a Asker que no es para nada el caso.

—¿Por...? —pregunta.

—Oh, ninguna razón en especial —dice él, y ahora Asker sabe que está mintiendo—. Solo he visto que falta uno de los aparatos de radiocomunicación en el cargador, así que me he inquietado un poco. No había ninguna firma en la lista, y como yo soy el responsable de material...

Se queda callado, como para darle a Asker otra oportunidad de calmar su curiosidad.

—Lo dicho, estoy en un servicio —responde ella cortante—. Por eso me he llevado una radio policial. Y si no hay nada más que quieras comentar...

—No, no —dice él, como quitándole importancia—. Podemos hablarlo mañana. ¡Nos vemos!

Asker se queda mirando el teléfono. En los pocos días que hace que conoce a Virgilsson, el hombrecillo nunca ha hecho nada que no se base en el interés personal.

Así que, ¿por qué de pronto está tan interesado en lo que está haciendo Asker y dónde se encuentra?

Hill ilumina la puerta con la linterna del móvil. Allí donde debería haber una manilla solo hay una tapa lisa.

Maldice en voz alta. ¿Cómo coño ha podido ser tan imbécil de entrar tan alegremente en la sala? O mejor dicho, en la celda.

Pero en su defensa puede alegar que estaba intentando tranquilizar a Smilla.

Apunta hacia el suelo para no cegarla.

—Estamos... —Se aclara la garganta—. Por lo visto, estamos encerrados.

Smilla no responde. Su mirada se ha vuelto cristalina y Hill entiende perfectamente por qué. Smilla lleva más de una semana metida en esta oscuridad. Hace apenas un minuto se ha llenado de esperanza, solo para ver que al instante siguiente se la arrebataban. Esas cosas pueden romper con facilidad a una persona. Per el Paranoias solía hacerle lo mismo a Leo. Una y otra vez, hasta que ella aprendió a dejar de tener esperanza de ningún tipo.

—No pasa nada —dice él, y le acaricia el brazo—. Solo necesitamos un plan. Cuéntame todo lo que sepas. Cómo has llegado hasta aquí, qué has visto y oído, todo, ¿entiendes?

Smilla asiente lentamente con la cabeza.

—Lo vamos a solucionar —continúa—. Ya no estás sola.

La última frase parece calar. Smilla se recompone un poco.

—¿Qué sabes de la persona que te tiene cautiva?

—No mucho. Solo que se hace llamar el Reemplazador. Que no está solo.

—¿No está solo?

—No.

Smilla le explica que estuvo a punto de conseguir escapar. Que casi había alcanzado la puerta junto a la lucecita roja cuando alguien le hizo un placaje. Que el Reemplazador había hablado con la otra persona.

—¿Cómo sabes cómo se hace llamar? —pregunta Hill.

—Hay una chica en la otra habitación. Julia. Ella me lo dijo.

—¿Julia Collin? —dice él con un jadeo.

—A lo mejor —responde Smilla—. ¿La conoces?

—Lleva desaparecida cuatro años —contesta Hill—. Todo el mundo la da por muerta.

—Pues no lo está.

Smilla acerca la boca a la rejilla de ventilación.

—Julia —susurra—. Julia, ¿estás ahí?

Sin respuesta.

—¡Julia!

—Síí —dice una voz débil—. ¿Qué está pasando?

—Hay alguien aquí, alguien que ha venido para salvarnos. Pero nos han encerrado juntos.

—Vaya... —Hill nota que la voz del otro lado suena un tanto vaga.

—Hola, Julia, me llamo Martin Hill. Estoy tratando de entender quién os tiene encerradas.

—El Reemplazador —musita Julia.

—Sí, eso lo sé. Pero Smilla cree que tiene un ayudante. ¿Qué sabes de eso?

—Nada. Nunca he visto a nadie más, aparte de él.

—Pero a él sí lo has visto.

—Sí, o casi...

La voz se debilita.

—Estoy tan cansada —dice Julia—. ¿Creéis...? —Suena como si sollozara—. ¿Creéis que algún día saldremos de aquí?

ASKER

Asker aparca delante del local de la maqueta ferroviaria. Hay otro coche allí, pero no es la *pick-up* de Daniel Nygård, sino un monovolumen BMW.

Entra a paso ligero. Las luces están encendidas, en la maqueta hay varios trenes dando vueltas.

—¿Hola? —dice—. ¿Hay alguien?

Kjell Lilja asoma la cabeza detrás de una esquina, sorprendido.

—Ah —dice—. ¿Es usted?

Detrás de él aparece un hombre joven. Parece una versión rejuvenecida de Lilja, lleva el pelo largo y ondulado y una chaqueta tejana forrada.

—Este es mi hijo Oliver —presenta Lilja—. Ha estado de viaje. Ha regresado hoy. Oliver, esta es la inspectora Asker.

—Hola —saluda esta.

Oliver Lilja no dice nada y le evita la mirada.

Asker piensa en lo que Krook y Tell le contaron de Oliver Lilja. Un ratero con el currículum habitual de delitos menores de drogas, allanamientos y conducción temeraria. Que ese viaje del que acaba de volver parece ser más bien una estancia en un centro de menores.

—Estaba buscando a Daniel Nygård —explica ella—. Tengo algunas preguntas sobre la alarma.

Lilja niega con la cabeza.

—No lo hemos visto. Pero Oliver y yo acabamos de llegar.

—Vale.

Asker se pregunta si Daniel ya ha conseguido llevarse la cámara o si aún está de camino. Se plantea llamarlo otra vez.

—¿Y cómo va la investigación? ¿Saben algo más de la maqueta de la casa? —pregunta Lilja.

Oliver se inclina hacia delante, de pronto parece escuchar con interés.

—Estamos en ello —responde Asker esquiva.

Preferiría llamar a Nygård de una vez. Pero Lilja parece conocer a todos los que viven en la zona, así que a lo mejor podría echarle una mano.

—La verdad es que hay una cosa que le quería preguntar —dice—. El otro día me topé con otro de los hijastros de Ulf: Jakob Tell, de la policía de Hässleholm. ¿Lo conoce? —Asker intenta sonar relajada, como si no estuviera en absoluto hablando de un asesino en serie.

Lilja hace una mueca.

—Desde luego. La hermana de Jakob trabaja en mi escuela, así que nuestros caminos se cruzan un poco.

—¿Qué sabe de él?

—¿Por...? —dice Lilja inesperadamente alerta.

Asker reprime un impulso de agarrar al director por las solapas y empotrarlo contra la pared. Decide probar otra táctica.

—Me invitó a salir —informa ella, con lo que espera sea

una sonrisa en los labios—. Aún no he decidido si decirle que sí o que no.

—Ah. —La cautela de Lilja desaparece.

El hombre coge aire por entre los dientes, como si sopesara qué decir.

—A Jakob Tell le gustan mucho las mujeres —señala—. Tanto que a menudo sale con varias al mismo tiempo y no le importa si están casadas o no. Y a algunas mujeres las atraen los uniformes... —Hace un alto—. Pero cada uno es libre de decidir lo que quiera —concluye para quitarle hierro al asunto.

Asker se queda pensando unos segundos. El teléfono de Tell indicaba que iba de camino al este, no en dirección a Hill. Sin duda, podría haberlo apagado con motivo de una cita amorosa discreta; pero no se atreve a darlo por hecho. Tiene que encontrar a Hill, tiene que demostrar que Tell es el Reemplazador antes de que se crucen el uno con el otro.

Le vibra el teléfono. Un mensaje de Daniel Nygård.

Ya tengo la cámara. Me la llevo
al taller para intentar sacar el material
de vídeo. Te llamo si encuentro algo.

Asker levanta la mirada. Lilja y su hijo la miran llenos de curiosidad.

—Ya no los interrumpo más —dice con calma fingida—. Solo una última pregunta: ¿cómo llego al taller de Daniel Nygård?

556

HILL

Con ayuda del móvil, Hill ha dedicado la última hora a inspeccionar el cuarto en el que están prisioneros. Julia se ha vuelto a quedar callada, pero Smilla le ha contado todo lo que ha vivido los últimos diez días allí abajo en la montaña. Él no le ha explicado lo de MM, en parte porque ella no se lo ha preguntado directamente, en parte porque no quiere hacerle la zancadilla, ahora que Smilla necesita estar lo más centrada posible.

Cuando termina con su inspección, solo le queda un diez por ciento de batería. Pero cree que se le ha ocurrido algo que podría funcionar.

La puerta es la única opción que tienen.

Dado que no tiene manilla ni pomo, es imposible abrirla, y además tiene un pestillo en la parte de fuera.

Pero dicho pestillo es pequeño y está situado bastante arriba. Además, el marco de la puerta al que está atornillado es de hace setenta años.

Si de alguna manera pudieran girar el mecanismo para que el resbalón de la manilla entre, y al mismo tiempo embisten la puerta con contundencia, quizá conseguirían abrirla.

Le cuenta el plan a Smilla y le pide que sujete el teléfono mientras él saca las pocas herramientas de las que dispone.

Primero utiliza la navaja para retirar los tornillos que mantienen sujeto el embellecedor. En el interior puede vislumbrar el resorte que gobierna el resbalón, pero es demasiado corto para alcanzarlo.

Por suerte, le quedan algunos de los cabezales de vaso cuadrados que usó el otro día para abrir las puertas del local industrial.

Coloca un cabezal alrededor del resorte. Procura que sobresalga un centímetro para que se pueda meter la navaja en el orificio cuadrado. Prueba a girar y, tras un par de intentos fallidos, el resorte se mueve y retrae el resbalón. Sin embargo, a los pocos segundos la navaja pierde el agarre y el resbalón vuelve a su posición inicial.

—Ven, Smilla, ¡sujeta esto!

Hill deja la linterna en el suelo y le enseña la manera y la posición correctas.

—Tú giras al mismo tiempo que yo embisto la puerta —dice—. Tienes que girar justo antes, porque si el resbalón está echado cuando yo choque contra la puerta, podría partirme el hombro.

—Vale —dice ella—. No hay problema.

A pesar de llevar tanto tiempo encerrada en esta oscuridad, se muestra asombrosamente tenaz. Predispuesta a asumir la tarea.

—¡Bien!

Hill retrocede unos metros para coger carrerilla. Practica el movimiento de la embestida a cámara lenta. Intenta recordar a qué altura estaba el pestillo y piensa en cómo poder centrar ahí toda la fuerza.

—¿Estás preparada? —le pregunta a Smilla.

Ella asiente concentrada con la cabeza.

—Vale, pues vamos allá. Cuento hasta tres y tú giras todo lo que puedes. ¡Cruza los dedos!

Otro escueto asentimiento de cabeza.

—Una..., dos...

Hill hace acopio de coraje.

—¡Tres!

HELLMAN

Hellman se ha sentado en el coche, ha encendido las luces azules y ha empezado a conducir hacia el norte.

Solo se ha llevado a Eskil, puesto que es el único que es lo bastante leal para esta misión.

La centralita de mando les provee de las coordenadas de la radio portátil de Asker. Le dan su posición con apenas unos metros de error.

El chivatazo se lo tienen que agradecer a Virgilsson.

El astuto hombrecillo no ha dudado ni un segundo en vender a su propia jefa, siempre y cuando el precio fuera el adecuado. Una especie de ironía del destino, puesto que una vez Asker vendió a Hellman de una manera similar.

—¿A cuánto estamos? —pregunta Eskil.

—A una hora, más o menos, hasta la última posición. Pero parece que Asker vuelve a estar en movimiento.

—¿En qué dirección?

—Noroeste.

Hellman acelera todo lo que se atreve.

Solo hay una salida, una única solución a sus problemas.

Tienen que encontrar a Leo Asker y adueñarse de su investigación, lo antes posible.

Amenazas, sobornos o promesas, la manera en que lo hagan no importa.

Cualquier cosa es mejor que el fracaso.

HILL

La embestida contra la puerta es tan silenciosa que Hill se queda sin aliento. Por un milisegundo piensa que no han logrado cuadrar los tempos y que el crujido que ha oído provenía de su hombro. Pero al instante siguiente nota que la puerta cede.

Se abre medio palmo y luego se queda colgando. Alguno o varios de los tornillos que sujetan el pestillo exterior al marco siguen oponiendo resistencia. Se aferran al metal envejecido. Hill se tambalea hacia atrás y recupera el aliento.

—Cuidado —dice Smilla.

Da un paso atrás y le suelta una patada considerable a la puerta con la suela del zapato. La hoja se desplaza unos pocos centímetros más. Smilla le da otra patada y otra, y otra, y de pronto los tornillos se desprenden y la puerta se abre de par en par.

—Venga, vamos a buscar una salida —susurra Hill.

—Julia —dice Smilla—. ¡Tenemos que ayudarla a ella también!

Corren hasta la siguiente puerta. Es idéntica a la puerta que acaban de forzar, pero con una diferencia importante.

El pestillo no está echado.

Smilla abre la puerta.

—Julia —susurra en la oscuridad—. Julia, ¿me oyes?

No obtiene respuesta.

Hill entra en la habitación e ilumina con cuidado con la linterna del teléfono.

—¿Julia? —repite Smilla.

La habitación es igual que la que acaban de dejar atrás. Una cama con una manta y una almohada; a un lado, un cubo de letrina. Pero hay algunos objetos más. Un taburete justo al lado de la rejilla de ventilación.

En el suelo, entre las patas del taburete, hay una botellita pequeña de plástico. Hill se agacha y la recoge. Lee la etiqueta.

—No —murmura.

La habitación empieza a dar vueltas, le hace sentirse mareado.

De pronto, entiende cómo encaja todo.

El mal que ha sentido antes en el pasillo, la misteriosa desaparición de My, el ayudante secreto del Reemplazador.

Tendría que haberlo entendido hace tiempo. Pero estaba demasiado ocupado jugando a hacerse el héroe. Intentando proteger a My igual que había fallado a la hora de proteger a Leo.

—¿Qué pasa? —pregunta Smilla.

Hill levanta la botellita entre el pulgar y el índice. La habitación aún no quiere parar de dar vueltas.

«*E-juice* —pone en la etiqueta—. Sabor a frutas del bosque.»

—Líquido para cigarrillos electrónicos —dice con voz apagada.

—¿Dónde está Julia? —pregunta Smilla.

Hill suelta un hondo suspiro.

—Julia, no —murmura—. Se llama My.

ASKER

Daniel Nygård resulta tener el taller en su casa apartada. Está junto a una colina, metida en el bosque de coníferas, y cuando Asker mira el mapa del GPS ve que en línea recta no queda muy lejos del lúgubre palacete de Krook.

Pero la vivienda de Nygård está en un estado mucho mejor. Una casa roja con esquinas blancas y un garaje doble de los mismos colores, así como un tercer edificio cuya fachada corta está pegada al lateral de la vivienda.

«Alarmas y seguridad Nygård», pone en un rótulo encima de la puerta.

La *pick-up* de la empresa está aparcada justo delante. Asker deja el coche al lado. Apenas se baja, la puerta se abre y Nygård sale por ella.

Lleva pantalón de carpintero y camisa de franela. La barba es tan tupida como Asker la recordaba.

—Ah, has venido hasta aquí —dice él—. Te he dicho que te llamaría si encontraba algo.

—Sí, pero estaba por la zona. Y, como te decía, corre prisa.

Un ladrido se oye desde la linde del bosque.

—¿Es tuyo? —pregunta Asker, y se da la vuelta.

—No —dice Nygård—. Es el chucho del vecino. Yo soy alérgico a los perros. No puedo acercarme a ellos.

La invita a entrar en el taller. Huele levemente a goma y aparatos electrónicos. Le recuerda al despacho de Enok Zafer.

Las paredes están llenas de herramientas colocadas en filas impecables. Por debajo hay una mesa de trabajo sin la menor mota de polvo ni porquería. A un lado hay un escritorio con dos monitores interconectados.

—Tengo las cosas aquí.

Nygård señala la mesa del ordenador, donde hay algo que parece una cajetilla de cerillas con un cable que sobresale.

—Justo iba a conectar la cámara y ver si podía resucitarla —dice—. Cruza los dedos.

Nygård ajusta algunos cables, abre un programa en pantalla.

Murmura algo y se rasca la barba mientras pica las teclas del teclado.

De pronto se oye un timbre de teléfono amortiguado. No es de un móvil, sino un tono anticuado que proviene de la vivienda principal.

Nygård alza la vista, arruga la frente con gesto de preocupación, como si ese sonido le importunara.

El teléfono sigue sonando. Para en mitad de un tono. Daniel parece escuchar la casa, como si estuviera esperando algo.

Luego se oye una voz de mujer que lo llama por su nombre.

—Disculpa —murmura—. ¡Vuelvo enseguida!

Abre una puerta que comunica directamente con la vivienda y desaparece.

La interrupción estresa a Asker. Hill sigue sin dar señales de vida y no tiene ni idea de dónde se encuentra Tell. Ahora empieza a estar realmente preocupada.

HILL

Hill y Smilla caminan hacia la lamparita roja del final del pasillo. Allí el olor peculiar que Hill había percibido antes se vuelve más fuerte. Tierra mojada, hierro, compost.

—Aquí es adonde corrí cuando intenté escaparme —dice Smilla—. La puerta estaba entreabierta y casi había llegado cuando alguien me hizo caer al suelo. ¿Crees que pudo ser My?

Hill asiente compungido. El descubrimiento aún le hace temblar.

Él se creía que eran sus superpoderes sociales, en combinación con su capacidad de persuasión, lo que había hecho que My lo llevara hasta allí. En realidad ella lo ha estado manipulando.

Lo ha engañado para ir a ese lugar, o bien porque entendía que él conocía la lluvia subterránea, o bien porque ese había sido el plan desde un buen comienzo.

Seguramente también haya sido My quien les ha cerrado la puerta por fuera antes de meterse en la habitación contigua y hacerse pasar por Julia Collin.

Pero ¿por qué?

La respuesta a esa pregunta ya la buscará cuando hayan conseguido salir de ese sitio.

—Era aquí. —Smilla señala la puerta que hay junto a la luz roja.

Es diferente a las demás. Aparte de ser gris, también es más nueva y robusta.

Hill la comprueba. Está cerrada con llave, en esta ocasión con una cerradura de verdad, no un pestillo. Apoya la mano en la ranura entre la hoja y el marco. Nota una leve corriente de aire.

La puerta conduce afuera, pero sin herramientas no la puede forzar.

Mira a la derecha. El pasillo continúa más allá del débil alcance de la linterna del móvil. A lo mejor detrás de alguna de las puertas cerradas encuentran algo que podrían usar.

—¡Martin! —dice Smilla—. Enfoca aquí.

Señala la luz roja y Martin apunta hacia allí con el móvil. Está situada sobre un armario eléctrico moderno que no encaja para nada con el resto de la instalación. Al lado del teléfono hay un teléfono fijo de pared.

—¡Podemos pedir ayuda! —susurra Smilla.

Hill descuelga el auricular. Se oye tono. Hill está a punto de ponerse a reír de alivio. Con el corazón a galope, marca el número de Asker.

Se suceden los tonos.

Uno, dos, tres, cuatro. Ya está pensando en qué decir.

En cómo explicar dónde se encuentran él y Smilla.

Se oye un chasquido al otro lado. Los tonos cesan.

Silencio.

—¿Leo? —dice él.

Sin respuesta.

—¿Hola? ¿Leo?

Todavía nada.

La línea permanece en silencio, lo único que se oye es el zumbido de los cables eléctricos y el débil sonido del corazón mecánico de Hill.

Aun así, está convencido de que al otro lado de la línea hay alguien.

Alguien que está escuchando atentamente.

Alguien que acaba de entender que Hill y Smilla ya no están encerrados.

ASKER

Han pasado cinco minutos desde que ha sonado el teléfono, y Daniel Nygård sigue sin aparecer. ¿Por qué está tardando tanto?

Asker necesita las imágenes, ya.

Por cada minuto que pase antes de que pueda vincular a Tell con la maqueta ferroviaria, aumenta el riesgo de que este se cruce con Hill y My.

Da una vuelta por el taller para contener la impaciencia. Admira, pese al desasosiego, el orden perfecto que reina allí dentro.

Per el Paranoias perseguía este tipo de simetría perfecta. Y también lograba alcanzarla, al menos en un principio. Pero a medida que el caos se iba extendiendo en su cabeza cada vez le resultaba más difícil mantener las cosas en orden.

No perder el control.

Se acerca a la ventana y pasea la mirada por el patio. Está empezando a caer la tarde. Las sombras de la linde del bosque detrás del garaje han empezado a compactarse.

Ya no se oyen los ladridos.

En una ventana hay un tarro de cristal. Una baratija de alguna página de regalos de internet. En el fondo del tarro hay un insecto de plástico, y cuando pulsas un botón, el insecto cobra vida.

Asker prueba una vez. El insecto, que al desplegar las alas resulta ser algún tipo de mariposa, asciende y revolotea por el interior del tarro. Sus alas baten contra el cristal y, aunque la mariposa sea artificial, el sonido del aleteo es tan angustioso que Asker apaga el mecanismo enseguida.

La mariposa se desploma de nuevo en el fondo del tarro, donde se queda tirada.

Asker suelta un bufido.

¿Quién se compra una cosa así? ¿Quién quiere experimentar la versión artificial de la lucha desesperada de una hermosa mariposa por conseguir su libertad? ¿Escuchar ese desagradable sonido de las alas batiendo?

«*Papillon mécanique*», pone en la etiqueta, y si el francés de bachillerato de Asker no la traiciona, eso significa «mariposa mecánica».

—*Papillon* —murmura entre dientes. Algo se mueve dentro de su cabeza.

Acompañado de la voz de Madame Rind.

«Mantén los ojos abiertos por si ves un papillón.»

Asker deja el tarro en la ventana y vuelve al ordenador en el que Nygård estaba picando teclas antes de meterse en la vivienda principal.

En pantalla hay un cuadro de texto abierto. «*Files deleted.*»

—¡Qué coño...!

Va hasta la puerta que da a la vivienda y la entreabre.

—¡Hola! —grita.

Sin respuesta.

Se queda en el quicio, y de la nada le vuelve a brotar esa

sensación de mal augurio. La misma sensación con la que se despertó hace justo una semana. Una sensación de mal agüero, de peligro.

—¡Hola! —dice otra vez.

Todo está quieto. Un silencio extraño y asfixiante.

Entra en la casa, cruza un recibidor-lavadero con lavadoras y tendederos. Después llega a la cocina.

Armarios de Ikea, suelo laminado. Un leve aroma a café y algo afrutado. En la encimera de la cocina hay dos tazas de colores personalizadas con el nombre de sus respectivos dueños. Al lado, una llave de coche y un mando de garaje.

—¡Hola! —dice Asker por tercera vez—. ¿Daniel?

Todo sigue en silencio.

La cocina da a un salón. Sofá, algunas librerías con novelas de suspense varias.

En la pared hay un teléfono antiguo, sin disco numérico ni botones. Le recuerda al que estaba conectado al interfono del portón de La Granja.

El auricular está colgando del cable, casi llega hasta el suelo.

Asker se da la vuelta con intención de volver rápidamente a la cocina cuando un objeto en la pared capta su atención.

Una fotografía enmarcada con varios rostros familiares. Se acerca unos pasos.

En el centro de la imagen se ve a Ulf Krook. Lleva una camiseta con el texto «Padre», y el blanco de la tela es tan intenso que debe de habérsela puesto momentos antes.

¿Por qué tiene Daniel Nygård una foto de Ulf?

Alrededor de Ulf hay una docena de hombres y mujeres de a partir de treinta años. A Finn Olofsson lo reconoce al instante, igual que a Jakob Tell.

Pero más a la derecha hay un hombre corpulento con barba.

Es Daniel Nygård. A su lado, con el brazo alrededor de su cintura, una chica delgada con chaqueta militar. Tras unos segundos buscando en la memoria, Asker cae en la cuenta de que es la misma mujer que vio en el bosque de Ulf Krook.

Hasta ahora Asker no se había fijado en el texto añadido en la parte inferior de la foto.

«Cena familiar», pone, seguida de una fecha del año pasado.

Se queda sin aliento. Nota que se le dispara el pulso.

Daniel Nygård debe de ser otro de los hijos o hijastros de Ulf Krook.

Pero ¿quién es la chica joven que está a su lado en la foto?

Llena de malos presentimientos, Asker vuelve a la cocina, en busca de algo que pueda revelar quién vive en la casa junto con Nygård.

Las tazas con los nombres están en medio de la encimera. Parecen haber sido compradas en el mismo sitio de baratijas que vende mariposas mecánicas.

«Daniel», pone en la de color azul.

La otra aún está medio llena de café tibio. Asker la gira. La taza es de color rojo pálido y tiene dos letras en la parte delantera.

«My.»

Asker coge aire. Siente todo el cuerpo helado, su mente va a mil por hora, calculando conexiones, consecuencias, peligros.

Nygård tiene acceso al taller del sótano del palacete. Gracias a su oficio de instalador de alarmas ha tenido libertad absoluta para moverse por la maqueta desde hace años. Además, sabe cómo desconectar una alarma, como la de casa de Sandgren.

Asker coge el pequeño mando que hay en la encimera, apunta con él a la puerta del garaje del otro lado del patio y pulsa el botón.

El portón empieza a subir poco a poco. Dentro del garaje hay una furgoneta marrón oscuro que le resulta de lo más familiar. La misma que la había estado siguiendo.

—Mierda —susurra Asker, al mismo tiempo que palpa con la mano en busca de su arma de servicio.

El Reemplazador no es Jakob Tell.

Sino Daniel Nygård.

Y la tímida My que ha llevado a Hill hasta las profundidades de la montaña no es la prima del Reemplazador, sino su novia.

—Viene alguien —susurra Smilla con la mirada puesta en la puerta—. Oigo voces.

—Tenemos que irnos de aquí —dice Hill.

Agarra a Smilla de la mano y tira de ella hacia la parte inexplorada del pasillo. Camina con la linterna del móvil por delante, lo más arriba que puede.

La batería ya ha bajado al cinco por ciento y en cualquier momento se quedarán completamente a oscuras. Tienen que encontrar un escondite lo antes posible.

A medida que avanzan por el pasillo el aire se vuelve más denso. El pasillo no termina allí, como había creído Hill, sino que dobla otra vez a la derecha, de regreso a la cueva.

Hacen un alto a la vuelta de la esquina. Hill apaga el teléfono mientras se pegan a la pared y aguzan el oído.

Oyen abrirse la puerta gris. Pasos. Pero, curiosamente, no ven ningún resplandor de linterna.

—Cierra con llave y nos dividimos —dice una voz grave de hombre que debe de ser la de Jakob Tell. El Reemplazador.

A menos que My también haya mentido en ese punto. Es perfectamente posible. Quizá incluso probable, reflexiona Hill.

Lo único que sabe con certeza es que el Reemplazador es muy peligroso. Que los matará en cuanto tenga la oportunidad.

—Tú mira las celdas y los cuartos con las colecciones —ordena la voz grave—. Yo voy en la otra dirección. Nos encontraremos en la cueva.

—Vale —responde una voz de mujer de lo más familiar.

My ya no suena en absoluto asustada. Solo determinada. Peligrosa.

Hill tira con cuidado de Smilla pasillo abajo, tantea la pared hasta que encuentra una manilla. No está cerrada con llave, y al abrirla se ven azotados por un hedor nauseabundo. Pero no tienen tiempo para remilgos.

Hill la cierra con cuidado tras de sí, enciende la linterna del móvil y la levanta.

La estancia resulta ser una enfermería. Cortinas, mesas de acero inoxidable, cuatro camillas a lo largo de una de las paredes.

En cada camilla hay algo que parece un gran saco de dormir oscuro, con las marcas del ejército sueco.

Hill tarda unos segundos en entender qué son.

Se queda quieto en mitad del paso.

Bolsas para cadáveres.

Smilla se tapa la boca con la mano.

En la pared corta de la sala hay otra puerta. La parte superior es de cristal ahumado. Hill se lleva a Smilla hasta allí.

Un despacho, probablemente del médico militar. Un pesado escritorio metálico, una silla y un estante vacío, excepto por unos pocos papeles mohosos.

Cierra la puerta y le indica a Smilla que se siente en el suelo. Luego vuelve a apagar el móvil y se quedan a oscuras.

Pueden oír puertas abriéndose en el pasillo.

De una en una, mientras el Reemplazador inspecciona cada estancia.

El sonido se acerca.

—Métete detrás del escritorio —le susurra a Smilla.

Él la sigue.

La puerta de la enfermería de fuera se abre. Parece que el Reemplazador sigue sin usar ninguna linterna.

Hill y Smilla pegan la espalda al escritorio. Se oyen pasos, luego el chirrido de la manilla de la puerta del despacho al accionarse desde fuera.

Hill contiene el aliento, Smilla hace lo mismo, a su lado. La puerta se abre con un leve crujido.

El despacho es tan pequeño que pueden percibir la respiración del Reemplazador. Incluso su olor. Un olor casi animal que se mezcla con la pestilencia de las bolsas para cadáveres de la enfermería.

Hill teme que el Reemplazador vaya a oír el chasquido de su corazón.

Que se encienda una lámpara y que el hombre les ordene que salgan de su escondite detrás del pesado escritorio de metal.

Pero no ocurre nada de eso.

El Reemplazador vuelve a la enfermería y cierra la puerta al salir. Poco después se cierra también la puerta del pasillo.

Pueden oír que sigue abriendo puertas.

—¿Qué coño ha sido eso? —murmura Hill—. ¿Por qué no lleva linterna?

—Gafas de visión nocturna —responde Smilla—. Las noté cuando lo golpeé con el trozo de hormigón. Creo que la mesa nos ha salvado.

Golpetea suavemente el grueso metal.

—¿Seguimos escondiéndonos aquí hasta que se hayan ido?

Hill dice que no con la cabeza.

—La puerta gris está cerrada con llave. Saben que estamos apretujados en algún rincón, así que tarde o temprano volverán y nos encontrarán.

—Entonces ¿qué hacemos?

Hill se levanta y vuelve a encender el teléfono. Solo le queda un dos por ciento de batería.

—Tiene que haber otra salida cerca. Un sitio por donde se pueda evacuar fácilmente a los enfermos de la enfermería.

Regresa con sumo sigilo a la salita en cuestión con Smilla pegada a su espalda. En la cara interior de la puerta hay un mapa amarillento.

—Mira —dice—. Esta planta parece una U invertida. Tú estabas encerrada en una de las patas, el teléfono y la lámpara roja estaban en lado corto más corto, y ahora estamos en la pata. ¡Y mira aquí!

Señala un punto al final del pasillo en el que se encuentran. Un punto verde que indica una salida.

—Tenemos que llegar hasta allí —explica.

Apaga la linterna, abre con cuidado la puerta y presta atención al pasillo.

Oye puertas abriéndose más abajo a medida que el Reemplazador va descartando las salas de una en una.

—Cuando entre en la próxima habitación, pasamos corriendo y seguimos hasta la salida de emergencia —susurra.

—Vale —responde Smilla; le tiembla la voz, pero transmite determinación.

Hill no puede evitar admirarla. Smilla lleva más de una semana cautiva allí abajo, a oscuras. Aun así, sigue en pie. Dispuesta a luchar por su vida.

Hill solo conoce a una persona con esa fuerza de voluntad.

Desea que Leo esté en algún sitio de allí fuera, buscándolos.

Pero no puede contar con ello, tiene que centrarse en salir de allí.

Esperan, escuchan. Oyen claramente el sonido de una puerta que se abre en la oscuridad. Luego, que se cierra.

—Ahora —dice Hill.

Enciende la linterna, abre la puerta y tira de Smilla hacia el final del pasillo.

Están a por lo menos diez o quince metros de allí y corren lo más rápido que pueden.

Una puerta aparece en el resplandor de la linterna y Hill tiene tiempo de pensar que podría estar cerrada con llave. Que, de ser así, se empotrarán contra ella y quedarán atrapados como ratas cuando el Reemplazador salga al pasillo.

Se abalanza sobre la manilla. La puerta se abre, desvelando un par de escalones y un corto túnel.

Hill tira de Smilla y está a punto de volver a cerrar la puerta cuando se oye un disparo. La puerta tiembla, pero aun así Hill consigue cerrarla. Otro disparo golpea la puerta, sin atravesar el metal. Luego, un tercero.

Hill le pasa el teléfono a Smilla y consigue sacar la navaja. Se agacha y la introduce en la ranura inferior de la puerta. Le da una patada contundente para que quede encallada entre la hoja y el suelo de hormigón. Justo cuando se pone en pie, la puerta recibe un cuarto disparo. Hill tiene tiempo de oír el sonido de la bala rebotando entre las paredes, y luego siente un dolor agudo en el muslo.

Le han dado.

ASKER

Asker examina metódicamente la casa de Daniel Nygård. Se mueve ligera de una estancia a otra, con el arma en ristre, lo más rápido que se atreve. Aparte de la cocina, el recibidor-lavadero y el salón, la casa cuenta tan solo con dos dormitorios y un cuarto de baño, todo en una sola planta. No ve a Nygård ni a nadie más.

My también debe de haber estado allí, prueba de ello es el café tibio que hay en su taza. Seguro que era ella quien ha llamado a Daniel después de que sonara el teléfono.

Así que, ¿dónde se han metido? ¿Y por qué tenían tanta prisa?

La única conclusión razonable es que el motivo que los ha empujado a irse está relacionado con Martin Hill.

Al otro lado de las ventanas está empezando a oscurecer. Las sombras entre los abetos son cada vez más largas.

Solo hay un camino hasta la finca, pero los coches siguen en su sitio, por lo que la conclusión más lógica es que Daniel y My se hayan ido a pie y que se hayan adentrado directamente en el bosque. Si es así, Asker no tiene casi ninguna posibilidad. Le llevan por lo menos diez minutos de ventaja, y ni siquiera sabe en qué dirección han ido. Aun así, tiene que intentarlo.

Pero justo cuando está a punto de salir de la casa le viene algo a la cabeza.

Un detalle que la corroe.

Vuelve a los dormitorios. Son exactamente idénticos. Las camas, las cortinas, las colchas, las almohadas, las lámparas en las mesillas de noche, incluso la butaca de Ikea en un rincón, son todos iguales.

Pero en el suelo de una hay una alfombra de trapillo que no está en la otra. Además, está un poco torcida, lo cual no encaja con la simetría perfecta que reina en el resto de la casa.

Se pone de rodillas y tira de la alfombra.

Debajo hay una trampilla. La alfombra está sujeta a ella, de manera que cae por sí sola cuando la otra se cierra. Asker mete los dedos en el asa empotrada de la trampilla y tira de ella hacia arriba al mismo tiempo que se prepara con la pistola en la otra mano.

La trampilla se abre con suavidad, revelando una escalera empinada y una estancia iluminada más allá. Asker asoma la cabeza con cuidado.

Un túnel.

HILL

—¡Date prisa! —grita Smilla.

Va unos metros por delante de Hill, sujeta la linterna del móvil con el brazo estirado para poder correr lo más rápido posible.

Él hace todo lo que puede para seguirle el ritmo. La bala rebotada le ha dado a media altura del muslo, y la pernera ya está empapada por debajo de la herida. Por culpa de la medicación que se toma tiene la sangre muy líquida, y el corazón desbocado la está bombeando al exterior a toda velocidad.

En cuestión de minutos la pérdida de sangre lo dejará exhausto, y en otros pocos minutos quedará inconsciente.

Luego ya no habrá mucho más que se pueda hacer.

El pasillo por el que corren se divide y Smilla se decide por el de la derecha sin preguntárselo. Más atrás se oye un estruendo de la puerta al abrirse de una patada. En breve tendrán al Reemplazador pisándoles los talones. Un asesino con visión nocturna armado con un arma de fuego. Un enemigo superior del que solo puedes intentar alejarte corriendo. Pero a Hill no le quedan muchos pasos en el cuerpo.

Smilla abre otra puerta, cuyas bisagras chirrían oxidadas.

Hill la sigue como puede. La linterna del móvil está a punto de extinguirse, y Hill tarda unos segundos en comprender que para encontrar la salida que han visto en el mapa de las instalaciones deberían haber cogido el camino de la izquierda hace un momento. Ahora solo han vuelto a la gran cueva, por la puerta derecha del muelle de carga. Y ahora es demasiado tarde para dar la vuelta.

—¡Joder! —maldice Hill.

Cierra la puerta tras de sí, intenta bloquearla por debajo con una piedra.

El movimiento le provoca un vahído. La sangre ha empezado a llenarle el zapato.

La linterna del móvil se apaga y la oscuridad los golpea como una maza negra.

—¡No! —jadea Smilla.

Hill se yergue, tiene que apoyarse en la puerta. Se mete la mano en el bolsillo y saca la linterna. A lo mejor se ha secado lo suficiente como para resucitar.

Aprieta el botón. Un haz de luz ancho ilumina el lugar.

Por un momento Smilla parece aliviada, pero luego ve la pierna de Hill.

—Estás sangrando —dice—. ¡Mucho!

—No pasa nada —responde él—. ¡Vamos, conozco una salida!

Ilumina hacia delante con la linterna, trastabilla lo más rápido que puede por el pasadizo que comunica con la sala donde estaba la escalera.

O mejor dicho, donde no estaba la escalera.

—Esto me suena —dice Smilla—. MM y yo bajamos por aquí.

Hill se tambalea, intenta mantenerse en pie. Alumbra el agujero del techo.

En la distancia se oyen patadas contra una puerta de acero.

—La escalera debe de estar allí arriba —indica Hill—. Si te subes a mis hombros, puedes colarte por el agujero y luego pasármela.

—Vale —dice ella. Lo mira intranquila—. Pero ¿tienes fuerzas?

—Sí, sí. Pero debemos darnos prisa.

Hill se pone de rodillas y se apoya en la pared. Deja la linterna en el suelo.

—Siéntate en mis hombros.

Smilla sigue sus instrucciones.

Él se endereza, se tambalea de nuevo y está a punto de caerse.

En el último instante recupera el equilibrio y se coloca justo debajo del agujero.

—Vamos, ponte de pie. Apóyate en la pared y el techo si lo necesitas.

Hill hace un esfuerzo por mantenerse derecho. Smilla pesa poco y es ágil, pero aun así le cuesta aguantarla.

Le rodea los talones con las manos para darle estabilidad.

—No llego —explica ella—. Me falta medio metro.

En la cueva, la puerta de acero se abre con un estruendo, seguido de voces que intercambian información. El Reemplazador y My se han reencontrado.

En cuestión de un minuto estarán allí.

—Vale —conviene Hill—. Cuento hasta tres y entonces saltas. Yo te empujaré los pies al mismo tiempo.

No espera a obtener una respuesta.

—Uno, dos, tres. —La empuja con todas sus fuerzas. Por un breve instante cree que Smilla ha fallado y que los dos van a acabar en el suelo.

Pero entonces siente que el peso desaparece de sus hombros y que Smilla se cuela por el agujero del techo.

Hill se agacha, recoge la linterna.

—¡Ten, toma! —exclama, y se la tira. Ya empiezan a flaquearle las piernas.

—Te paso la escalera —dice ella.

Hill le dice que no con la cabeza.

—No vale la pena. Sigue tú, no pares.

—Pero no puedo dejarte —protesta ella con llanto en la voz.

Se oye claramente el sonido de pies corriendo.

—Tienes que hacerlo —señala Hill—. A menos que quieras volver a ese cuarto. ¡Date prisa!

Hill le vuelve la espalda y se deja caer junto a una pared. Su cuerpo se ha vuelto blando, le pesan los párpados. La luz desaparece junto con Smilla.

Oye que los pasos se acercan.

La voz grave del Reemplazador corta la oscuridad.

—¡My! ¡Súbete a mis hombros! —le ordena—. Te subiré por el agujero. No puede haber llegado muy lejos.

—Pero ¿y él? —pregunta My—. Me habías prometido que sería para mí. Que me lo dejabas a cambio de MM. ¿No ves que se está desangrando?

Silencio.

—Me lo has prometido —se queja My.

—Vale —contesta el Reemplazador—. Pero primero tienes que acabar con Smilla. Total, ya me he cansado de ella.

Hill oye unas botas rascando el suelo, un leve jadeo emitido por My.

—¿Estás arriba? —pregunta el Reemplazador.

—Sí —responde My.

—Bien, date prisa. Yo tengo que volver.

Hill nota que el Reemplazador se sienta a su lado. Nota sus manos palpando la herida. Luego, le suben hasta la cintura.

Le desabrocha el cinturón y se lo quita. Lo ata alrededor del muslo, a diez centímetros por encima de la herida, y después lo aprieta tan fuerte que Hill gime de dolor.

—Tienes suerte —susurra el Reemplazador—. Aún vivirás una temporada. Pero ahora tengo que dejarte aquí un rato. Tengo otra presa que atrapar.

Hill sabe por instinto a quién se refiere el hombre.

«Leo», piensa. Intenta reunir fuerzas para oponer algún tipo de resistencia.

Pero al Reemplazador ya se lo ha tragado la oscuridad.

SMILLA

Smilla corre por el bosque con el haz de la linterna temblando ante sus pies. Las ramas la arañan en la cara, las espinas de las zarzamoras se le clavan en la piel. La combinación del suelo inclinado y el manto de hojas muertas hace que le cueste mantener el equilibrio y que se caiga varias veces.

Con cada caída le cuesta más levantarse. Lleva varios días sin apenas comer ni beber nada, y antes de eso la han estado drogando a intervalos, así que la adrenalina es lo único que la mantiene en pie.

Las lágrimas le corren por las mejillas. Lágrimas de miedo, rabia y desesperación.

Apenas hace una o dos horas que conoce a Martin Hill, pero en ese breve lapso de tiempo ya se ha convertido en su espacio de seguridad. Su salvación.

Y ahora ella lo ha abandonado. Lo ha traicionado.

Oye una rama partirse en algún punto del bosque más atrás. El pánico se vuelve a disparar y segrega una nueva dosis de adrenalina. Nuevas fuerzas.

Por fin el terreno se estabiliza, y en el haz de luz Smilla puede vislumbrar la pista forestal en la que MM aparcó el Golf.

Tiene la sensación de que hace una eternidad de eso.

Pensar en MM le genera una nueva punzada en el pecho. Smilla está convencida de que está muerto. Martin no se lo ha querido contar, pero aun así se lo ha notado.

Hace varios barridos con la linterna, constata que el Golf de MM no está ahí, pero un poco más lejos encuentra otro coche aparcado.

Tiene que ser el de Martin. Smilla tira de las puertas. Cerradas.

Seguro que Martin se ha quedado con la llave en el bolsillo. Estaba demasiado aturdido por la pérdida de sangre para acordarse de dársela.

—Mierda, mierda, mierda —se lamenta.

Otro ruido en el bosque que tiene detrás.

Smilla cae en la cuenta de que allí de pie junto al coche, con la linterna encendida, es muy fácil de encontrar. La apaga y se la guarda. Luego empieza a bajar lo más silenciosamente que puede por la pista forestal.

Las nubes se han disipado y la luna brinda la suficiente luz para que no se salga del camino.

Alza la cabeza y mira las estrellas.

Una parte de ella pensaba que jamás volvería a verlas.

Otro ruido en el bosque. Esta vez más cerca.

Smilla agacha la cabeza, intenta reunir las últimas reservas de energía que le quedan.

Le gusta correr, siempre se le ha dado bien.

Pero nunca ha corrido por su vida.

ASKER

El túnel está hecho con profesionalidad, constata Asker tras bajar por la empinada escalera. Tubos de drenaje de chapa grandes y unidos que han sido enterrados por debajo de los cimientos de la casa. Iluminación y ventilación en el techo. Grava en el suelo, para dejar que se filtre el agua de lluvia.

En un palo justo al lado de la escalera hay un armario eléctrico, y en el estante de debajo hay dos cargadores vacíos, ambos con el texto «*Night vision*» impreso en el lateral.

Gafas de visión nocturna y un túnel secreto. A Per el Paranoias le habría encantado este sitio.

Asker sigue el túnel con la mirada. Se curva un poco a la izquierda y unos veinte metros más adelante desaparece de su campo de visión.

Reina el silencio. Huele a humedad y tierra, un olor siniestramente familiar.

Alza el arma, empieza a avanzar por el túnel con pasos rápidos y suaves. De vez en cuando se detiene para escuchar.

A los doscientos metros el túnel cambia de aspecto. Empalma con lo que debe de ser una construcción más antigua de hormigón armado que se inclina hacia abajo.

El aire se mueve suavemente y Asker se imagina que

Nygård ha conectado su túnel casero con algún tipo de pozo de ventilación.

Sigue adelante. Las paredes tienen manchas de humedad, el hormigón se ha desmenuzado en varios sitios y ha dejado que se filtren las aguas freáticas. En algunos puntos encuentra pintadas que, a juzgar por las fechas, fueron hechas por soldados en la década de los años sesenta.

Después de unos cincuenta metros de leve cuesta abajo, al fondo, Asker ve una puerta gris llamativamente moderna.

Está cerrada y apenas le da tiempo de preguntarse qué hará si también está echado el cerrojo, cuando la iluminación del túnel se apaga de golpe.

Asker cae de cuclillas en el suelo. Podría tratarse de un temporizador que haya cortado la corriente, pero lo duda mucho.

Al fondo del túnel se oye un chasquido, seguido de un ruido suave y sordo.

Asker pega el cuerpo a una de las paredes, espera, escucha. Pero todo sigue en silencio.

Pasados un par de minutos enciende la linterna del móvil.

La puerta gris que hace un momento estaba cerrada, está ahora abierta de par en par. Al otro lado se ve una tenue luz roja.

Asker entiende qué significa eso.

Que el Reemplazador sabe que va en su dirección. La está esperando allí dentro, en la oscuridad.

La está desafiando.

Asker ya ha vivido esto antes. O por lo menos algo parecido.

Hace muchos años. En otra vida.

Coge una bocanada de aire.

Apaga la luz del móvil y se queda en silencio en la oscuridad.

Esperando.

A los pocos segundos, aparece en su cabeza.

El Paranoias.

QUINCE AÑOS ANTES

Está escondida entre los bloques de piedra y oye los sollozos de Per el Paranoias en el sendero. Al final entiende que el padre al que una vez había querido tanto, en quien había confiado y a quien había obedecido ciegamente, ha dejado de existir.

Lo único que queda es un hombre loco que ya no sabe distinguir entre el caos y la realidad. Y que nunca, nunca jamás la dejará marchar.

Tantea con cuidado el suelo de su alrededor y encuentra una piedra. La tira lo más lejos que puede en la dirección por donde ha llegado.

Tiene suerte. La piedra vuela lejos antes de chocar con el tronco de un árbol.

Oye los pasos del Paranoias dirigiéndose hacia el sonido.

Espera diez segundos antes de volver a subir al sendero y continuar en sentido contrario, hacia el embarcadero.

Como mucho tendrá un par de minutos. Pero piensa aprovechar muy bien ese tiempo. Al fin y al cabo, es su hija.

Ella sabe cómo piensa.

Incluso ahora.

Cuando llega al embarcadero, la luna ha asomado en el cielo y ha transformado el agua en mercurio. Pero se avecina una tormenta, retumbando amenazante, y dentro de un rato habrá cubierto el cielo de nubes oscuras.

El barco está en su sitio, y en una situación normal ella se habría sentado en el borde del embarcadero. Le habría mostrado con orgullo que había conseguido cumplir el objetivo. Que había sido una buena chica.

Pero esta noche nada es normal.

Hay algo en el barco. Una mochila que le recuerda a la suya, pero de una talla más. Tiene aún más remiendos y pequeños bolsillos especiales. Per saca su mochila únicamente en ocasiones muy especiales, lo cual refuerza todavía más los malos presentimientos.

A los tres minutos lo ve aparecer en el sendero. Se sube las gafas de visión nocturna a la frente en cuanto la descubre en el borde del embarcadero.

Tiene la cara más demacrada que de costumbre. Los ojos están tan hundidos que no se le puede ver la mirada.

—Lo has conseguido —constata—. ¡Bien!

En otro momento, ella habría vitoreado por dentro con aquella austera alabanza. Se habría alimentado de ella durante varias semanas. Pero esta noche, no.

—Había pensado que esta vez podríamos ir hasta el final —dice él—. Coger el barco y cruzar al otro lado.

Avanza por el embarcadero, le acaricia la espalda de pasada y se sienta en la proa del barco.

—Súbete —le ordena—. Aparta mi mochila para tener sitio. —Su voz es casi igual de áspera e inexpresiva que siempre. Aun así, hay algo más. Un leve matiz de algo. De pena, puede que incluso miedo.

La tormenta vuelve a retumbar. Ya está más cerca. La luz de la luna está a punto de ceder, se puede oler la lluvia en el aire.

Leo se levanta, baja al barco de un salto. Se detiene con las manos sobre la mochila.

—¿De verdad vamos a salir con el barco? —dice—. ¿En mitad de una tormenta?

—No pasa nada —asegura él—. No tienes por qué preocuparte. Irá rápido, Leo...

Al pronunciar su nombre, su voz cede. El Paranoias ahoga el sonido antes de que le dé tiempo de convertirse en un sollozo.

—Aparta la mochila —pide con suavidad.

Ella se da la vuelta y lo mira. Está sentado en la proa. Ha apoyado una mano en el mango del acelerador y la otra descansa sobre su rodilla.

Por un breve instante, a la luz de la luna vuelve a parecer su padre.

Como el Per al que ella había adorado. A quien sigue adorando.

Entonces, el rostro de este se retuerce y se vuelve a convertir en Per el Paranoias.

—Ahora, aparta mi mochila —dice, esta vez en un tono más duro. Luego cierra los ojos, como si estuviera esperando algo.

Ella levanta la mochila. Ocupa su sitio y se la pone en el regazo.

Pesa, sabe que está reforzada con Kevlar para hacerla resistente a las balas.

Se queda en silencio, esperando.

Al cabo de un momento él vuelve a abrir los ojos. La

mira sin entender. Su mirada está desconcertada, como si no comprendiera lo que ha ocurrido.

O mejor dicho, lo que no ha ocurrido.

Luego, Per el Paranoias le pasa algo más.

Una idea se abre paso por su cerebro desorientado.

Tarda varios segundos en convencer a su propia cara de qué es lo que está ocurriendo.

La conciencia de que después de todos estos años él ya no es su profesor.

Ya no es el cazador.

Sino la presa.

—¿Nos vamos o qué, Per? —pregunta ella intentando mantener la voz firme.

Él se la queda mirando unos segundos más.

Luego asiente despacio con la cabeza y mueve la mano al tirador de arranque.

A Leo le habría gustado que hubiese habido otra manera. Que hubiese podido explicarle que, simplemente, debía dejarla marchar.

Pero sabe que el Paranoias nunca, nunca jamás permitirá que se vaya.

Y que no tiene otra opción.

La carga explosiva que el Paranoias había preparado para los dos ya no está en la mochila.

Hace apenas unos minutos Leo la ha trasladado al motor del barco, la ha colocado en la parte exterior, porque, a diferencia de él, ella no quiere que mueran.

Cuando Per el Paranoias tira del cable de arranque y hace detonar la explosión, ella ya está a medio camino por la borda.

Se protege la cabeza y el cuerpo con la mochila a prueba de balas.

Un pedazo de metal incandescente se le hunde en el antebrazo. Sigue ardiendo incluso después de haber caído al agua.

Aun así, ese no es el dolor más doloroso.

Pero al fin es libre.

ASKER

Asker se levanta con suavidad del suelo del túnel. Su cerebro ha tenido tiempo de repasar toda la situación. Valorar los riesgos y las posibilidades, tal y como Per el Paranoias le enseñó en su día.

Sabe que Daniel Nygård la está esperando dentro de la montaña. Que tanto él como su novia llevan gafas de visión nocturna, lo cual les brinda ventaja. Al menos eso es lo que ellos creen.

Pero también sabe que él no la atacará de buenas a primeras. Porque hay una razón por la que el Reemplazador coloca a sus víctimas en la maqueta ferroviaria.

Quiere mostrar lo que ha hecho, hacer alarde de que ha logrado salirse con la suya.

Ese es el motivo por el que ha abierto la puerta del final del túnel y ha encendido la luz roja.

Para invitarla a entrar, para enseñarle quién es, en realidad. Para desafiarla.

«Ven a buscarme si te atreves.»

Asker podría dar media vuelta. Hacer caso omiso del reto, regresar a la escalera y la casa. Intentar dar la alarma.

Pero igual que pasaba con el Paranoias, Asker sabe que la ayuda no llegará. Al menos no a tiempo.

En aquella ocasión se trataba de salvarse a sí misma, esta vez se trata de Martin Hill.

Para salvarlo a él tiene que vencer al Reemplazador.

Llena los pulmones con aire del túnel.

Luego activa la pantalla del móvil para tener justo la luz necesaria para verse, y se acerca con sigilo a la puerta de acero. Después de la primera lamparita, puede ver otras.

Una pequeña hilera de puntitos rojos en el techo que le indican el camino.

Al interior de la montaña.

HELLMAN

—¡Sí, sí! ¡Su radio policial está en el asiento de delante!
—dice Eskil al mismo tiempo que enfoca con su linterna a
través de la luna lateral del coche eléctrico—. ¿Qué hace
Asker aquí, en medio de la nada?

Hellman no tiene ni la menor idea, pero eso no lo puede revelar, naturalmente, por muy razonable que sea la
pregunta. Él y Eskil acaban de llegar, pero según el GPS el
coche de Asker lleva más de una hora quieto.

—Llama al timbre —le ordena a Eskil—. Invéntate algo,
di que tenemos que hablar con ella de Smilla Holst, ¡lo que
sea!

Eskil hace una mueca, como si la tarea no le apeteciera
nada en absoluto. Pero guarda silencio y dirige los pasos
hacia la puerta de la vivienda.

Hellman se inclina hacia el coche de Asker. La pregunta de Eskil no deja de ser perfectamente lógica. ¿Qué coño
hace Asker allí fuera? ¿Tiene siquiera algo que ver con
Smilla Holst?

Mira su teléfono. Toda una lista de llamadas perdidas,
algunas de Rodic, un par de Isabel Lissander, otras tantas
de los compañeros que están recogiendo tras la operación
fallida.

No puede evitarlos para siempre.

Eskil vuelve.

—No hay nadie en la casa —informa encogiéndose de hombros—. He mirado por las ventanas. No se ve un alma, así que tenemos que haberla pasado por alto en algún momento.

Hellman está a punto de gritar una maldición, pero en el último instante logra contenerse.

—Vale —dice—. Daremos una vuelta por los caminos de la zona, a ver si podemos seguirle la pista. Asker debería estar en los alrededores. Ha dejado el coche aquí.

Mira a Eskil, espera el asentimiento de costumbre, seguido de algún comentario zalamero e irreflexivo.

Pero el otro hombre le evita la mirada. Se sube al coche sin decir ni pío, lo cual solo puede significar una cosa.

Que incluso Eskil está empezando a perder la fe. Y cuando lo haga, se habrá acabado todo. Tienen que encontrar a Leo Asker.

Sin perder ni un puto segundo.

SMILLA

Smilla llevará corriendo unos cinco minutos por la oscura pista forestal, solo con la ayuda de la luz de las estrellas. Ha tropezado varias veces en el firme irregular y se ha torcido el tobillo.

Ha tratado de recordar lo que le enseñaron en el curso de rehenes sobre las huidas. «Conserva energía, mantén la cabeza fría, intenta encontrar alguna manera de dar la alarma.»

Pero el cansancio y el dolor están a punto de ganarle la batalla y la adrenalina la está mareando.

Por suerte, lleva mucho rato sin oír nada de la persona que la perseguía. O bien se ha rendido, o bien la ha perdido. Al menos, eso espera.

Smilla junta las manos, intenta que sus piernas mantengan el ritmo, pero cada vez le resulta más difícil.

El ataque de vómito llega por sorpresa, la hace tambalearse hasta el borde del camino.

El estómago se le retuerce, la bilis le quema la garganta.

Cuando se incorpora de nuevo se da cuenta de que casi ha llegado al punto en el que la pista forestal conecta con un camino más ancho.

El descubrimiento le brinda nuevas esperanzas.

Respira hondo un par de veces y obliga a sus pies a ponerse de nuevo en marcha. Pero apenas ha dado unos pasos cuando una figura surge de la oscuridad que tiene delante. Una linterna se enciende, el haz la ciega.

—Ahí estás —dice una voz que Smilla conoce muy bien. Pero ahora ya no suena dulce, comprensiva ni cansada. Solo malvada.

La luz se aparta de su cara.

La mujer que tiene delante es de su misma edad y no es en absoluto como Smilla se la había imaginado durante las conversaciones que mantenían entre susurros a través de la rejilla de ventilación.

Lleva chaqueta militar y botas. El pelo corto. Al cuello lleva una especie de gafas gruesas que deben de ser para ver en la oscuridad.

En una mano lleva una linterna. En la otra, un revólver brillante.

A Smilla se le vuelve a encoger el estómago, tanto de agotamiento como de pánico. Apoya las manos en las rodillas y vomita entre sus pies.

La mujer que tiene delante se ríe.

—¿Có-cómo...? —Smilla se enjuga la boca con la manga del jersey—. ¿Cómo te llamas realmente?

La mujer se encoge de hombros.

—Ya te lo he dicho.

—Tú dijiste que te llamas Julia, pero Martin dice que te llamas My.

La mujer se vuelve a reír.

—Pobre Martin. O sea que no lo había entendido.

—¿Entender el qué?

My hace chasquear la lengua con desdén.

—Señorita perfecta. Veo que eres igual de lerda que Martin Hill —dice sonriendo—. La verdad es que la mayoría de las cosas que te he contado son ciertas. Me llamo Julia Collin, Daniel me secuestró. Me encerró igual que hizo contigo y con los demás. La diferencia es que yo no me resistí. No me aferré a ninguna idea estúpida de huir ni de que me salvaran. No lloré, ni recé, ni supliqué. Simplemente le dije que le entendía. Que éramos iguales.

—Entonces... ¿te soltó?

Julia se encoge de hombros.

—Al cabo de un tiempo. Me fui a vivir con él, cambié de aspecto, adopté el nombre de My. Empecé a ayudarlo.

—Tú le presentaste a MM —dice Smilla, con más fuerza de la que creía conservar—. Tú lo metiste en todo esto. ¿Te acostaste con él, también?

—¡Por favor! —Julia hace una mueca—. Si fuiste tú quien lo dejó. Estaba hecho polvo. Reconozco que MM me gustaba, de verdad. Si no hubiese vuelto corriendo contigo en cuanto a ti te dio la gana, ni él ni tú habríais terminado aquí. Pero resulta que lo hizo, y los dos encajabais a la perfección para nosotros. Uno para Daniel y otro para mí. Sin embargo, no salió como nos habíamos imaginado. MM se desplomó cuando os cazamos en la montaña. El corazón se le paró de golpe. Daniel dice que lo matamos de miedo. Eso me puso triste; pero ahora tendré a Martin Hill.

Smilla nota las lágrimas ardiendo bajo los párpados, aunque está demasiado extenuada para llorar.

—Bueno, ya hemos hablado bastante. —Julia agita el revólver—. Puedes empezar a caminar por el bosque, en esa dirección.

Smilla da una bocanada trémula de aire.

O sea que así es como va a acabar todo. Con un tiro en la espalda, abandonada en el bosque para ser devorada por los tejones y los zorros.

De pronto, en la distancia vislumbra un débil resplandor. Un coche que se acerca. Se le ocurre una idea. Un consejo sacado del curso.

Smilla finge otro espasmo, se dobla hacia delante. Al mismo tiempo, coge rápidamente un puñado de tierra.

—Venga ya —se queja Julia irritada—. Acaba de vomitar de una vez.

Smilla se da la vuelta y le tira la tierra a la cara.

—¿Qué co...? —Julia se cubre los ojos con los brazos en un gesto reflejo.

Smilla se echa a correr por el camino de tierra. Se aleja a toda prisa del resplandor del coche que ha visto acercándose.

Oye un disparo. Se lanza a un lado, luego hacia el otro, para que resulte más difícil abatirla.

Otro disparo. Nota la corriente de aire de la bala que pasa silbando a apenas un palmo de su cabeza.

—¡Smilla! —ruge Julia.

Echa un vistazo rápido por encima del hombro.

Julia está plantada en mitad del camino. Apoya el revólver sobre la mano en la que sostiene el revólver y apunta a Smilla con el haz de luz y la boca del cañón. No se entera del coche que se acerca hasta que el vehículo hace la curva que tiene justo detrás.

Julia gira sobre sí misma. Dispara una vez al parabrisas.

Luego otra.

Los tiros resuenan por el bosque.

Se mezclan con el rugido del motor del coche.

605

HELLMAN

Hellman y Eskil llevan media hora dando tumbos por los caminos del bosque y los ánimos en el coche han ido decayendo. Ninguno de los dos lo dice abiertamente, pero dentro de poco no les quedará otra alternativa que tirar la toalla y regresar a Malmö con el rabo entre las piernas.

Hellman tendrá que confrontar al director general de la Policía, a la familia Holst y a Isabel Lissander. Reconocer que había apostado todas sus cartas al caballo equivocado y que, a lo mejor, o quizá casi con toda seguridad, esa decisión le habrá costado la vida a Smilla.

La idea hace que Hellman pise el acelerador con más fuerza. Va derrapando en las curvas, salpicando tierra que repica contra los bajos del coche.

Eskil se sujeta al asidero del techo, pero no dice nada.

Hasta que llegan a una curva y ven que hay alguien plantado en mitad del camino. Una mujer joven que los está apuntando con un revólver.

—¿Qué cojones...? —le da tiempo a decir a Eskil antes de que una bala atraviese el parabrisas, le arranque media oreja y le haga ponerse a gritar de pánico y de dolor.

La sangre le salpica a Hellman en la cara, y por acto reflejo pisa el pedal a fondo.

Una nueva bala agrieta todo el parabrisas y lo convierte en una pantalla blanca.

Pero Hellman no levanta el pie del acelerador.

El parachoques del coche embiste a la mujer a la altura de las rodillas. La lanza por los aires como una muñeca de trapo a varios metros de altura, hasta que cae como un saco en el camino por detrás del coche.

Hellman pisa el freno con todas sus fuerzas. Los neumáticos arañan la tierra del camino, el coche se acerca peligrosamente al borde, pero se detiene antes de salirse.

Eskil se dobla por la mitad, se está tapando la oreja herida con las dos manos y sigue gritando sin consuelo. Hellman no le hace ni caso.

Abre la puerta, desenfunda el arma y corre hasta la mujer que yace tendida en el suelo. Enseguida puede constatar que ya no supone ninguna amenaza.

Sus brazos y piernas están doblados en ángulos espantosos, pero aún está viva. Sus párpados pestañean y jadea débilmente.

Hellman se pone de rodillas a su lado. Con manos temblorosas, saca el teléfono móvil. Justo se acaba de poner en contacto con el comisario de turno cuando alguien le toca el hombro.

Se da la vuelta asustado.

Detrás tiene a otra joven mujer. Está sucia y tiene la cara roja de llorar y ha perdido varios kilos de peso. Pero Hellman podría reconocerla en cualquier sitio. Lleva una semana entera mirando su foto durante horas.

—Me llamo Smilla Holst —dice—. Esa de ahí es Julia y ha intentado matarme.

EL REY DE LA MONTAÑA

Lleva tanto tiempo esperando este momento... Básicamente, desde que conoció a Leonore Asker por primera vez, en la maqueta ferroviaria.

El instante en que por fin se adentra en su mundo.

Cuando se ha presentado en su casa, al principio se ha desconcertado. Había pensado borrar tranquilamente el material grabado por la cámara y achacarlo a un fallo técnico, igual que cuando había desconectado la imagen online de la cámara. Le habría gustado alargar el juego, igual que había hecho con Sandgren. Vigilarla, dejar que siguiera creyendo que eran aliados.

Pero esto es aún mejor.

La ha dejado entrar en la montaña. Ha encendido la tenue iluminación roja del techo para guiarla hasta donde él quiere.

La observa desde la distancia con las gafas de visión nocturna, mientras ella se mete en lo que él llama el pasillo del hospital.

Allí es donde las conserva. Sus presas más logradas.

Cuatro, hasta la fecha, y dentro de poco algunas más.

Lo cierto es que ha empezado a cansarse de Julia. Se ha vuelto cada vez más irracional, ha corrido riesgos demasiado grandes. Además, le irrita que les dedique tanto tiempo y atención a otros. Primero, MM. Ahora, Martin Hill.

Sentimientos indeseables, sentimientos humanos, que no encajan con alguien como él.

Su intención es dejar que Julia termine de jugar con Martin Hill, si es que sobrevive, más que nada para cumplir su promesa. Luego, ya va siendo más que hora de añadirla a ella también a la colección. Volver un poco a la paz y la tranquilidad.

Pero primero piensa disfrutar de Leonore Asker al completo.

Ella está siguiendo las luces rojas y ha desaparecido a la vuelta de la esquina del pasillo del hospital. No está usando la linterna del móvil, sino solo el resplandor de la pantalla. Probablemente, para ahorrar batería.

Eso hace que la superioridad de él sea aún mayor.

Poco a poco empieza a moverse en dirección a ella. El revólver le roza un poco en la cadera, pero aún no quiere sacarlo de la funda.

Porque ella no puede verlo. Es invisible.

ASKER

Ha atravesado la oscuridad guiándose por las débiles luces rojas del techo. Al cabo de un rato la acompaña un olor familiar, uno de esos que no se olvidan nunca después de haberlo olido una vez.

El olor a muerte.

Ha seguido avanzando por el pasillo hasta la sala más sagrada del Reemplazador.

El sitio que quiere que ella vea. Las cosas que quiere que ella vea.

Sus presas.

Asker no enciende la linterna hasta que ha terminado de cerrar la puerta a su espalda.

Mantiene uno de los ojos cerrados para no perder la capacidad de ver a oscuras.

Además, le facilita la gestión de lo que ve dentro de la sala.

Cuatro camillas con sendas bolsas para cadáveres.

Los sacos llevan la marca del ejército sueco, así que probablemente los haya encontrado allí en la montaña. Ha encapsulado a sus víctimas en plástico negro y ha dejado que la naturaleza siga su curso, cosa que se puede saber por el olor a fermento.

Los dos sacos más a la izquierda son los más chafados, lo cual implica que son los que más tiempo llevan allí. Es decir, los dos fugitivos del viejo Volvo.

El contenido del tercer saco es un poco más alto. El autostopista de los auriculares.

Y, con toda probabilidad, el cuarto saco contiene los restos de Tor Nilsson, el amigo de Martin, que lleva allí menos de un año.

En una quinta camilla hay un saco vacío esperando a Smilla Holst.

O quizá a Martin Hill.

Sea como sea, es un alivio enorme no encontrar a ninguno de los dos allí.

Una parte de Asker no quiere hacer más que encender todas las luces disponibles y empezar a reventar puertas a patadas para buscarlos. Asegurarse de que Martin sigue vivo, sin pararse ni un segundo a pensar en los riesgos.

Pero igual que pasaba con Per el Paranoias, sería la táctica equivocada. Una manera segura de perder este duelo. Lo que tiene que hacer es ser paciente, astuta.

Solo le quedan unos minutos antes de que el Reemplazador vaya a por ella.

Ya lo ha intuido en la oscuridad.

Sabe que él ha visto el tenue resplandor de su pantalla. Que ha estado avanzando a tientas por el pasillo como una presa indefensa.

Se cree que es invisible. Que le lleva ventaja.

Asker tiene que prepararse.

Tenderle una trampa.

EL REY DE LA MONTAÑA

Piensa darle cinco minutos allí dentro.

Cinco minutos para que Asker entienda la magnitud de su grandeza.

Para que entienda quién es realmente.

Alguien que por fuera parece una persona.

Pero que en realidad es un monstruo.

Y cuando le haya quedado claro, habrá llegado el momento de hacerla suya.

De poseerla.

Apaga las luces rojas que la han llevado hasta el sitio correcto. A pesar de la oscuridad total y absoluta, se mueve por el pasillo con confianza y sin hacer ruido. Se conoce esa montaña como la palma de su mano. Seguramente se las apañaría incluso sin las gafas de visión nocturna.

Sabe que hay una puerta trasera que da acceso a la enfermería en una de las otras habitaciones, así que no se da ninguna prisa.

Al contrario, intenta alargar el momento.

Disfrutar de todos estos matices maravillosos.

Abre un poco la puerta de la enfermería, con cuidado.

Barre la estancia con las gafas de visión nocturna. La oscuridad es tan compacta que apenas ve más que una escala de verdes granulosa. Pero no necesita ver demasiado. Esa sala también se la sabe de memoria.

Sus cuatro presas en las camillas, el quinto sitio esperando a la siguiente.

Se encuentra justo lo que se esperaba.

Atisba la silueta de Asker junto a la puerta. Se ha escondido al lado de una mesa volcada. Apunta con el arma hacia el pasillo, esperándolo en silencio en la oscuridad. Se piensa que ella es la cazadora, cuando en realidad es la presa.

No puede dejar de admirarla.

Leonore Asker.

Ahora es suya.

Él la posee.

Solo queda la estocada final. Retira con cuidado el revólver de la funda y enciende la lámpara de infrarrojos de las gafas de visión nocturna.

Luego se acerca sigilosamente a la espalda de Asker.

Pero algo va mal, a medio camino ya se percata de ello.

La lámpara de infrarrojos debería darle una silueta de luz. Pero la imagen continúa verde y granulosa. Además, Asker está completamente inmóvil.

Se acerca un poco más.

Sin hacer ruido, invisible.

La figura detrás de la mesa no es Leo Asker, sino una de sus propias presas.

El grafitero que se llevó de la fábrica abandonada el invierno pasado.

El cuerpo medio descompuesto está subido a la mesa con ayuda de dos sillas.

Una trampa ingeniosa, y en la que él ha estado a punto de caer.

En cuanto hubiese apretado el gatillo para dispararle al cuerpo, habría dejado de ser invisible. Entonces ella habría salido de su escondite para enfrentarse a él.

Es justo lo que se había imaginado. Leonore Asker es distinta.

Alguien que le entiende.

Tan solo de pensarlo, su corazón late incluso un poco más fuerte.

¿Y dónde se ha escondido? ¿Dónde está esperando callada y paciente a que él se delate?

Barre la sala con las gafas de visión nocturna. Enseguida descubre aquello que no cuadra.

A pesar del cuerpo al lado de la puerta, sigue habiendo cuatro sacos en las camillas.

El plástico de los sacos es grueso y no deja escapar demasiado calor que pueda ser captado por la cámara de infrarrojos, pero aun así hay uno que es más claro que los demás. Uno que contiene un cuerpo caliente y vivo.

Por un breve instante se plantea decir algo. Explicarle que ha sido muy lista, pero que la ha pillado igualmente.

Que el jueguecito se ha terminado y que él ha ganado.

Pero sería correr un riesgo innecesario.

Alza el revólver. Apunta con precisión.

Por un segundo, casi siente un poco de nostalgia.

«Adiós, Leonore Asker.»

Pulsa el gatillo del revólver y efectúa tres disparos ensordecedores al centro del saco.

Se espera un breve espasmo, seguido de quietud.

Pero las balas desgarran el plástico envejecido y liberan una luz intensa que deslumbra las gafas de visión nocturna y le obliga a quitárselas.

De pronto ya no se siente ni silencioso ni invisible.

Solo desconcertado.

Parpadea en shock hacia la intensa luz mientras trata de entender de dónde proviene.

Es el teléfono móvil de Asker, metido entre unos viejos cojines y con la aplicación de la linterna en marcha.

El haz de luz proyecta largas sombras por toda la estancia, en la que el sonido de las balas aún está resonando entre las paredes.

Y, por primera vez en muchos años, tiene miedo.

El corazón se le desboca por efecto del pánico y su cerebro sabe que solo queda un escondite posible. El pequeño despacho del fondo, donde una cazadora más paciente que él ha estado esperando a su presa.

Dejando que se embriague de arrogancia. Tendiéndole una trampa.

Gira sobre sí mismo.

Leonore Asker está en el quicio de la puerta, su pistola le apunta directa a la cara.

Por un breve y gélido milisegundo, sus ojos se encuentran, y en la mirada bicolor de Asker él puede ver las opciones que le quedan.

Soltar el arma y rendirse.

U oponerse.

A Asker le da lo mismo. Ella es la cazadora, y él no es más que una presa vencida.

Así que elige oponerse.

Rendirse es algo que hacen las personas.

Suelta un bramido en honor al monstruo que es.

Levanta el revólver para apuntar a Asker.

ASKER

Asker dispara al Reemplazador dos veces en el centro del pecho. Abate a Daniel Nygård mucho antes de que este termine de levantar su pesado revólver, y lo hace tambalearse hacia la pared que tiene detrás.

Los tiros retumban en la enfermería, acompañados del tintineo de los casquillos vacíos rebotando en el hormigón, y luego de un cuerpo pesado que se cae en el suelo.

Asker recupera su teléfono y le enfoca la cara.

Nygård sigue vivo, tiene la cabeza apoyada en la pared.

Los ojos, abiertos como platos por efecto del pánico y la incredulidad.

Su boca se mueve débilmente.

Asker se pone de cuclillas. El pecho de Nygård emite un resuello desagradable y mojado.

Las balas lo han atravesado. Le han perforado los pulmones, el corazón y las arterias, y un charco rojo se está formando en el suelo.

No hay nada que pueda hacerse para salvarle la vida, ni aunque Asker así lo quisiera.

—¿Dónde está Martin Hill? —pregunta en voz baja.

Nygård retrae el labio superior, enseña los dientes como si pretendiera morderla.

Ella no hace ni una mueca. Solo se lo queda mirando fijamente a los ojos con su mirada de colores.

Nygård vuelve a cerrar la boca. Tose un par de veces. Con lo que parece ser un gran acopio de fuerzas, él levanta una mano y señala en una dirección. Luego se desploma con un resuello.

Cuando muere, Asker ya ha salido de la sala.

Encuentra a Hill al fondo del conducto de ventilación. Está sentado en el suelo, con la espalda apoyada en una pared, tiene la cara gris y la pernera empapada de sangre, y por un breve segundo Asker cree que ha llegado demasiado tarde. Un abismo gélido se abre en su interior, y para su propio asombro siente que está a punto de estallar en llanto.

Pero entonces los párpados de Hill se agitan bajo el haz de luz y Asker entiende que aún hay una mínima llama de vida ahí dentro.

Y que tiene que mantenerla viva al precio que sea.

Lo toma de la mano.

Le susurra al oído.

—Ya viene la ayuda, Martin —dice—. Pero tienes que mantenerte despierto. Escúchame bien, porque esto no se lo he contado nunca a nadie.

Tres días más tarde

HILL

Se despierta en una cama de hospital. En la cabeza resuena el recuerdo borroso de luces azules, gente que grita, el ruido de un helicóptero. Leo sentada a su lado, apretándole la mano. Contándole una historia pegada a su oído.

De una chica de dieciséis años en un bosque que corre por su vida. Que huye de un loco que no es capaz de dejarla marchar. De dejar que se haga adulta.

Una historia tan emocionante y tan dolorosa que Martin no puede hacer más que aferrarse al triste final. A la explosión que estaba pensada para atar a la niña y al hombre para siempre mediante la muerte, pero que en lugar de eso terminó liberándola a ella.

Y a pesar del estado en el que se encuentra, entiende que Leo le ha dado una muestra de confianza.

Un regalo frágil con el que Hill debe ir con mucho cuidado.

Pero más allá de la historia, también hay otra cosa.

La manera en que ella se la cuenta. Como si cada palabra que le susurra al oído fuera una losa que, piedra a piedra, le va descargando la espalda.

Que la libera por segunda vez.

Quizá esa sea la razón por la que él consigue quedarse.

Para poder compartir esa libertad con ella.

Se retuerce un poco. Nota el cuerpo tremendamente débil y le duele la cabeza.

Hay alguien sentado en una silla al lado de la cama. La identifica por los leves ronquidos.

—Sofie —dice él con voz ronca. Traga saliva y lo vuelve a intentar. Pero ella ya está despierta.

Sofie se frota los ojos, sonríe un poco.

—¿Has dormido bien?

—Más o menos —murmura él—. Ha habido mucho jaleo.

—Cierto, pero ahora ya se está calmando.

—¿Smilla logró salvarse? —pregunta.

Sofie asiente con la cabeza.

—Ella y sus padres quieren verte en cuanto estés preparado. Las flores esas de ahí son de su parte.

Señala un ramo enorme al lado de la cama.

—Han encontrado a Tor en la montaña —dice ella—. Llevaba varios meses muerto.

—Ay, Sofie, lo lamento tanto.

—Gracias. —Se aclara la garganta—. Supongo que, de alguna manera, ya me había hecho a la idea de que había desaparecido. Pero ahora que sabemos lo que ha pasado, por lo menos puedo hacer el duelo de verdad.

Sofie sonríe apenada.

Él espera unos segundos antes de hacer la pregunta que le lleva carcomiendo desde que ha vuelto en sí.

—¿Y Leo?

—Estoy aquí.

Está en la puerta. Ha ladeado la cabeza con aquel gesto que suele hacer cuando evalúa a alguien un poco más de lo normal. La mirada bicolor se mueve entre él y Sofie.

Hill siente una imperiosa necesidad de explicarle quién es Sofie. Que su relación en realidad no es ninguna relación.

Pero enseguida se da cuenta de que sería una idea de lo más desafortunada.

—¿Qué pasa ahora? —se decanta por decir—. Qué pasa con todo.

Asker se encoge de hombros.

—El Reemplazador está muerto. My, o mejor dicho, Julia Collin, está en cuidados intensivos. Hellman ha salvado a Smilla y ahora es el favorito de la prensa. El director general de la Policía lo ha nombrado nuevo jefe de Delitos Violentos, ahora que Rodic se retira.

A Hill se le nubla la mirada.

—¿Y tú?

Asker se encoge de hombros. No parece para nada tan disgustada como él se había esperado.

—La versión oficial es que estaba trabajando bajo las órdenes de Hellman. La alternativa habría sido una larga investigación interna que, sin duda, habría constatado que he cometido una larga serie de faltas disciplinarias. —Vuelve a encogerse de hombros—. Lo cual tampoco se puede decir que no sea cierto.

Hill tiene dificultades para mantener la calma.

—Hellman se está llevando el honor de haber atrapado a un asesino en serie y tú te llevas..., ¿qué?

—Está por ver. El director general de la Policía y Hellman quieren reunirse conmigo esta tarde.

—Entonces ¿por lo menos sacarás algo de todo esto?

Asker se lo queda mirando varios segundos, ladea otra vez la cabeza.

—Desde luego —asegura con una calidez inesperada en la voz—. Ya no os molesto más. Tengo otra visita que hacer. ¡Que te mejores!

—¡Leo!

Asker se detiene en el umbral.

—Gracias —dice él, con una voz irritantemente ronca.

—Gracias a ti —dice ella, con una pequeña sonrisa torcida.

—Parece simpática —opina Sofie después de que Asker se haya ido—. ¿Verdad que me dijiste que erais amigos de la infancia?

—Sí —afirma Hill asintiendo con la cabeza—. O algo así.

ASKER

Bengt Sandgren ha sido trasladado de cuidados intensivos a una habitación en planta. Le han retirado todos los tubos, su rostro ha recuperado un poco de color.

Aún no puede hablar, según los médicos su garganta debe recuperarse tras la entubación. Pero está consciente cuando Asker entra a verlo. Asiente débilmente con la cabeza después de que ella se haya presentado y le haya explicado el motivo de la visita.

—El Reemplazador —dice—. Lo resolviste. O bueno... Lo resolvimos juntos, podría decirse. Pero yo no habría podido hacerlo sin ti. Así que quería darte esto.

Se acerca a la cama. Se mete una mano en el bolsillo. Saca una figurita de plástico.

Está sin pintar, no tiene rasgos faciales.

Recuerda a una persona, sin serlo.

Le coge la mano a Sandgren, le pone la figura en la palma y luego le cierra suavemente los dedos.

Después sale de la habitación sin decir nada.

Puede que se lo haya imaginado. Pero por un breve instante juraría que ha oído a Sandgren soltar una carcajada.

Desde la ventana del director general de la Policía se puede ver más allá de los tejados de Malmö. Hace un día despejado, el cielo sobre el estrecho de Öresund es de un marcado azul otoñal. Un puñado de gaviotas planean con el viento. Sus quejidos se oyen incluso dentro del despacho.

—...en señal de nuestro aprecio, inspectora Asker —dice el director general, un hombre estricto de entre cincuenta y sesenta años—. ¿Puedes explicar un poco más, Jonas?

El director general se vuelve hacia Hellman, que está sentado en la butaca de enfrente de Asker.

—Sí, Leo —empieza. Parece esforzarse para parecer amable—. No es ningún secreto que tú y yo hemos tenido nuestras desavenencias. Pero eres una inspectora muy competente y me gustaría mucho que volvieras a Delitos Violentos y a tu papel como jefa de equipo.

Se regala con una sonrisa que debe de suponerle un señor esfuerzo.

—Creo que juntos podríamos desarrollar el departamento un poco más. Hacerlo aún más competente.

Asker ladea la cabeza. Hellman hace todo lo que puede para encontrarse con su mirada, pero no termina de conseguirlo. Algo se le interpone, algo que le está impidiendo agitar la cola con el frenesí que le gustaría.

Tarda un par de segundos en identificar de qué se trata.

Vergüenza. Jonas Hellman siente vergüenza.

Él sabe quién resolvió el caso realmente. Quién tenía razón.

Y eso lo atormenta.

—¿Y la alternativa cuál es? —pregunta Asker.

El director general de la Policía y Hellman se miran desconcertados.

—Bueno... —El director general carraspea—. Pues supongo que, por el momento, te quedarías en el Departamento de Recursos. Pero dudo mucho que quieras algo así, ¿no?

Al cabo de un rato está en el ascensor. La cámara del techo la mira con su ojo hueco, como siempre.

—Planta menos uno —dice la voz pregrabada, no sin un atisbo de duda. Como si se preguntara si de verdad Asker tenía intención de bajarse allí o si solo se ha equivocado a la hora de pulsar el botón.

Virgilsson tiene la puerta abierta. Por la radio suena música clásica.

El hombrecillo está sentado a su escritorio.

—Inspectora Asker —la saluda—. He oído que has pasado a ver a Bengt Sandgren por el hospital. ¿Cómo está?

—Mejor —contesta ella.

—Ah. —Virgilsson enarca las cejas—. ¿Sabes algo de cuándo volverá?

—No lo hará.

—¿Ah, no? —Las cejas de Virgilsson suben un nivel más.

—No, Bengt se prejubilará en cuanto le den el alta.

—¿De verdad se lo puede permitir?

—Desde luego, el director general de la Policía le ha ofrecido un buen trato.

Con el rabillo del ojo ve que la puerta de Rosita, que hace un momento estaba cerrada, ahora está entreabierta.

—Entonces ¿quién cogerá el timón aquí abajo? —pregunta Virgilsson—. Tu traslado solo era... temporal.

Asker hace una pequeña mueca.

—Ya no —dice—. A partir de ahora soy la jefa permanente de la Unidad de Casos Perdidos y Almas Errantes.

—Ah —vuelve a decir Virgilsson. No parece ni contento ni descontento.

—Doy por hecho que informarás a los demás —dice ella—. Tanto de eso como de que dispondremos de dos coches nuevos a finales de semana. Además de una cafetera en condiciones.

—Mira tú por dónde. Menudas noticias nos traes. —El hombrecillo pone cara de sorpresa—. Por supuesto, yo informaré a los demás. Por cierto, hay una cosa que te quería comentar.

—¿A ver?

—Bueno, el otro día vi que faltaba un manojo de llaves en mi escritorio. ¿Sabes algo?

Asker niega lentamente con la cabeza.

—¡Lo siento!

Luego señala la pared que hay enfrente del escritorio de Virgilsson, en la que cuelga un óleo de una escena de caza.

—Bonito cuadro. Un Liljefors, ¿verdad? O sea que al final has conseguido que el director general de la Policía firme, a pesar de todo.

—Esto... sí. Al final, sí —dice él. Luego se aclara la garganta, importunado—. Oye, pues déjame ser el primero en darte la bienvenida, o sea, en serio. Me alegro de que vayamos a seguir trabajando juntos, inspectora Asker.

—Gracias —dice ella.

Le vuelve la espalda y se dirige a su despacho a paso ligero.

Más que nada para que Virgilsson no vea cómo sonríe.

Se sienta entre crujidos en la silla de oficina de Sandgren. El despacho sigue igual de lleno de carpetas y el patio interior de fuera sigue igual de oscuro que siempre.

Aun así, hay algo diferente.

De alguna manera, el despacho ya no se le antoja igual de lúgubre. Y puede que su nuevo puesto de trabajo y su nuevo equipo no sean tan terribles como Asker había creído en un primer momento, teniendo en cuenta los logros que sus compañeros han hecho en los últimos días.

Al contrario, casi que le brindan un buen puñado de posibilidades interesantes.

«Nadie vigila lo que hacemos aquí abajo. A los jefes de arriba les da igual lo que hagamos o las reglas que sigamos mientras pasemos desapercibidos y no llamemos la atención.»

Asker vuelve a pensar en Martin Hill. Lo ha hecho con frecuencia últimamente.

El alivio de haberle explicado por fin lo que ocurrió aquella noche de verano de hace tantos años.

La sensación de libertad.

Se ve interrumpida por el sonido del teléfono fijo.

—Leo Asker —dice ella al descolgar, puesto que a partir de ahora es su extensión y su despacho.

Al otro lado de la línea solo hay silencio. Lo único que se oye es un leve raspado.

Y, de pronto, como surgida de la nada, vuelve a aparecer la sensación.

Aquella con la que se había despertado hace poco más de una semana.

Una sensación de mal augurio, de peligro inminente.

De una amenaza flamante, cegadora, que se precipita sobre ella.

—Hola, Leo —dice una voz ronca y grave que llevaba
quince años sin oír—. Soy papá.

AGRADECIMIENTOS

Hay muchas personas implicadas en un libro que se merecen recibir las gracias.

Mi familia, mi agente, mi editora, mi redactora y el resto del equipo de mi editorial.

Al rapsoda del audiolibro que quizá acabes de escuchar y, por supuesto, a todas las personas que leéis o escucháis el libro. Es gracias a vosotras que tengo el mejor trabajo del mundo.

También se lo quiero agradecer especialmente a Calle Bergendorff, quien lleva la web *Tillträde förbjudet* («Acceso prohibido») y que, además, ha escrito el libro *Skånes glömda rum* («Los cuartos olvidados de Skåne»), ambos con fotos maravillosas de lugares abandonados. Calle me ha enseñado mucho de exploración urbana, la belleza de lo decadente y olvidado, y me ha recordado la importancia de mostrar siempre curiosidad por el entorno.

En Hässleholm no existe ningún club de modelismo ferroviario, pero sí una Asociación de Amigos del Ferrocarril —notablemente más pacífica que su gemela de ficción—, cuya gigantesca y detallada maqueta ferroviaria me ha servido de inspiración para esta novela.

La maqueta de Hässleholm está abierta al público y recomiendo encarecidamente su visita a cualquier persona a la que, como a mí, le fascinen los paisajes en miniatura y las innumerables historias que explican sus escenas.